Arena-Taschenbuch

Band 2083

Dr. Gabriele Korthals-Beyerlein
wurde 1949 in der Oberpfalz geboren, studierte Psychologie und arbeitete in der Erwachsenenbildung.
In ihren Erzählungen verbindet sie eine spannende Handlung mit genau recherchierten historischen Details.

Von Gabriele Beyerlein im Arena Verlag erschienen:
Die Sonne bleibt nicht stehen (Taschenbuch Band 1716)

Gabriele Beyerlein

Die Maske des Verräters

Zwei spannende Romane

Der Sammelband enthält:

Die Maske im See

Die Kette der Dragomira

Arena

Für Lydia und Ali, Suzan und Tolga

Für Literaturhinweise, Anregungen und konstruktive Kriti
danke ich Herrn Dr. Herbert Lorenz

In neuer Rechtschreibung

1. Auflage als Arena-Taschenbuch 2001
Der Sammelband enthält:
Die Maske im See
Die Kette der Dragomira

Beide Titel erschienen zuerst als Hardcover-Ausgabe im Arena Verlag.
Umschlagillustration: Ferenc Regös
Umschlagtypographie: Agentur Hummel + Lang
Gesamtherstellung: Westermann Druck Zwickau GmbH
ISSN 0518-4002
ISBN 3-401-02083-8

Die Maske im See

Eine Erzählung
aus der frühen Eisenzeit

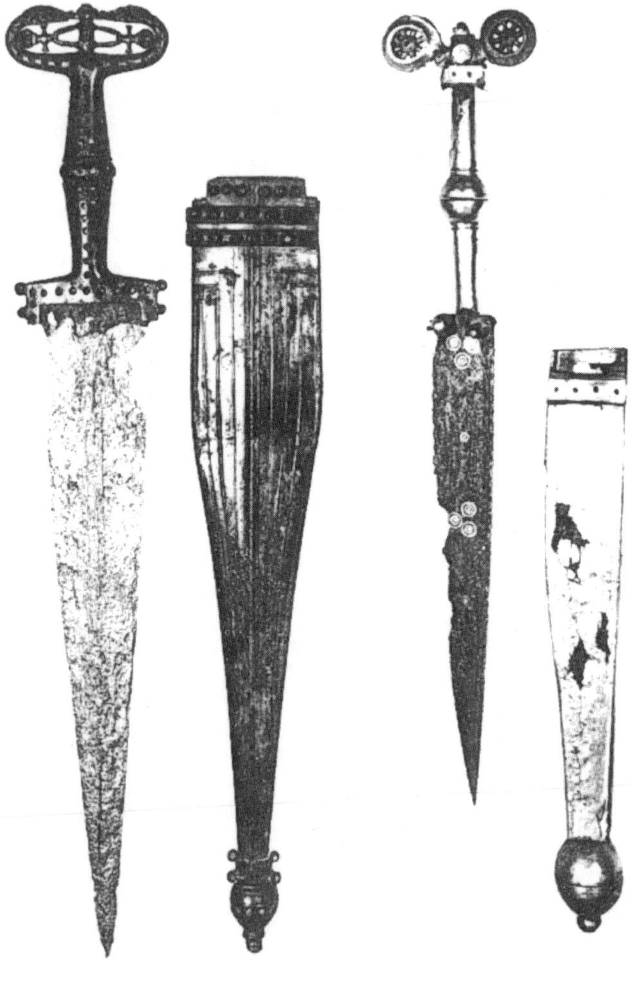

Antennendolche und Messer
Funde aus dem Gräberfeld von Hallstatt

Inhalt

Übersicht über die Personen

PERSONEN DER GESCHICHTE (»DIE FREMDEN«, »NENNIUS«, »NENNIUS UND GENTIUS«)

DIE BERGHERRENFAMILIE:
Nennius, Enkel des Bergherren
Diviciacus, Bergherr, Großvater von Nennius
Vater und Mutter von Nennius
Onkel Andrastus und Tante von Nennius
Belgius, ältester Vetter von Nennius
Betuita, seine Frau
zwei weitere Vettern von Nennius (jüngere Brüder von Belgius)
zwei jüngere Schwestern von Nennius

DIE KRIEGER:
Vellocatus (der Gutmütige)
Inditius (der Blutsbruder von Belgius)
Luerius (der Wächter)

DIE FREMDEN:
Bardulis, Herr von Sticna
Gentius, sein Sohn
Algalsus, der verstorbene Großvater von Gentius, früher Herr von Sticna

Personen aus der Erzählung des Diviciacus

DIE BERGHERRENFAMILIE:

Diviciacus, der Erbe des damaligen Bergherren (der Großvater von Nennius als Kind)
Onkel Bellinus, der Bergherr
Tante Cartismandua, seine Frau
ihre kleine Tochter, Base von Diviciacus, später »Ati« genannt

DIE KRIEGER:

Manduus, der beste Krieger
Marus, der älteste Krieger

DIE LEUTE VOM KUPFERBERG:

Lugotrix, Herr des Kupferberges
Pellagius, sein Sohn
Addedomarus, Krieger und Faustkämpfer
Viriatus, ein Wächter, der seinen Posten verlässt

DIE LEUTE VOM WILDERSTEIN:

Die Alte vom Wilderstein, genannt »Urma«
Addedus, ihr Urenkel, später Freund von Diviciacus

DIE ETRUSKER:

Tarquinius, Handelsherr aus Etrurien
Tullia, seine Frau
Larthia, ihre Tochter, die große Liebe von Diviciacus

Algalsus, Karawanenführer, Erbe des Herrn von Sticna (später Herr von Sticna, der verstorbene Großvater von Gentius)

Die Fremden

Nennius kletterte auf die Buche am Abgrund. Er umschlang den glatten Stamm mit Beinen und Armen und zog sich hoch. Endlich hatte er die Astgabel erreicht. Er zwängte sich zwischen die beiden mächtigen schrägen Äste und richtete sich vorsichtig auf. Mit dem Rücken lehnte er sich an den einen Stamm, die Füße stemmte er gegen den anderen. Eine Windböe fegte vom Tal herauf und ließ den Baum schwanken. Leise ächzend bog er sich im Sturm. Nennius ließ sich hin und her wiegen. Der Wind umbrauste ihn, riss in seinen langen blonden Haaren, verschlug ihm den Atem. Steil fiel der Berghang zu Füßen der Buche in die Tiefe. Wer hier abstürzte, fand keinen Halt mehr. Wütend zerrte der Wind am Baum. Der neigte sich nach hinten und dann weit über den Abgrund. Nennius stieß einen lauten Freudenschrei aus. Das Leben war herrlich!

Tief unten im Tal schimmerte dunkel der See. Die schneebedeckten Vorgipfel des Wilderstein glitzerten in der Nachmittagssonne. Ein Adler zog am Himmel seine Kreise. Nennius beobachtete ihn eine Zeit lang, doch dann wandte er seine Aufmerksamkeit dem Flussufer jenseits des Sees zu. Dem Lauf dieses Flusses folgte der Saumpfad durch das weite Wiesental, der Karawanenweg, der durch die Enge Schlucht in den Süden führte. Von dort mussten sie kommen. Im Sonnenlicht würden ihre Waffen weithin sichtbar glänzen.

Wenn sie nur endlich kämen! Seit Tagen erwartete Nennius ihre Ankunft. Immer wieder war er auf seinen Aussichtsbaum geklettert, um sie rechtzeitig zu sehen: die Karawane aus dem Süden. Die Karawane, die solch ungeheure Schätze mit sich führen sollte, dass der Großvater sich entschlossen hatte, selbst für ihren Schutz zu sorgen.

Viele, unzählige Tage war es nun schon her, dass der Großvater mit dem Vater, Onkel Andrastus und zwei der Vettern aufgebrochen war, um am Südrand des Großen Gebirges auf die Karawane zu warten. Schwer bewaffnet waren sie davongeritten, begleitet von sechs Kriegern. Großvater hatte für die Zeit seiner Abwesenheit Belgius die Verantwortung für den Schutz der Siedlung und den Betrieb des Salzbergwerks übertragen. Das tat er sonst nie: Die Karawane musste wirklich sehr wichtig sein.

Nennius seufzte. Belgius gab schrecklich an. Er spielte sich als Bergherr auf und gab ununterbrochen Befehle. Als wären sie keine Vettern! Dabei war Belgius nur ein paar Jahre älter! Na ja, beinahe neun Jahre älter, um genau zu sein.

Was war das? Hatte sich dort drüben auf den steilen Berghängen jenseits des Sees nicht eben etwas bewegt? Nur ein Rudel Gämsen! Gämsen – wie lange hatte er schon kein Fleisch mehr zwischen den Zähnen gehabt! Belgius hatte verboten, dass einer der zurückgebliebenen Krieger zur Jagd ging. Sie alle mussten Wache halten. Also gab es kein Fleisch, denn Schlachtzeit war jetzt im Frühjahr nicht. Das Vieh war noch vom Winter abgemagert. Seit Wochen hatte Nennius nichts als Brei im Bauch. Gerstebrei, Hirsebrei, gekochte Saubohnen, Gerste-Hirse-Brei, Gerste-Bohnen-Brei, Hirse-Bohnen-Brei, Gerste-Hirse-Bohnen-Brei – zum Davonlaufen. Auch deshalb wartete er so oft auf die Karawane: Wenn die Männer zurück wären, würde wieder gejagt. Und sie würden nicht nur Schmuck und Waffen und Stoffe mitbringen, sondern auch Essbares: in Öl eingelegte Oliven, getrocknete Feigen, Mandeln, Wein und viele andere Köstlichkeiten. Doch mehr als auf das alles wartete Nennius auf den Bergherren, seinen Großvater.

In seinem Rücken stand die Sonne tief über dem Salzberg. Die ersten Schatten erreichten den gegenüberliegenden Hang. Der Schnee des Wilderstein leuchtete rotgolden. Heute würden sie nicht mehr kommen.

Nennius ließ sich vorsichtig den Baumstamm hinabgleiten. Er schlüpfte auf dem geheimen Pfad durch das Dickicht des Waldes. Er bog die Ranken der Brombeerhecken zur Seite und wand sich hindurch. Sorgfältig schlug er die Ranken wieder zurück an ihren Platz. Niemand sollte sehen können, dass hier ein Durchkommen war – die Buche am Abgrund war sein Geheimnis: ein Aussichtspunkt, wie ihn die Wächter auf dem Wehrturm nicht besser hatten.

Nun trat Nennius auf die Wiese hinaus. Er war durstig und darum wollte er zum Wildbach. Er lief hinter dem schmalen Hügel herum, der mit seinem Wehrturm den Eingang zum Hochtal bewachte, und stieg den steilen Abhang zum Wildbach hinunter. Das tosende Brausen des Baches, vertraute Begleitmusik seines Lebens, umfing ihn. Er kniete sich auf einen Stein am Bach und tauchte sein Gesicht in das eisige Wasser, trank mit dem Mund. Dann kletterte er wieder nach oben und begann, unterhalb der am linken Hang gelegenen Begräbnisstätte das schmale Hochtal zum Bergherrenhof hinaufzulaufen. Doch plötzlich blieb er überrascht stehen.

Dort drüben, auf dem Pfad, der unweit seines Aussichtsbaumes den Steilhang vom See heraufführte, kamen Leute. Zwei der zum Schutz der Siedlung eingeteilten Krieger mit ihren Waffen konnte er erkennen, aber die beiden anderen hatte er noch nie gesehen. Neugierig ging er ihnen entgegen. Ein großer Mann war es und ein Junge, kleiner und offenbar jünger als Nennius selbst. Beide trugen schmutzige, zerfetzte Kleider. Das Lederwams des Mannes war ohne Schmuck, ein Loch klaffte an der linken Schulter. Um den linken Arm trug der Mann einen notdürftigen Verband, seine Hände waren gefesselt. Weder Hut noch Helm bedeckten seinen Kopf, und sein Haupt- und Barthaar waren schon lange nicht mehr geschnitten. Wie konnte man so ungepflegt und zerlumpt daherkommen!

Der Mann sah müde, hungrig und krank aus, und doch war etwas in seiner Haltung und in seinem Blick, das den Herren verriet. Aber nein, da musste Nennius sich täuschen: Ein Herr würde nicht so erbarmungswürdig aussehen, und ein Herr würde von den Wächtern nicht an einem Strick um den Hals den Berg heraufgeführt werden.

Schweigend ging Nennius neben der Gruppe auf den Bergherrenhof zu. Verstohlen betrachtete er aus den Augenwinkeln den fremden Jungen. Der sah noch schmutziger, noch zerfetzter, noch müder und noch hungriger aus als der Mann. Seine verfilzten Haare waren so schwarz, wie Nennius es noch nie gesehen hatte. Riesig und dunkel glänzten die Augen über den eingefallenen Wangen.

Nennius sah, wie angstvoll der fremde Junge dem Bergherrenhof entgegenblickte. Da wurde ihm bewusst, wie eindrucksvoll und drohend der Hof aussah. Von einer hohen Palisadenmauer umgeben, das Tor mit einem Wachturm bewehrt, auf der rechten Seite vom Wildbach und auf der linken Seite vom Kleinbach umtost, lag der Hof des Bergherren eingepasst in das schmale, steil ansteigende Tal. Senkrecht ragte zur rechten Seite die graue Felswand in die Höhe, steil der begrünte Hang zur linken. In drei Ebenen war der Hof erbaut, auf drei großen Stufen, die sich das Tal hinaufzogen. Die unterste Stufe war schmaler als die beiden oberen, bastionsartig schob sie sich nach vorn, drohte mit dem Wachturm. Vom

Stall, der Scheune und dem unteren Speicher, die hinter der Mauer der unteren Stufe lagen, war von außen nichts zu sehen. Frei aber fiel der Blick auf die Gebäude der beiden anderen Stufen: auf Herrinnenhaus, Gesindehaus und Speicher der mittleren Stufe und auf die Krönung des ganzen Hofes, das gewaltige Herrenhaus der obersten Stufe. Wie alle Häuser war es aus dicken Baumstämmen zusammengefügt und mit Schilf gedeckt, aber es war nicht nur länger und breiter, sondern auch höher als alle anderen Gebäude. Noch überragt wurde das Herrenhaus von dem zweiten Wachturm, der den Hof zum Salzberg hin abschloss und das hintere Tor beschützte. So befahl der Hof jedem Ankömmling gebieterisch Halt, verwehrte den weiteren Zugang zum Hochtal und seinem kostbaren Schatz: dem Salzbergwerk.

Als Nennius und die Krieger mit ihren Gefangenen am unteren Tor ankamen, trat der Wächter zur Seite und ließ sie ungehindert eintreten. Sie überquerten den unteren Hof und stiegen die Stufen zum mittleren hinauf. Hier riss der Krieger, der den Fremden gefesselt führte, ruckartig am Strick. Der Mann blieb stehen, denn der Strick schnitt ihm in den Hals. In seinem Gesicht zuckte es, aber er gab keinen Laut von sich.

Der andere Krieger stieg die Treppe zum oberen Hof hinauf und verschwand im Herrenhaus.

Belgius trat aus der Tür und kam langsam die Treppe herunter. Breitbeinig blieb er einige Schritte vor den Gefangenen stehen und musterte sie stumm. Neben den abgerissenen Fremden sah er noch prächtiger aus. Ein Hut mit breiter Krempe saß auf seinem glatt rasierten Kopf und beschattete sein Gesicht. Große bronzene Schmuckspangen hielten seinen zweifarbig gewebten Mantel, Schmucknadeln glitzerten auf seiner Brust. Im Gürtel mit dem breiten verzierten Bronzeblech steckte sein gebogenes Eisenmesser. In der Hand aber hielt er das kleine Bronzebeil mit der Pferdefigur, das Beil, das ihn als unumschränkten Herren des Bergwerkes auswies. Es war das Beil des Bergherren, das Beil des Großvaters. Großvater hatte es Belgius überreicht, als er nach Süden aufgebrochen war, und dazu gesagt: »Führe dieses Bergherrenbeil in meiner Abwesenheit, Belgius. Und sei dir jeden Atemzug lang der Verantwortung bewusst, die du mit diesem Beil trägst!« Nennius hatte es stets einen Stich versetzt, Belgius mit dem Beil des Großvaters zu sehen. Jetzt freute er sich darüber. Sollten die Fremden ruhig merken, mit wem sie es zu tun hatten!

Belgius fragte den Krieger: »Was sind das für Leute?«

»Wir haben sie unten am See abgefangen, auf dem Pfad, der aus dem Süden kommt. Der Mann hat sich ganz ruhig gefangen nehmen lassen. Er hätte gegen uns ja auch nichts ausrichten können, unbewaffnet, wie er ist!«

Belgius betrachtete den fremden Mann abschätzig: »Wer bist du, und was willst du hier?«

Der antwortete in fremdartigem, schleppendem Tonfall, das R merkwürdig rollend: »Ich bin Bardulis, Herr von Sticna, und ich möchte den Bergherren sprechen.«

Belgius erwiderte: »Siehst du nicht dieses Beil, das Zeichen des Bergherrn? Der Bergherr bin ich!«

Der Fremde, der sich Bardulis genannt hatte, sah Belgius aufmerksam an. Dann lächelte er. »Wohl kaum!«, erwiderte er ruhig. »Aber ich sehe das Zeichen deiner Würde. So vertrittst du wohl den Bergherrn. Also bitte ich dich um deine Gastfreundschaft.«

Nennius sah, wie sich im Gesicht von Belgius Beschämung mit Zorn mischte. »Gastfreundschaft!«, sagte Belgius kalt. »Die sollst du haben, wie sie dir angemessen ist. Ungebeten kommst du, ohne Gastgeschenke, zerlumpt und ohne Waffen. Zweifelhaft ist deine Herkunft. Zweifelhaft sind deine

Absichten. Räuberisches Gesindel! Und du willst mir weismachen, ein Herr zu sein! Jemand wie du gereicht uns als Gast nicht zur Ehre, sondern zur Schande. So warte auf den Bergherren, den du sprechen wolltest. Sprich ihn, wenn du dann noch lebst! Ich weiß einen Ort, an dem du deine Worte gründlich überlegen kannst. Vielleicht werden es deine letzten Worte sein!

Sperr die beiden ein!«, rief er dem Krieger zu. »Sperr sie in den Toten Gang!«

Der Krieger zerrte an dem Strick, mit dem der Fremde gefesselt war. Doch der blieb bewegungslos stehen. »Einen Augenblick noch«, sagte er heiser, denn der Strick nahm ihm den Atem. »Es ist eine merkwürdige Art von Gastfreundschaft, die du übst, aber ich gebe zu, auch ein merkwürdiger Gast zu sein. Nur um eines bitte ich dich, junger Herr, dessen Name ich nicht kenne: Sei nicht grausam zu meinem Sohn! Er ist am Ende seiner Kräfte. Was immer euer Toter Gang sein mag, für ihn könnte es den Tod bedeuten.«

Belgius zögerte. »Nun gut«, sagte er endlich. »Nennius, du passt auf den Jungen auf! Du bist für ihn verantwortlich, lass ihn nicht aus den Augen! Wehe, wenn du ihn dir entwischen lässt!«

»Ich? Warum ich?«, wehrte Nennius ab.

»Weil ich es dir sage!«, erwiderte Belgius barsch, wandte sich ab und ging mit raschen Schritten die Treppe hinauf ins Herrenhaus zurück.

Der Krieger zerrte Bardulis mit sich. Da stieß der fremde Junge einen klagenden Laut aus und lief zu seinem Vater, fasste seinen gesunden Arm und hängte sich an ihn. Doch der schob ihn bestimmt von sich weg und sagte etwas in einer fremden Sprache. Da blieb der Junge stehen und blickte seinem Vater mit hängenden Schultern nach.

Nennius trat neben ihn und packte ihn am Handgelenk. Da hob der Junge den Kopf und fragte in dem gleichen schleppenden Tonfall wie sein Vater: »Der Tote Gang – was ist das?«

»Das ist ein Teil des Bergwerks oben an der Nordseite des Salzbergs, ein Teil, der seit ewigen Zeiten unbenutzt ist. Feucht und finster ist es dort, und die Luft verschlägt einem den Atem. Ein angenehmerer Ort konnte Belgius als Gefängnis gar nicht einfallen! Was musstet ihr auch hierher kommen!«

»Wir hatten keine Wahl«, erwiderte der Junge leise.

Nennius sah, dass er zitterte. Irgendwie tat er ihm Leid. Aber er war auch voller Misstrauen gegen ihn. Ob Belgius Recht hatte, dass dieser Junge und sein Vater Räuber waren? Jedenfalls war er sein Gefangener. Außerdem erinnerte er sich, dass er eigentlich etwas Besseres vorgehabt hatte, als diesen Jungen zu bewachen, und so sagte er ziemlich unfreundlich: »Nun komm schon, schauen wir, ob das Essen fertig ist!« Und grinsend fügte er hinzu: »Es stellt sich nur die höchst bedeutungsvolle Frage, ob es Gerste-Hirse-Bohnen-Brei oder Bohnen-Hirse-Gerste-Brei gibt! Wie heißt du überhaupt und wie alt bist du?«

»Gentius. Ich bin elf Jahre.«

»Ich heiße Nennius und bin zwei Jahre älter. Und viel stärker als du. Versuche ja nicht, mir auszureißen! Ich würde dich so in deine Bestandteile zerlegen, dass du dich selbst nicht mehr zusammensetzen kannst!«

Gentius presste die Lippen aufeinander und ging schweigend mit Nennius. Sie liefen ins Gesindehaus, das kleinste der Wohnhäuser des Hofes. Dort stand eine Magd an der Feuerstelle und rührte in einem großen Bronzekessel, der auf einem Dreifuß über der Glut stand. Nennius schaute in den Kessel und rümpfte die Nase. »Wie großartig«, sagte er bitter, »diesmal ist es ein Bohnen-Hirse-Brei mit Gerste verfeinert!«

Die Magd lachte und füllte ihm eine Schale voll. »Für den da auch?«, fragte sie und zeigte mit ihrem Holzlöffel auf Gentius. Nennius nickte mürrisch, setzte sich auf eine Bank an der Hauswand und begann lustlos zu essen. Fassungslos sah er zu, mit welchem Heißhunger Gentius seine Schale bis auf das letzte Körnchen auslöffelte. Auch die Magd beobachtete den fremden Jungen, und ihr Gesicht wurde dabei ganz weich.

»Komm vor dem Schlafen noch einmal zu mir, dann gebe ich dir mehr«, sagte sie zu ihm. »Es ist nicht gut, zu viel auf einmal zu essen, wenn man so verhungert ist wie du.«

»Danke«, erwiderte Gentius leise.

Die Magd nahm eine schön gewölbte, mit rot-schwarzem Muster bemalte Schüssel vom Wandbrett, füllte sie mit Brei und stellte sie gemeinsam mit einem Stapel Tonschalen des gleichen Musters auf ein Brett. Dann wollte sie damit aus dem Haus gehen.

»Lass das mich machen, ich wollte sowieso zu meiner Mutter!«, hielt Nennius sie zurück und nahm ihr das Essen ab. »Komm mit!«, forderte er Gentius auf, »und denk dran: keinen Schritt von meiner Seite!«

Gemeinsam gingen sie über den mittleren Hof auf das Herrinnenhaus zu. Durch die offene Tür traten sie in einen dämmrigen, aber schönen Raum. Bunte Webteppiche hingen an den Wänden, Felle waren am Boden ausgebreitet, und die Möbel waren prächtig geschnitzt. Nennius stellte das Essen auf einen Tisch, an dem seine Tante saß. Die Tante legte die Webbrettchen in den Schoß, mit denen sie ein buntes Band webte, und fragte: »Wen bringst du uns denn da mit?«

»Das ist mein Gefangener. Belgius hat mir befohlen, ihn zu bewachen! Wie ich zu dieser zweifelhaften Ehre komme, weiß ich auch nicht!«

Betuita, die junge Frau von Belgius, ging mit ihrem kleinen

Sohn auf dem Arm im Raum auf und ab und summte ein Wiegenlied. Bei jedem Schritt klingelte leise ihr reicher Bronzeschmuck. Nun blieb sie stehen und warf dem Fremden einen angewiderten Blick zu. »Schaff ihn fort! Er schleppt uns nur lauter Ungeziefer ein!«

Die beiden kleinen Schwestern von Nennius kicherten.

Gentius wurde rot. »Ich habe keine Ungeziefer!«

Die Mutter wandte sich vom Webstuhl um, an dem sie stehend gearbeitet hatte, und sah Gentius aufmerksam an. »Aber du hast sicher nichts dagegen, andere Kleider anzuziehen!«, sagte sie freundlich. Dann ging sie zu einer Truhe und nahm einen hellen wollenen Kittel und braune Beinbänder heraus. »Da, nimm das! Und du, Nennius, zeige ihm, wo er sich waschen kann! Hier, nimm noch ein Leinentuch zum Abtrocknen mit!«

Nennius zog Gentius hinter sich her aus dem Haus, die Treppe zum oberen Hof hinauf, zum hinteren Tor hinaus und zum Kleinbach hinunter. Hinter dem Salzberg leuchtete rot der Abendhimmel. Das Hochtal war in tiefen Schatten getaucht. Kühl war es geworden, und kalt blies der Wind. Gentius zitterte, als er sich auszog und in dem eisigen Gebirgswasser wusch. Er rieb sich trocken, bis seine Haut rot war, und schlüpfte dann schnell in den warmen Kittel. Doch dann starrte er ratlos auf die beiden aufgerollten Beinbänder, die ihm ganz unbekannt waren. Was er mit diesen Bändern anfangen sollte, wusste er nicht.

»Was macht man damit?«, fragte er schließlich unsicher.

Nennius lachte spöttisch. »Brauchst du noch eine Kindsmagd, die dich anzieht? Wickle dir die Bänder um die Beine, für den Kopf sind sie nicht!«

Gentius mühte sich ab, aber Nennius grinste: »So hält das ganze zwei Schritte lang! Gib her, ich zeige es dir.«

Während Nennius die Bänder kreuzweise um die Waden von Gentius wickelte, fragte dieser zögernd: »Ob der junge Herr meinem Vater etwas zu essen geben lässt?«

»Belgius? Ganz bestimmt nicht. Der lässt keine Gelegenheit aus, anderen seine Macht zu zeigen.«

»Dann muss ich ihm etwas bringen. Die Magd hat mir doch noch etwas von dem Brei versprochen. Das bring ich meinem Vater.«

»Na, wunderbar! Du nimmst dein Schälchen mit Brei, spazierst gemütlich zum Toten Gang und sagst den Wächtern, du willst nur eben deinem Vater einen kleinen Besuch abstatten und dein Essen mit ihm teilen. Und die Wächter werden sagen: ›Aber gerne, lieber Junge, es ist uns auch ganz gleich, dass Belgius uns befohlen hat, niemanden in den Toten Gang hineinzulassen! Es ist uns auch ganz gleich, dass Belgius befohlen hat, dem Gefangenen nichts zu essen zu geben!‹«

»Aber mein Vater verhungert, wenn er nichts isst. Wir haben seit vielen Tagen fast nichts gegessen, und was wir bekommen haben, hat er alles mir gegeben. Ich muss ihm etwas bringen.«

»Ich sage dir doch, es ist unmöglich. Du kommst so wenig in den Toten Gang hinein wie dein Vater heraus. Belgius macht keine halben Sachen. Du kommst nicht hin, ohne dass Belgius davon erfährt. Und mit Belgius ist nicht zu spaßen.«

»Bitte!«

Nennius kratzte sich unschlüssig am Kopf. Was gingen ihn diese heruntergekommenen Fremden eigentlich an? Wären sie nicht ungebeten hergekommen! Das hatten sie nun davon! Sich mit Belgius anzulegen konnte wirklich böse enden. Aber irgendwie beeindruckte ihn die Hartnäckigkeit, mit der dieser gefangene Junge für seinen Vater eintrat. Und überdies war es eine reizvolle Idee, Belgius eins auszuwischen.

»Also gut, versuchen wir es!«, sagte Nennius schließlich. »Ich helfe dir. Aber ich kann dir nicht versprechen, dass es klappt. Komm mit, wir müssen uns beeilen. Der Weg ist weit, und wir müssen vor der Dunkelheit zurück sein, denn dann wird das Hoftor geschlossen.«

»Danke! Eines Tages werde ich es dir vergelten.«

»Wie willst du mir schon etwas vergelten? Einer wie du! Schau dich doch bloß an! Nun komm schon!«

Sie liefen zum Bergherrenhof zurück und ins Gesindehaus. Kein Mensch war darinnen zu sehen. Der Kessel mit dem Brei stand noch über der Glut. Nennius griff nach einer Schale, füllte sie, gab sie Gentius und sagte: »Da, iss dich noch mal satt!«

»Aber das soll doch für meinen Vater sein!«

»Für den nehmen wir mehr. Von dem Zeug ist genug da. So hervorragend, wie das schmeckt, reißt sich sowieso keiner drum! Wir können froh sein, wenn es uns einmal gelingt, ihm Essen hineinzuschmuggeln, das muss dann für länger reichen.« Damit nahm er einen Holzeimer mit einem ledernen Tragriemen von der Wand und begann ihn voll Brei zu schaufeln. Da ging die Tür auf, und die Magd und einer der Krieger kamen herein.

»Was machst du da, wofür brauchst du so viel Essen, Nennius?«, fragte der Krieger misstrauisch.

Nennius schaute zu Boden. Verzweifelt suchte er nach einer passenden Erklärung, aber ihm fiel nichts ein.

Die Magd blickte von ihm zu Gentius. Verstehen blitzte in ihren Augen auf. »Nun mach schon, Nennius«, sagte sie, »bring den Eimer zum Hof der Bergknappen, du solltest längst gegangen sein!«

»Ach so«, brummte der Krieger, »warum sagst du das nicht gleich! Und ich dachte schon, du wolltest dem Fremden etwas bringen. Das hat Belgius nämlich ausdrücklich verboten.«

Nennius lächelte der Magd dankbar zu, schlang sich den Tragriemen des Holzeimers um die Schulter und gab Gentius ein Zeichen, ihm zu folgen. Erleichtert liefen sie aus dem Hof und begannen den Aufstieg zum Salzberg. Gentius mühte sich sehr, mit Nennius Schritt zu halten, aber er blieb immer weiter zurück.

»So lauf doch, oder willst du ein Wettrennen gegen eine Schnecke verlieren!«, drängte Nennius. »Ich muss vor Torschluss zurück sein. Das ist ein Gesetz des Bergherrn, das für jeden gilt, außer für meinen Vater und meinen Onkel. Wenn ich das verletze, dann suche ich mir am besten ein Mauseloch, um mich darin in Sicherheit zu bringen!«

»Ich kann nicht schneller«, keuchte der Kleinere.

Da verlangsamte Nennius seufzend seinen Schritt. Sie kamen am Hof der Bergknappen vorbei, der mit seinen großen Wohnhäusern wie ausgestorben dalag. »Die sind noch im Salzbergwerk, aber gleich müssen sie heimkommen«, erklärte Nennius.

Der Weg führte weiter bergauf, auf ein Blockhaus zu. Als sie nur noch wenige Schritte davon entfernt waren, hörten sie Stimmen. Nennius zog Gentius am Arm mit sich in den Graben des Wildbachs. Hier duckte er sich mit ihm hinter die Böschung, über das Rauschen des Wassers zischte er ihm zu: »Ruhe!«

Die Tür des Blockhauses ging auf, und einer nach dem anderen kam eine große Anzahl Männer heraus. Einige trugen Bergmannspickel mit langem Schaft und bronzener Spitze über der Schulter, andere schwere Holzschlägel und wieder andere große Tragsäcke aus Fellen. Alle sahen sie müde aus. Viele blieben einige Schritte vor dem Haus stehen, reckten sich und atmeten die frische Abendluft ein. Dann machten sie sich rasch an den Abstieg.

Nennius wartete mit seinem Gefangenen im Versteck, ob nicht noch ein paar Nachzügler kämen. »Das waren die Bergknappen und die Salzträger. Die haben jetzt Feierabend«, erklärte er. »In dem Haus da ist eines der beiden Taglöcher, die ins Salzbergwerk führen. Komm, wir wollen hier ja nicht festwachsen!«

Der Weg war von hier an nur noch ein kaum erkennbarer Trampelpfad. Er führte jetzt über den Wildbach hinüber nach rechts in den Wald. Nun ging es am Hang des Salzberges entlang nicht mehr so steil bergan. Endlich sahen sie im Dämmerlicht durch die Bäume undeutlich die Umrisse eines verwitterten Blockhauses.

»Das ist der Eingang zum Toten Gang!«, flüsterte Nennius. »Hier, nimm du den Eimer und warte. Rühr dich ja nicht von der Stelle! Ich schleiche mich näher und schaue, ob ich eine Möglichkeit für unser Vorhaben finde.«

Gentius wartete mit klopfendem Herzen. Endlich kam Nennius zurück. Der flüsterte bedrückt: »Es sind zwei Wächter. Der drinnen im Haus ist Vellocatus, mit dem ließe sich reden, das ist ein gutherziger Kerl. Aber der draußen an der Tür ist Inditius. Das ist ein Blutsbruder von Belgius. Der hält mit ihm zusammen, wie es ärger nicht geht. Und er ist ein ganz scharfer Hund. Da ist es leichter, einem hungrigen Wolf seine Beute wegzunehmen! Es tut mir Leid, Gentius, gegen Inditius kommen wir nicht an.«

Gentius stellte langsam den Eimer ab. Mit gesenktem Kopf stand er lange stumm und bewegungslos da. Dann plötzlich straffte er sich und rannte blitzschnell los, geradewegs auf den Eingang zum Toten Gang zu. Nennius war so verblüfft, dass er wie angewurzelt stehen blieb. Mit einem Ausbruchsversuch des schmächtigen Jungen hätte er jetzt am allerwenigsten gerechnet! Jetzt, wo er bereit gewesen war, sich für ihn und seinen Vater mit Belgius anzulegen! Wut stieg in ihm auf. Was für ein ehrloses Verhalten! Wie niederträchtig und gemein! Und wie dumm und sinnlos noch dazu, denn er lief ja genau den Wächtern in die Arme! Aber nein, kurz vor dem Blockhaus schlug der Junge einen Haken und rannte auf das Dickicht zu, verfolgt von Inditius, der ihm nachgestürzt war. Das hatte er nun davon!

Doch auf einmal verstand Nennius. Hochachtung für den Wagemut des fremden Jungen durchfuhr ihn. Er war überzeugt, dass das Ganze nicht gut enden konnte, aber nun wollte er seinen Teil erfüllen, koste es, was es wolle. Und so nahm er den Eimer und rannte auf das Haus zu.

Leise rief er nach Vellocatus, der mit einem Speer in der Hand im Haus vor dem schwarzen Loch stand, das tief und steil ins Innere des Berges führte.

Im Schein des brennenden Kienspans sah Vellocatus ihn kopfschüttelnd an. »Ihr habt Inditius weggelockt, hm? Nicht schlecht, der Einfall, aber ziemlich halsbrecherisch. Nun gib schon den Eimer her. Ja, ja, ich weiß schon, ich habe ja Augen im Kopf und keinen Stein in der Brust. Ich muss ganz schön blöd sein, mich auf so was einzulassen. Nun mach schon, verschwinde, ehe Inditius zurückkommt!« Und immer noch vor sich hin brummend machte sich Vellocatus mit dem Eimer in der Hand an den Abstieg in das finstere Loch.

Nennius rannte in den Wald zurück, versteckte sich im Gebüsch und wartete. Es wurde immer dunkler. Er konnte kaum mehr etwas erkennen. Schließlich hörte er ganz in der Nähe das Knacken von Zweigen und dann ein lautes Fluchen. Wenige Schritte von ihm entfernt kam Inditius vorbei und ging zum Toten Gang zurück – allein. Also war es Gentius tatsächlich gelungen, Inditius zu entkommen! Aber wie sollte er Gentius nun wieder finden?

Nennius verhielt sich ruhig, bis Inditius im Blockhaus verschwunden war, dann schlich er sich davon. Er schlängelte sich durchs Gebüsch, erreichte den Pfad und rannte bergab. Was sollte er bloß tun, wenn er Gentius nicht wieder fand? Er könnte sich Belgius nicht mehr unter die Augen trauen.

Als er aus dem Wald herauskam, blickte er sich suchend um. Fast war es schon dunkel. Er konnte niemanden sehen. Unschlüssig blieb er stehen. Da löste sich von einem Baum am Waldsaum ein Schatten und kam auf ihn zu. Nennius rieselte ein kalter Schauer über den Rücken. Er spannte sich zum Sprung. Dann hörte er die fremdartige Stimme von Gentius: »Nennius, bist du das?«

Aufatmend antwortete Nennius: »Ja. Bin ich froh, dass du da bist! Hat Inditius dich erkannt?«

»Das glaube ich nicht. Er hat mich nicht aus der Nähe gesehen. Und ich trage ja eure Kleidung. Ich könnte irgendein anderer Junge gewesen sein.«

»Es gibt hier kaum andere Jungen! Es wird ihm nicht schwer fallen, mich mit der Sache in Verbindung zu bringen. Na ja, solange Inditius Wache halten muss, haben wir nichts zu befürchten. Komm, renn, was du kannst, damit wir noch in den Hof hineinkommen!«

Als sie endlich am Bergherrenhof anlangten, war die Nacht hereingebrochen, und das Tor war fest verschlossen.

Völlig außer Atem von dem raschen Lauf kauerten sie sich am Fuß des hohen Zaunes hin. Gentius war so erschöpft, dass er zitterte.

Nennius überlegte. Sollte er ans Tor klopfen? Dann würde Belgius davon erfahren, dass er zu spät gekommen war, und Fragen stellen. Sollten sie über Nacht draußen bleiben? Aber jetzt im Frühling waren die Nächte kalt, und Gentius brauchte dringend ein Bett. Oder sollte er versuchen, über den Zaun zu klettern und Gentius einzulassen? Ja, das würde er tun.

Er schlich sich ein Stück den Zaun entlang bis zu einer Stelle, die nicht ganz so hoch war. Er nahm Anlauf und versuchte, hochzuspringen und die Zaunspitzen zu fassen. Aber er verfehlte sie. Eben wollte er einen neuen Versuch machen, da hörte er aus der Höhe die Stimme von Luerius, einem der Krieger: »Na, Nennius, das haben schon andere vor dir versucht und nicht geschafft!«

Nennius schaute nach oben und sah auf dem Wachturm den Umriss einer Männergestalt. »Lässt du uns ein, Luerius?«, fragte er.

»Gewiss doch. Ich warte ja eigens auf euch. Auf Befehl von Belgius, versteht sich!«

Nennius stöhnte: »Das kann ja heiter werden!« Er lief zu Gentius, legte ihm den Arm um die Schulter und zog ihn mit sich zum Tor. Leise knarrend öffnete es sich. Luerius ließ sie eintreten und verriegelte hinter ihnen wieder das Tor. Dabei brummte er gutmütig: »Überleg dir eine gute Erklärung bis morgen früh, Nennius, warum du bei Torschluss nicht im Hof warst. Belgius ist ziemlich wütend. Was er alles gesagt hat, gebe ich dir lieber nicht wieder. Es tut mir Leid, aber er hat mir aufgetragen, euch im unteren Speicher einzusperren.«

»Nur zu, es gibt Schlimmeres! Aber du könntest uns eine Fackel geben, oder hat Belgius auch das verboten?«

Der Krieger lachte: »Daran hat selbst Belgius nicht gedacht! Warte, ich bring dir gleich Licht. Braucht ihr sonst noch etwas?«

Nennius grinste: »Aber nicht doch! Wir haben ja nicht vor, uns auf ewig da drinnen einzurichten.«

Als Luerius sie im Speicher, einem kleinen, fest gefügten Holzhaus, eingeschlossen hatte, machte Nennius sich gleich daran, eine der zahlreichen Truhen auszuräumen, die im Raum standen. Er brachte eine Anzahl von Fellen zum Vorschein und baute daraus ein warmes Lager für sie beide. Dabei spottete er: »Ein Gutes ist an der Sache. Jetzt brauche ich dich nicht mehr zu bewachen, weil ich selbst gefangen bin.«

»Es tut mir Leid, wenn ich dich in Schwierigkeiten bringe«, sagte Gentius.

»Pah, Schwierigkeiten! Belgius soll sich nicht so aufspielen. Wenn mein Vater da wäre, sähe es schon schlechter aus. Dem dürfte ich nicht zu spät nach Hause kommen. Aber Belgius ist weder mein Vater noch der Bergherr. Er ist nichts als mein Vetter, und ein schrecklicher Angeber dazu. Nun leg dich endlich hin! Man kann es ja nicht mit ansehen, wie du schon im Stehen schläfst! Es war übrigens keine schlechte Leistung von dir, Inditius vom Toten Gang wegzulocken und ihm dann auch noch zu entwischen. Ziemlich verrückt zwar, aber es hat sich gelohnt. Vellocatus hat deinem Vater das Essen gebracht.«

»Danke, Nennius. Du bist ein wirklicher Freund.«

»Das bin ich nicht. Ein Fremder kann nicht mein Freund ein.«

Doch das hörte Gentius schon nicht mehr, denn er war vor Erschöpfung eingeschlafen, sobald er sich hingelegt hatte.

Da legte auch Nennius sich auf das Felllager. Er konnte lange nicht einschlafen. Er hätte es niemals zugegeben – aber er fürchtete sich vor Belgius und dem nächsten Tag. Sobald Inditius von der Wache am Toten Gang zurückkehrte, würde Belgius wissen, wo er sich mit Gentius herumgetrieben hatte. Man konnte Belgius manches nachsagen, aber nicht, dass er dumm war.

Er würde bald hinter die Wahrheit kommen. Ob es dann noch möglich war, Gentius vor Belgius zu schützen?

Irgendwann in der Nacht wachte Nennius von einem merkwürdigen Geräusch auf. Verwirrt richtete er sich auf. Finstere Nacht umgab ihn. Einen Augenblick lang wusste er nicht, wo er sich befand. Dann fiel ihm alles wieder ein. Was war das für ein Geräusch? Schluchzen – unterdrücktes Schluchzen. Er tastete neben sich, bis er die Schulter von Gentius unter seiner Hand spürte. Gentius bebte vor krampfhaftem Weinen. Nennius rüttelte ihn an der Schulter: »He, Gentius, was ist denn los?«

Gentius weinte: »Ich habe geträumt. Immer wenn ich schlafe, träume ich den gleichen Traum. Und dann wache ich auf, und dann fällt mir wieder ein, dass es kein Traum ist, sondern Wirklichkeit.«

»Was für ein Traum? Was für eine Wirklichkeit?«

»Das Feuer. Der Feuersturm. Wo du hinsiehst: Feuer. Die Nacht ist rot vom Feuer. Eine Hitze, die unbeschreiblich ist. Der Wind heult. Immer höher brennen die Flammen. Tiere im Feuer: Pferde, Rinder, Schweine. Ein Brüllen und Quieken. Und Menschen im Feuer: Frauen, Kinder, Männer. Das Schreien. Auf dem Wall wird gekämpft. Die Krieger brechen zusammen, von Pfeilen getroffen. Und überall Feuer. Nein – oh, nein!«

Nennius rüttelte ihn noch heftiger an der Schulter. »So hör doch auf, Gentius. Werde endlich wach!«

»Aber ich bin ja wach!«

»Warum redest du dann so grässliches Zeug? Was für ein Feuer?«

»Das Feuer, das unsere große Siedlung vernichtet hat.«

»Ich verstehe kein Wort. Welche große Siedlung?«

»Sticna. Meine Heimat. Die Siedlung, deren Herr mein Vater war. Und vor ihm mein Großvater.«

»Erzähl! Wo ist deine Heimat?«

»Im Süden. Weit weg von hier. Hinter der südlichsten hohen Bergkette des Großen Gebirges. Wir sind sehr weit gegangen, mein Vater und ich. Erst über die Berge, dann immer in Tälern entlang, dann wieder über Berge. Ach, ich weiß nicht. Ich habe keine Ahnung, wie mein Vater hierher gefunden hat. Erst waren wir zu sechst. Vier Krieger sind mit uns geflohen. Aber wir wurden überfallen und ausgeraubt. Die anderen sind tot. Und mein Vater ist seither verwundet und ohne Waffen. Da sind wir nicht mehr auf Wegen gegangen, sondern abseits über die Berge. Und wir hatten nichts mehr zu essen. Und konnten keinen Menschen nach der Richtung fragen. Aber mein Vater hat trotzdem hergefunden.«

»Wollte er denn wirklich zu uns?«

»Ja. Er hat gesagt, ihr wäret die einzige Hoffnung. Aber da hat er sich wohl getäuscht.«

»Das soll verstehen, wer kann! Aber du wolltest von deiner Heimat erzählen!«

»Sticna ist sehr groß. War sehr groß. Mehr als zehn mal hundert Leute haben darinnen gewohnt. Bronzegießer und Kunstschmiede und Töpfer und noch viele andere Handwerker. Wir hatten die besten Handwerker des Landes. Eine große Steinmauer mit einem hohen Erdwall geht um Sticna. Ging. Jetzt ist sie zerstört. Und unsere Burg lag auf der höchsten Erhebung des Berges und hatte noch mal eine eigene Befestigung. Ich habe immer geglaubt, uns könnte niemand besiegen. Mein Vater war der reichste und mächtigste Herr im ganzen Land. Er hatte die schönsten Waffen. Und die meisten Krieger. Und dann . . . « Gentius begann wieder zu weinen.

»Was war dann?«, fragte Nennius leise.

»Dann kam der Herr aus dem Osten. Wilde Krieger auf riesigen Pferden. Mit fremden Waffen. Mit Pfeil und Bogen. Sie haben ihre Brandpfeile über die Mauern in unsere Häuser geschossen, und das Stroh der Dächer fing Feuer, und dann brannte ganz Sticna. Und dann brannte auch die Burg. Das ganze Land hat gebrannt.«

»Wenn es hier brennt, so ist es nur das Feuer, auf dem der köstliche Brei gekocht wird! Denk nicht mehr dran und lass mich schlafen!«

Damit schlief Nennius wieder ein, während Gentius sich an die Wand kauerte und auf den Tag wartete. Nach und nach hellte sich der Raum auf. Durch die Ritzen zwischen Dach und Wänden drang Morgenlicht. Gentius hörte das Stampfen von Tieren, das Muhen von Kühen, dann Türenschlagen und menschliche Stimmen: Der Hof erwachte. Und dann war aufgeregtes Rufen zu hören, das Knarren des Hoftors und Pferdegetrappel. Nennius schlief noch immer.

Gentius spähte durch einen Spalt in der Tür in den Hof. Das Erste, was er sah, war blendendes Glitzern. Die Morgensonne spiegelte sich auf glänzenden bronzenen Rüstungen. Fünf Reiter konnte Gentius erkennen, und alle waren schwer bewaffnet. Drei von ihnen hatten Brustpanzer an, trugen Helme mit Federbüschen auf dem Kopf und mächtige Eisenschwerter am Gürtel. Die beiden anderen hatten nur einfache Bronzehelme und statt der Schwerter Kampfbeile. Alle aber hielten sie Speer und Schild in der Rechten, die Zügel ihrer Pferde in der Linken. Nun stiegen sie von den Pferden und warfen die Zügel den Männern zu, die aus allen Ecken des Hofes herbeigelaufen kamen. Dann lehnten sie ihre Speere und Schilde an die Wand des Speichers und nahmen ihre Helme ab. Frisch rasiert glänzten ihre kahlen Köpfe.

Gentius hielt den Atem an und drückte sein Auge dicht an den Spalt, um sich nichts entgehen zu lassen. Er konnte jetzt erkennen, dass die beiden schwertlosen Krieger noch sehr jung waren. Es konnte noch nicht lange her sein, dass sie das

Recht erworben hatten, Waffen zu tragen und sich den Kopf kahl scheren zu lassen. Die anderen Krieger waren älter, zwei in mittlerem Alter, der dritte aber vielleicht an die sechzig Jahre. Er war groß und hager, hatte freundliche Augen, und die Falten um seinen Mund verrieten, dass er oft lächelte. Gentius war sich sofort sicher, dass dies der Bergherr sein musste. Er hatte das prächtige Schwert, er trug den reichsten Schmuck, und er wurde von allen anderen mit deutlicher Hochachtung behandelt. Jetzt sprach er:

»So, da wären wir wieder. Wir haben die Karawane sicher durch alle Gefahren geleitet. Heute Abend wird sie eintreffen. Wir sind die Nacht durch vorausgeritten, weil wir heimwollten. In unserem Gebiet haben wir ja keinen Überfall mehr zu befürchten. Es hat sich gelohnt, meine Lieben, ihr werdet staunen, was die Karawane an Schätzen mit sich führt. Aber Belgius, jetzt sag: Ist hier alles in Ordnung?«

Gentius konnte Belgius nicht sehen, aber er hörte seine Stimme:

»Ja, Großvater, es ist alles in Ordnung. Die Salztransporte in den Norden und in den Osten habe ich pünktlich auf den Weg geschickt, wie du es angeordnet hast. Im Salzbergwerk geht alles seinen geregelten Gang. In der Tiefen Kehr mussten wir die Verzimmerung verstärken, der Berg arbeitet wieder sehr stark dort unten. Aber du wirst sehen, die Balken halten stand.«

Der Bergherr erwiderte: »Gut, Belgius. Ich freue mich, dass du dich bewährt hast. Ich habe dir auch etwas mitgebracht, damit es dir nicht so schwer fällt, das Bergherrenbeil wieder aus der Hand zu geben. Sieh her!« Damit löste der Bergherr von seinem Gürtel einen großen Dolch mit einem Griff und einer Scheide aus Bronze, in die feine Muster eingraviert waren.

Nun trat auch Belgius in das Gesichtsfeld von Gentius. Belgius nahm den Dolch in Empfang. Sein Gesicht rötete sich vor Freude.

Die beiden jungen Krieger traten zu ihm und bewunderten mit ihm den Dolch. Der eine sagte: »Solche Dolche sind jetzt bei den Venetern ganz neue Mode. Wir haben alle Adligen im Süden mit solchen Dolchen gesehen. Keiner trägt mehr ein großes Schwert.«

Einer der beiden älteren Krieger, ein auffallend großer und breiter Mann mit starken Muskeln und befehlsgewohntem Blick, lachte laut und dröhnend und sagte: »Natürlich! Weil keiner mehr die Kraft im Arm hat, unser gutes schweres Schwert zu führen! Für euch Jungen ist so ein Dolch gerade recht!«

Belgius fuhr auf: »Onkel, du weißt ganz genau, dass ich die Kraft für das Schwert hätte. Gib mir eines, und ich beweise es dir!«

Doch dieser lachte nur und fragte dann weiter: »Wo steckt eigentlich mein Sohn?«

Belgius antwortete: »Nennius habe ich einsperren lassen, weil er gestern Abend zu Torschluss nicht zu Hause war.«

»Was untersteht sich der Bengel! Bei Torschluss nicht zu Hause! Da bin ich ja gerade recht zurückgekommen!«, erwiderte der starke Krieger grimmig.

Gentius schlich sich zum Felllager zurück, kniete sich neben Nennius nieder und schüttelte ihn: »Nennius! So wach doch auf, Nennius!«

Nennius brummte schlaftrunken und drehte sich auf die andere Seite.

Die Tür ging auf. Belgius kam herein und rief: »Nennius, komm her! Du kannst gleich deinem Vater erklären, was du gestern Abend getrieben hast!« Dabei grinste er schadenfroh.

Nennius richtete sich auf und rieb sich die Augen. »Meinem Vater? Ist er denn da?«

Gentius nickte. Da verzog Nennius das Gesicht, murmelte trocken: »Kein Mauseloch in Sicht!«, stand auf und ging ins Freie. Gentius folgte ihm. Sie mussten blinzeln, so blendete sie das helle Sonnenlicht.

Nun hörten sie die strenge Stimme des Vaters: »Nennius, du hast ein Gesetz des Bergherrn verletzt. Du weißt, was das bedeutet.«

»Aber er konnte ja gar nichts dafür! Es war alles meine Schuld!«, rief Gentius aus und trat neben Nennius.

»Was ist das für ein fremder Junge? Und was hat er damit zu tun?«

»Das ist eine lange Geschichte, Vater«, antwortete Nennius.

Statt des Vaters sagte der Großvater ruhig und freundlich: »Na, dann erzähl eben deine lange Geschichte. Lass dir Zeit, wir haben genug davon.«

Belgius ließ sich hören: »Großvater, den Jungen und einen Mann haben die Wächter gestern auf dem Südpfad aufgegriffen. Heruntergekommenes Räubergesindel. Fremde von weit her. Bestimmt wollten sie sich hier einschleichen. Wer weiß, was die beiden für Absichten hatten. Der Mann hatte noch die Frechheit, Gastfreundschaft zu verlangen. Dabei kam er ohne Geschenke, zerlumpt und ohne Waffen. Ich habe ihn im Toten Gang einsperren lassen und den Jungen Nennius zur Bewachung überlassen.«

»Ja«, fiel Nennius ein, »und dann hast du verboten, dass sein Vater etwas zu essen bekommt, obwohl er am Verhungern war. Aber Gentius hat für seinen Vater gekämpft, obwohl er selber mehr tot als lebendig war, und nicht aufgegeben! Und da habe ich ihm geholfen, weil es eine Gemeinheit ist, was du gemacht hast! Und es ist uns wirklich gelungen, dem Vater von Gentius Essen in den Toten Gang zu schmuggeln. Und weil wir dabei erst Inditius überlisten mussten, ist es Nacht geworden, bis wir es geschafft hatten. So, und jetzt wisst ihr, warum wir bei Torschluss nicht zu Hause waren, und es ist mir gleich, wenn ich dafür bestraft werde, und ich würde es wieder tun.«

Belgius ging auf Nennius los: »Wie kannst du es wagen! Das wirst du mir . . . «

»Halt den Mund, Belgius!«, befahl der Großvater. »Du hast schon viel zu viel geredet, und nichts Gutes!« Dann sagte er zu dem fremden Jungen: »Und du, Gentius, komm einmal her zu mir. Sei ganz ruhig, ich tu dir nichts. Wer ist dein Vater, hm?«

»Mein Vater ist Bardulis, Herr von Sticna.«

»Der Herr von Sticna! Wie heißt dein Großvater?«

»Mein Großvater ist tot.«

»Wie hat er geheißen?«

»Algalsus.«

»Hat dein Vater einen Bruder?«

»Ja. Battarios. Er ist beim Kampf um Sticna gefallen.«

»So ist es wahr, dass Sticna vernichtet ist?«

Da begann Gentius statt einer Antwort zu weinen.

Der Großvater legte Gentius die Hand auf die Schulter, schaute Belgius mit gerunzelter Stirn an und sagte vorwurfsvoll: »Der Herr von Sticna. Räubergesindel, wie?«

Belgius wurde blass und rief: »Aber Großvater, du glaubst ihm doch nicht etwa!«

Sein Vater, Nennius' Onkel Andrastus fiel ein: »Es stimmt mit dem überein, was wir unterwegs gehört haben. Ein Reitervolk aus dem Osten soll im Südosten eingefallen sein und Sticna dem Erdboden gleichgemacht haben. Und die Namen, die der Junge genannt hat, stimmen auch. Mit den Herren von

Sticna treiben wir seit langem Handel. Belgius, der Himmel sei dir gnädig, wenn du den Herrn von Sticna beleidigt hast!«

»Aber wie sollte ich es wissen, so wie er daherkam!«, verteidigte sich Belgius.

»Und überhaupt, ich glaube es nicht.«

Der Großvater erwiderte: »Selbst wenn er nicht wirklich der Herr von Sticna ist: Du hattest kein Recht, einen Fremden blindwütig so zu behandeln, wie du es getan hast. Es war deine Pflicht, wachsam zu sein und zu verhindern, dass Fremde hier ihre Nasen in unsere Angelegenheiten stecken. Aber du hattest keinen Grund, unmenschlich zu sein. Gib mir mein Beil zurück, Belgius. Du hast es nicht in Ehren getragen. Du bist ein guter Bergmann, aber ein schlechter Bergherr!

So, und jetzt werde ich zum Toten Gang gehen und den Vater von Gentius herausholen, wer auch immer er ist. Belgius, Gentius und Nennius, ihr kommt mit. Ach so, da ist noch die Sache mit Nennius!« Damit blinzelte er dem Vater von Nennius zu und sagte: »Was meinst du, kannst du unter diesen Umständen ein Auge zudrücken, dass er bei Torschluss nicht zu Hause war?«

Der Vater lachte: »Da reicht ein Auge nicht. Da muss man schon beide zudrücken. Nennius, du hast Glück, dass du einen so achtbaren Grund hattest – und einen so hohen Fürsprecher!«

Nennius beteuerte: »Es wird auch nicht mehr vorkommen!«, und machte sich erleichtert mit den anderen auf den Weg.

Gentius lief neben Nennius hinter dem Bergherren und Belgius her. »Wenn der Bergherr nun meinem Vater auch nicht glaubt?«, fragte er leise Nennius.

»Mein Großvater tut niemandem Unrecht!«, antwortete dieser bestimmt.

Sie stiegen den Salzberg hinauf, bis sie zum Toten Gang kamen. Inditius hielt vor dem alten Blockhaus Wache. Ehrerbietig grüßte er den Bergherren, doch als er Gentius sah, rief er aus: »Das ist doch der Bursche, der sich gestern Abend hier herumgetrieben hat!«

»Das weiß ich!«, erklärte der Großvater. »Geh, Inditius, hol den Gefangenen heraus!«

Wenig später trat der Vater von Gentius aus dem Haus. Er sah noch erschöpfter und kranker aus als am Vortag.

»Belgius, nimm ihm die Fesseln ab!«, befahl der Bergherr. Dann sah er den Gefangenen lange an und sagte: »Fremder, dir ist ein schlechter Empfang bereitet worden, für den ich mich entschuldige. Wäre ich da gewesen, so wäre das nicht geschehen. Ich bin Diviciacus, Herr des Salzberges. Dein Sohn sagt, du seist der Herr von Sticna. Ich kannte den alten Herrn von Sticna, aber ich kenne nicht den neuen. Hast du einen Beweis dafür, dass du es bist?«

»Keinen als mein Wort. Aber warte, lass mich deinen Gürtel sehen. Ja, er ist es. Ich erinnere mich genau an das getriebene Bild auf dem Bronzeblech: der Kampf der zwei Reiter und ihrer Knappen. Es freut mich, dass du ihn trägst. Ich habe ihn dir vor zwei Jahren mit der Frühjahrskarawane zugeschickt, gemeinsam mit der Nachricht vom Tod meines Vaters. Und wenn dir das noch nicht zum Beweis genügt, so kann ich dir noch von dem Schwur erzählen, den du vor langen Jahren mit meinem Vater getauscht hast: Freundschaft im Herzen, Handel im Frieden, Beistand in der Not.«

Da umarmte der Bergherr den zerlumpten Fremden und sagte: »Freundschaft im Herzen habe ich für deinen Vater Algalsus immer empfunden. Handel im Frieden habe ich stets mit ihm betrieben. So will ich nun seinem Sohn Beistand in der Not gewähren. Sei mein Gast, Bardulis von Sticna, und fordere von mir, was du willst! Aber erst sag, wie dir mein Enkel Belgius Genugtuung für das leisten soll, was er dir angetan hat. Was auch immer du verlangst, es wird erfüllt.«

Der Herr von Sticna schüttelte dem Bergherrn die Hand. »Ich danke dir, Diviciacus. Aber ich verlange keine Genugtuung. Es ist nicht leicht für einen jungen Mann, mit so einer Aufgabe fertig zu werden, wie du sie Belgius aufgetragen hast. Ich trage ihm nichts nach. Und was dein einer Enkel in mir an Rachegefühlen geweckt hat, das hat dein anderer Enkel mehr als wettgemacht!« Damit streckte er Nennius lächelnd die Hand hin und fuhr fort: »Ich danke dir Nennius. Der Wächter Vellocatus hat mir gesagt, wem ich mein Abendessen zu verdanken habe.«

»Aber nein!«, rief Nennius. »Das war doch Gentius, nicht ich!«

»Dann wart ihr es eben beide, und ich danke euch beiden.«

Nun machten sie sich alle an den Abstieg. Der Großvater und Bardulis von Sticna gingen vorneweg und waren bald in ein ernstes Gespräch vertieft. Bardulis erzählte vom Kampf um Sticna, vom Verlust all seiner Güter, von der Zerstörung des ganzen Landes, von der drohenden Hungersnot, weil die Felder verwüstet seien, die Vorräte verbrannt, das Saatgut vernichtet.

Ihnen folgten Belgius und die beiden Wächter. Belgius ging mit gesenktem Kopf, verlegenem Gesicht und hängenden Schultern. Wie ein geprügelter Hund, dachte Nennius nicht ohne Befriedigung. Er selbst bildete mit Gentius den Schluss der Gruppe. Dieser war wie ausgewechselt. Er hüpfte und sprang den Berg hinunter, erzählte ununterbrochen von zu Hause und fand dauernd einen Grund zum Lachen.

Als sie wieder im Bergherrenhof angekommen waren, verschwanden die Männer im Herrenhaus, während Nennius Gentius mit ins Gesindehaus nahm. Dort gab es zur Morgenmahlzeit diesmal in Milch gekochten Hirsebrei, den Nennius mit Seufzen verzehrte, Gentius mit Begeisterung.

Nach dem Essen schlenderte Nennius aus dem Hof und den Hang hinab. Gentius wich nicht von seiner Seite. Er erzählte inzwischen in allen Einzelheiten die Geschichte seiner Wanderung durch die Berge. Je schneller er redete, desto schwerer war er zu verstehen. Immer häufiger mischten sich Brocken einer für Nennius ganz unbekannten Sprache in seine Erzählung. Nennius hörte kaum hin. Er wäre gern auf seinen Baum geklettert, um nach der Karawane Ausschau zu halten, aber noch nie hatte er jemanden zu seinem geheimen Aussichtspunkt mitgenommen. Dieser Gentius war wirklich lästig.

»Hör zu, Gentius«, sagte er schließlich, »du brauchst nicht mehr neben mir herzulaufen, als würde ich dich am Strick um den Hals führen! Du bist nicht mehr mein Gefangener.«

»Das weiß ich selbst. Aber du bist mein Freund.«

»Ich bin nicht dein Freund! Wie oft soll ich dir das noch sagen, bis du das begreifst!«

»Aber was du für mich und meinen Vater getan hast, das tut nur ein Freund.«

»Bilde dir das bloß nicht ein! Warum ich das getan habe, geht dich gar nichts an! Und jetzt bin ich die Verantwortung für dich los, also lass mich in Ruhe!« Damit wandte sich Nennius heftig um und rannte davon.

Gentius blieb stehen und schaute ihm nach. »Und du bist doch mein Freund«, murmelte er leise vor sich hin.

Nennius kletterte auf seinen Baum. Alles war wie am Vortag. Der Wind blies, und die Sonne schien. Aber das Glücksgefühl, das er sonst immer auf seinem Baum hatte, wollte sich nicht einstellen. Er musste an Gentius denken.

Eigentlich schade, dass nun alle Gefahren vorüber waren.

Wie sie sich gegen Belgius und Inditius verbündet hatten! Mit so einem Jungen an der Seite macht es Spaß, das Schicksal herauszufordern und Abenteuer zu suchen. Der hatte, was man dafür brauchte: Mut, Geschicklichkeit und gute Einfälle. Wie er Inditius an der Nase herumgeführt hatte! Und aufrichtig war er auch. Dass er beim Vater für das Zuspätkommen hatte einstehen wollen!

Aber wie merkwürdig er redete. Und wie fremd und heruntergekommen er aussah. Und dieses dauernde Erzählen von Sticna, das er, Nennius, sich beim besten Willen nicht vorstellen konnte! Und der Stolz auf seinen Vater, den Herrn von Sticna! Was waren die schon – ohne die Gutmütigkeit des Bergherren wären sie verloren! Und überhaupt: War nicht der Bergherr vom Salzberg der reichste und mächtigste Herr, den man sich vorstellen konnte? Und dann die Angst in den Augen von Gentius und das Weinen in der Nacht. Nein, mit Ängstlichkeit hatte das nichts zu tun. Seinen Mut hatte er genug bewiesen. Es war etwas anderes, etwas Unheimliches. Etwas, womit er, Nennius, nichts zu tun haben wollte.

Da sah er drüben am Fluss jenseits des Sees ein Blinken. Aufmerksam spähte er hinüber. Aber das war ja die Karawane! Rasch glitt er vom Baum und stürmte den steilen Berg zum See hinunter. Auf dem Saumpfad lief er dann am Südufer des Sees entlang.

Die Sonne stand schon hoch am Himmel, als er endlich auf die Karawane traf. Zwei mit Speer und Kampfbeil bewaffnete Krieger ritten vorneweg. Ihnen folgten zu Fuß zwei Männer, die jeder drei schwer beladene Maultiere am Zügel führten. Hinter diesen marschierten wieder zwei Krieger, gefolgt von zehn Lastenträgern, die hoch bepackte Tragekörbe auf dem Rücken schleppten. Den Abschluss machten wieder zwei berittene Krieger.

»He, Nennius, sieh her, was ich dir mitgebracht habe!«, rief der Letzte, griff in seine Satteltasche und warf Nennius ein prall gefülltes Leinensäckchen zu. Nennius musste hoch in die Luft springen, um es aufzufangen. Neugierig sah er hinein. Es waren getrocknete Weinbeeren und Mandeln darinnen. Gleich stopfte er sich den Mund voll und begann andächtig zu kauen.

»Danke«, sagte er dann mit vollem Mund.

Der Krieger lachte: »Na, das schmeckt besser als Gerste, Hirse und Saubohnen, was? Die haben wir übrigens auch wieder dabei – damit dir dein Leibgericht nicht ausgeht!«

»Da wäre ich auch wirklich untröstlich!«

Nennius lief neben der Karawane her. Solange der Weg einigermaßen eben ging, kamen sie rasch vorwärts, doch auf dem steilen Aufstieg zum Salzbergtal keuchten die Träger unter ihrer Last und wurden immer langsamer. Einer von ihnen, ein junger Bursche, musste immer wieder stehen bleiben, weil ihn Hustenanfälle quälten.

Da sagte Nennius: »Gib mir deinen Korb. Ich trage ihn das letzte Stück für dich.«

Der Träger sah ihn dankbar an, schüttelte aber den Kopf: »Das ist keine Arbeit für dich. Du bist ein junger Herr. Außerdem ist der Korb reichlich schwer.«

»Ach was«, lachte Nennius, »ich bin doch nicht aus Butter!«

Doch als er dann die Last auf seinem Rücken hatte, wäre er fast darunter zusammengebrochen.

Er presste die Lippen zusammen und kämpfte zäh um jeden Schritt nach oben.

»Geht es wirklich?«, fragte der andere.

»Natürlich«, japste Nennius verbissen. Noch nie in seinem Leben war ihm der Aufstieg ins Hochtal so endlos und so steil erschienen.

Als sie sich dem Bergherrenhof näherten, kamen ihnen aus dem Hof viele Leute entgegen. Neben dem Großvater ging ein stolzer, fremder Herr, dem man den Fürsten von weitem ansah. Nennius schaute ihn ehrfürchtig an – und erkannte den Vater von Gentius. Glatt rasiert, in prächtigen Kleidern und Waffen, die ihm wohl der Bergherr geschenkt hatte, sah er wie ein völlig anderer Mensch aus.

Im unteren Hof setzten die Träger erleichtert ihre Lasten ab. Die Säcke wurden von den Maultieren abgeschnallt, ein allgemeines Rufen und Hin- und Herlaufen begann. Nennius' Vater befehligte das Entladen. Die Säcke mit Getreide wurde in die Scheune geschleppt, die Lederschläuche mit Wein in den Felsenkeller unterhalb des Hofes, Fässer mit Öl und Oliven sowie weitere Vorräte in den Speicher, die Kisten mit den wertvollen Gegenständen aber ins Herrenhaus. Dort versammelten sich nun alle und beobachteten gespannt das Auspacken.

Ungeheure Schätze kamen zum Vorschein. Große Eimer aus Bronze, deren Wände und Deckel mit Bildern von Tieren und feiernden Menschen geschmückt waren, Schmuckstücke aus Bronze, Gold und Glas, herrliche Waffen, bunte Seidenstoffe, ganze Rollen Goldfaden für die Frauen und vieles andere mehr.

Der Vater und Onkel Andrastus begannen Geschenke auszuteilen. Nennius wurde vor Freude ganz stumm, als sein Vater ihm ein Eisenmesser mit einem Griff aus Bronze schenkte.

»Bedanke dich auch bei deinem Großvater dafür, der hat es mit mir für dich ausgesucht!«, sagte der Vater.

Nennius sah sich nach seinem Großvater um. Jetzt erst wurde ihm klar, dass sich dieser nicht am allgemeinen Auspacken beteiligt hatte. Er saß ganz hinten im Raum auf seinem Thronsessel und hielt einen merkwürdigen Gegenstand in der Hand. Nennius lief zu ihm und hatte schon ein Dankeschön auf den Lippen, doch dann blieb er still stehen und sah seinen Großvater scheu an.

Der bemerkte ihn gar nicht. Er blickte ganz versunken auf das, was er in der Hand hielt, und sein Gesicht war so fern und wehmütig, wie Nennius es noch nie gesehen hatte. Endlich sah er auf und bemerkte Nennius. Er nickte ihm freundlich zu und sagte: »Komm her, Nennius, schau dir das einmal an!«

Nennius betrachtete den Gegenstand, den sein Großvater ihm hinhielt. Es war ein Wagen aus Bronze, auf dem viele kleine Figuren, Menschen und Tiere, in feierlichem Aufzug um eine große Figur in der Mitte herumstanden, und diese hielt in ihren hoch erhobenen Händen eine schöne Schale. Er konnte nicht verstehen, was sein Großvater so besonders daran fand.

»Schön«, sagte er, ziemlich unsicher.

»Was meinst du, was in dieser Schale gefahren werden könnte?«, fragte der Großvater.

»Vielleicht Wein«, schlug Nennius vor.

Der Großvater lächelte. »Wohl kaum, Nennius. Eher die Seele in das Totenreich. Aber lass, die Gedanken eines alten Mannes sind nichts für dich. Weißt du, für mich ist etwas Besonderes um diesen Wagen und diese Schale. Es steckt eine Nachricht darin, mit der ich schon lange rechnen musste, und nun macht sie mich doch traurig. Sie ist das letzte Geschenk eines Menschen, mit dem ich mich sehr verbunden gefühlt habe. Dieses Geschenk erzählt mir, dass meine Freundin gestorben ist.«

»Deine Freundin?«

»Ja, meine Freundin. Meine wirkliche Freundin. Und meine Handelspartnerin.«

»Aber Großvater! Du willst mich auf den Arm nehmen! Du meinst einen Freund.

So klein bin ich nicht mehr, dass ich nicht wüsste, dass eine Frau einem Mann keine Geschenke machen kann, dass eine Frau nicht Handel treiben kann, dass eine Frau nicht mit einem Mann befreundet sein kann!«

»Ach, Nennius, du weißt, was du kennen gelernt hast, und das ist nicht viel. Die Welt ist weit, mein Junge, und unser Tal ist eng. Vielleicht erzähle ich dir eines Tages einmal von ihr, die mir diesen Wagen geschickt hat. Ja, vielleicht erzähle ich dir von Larthia, der Etruskerin. Aber jetzt geh, Nennius, lass mich allein mit meiner Erinnerung.«

Inzwischen hatten die Mägde begonnen, eine Festtafel in der großen Halle des Herrenhauses aufzubauen. Onkel Andrastus ließ einen Lederschlauch mit Wein bringen und mischte in einem der neuen Bronzeeimer Wein mit Wasser und verschiedenen Kräutern und Gewürzen. Immer wieder kostete er, bis er mit dem Ergebnis zufrieden war. Zwei Mägde brachten auf einem Bratspieß ein gebratenes Wildschwein herein, das der Vater am Vormittag erlegt hatte. Nun steckten sie es auf die Feuerböcke über die Feuerstelle im Herrenhaus. Vellocatus, der zwar nur ein mittelmäßiger Krieger, aber ein sehr guter Musiker war, fing an, auf seiner Leier zu spielen, ein anderer Krieger stimmte mit einer Panflöte in die Musik ein.

Der Großvater trat zu dem Weineimer. In der Hand hielt er ein Tongefäß in der Form eines Stieres. Durch die Öffnung im Rücken der Stierfigur füllte der Großvater Wein hinein, dann trat er an die Feuerstelle und hielt feierlich mit beiden Händen das Stiergefäß in die Höhe. Die Musik verstummte, alle Augen waren auf den Bergherren gerichtet.

Dieser sagte ernst: »Von allem, was wir haben, ein ehrfürchtiges Opfer den ewigen Göttern, zum Zeichen unserer dankbaren Verehrung!« Damit goss er den Wein durch die kleine Öffnung im Maul des Stieres ins Feuer. Es zischte. Rauch stieg auf.

Nun begann die Magd die Trinkschalen mit Wein zu füllen und den Männern zu reichen. Der Großvater aber nahm sein Messer, schnitt ein Stück von der Keule des Wildschweinbratens ab und reichte es dem Herrn von Sticna.

Nennius drückte sich an die Wand, machte sich möglichst unsichtbar. Wie es sich bei einem Fest gehörte, hatten die Frauen und Gentius längst den Raum verlassen. Nennius aber konnte sich nicht losreißen. Er wollte möglichst viel vom Herrenfest mitbekommen, auch wenn er wusste, dass dies nicht erlaubt war. Doch dann entdeckte ihn sein Vater und warf ihm einen warnenden Blick zu, sodass sich Nennius schleunigst verzog.

Er ging über den oberen Hof und die Treppe hinunter ins Herrinnenhaus, wo ebenfalls der Tisch reich gedeckt war. Mit Heißhunger machte er sich über die Speisen her, die er so lange hatte vermissen müssen. Als ihnen der Großvater dann noch ein großes Stück vom Braten herüberschicken ließ, war er restlos glücklich. Ganz erschöpft vom vielen Essen fiel er in sein Bett im Nebenraum, in dem nun auch für Gentius ein Lager bereitet war.

Vertraute Geräusche von nebenan schläferten ihn ein: die Gespräche der Frauen, das Singen der Mutter, das Schlagen des Webbaumes, das Klappern der Webbrettchen, das leise Klingeln des Hängeschmucks an den bronzenen Schmuckspangen der Frauen. Doch dann drang vom oberen Hof lautes Gelächter aus dem Herrenhaus und weckte ihn wieder auf.

Und er lag wach und träumte davon, endlich die Prüfung

seiner Waffenfähigkeit ablegen zu dürfen, endlich das Haar geschoren zu bekommen, endlich in den Kreis der Männer aufgenommen zu werden.

Am nächsten Morgen stand Nennius sehr früh auf, als Gentius noch schlief, und verließ gleich nach Öffnen des Tores den Hof, ein Stück Wurst und getrocknete Feigen in der Tasche. Den halben Tag über wanderte er durch die Berge und kam erst am Nachmittag zurück.

Als er am Eingang zum Salzbergwerk vorbeikam, sah er durch die offene Tür des Eingangshauses seinen Großvater, wie er sich freundlich mit einem der Salzträger unterhielt. Nennius trat hinzu und beobachtete den Salzträger, der sich eben ehrerbietig von seinem Bergherren verabschiedete. Alle lieben meinen Großvater, dachte Nennius. Natürlich: Er ist ja auch gut zu allen!

Der Großvater nickte ihm zu und sagte lächelnd: »Na, Nennius, dich hat man heute ja gar nicht zu sehen gekriegt!«

»Ich habe Steine gesammelt. Schau mal her, was für schöne Steinschnecken ich gefunden habe«, sagte Nennius und holte aus seinem Beutel eine Hand voll von Versteinerungen, die er gefunden hatte.

Der Großvater nickte: »Ja, sehr schön. Und Gentius wolltest du dazu nicht mitnehmen?«

»Musste ich das?«

»Von Müssen ist nicht die Rede. Ich frage dich nur, warum du es nicht getan hast. Immerhin ist er der Sohn meines Gastfreundes.«

Nennius schwieg. Wie sollte man erklären, was man selber nicht verstand? Schweigend gingen sie nebeneinander den Berg hinunter.

Schließlich fragte Nennius zögernd: »Großvater, macht es

dir gar nichts aus, dass dein Gastfreund ein Fremder ist? Und dass er so gar keinen Besitz mehr hat?«

Der Großvater blieb stehen und strich Nennius übers Haar. »Das ist es also«, sagte er freundlich. »Nein, Nennius, es macht mir nichts aus, dass der Herr von Sticna ein Fremder ist. Es macht mir auch nichts aus, dass er zerlumpt, arm und Hilfe suchend zu mir gekommen ist. Dazu habe ich in meinem Leben schon zu viel erlebt. Aber ich sehe, nun wird es Zeit, dass ich dir etwas davon erzähle.

Schau dich hier um, Nennius, sieh unseren Herrenhof dort unten, sieh den Salzberg, den Ursprung unseres großen Reichtums. Kannst du dir vorstellen, dass dies alles einem anderen gehörte als unserer Familie? Kannst du dir vorstellen, dass wir von hier vertrieben würden? Kannst du dir vorstellen, als Sklave in einem Bergwerk zu schuften, statt hier ein Herrenleben zu führen?«

Nennius sah seinen Großvater bestürzt an. »Nein!«

»Und doch hat nicht viel dazu gefehlt, Nennius. Ein winziger Schritt nur, kleiner als klein, hat unsere Familie vom Abgrund getrennt. Es ist schon sehr lange her, ich war damals etwa in deinem Alter. Darum weißt du nichts davon. Aber nun sollst du es erfahren. Komm, Nennius, setzen wir uns hier in den Schatten. Es ist eine lange Geschichte, die ich dir erzählen werde.

Diviciacus erzählt

Wenn alles vorbei ist, dann fällt es leicht, auf ein bestimmtes Ereignis zu zeigen und zu sagen: Da fing das Unheil an. Wenn ich an den Tag zurückdenke, an dem das Verhängnis begann, so möchte ich ins Rad des Geschehens greifen und den Lauf der Dinge aufhalten. Ich möchte meinem Onkel, der damals hier Bergherr war, zurufen: »Lass das Tor geschlossen! Jage die Gäste davon!« Aber am Morgen jenes Tages trübte nicht die geringste Vorahnung meinen Sinn. Im Gegenteil, ich war glücklich und voll freudiger Erwartung.

Es war ein herrlicher Frühlingstag, so wie heute. Nach endlosen Regentagen schien endlich einmal wieder die Sonne. Ich war auf meinen Baum geklettert, eine alte Eiche am Rande des Steilhangs. Von dort hatte man einen Blick über den See und die Berge. Jetzt gibt es sie nicht mehr, meine Eiche, sie ist bei einem Erdrutsch in die Tiefe gestürzt. Sie war mein Geheimnis, ein Aussichtspunkt, von dem nur ich wusste.

Ich saß also auf meinem Baum und wiegte mich im Wind, als ich das Signalhorn hörte. Es wurde von dem Wächter geblasen, der nahe der Mündung des Salzflusses am anderen Ufer des Sees stand, aber er gab nur das Zeichen weiter, das er von dem Wächter der Engen Schlucht erhielt. Du weißt ja, Nennius, von welcher Stelle aus die Enge Schlucht bewacht wird, es war damals schon die gleiche, denn natürlich war auch damals die Enge Schlucht der einzige Weg, der nach Osten und Süden führte. Ich lauschte genau. Dreimal wiederholte sich das Signal. Es gab keinen Zweifel: Es kündigte die Ankunft von Gästen an, von vier bewaffneten Gästen.

Ich kletterte von meinem Baum und rannte zum Bergherrenhof. Ich setzte meinen ganzen Ehrgeiz darin, eher als der Obere Wächter bei meinem Onkel zu sein und ihm die Neuigkeit mitzuteilen. Der Obere Wächter hatte von seinem Wehrturm und vom Felsen herab einen weiteren Weg zum Hof als ich. Also war ich es, der meinem Onkel die Nachricht überbrachte. Er lobte mich dafür, und das hieß schon etwas bei ihm.

Ich muss dir von meinem Onkel Bellinus erzählen, Nennius. Er war der reichste und mächtigste Bergherr, der hier je gelebt hat. Du kannst dir nicht vorstellen, was das für ein Herr war. Die Zeiten haben sich seither geändert. Es gibt keine Herren mehr wie ihn, und vielleicht ist das gut so. Er war ein Krieger von ungeheurer Kraft. Er war ein Bergmann von scharfem Verstand. Er war ein Handelsherr von Weitblick und Wagemut. Und er war ein Herrscher von unerbittlicher Strenge.

Ich weiß selbst nicht, ob ich ihn mehr bewundert habe als gefürchtet oder mehr gefürchtet als bewundert. Ich wurde von ihm erzogen, und das war nicht immer ein Vergnügen. Meine Eltern waren schon lange tot, weißt du. Onkel Bellinus war seinerzeit der einzige Mann unserer Familie. Es gab keinen neben ihm, der seine Macht geteilt hätte. Und es gab damals nur einen einzigen Menschen, gegen den er Anzeichen von Weichheit zeigte, und das war seine Frau, meine Tante Cartismandua. Wie sehr er sie geliebt haben muss, ist mir erst später klar geworden. Dann fing ich an, ihn zu verstehen. Aber jetzt wollte ich dir ja von dem Tag erzählen, an dem das Unglück begann.

Als mein Onkel erfahren hatte, dass Gäste zu erwarten seien, befahl er seinen sechs besten Kriegern, diesen schwer bewaffnet entgegenzureiten. Er befahl ihnen, sie ehrenvoll zu empfangen und herzugeleiten, aber auch aufs Äußerste wachsam zu sein.

Er war misstrauisch in allem, was unsere Sicherheit betraf. Und doch nicht misstrauisch genug.

Dann gab er den Befehl, ein Kalb zu schlachten und ein Festessen vorzubereiten. Er ließ die kostbaren Teppiche im Herrenhaus auslegen und das prächtigste Trinkgeschirr holen. Er zog sein Festgewand an und legte seine Prunkwaffen an. So erwartete er die Gäste.

Ich war auf den Wachturm über dem Hoftor gestiegen und sah sie aus dem Wald heraufreiten. Ich rief meinem Onkel zu, dass sie kämen. Da ließ er die restlichen Krieger im Hof Stellung beziehen und trat selbst allein aus dem Hoftor. Die Sonne glitzerte und funkelte auf seinem Schmuck und seinen Waffen. Mir schien er wie ein Gott auszusehen. Ich war so stolz auf seine Stärke, seine Macht und seinen Reichtum. Und ich war voller Neugier auf die Gäste.

Diese hielten vor meinem Onkel an und stiegen von ihren Pferden. Es waren drei Männer und ein Junge, der etwa in meinem Alter sein mochte. Der erste der Männer war zweifellos ein Herr. Er trug Helm und Panzer und das schwere Schwert. An der Art, wie mein Onkel ihn begrüßte, sah ich, dass er ihn kennen und hoch schätzen musste. Später erfuhr ich dann, dass es Lugotrix, der Herr vom Kupferberg war, Handelspartner, langjähriger Bekannter und Kriegsfreund meines Onkels, mit dem er sich vor Jahren im Kampf gegen gemeinsame Feinde verbündet hatte.

Mein Onkel bat die drei Männer ins Herrenhaus. Mich rief er herbei und trug mir auf, mich um Pellagius zu kümmern, den Sohn des Fürsten Lugotrix. Ich wollte Pellagius zu meiner Tante ins Herrinnenhaus führen und dort bewirten, aber Pellagius schüttelte den Kopf und sagte: »Ich bin nicht hungrig.

Aber ich platze vor Neugier. Du weißt doch sicher eine Stelle, von der aus wir beobachten können, was im Herrenhaus vor sich geht!«

Ich erschrak, und ich wusste nicht, was ich tun sollte. Gestern Abend, Nennius, habe ich beobachtet, wie du dich bei uns im Herrenhaus herumgedrückt hast, als das Fest begann, und wie dein Vater dich mit einem Blick davongejagt hat. Mein Onkel hätte es nicht bei einem Blick bewenden lassen. Ja, mir wurde angst bei dem, was dieser Pellagius da von mir verlangte. Aber als er dann spöttisch grinste und sagte: »Na, was ist? Hast du etwa Angst?«, da behauptete ich entrüstet: »Natürlich nicht! Ich habe nur nachgedacht. Komm mit!«

Ist dir schon einmal aufgefallen, Nennius, dass viel mehr Mut dazu gehört, eine Mutprobe abzulehnen, als sie zu erfüllen, und sei sie noch so schwierig? Mein Mut reichte jedenfalls nicht, meine Angst zuzugeben und seinen Wunsch abzuschlagen. Und ich kletterte mit ihm auf das Dach des Herrenhauses. Wir legten uns bäuchlings auf den First, ließen die Köpfe über den Dachrand hinunterhängen und spähten durch die Spalte zwischen Dach und Wand.

Stundenlang lagen wir dort oben. Anfangs schauten wir gemeinsam ins Herrenhaus, doch das Blut stieg uns in die Köpfe, und so wechselten wir uns schließlich ab, berichteten einander im Flüsterton, was wir sahen und hörten. Eigentlich war ich enttäuscht. Ich hatte mir stets in den leuchtendsten Farben ausgemalt, wie großartig es bei den Festen der Männer zugehen würde. Nun sah ich: Sie aßen, sie tranken, sie redeten und lachten. Es war nichts Besonderes.

Doch dann wurde es spannend. Herr Lugotrix schlug meinem Onkel vor, einen beliebigen seiner Krieger gegen Addedomarus, einen seiner eigenen beiden Begleiter, im Faustkampf antreten zu lassen. Der Onkel willigte ein, wählte Manduus, seinen besten Krieger, dafür aus und setzte als Siegespreis einen Bronzehelm aus.

Die beiden Kämpfer legten ihre Kleider ab und ließen sich die Faustkampfhanteln um die Hände binden. Nackt bis auf ihre Gürtel traten sie zum Kampf an. Ich hatte noch nie einen Faustkampf gesehen, aber schon viel darüber gehört. Nun war ich entsetzt über die Härte, mit der die beiden Krieger aufeinander eindrangen. Mit kräftigen Schlägen gingen sie aufeinander los. Die Hanteln krachten aneinander. Wer den Schlag des Gegners nicht auffangen oder ihm ausweichen konnte, wurde mit solcher Wucht getroffen, dass es mir unbegreiflich war, wie man dergleichen überleben konnte. Es war ein langer Kampf. Endlich stürzte unser Manduus zu Boden und blieb liegen. Addedomarus hatte gesiegt. Onkel Bellinus überreichte ihm den Helm und befahl ohne eine Spur von Bedauern, Manduus aus dem Haus zu schaffen und seine Verletzungen zu behandeln. Mir standen die Tränen in den Augen, vor Mitleid mit Manduus und Enttäuschung über seine Niederlage. Da flüsterte Pellagius mir zu: »Mach dir nichts draus, das hätte ich dir gleich sagen können. Gegen Addedomarus hat noch niemals jemand im Faustkampf gesiegt.«

Inzwischen hatte Lugotrix dem anderen Begleiter befohlen, die Gastgeschenke aus den Satteltaschen zu holen. Du weißt, Nennius, wie sehr die Ehre des Gastes und des Gastgebers durch reiche Gastgeschenke erhöht wird. Was Lugotrix meinem Onkel Bellinus mitgebracht hatte, war von ungeheurem Wert. Er schenkte ihm bronzebeschlagene Tressen für ein Reitpferd, er schenkte ihm eine Tonschale, die mit zahllosen kleinen, aus Blei gegossenen Pferdchen verziert war, er schenkte ihm ein Messer mit Griff und Scheide aus Gold und Goldeinlagen auf der Klinge, und er schenkte ihm etwas, bei dessen Anblick mir ein kalter Schauer über den Rücken hinunterrieselte. So etwas hatte ich noch nie gesehen. Es war eine Maske, ein aus Bronze getriebenes Gesicht, und zwei ebensolche Hände. Streng und finster schaute dieses unbewegte Gesicht und erfüllte mich mit Schrecken.

Mein Onkel hielt diese Maske schweigend in den Händen. Da sagte Lugotrix: »Ich schenke dir dies, weil du mein bester und würdigster Freund bist, Bellinus. Unser Hoher Priester versichert, dass eine magische Kraft in diesem Gesicht und diesen Händen ruht. Ich selbst habe eine ebensolche Maske und solche Hände über meinem Hoftor angebracht. Und ich spüre die Kraft, die von ihnen ausgeht. Höre meinen Rat, Freund: Nagle dies über dein Hoftor, und dein Auge wird über dein Anwesen wachen, auch wenn du fern bist, und deine Hand wird schwer auf den Deinen ruhen, selbst wenn sie meinen, deiner Aufsicht entronnen zu sein. Wer immer durch dein Hoftor schreitet, wird spüren, wer der Herr dieses Hofes ist.«

»Das spürt er auch ohne diese Maske und ohne diese Hände, dafür sorge ich schon!«, erwiderte der Onkel. »Dennoch danke ich dir für dieses Geschenk. Ich werde es in Ehren halten und so verwenden, wie du es empfohlen hast. Merkwürdig, irgendwie kommt mir dieses Gesicht bekannt vor. Aber ja – es gleicht dem deinen!«

Mein Onkel löste seinen Blick von der Maske in seinen Händen. So konnte er nicht sehen, was ich auf meinem Beobachtungsposten sah: das Erschrecken im Gesicht des Fürsten Lugotrix und den bedeutungsvollen Blick, den Lugotrix mit seinem Krieger Addedomarus tauschte. Ich aber sah es, und mit einem Mal überfiel mich die Ahnung von Gefahr und Unheil. Da hob mein Onkel den Kopf und blickte Lugotrix an, und ich bemerkte, wie dieser sich verstellte und mit künstlichem Lachen erwiderte: »Das mag schon sein, dass diese Maske mir gleicht. Der Künstler, der sie schuf, hat in seinem Leben keinen anderen Herrn gesehen als mich und hat mich wohl zum Vorbild genommen!«

Da stimmte mein Onkel in das Lachen ein. Mir aber oben auf dem Dach schlug das Herz bis zum Hals. Ich muss ihn warnen, dachte ich. Mit dieser Maske führt Lugotrix etwas im Schilde, das dunkel und bedrohlich ist. Aber dann war ich zum zweiten Mal an diesem Tag zu feige, um das zu tun, wovon ich wusste, dass es richtig war. Ich stellte mir vor, wie mein Onkel mein Geständnis, gelauscht zu haben, aufnehmen würde, und da verließ mich der Mut. Ich weiß nicht, ob mein Onkel auf mich gehört hätte, wenn ich ihn gewarnt hätte – wahrscheinlich nicht. Aber ich hätte es versuchen müssen. Doch ich traute mich nicht. So nahm das Verhängnis seinen Lauf.

Mein Onkel umarmte Lugotrix und rief: »Freund, und nun sollst du dir selbst aussuchen, was du von mir zum Geschenk haben willst. Komm mit in den Felsenkeller, in dem ich meine Schätze verwahre! Da wirst du so manches finden, was dir gefällt. Der Gegenstand aus meinem Besitz, der dir am meisten zusagt, soll dein sein. Du hast mein Wort darauf, dass ich ihn dir schenken werde – was auch immer es sei!«

Lugotrix antwortete: »Das ist ein fürstliches Angebot, lieber Bellinus, denn ich habe manche Kunde von deinen wunderbaren Schätzen vernommen. Aber lass nur, wir können uns den Weg ersparen. Ich weiß schon, was ich mir wünsche: Gib mir das Schwert, das du trägst!«

Ich sah meinen Onkel blass werden. Schon oft hatte ich gesehen, dass er im Zorn rot wurde. Dass er vor Schreck bleich wurde, sah ich zum ersten Mal, und es erschütterte mich. Aber ich verstand es nicht. Sicher, sein Schwert war prächtig und sehr wertvoll, denn es hatte einen Griff aus Elfenbein und

Bernstein, aber hatte er nicht eben dem Herrn vom Kupferberg alle seine Schätze zur freien Auswahl angeboten? Zögernd löste er das Schwert vom Gürtel und reichte es dem Gastfreund. Seine Stimme klang tonlos, als er sagte: »So nimm, was du gewählt hast, Lugotrix.« Und dann rief er laut nach Wein und Musik.

Pellagius zupfte mich am Ärmel und flüsterte mir zu, dass er nun doch Hunger habe. Ich kletterte vorsichtig mit ihm vom Dach und führte ihn ins Herrinnenhaus. Meine Tante bewirtete uns und schickte uns dann im Nebenzimmer zu Bett. Pellagius schlief gleich ein. Ich aber lag lange wach und hatte Angst und wusste doch nicht, wovor.

Sehr spät am Abend hörte ich nebenan die Tür gehen und meinen Onkel meine Tante aufsuchen. Ich verstand nicht, was er zu ihr sagte, aber ich hörte meine Tante voller Schrecken ausrufen: »Oh Bellinus, was für ein Verhängnis! Du hast das Schwert aus der Hand gegeben, das Schwert, auf dem die Prophezeiung ruht! Liebster, ich weiß, du hast es nicht gern, wenn ich die Alte vom Wilderstein erwähne, aber ich glaube nun einmal ihren Prophezeiungen. Und sie soll gesagt haben, dass dieses Schwert darüber entscheiden wird, wer der Herr des Salzberges sei. Ach Bellinus, wie konntest du das Schwert verschenken!«

Der Onkel erwiderte gereizt: »Was sollte ich tun? Ich hatte mein Wort gegeben. Im Übrigen, Cartismandua, glaubst du nicht, dass mein Arm unsere Siedlung und unseren Berg schützen kann, auch wenn er ein anderes Schwert führt als dieses eine?«

»Doch, Bellinus, ich glaube, dass du uns schützen kannst, mit welchem Schwert auch immer. Verzeih mir, du weißt, wie ängstlich ich in letzter Zeit manchmal bin.«

Sie sprachen noch lange leise miteinander, und ich dachte

über das nach, was ich erfahren hatte. Es stimmte mich nicht zuversichtlicher. Eine Prophezeiung, die auf dem Schwert lag, das der Onkel an Lugotrix verschenkt hatte. Eine Prophezeiung der Alten vom Wilderstein. Die Alte vom Wilderstein – über sie hatte ich bisher nur im Flüsterton reden hören, in einem Ton, der geprägt war von Ehrfurcht und Schrecken. Meine Fragen nach ihr waren stets unbeantwortet geblieben, doch so viel hatte ich mitbekommen: Sie lebte irgendwo in einer Höhle am Wilderstein, sie verfügte über geheimnisvolle Kräfte, sie kannte die Zukunft und konnte Heil heraufbeschwören und Unheil. Es war nicht ratsam, sich ihren Zorn zuzuziehen.

Am nächsten Morgen tat mein Onkel etwas, was er noch nie getan hatte. Er zeigte einem Fremden das Salzbergwerk. Aber für ihn war Fürst Lugotrix ja kein Fremder. Für ihn war Lugotrix nicht nur der Gastfreund, sondern auch der Waffenbruder, der Verbündete gegen die Feinde, der Kampfgefährte vieler Schlachten, mit dem er Seite an Seite gekämpft hatte, der ihm den Rücken gedeckt hatte und für den er das Gleiche getan hatte. So also weihte er Lugotrix in all das ein, was sonst vor jedem Außenstehenden mit Sorgfalt verborgen wurde. Sogar Pellagius erlaubte er, mit ins Bergwerk zu kommen, und mir befahl er, mich dabei um Pellagius zu kümmern.

Wir stiegen in den Schacht ein, stiegen die Steigbäume hinunter, tiefer und tiefer in den Berg hinein. Die Salzträger, keuchend unter der Last der schweren Tragsäcke, drückten sich verschüchtert an die Wände, als sie meinen Onkel sahen.

Ich habe dir ja gesagt, Nennius, es waren damals andere Zeiten, und mein Onkel war ein strenger Herr. Bei ihm hatte niemand etwas zu lachen, am allerwenigsten die Salzträger.

Auch die Bergknappen und Zimmerleute zwang er zu höchster Leistung, aber er zollte ihnen wenigstens Anerkennung für gute Arbeit. Die Salzträger aber behandelte er wie Sklaven. Und er bestrafte sie wie Sklaven, wenn er mit ihnen unzufrieden war. Weh dem, der seinen Fellsack nicht bis zum Rand mit Kernsalz voll gefüllt hatte oder einmal außerhalb der Ruhepausen, die das Signalhorn verkündete, verschnaufte. Damals dachte ich mir noch nichts dabei. Ich kannte es nicht anders und glaubte, es müsse so sein. Aber später, als ich selbst im Bergwerk lernte, gingen mir die Augen auf. Ich werde nie den Ausdruck ohnmächtigen Hasses vergessen, mit dem diese Männer hinter meinem Onkel herblickten, wenn er ihnen den Rücken kehrte.

Aber davon wollte ich dir jetzt ja gar nicht erzählen, sondern von dem Besuch des Lugotrix. Onkel Bellinus erklärte ihm alles. Er erklärte, wie die Stollen ständig mit starken Verzimmerungen freigehalten werden mussten, da der Berg mit Zähigkeit daran arbeitete, die Wunden wieder zu schließen, die die Bergleute ihm zufügten. Er erklärte, wie er die Schächte so hatte anlegen lassen, dass sie den Gängen reinen Kernsalzes im Berg folgten. Er erklärte, wie stets zwei Bergknappen zusammenarbeiteten: einer, der den Pickel ansetzte und hielt, und einer, der mit dem Schlegel draufschlug. Er erzählte voll Stolz, wie schwierig es gewesen sei, diese Abbaumethode zu finden, mit der man große Brocken reinen Salzes abbrechen konnte, während unsere Vorväter nur kleine Haustückchen Salz gewinnen konnten. Und Lugotrix hörte nicht nur voller Aufmerksamkeit zu – er stellte Fragen über Fragen. Mein Onkel schien sich darüber zu freuen. Mich aber erfasste wieder die gleiche quälende Unruhe wie am Vortag. Ich wurde das dunkle Gefühl nicht los, dass Lugotrix mit seinen Fragen eine böse Absicht verfolgte, und wusste doch nicht, welche.

Am nächsten Tag ritt Lugotrix mit Pellagius und den beiden Kriegern wieder davon. Zuvor aber war er meinem Onkel noch dabei behilflich, die finstere Maske und die beiden Hände aus Bronze über dem Hoftor anzunageln. Er erbot sich sogar noch, einen Zauber darüber zu sprechen, der die Wirkung erhöhen würde.

Mein Onkel lachte und sagte: »Lieber Lugotrix, ich hätte dich für einen Mann gehalten, der mehr der Kraft seines Armes, der Schärfe seines Blickes und der Macht seiner Herrschaft vertraut als der Wirkung eines Zaubers. So jedenfalls halte ich es. Aber ich gebe zu: Die Höhe und die Tiefe und der Raum dazwischen sind voll unbekannter Mächte, und es kann nicht schaden, sich auch derer zu versichern. So sprich deinen Zauber, Freund. Wir wollen sehen, ob er wirkt!« Und dann zauste er mich in den Haaren und sagte, noch immer lachend: »Nimm dich also in Acht, Bursche! In Zukunft wird mir noch weniger entgehen, was du treibst!«

Es war als Scherz gemeint, aber ich nahm es ernst. Jedes Mal, wenn ich von nun an durch das Hoftor ging, warf ich einen angstvollen Blick auf dieses finstere Gesicht aus Bronze zwischen den beschwörend erhobenen Händen. Und von Tag zu Tag erschien es mir bedrohlicher. Es verfolgte mich bis in den Schlaf.

Nacht für Nacht schreckte ich schweißgebadet aus dem gleichen Alptraum auf: Ich lag auf dem Dach des Herrenhauses und spähte durch die Ritzen in die Halle. Manduus kämpfte mit Addedomarus im Faustkampf. Von der Hantel an der Schläfe getroffen, stürzte Manduus zu Boden und blieb blutend liegen. Mein Onkel hob den Kopf und entdeckte mich. Zornig rief er mich zu sich. Ich stand vor ihm. Finster schaute er mich an, den Mund zu einer harten Linie zusammengepresst, die Augen böse unter den drohend gerunzelten Augenbrauen. Und dann auf einmal war sein Gesicht kein Gesicht mehr aus Fleisch und Blut, sondern eine Maske aus Bronze. Diese starrte mich an, weiter und weiter. Ich wollte wegsehen und konnte nicht. Ich wollte weglaufen, aber meine Beine versagten den Dienst. Und dann wurde die Maske wieder lebendig. Aber es war nicht mehr mein Onkel, der vor mir stand. Es war Lugotrix.

Ich weiß nicht, ob du dir vorstellen kannst, wie ich mich bei Tage nach solch einer Nacht fühlte. Der finstere Blick der Maske begleitete mich auf Schritt und Tritt. Nie zuvor war ich so brav gewesen wie in jenen Tagen. Und das war gut so, denn mein Onkel wurde immer strenger und jähzorniger. Später wurde mir klar, was ihn damals so reizbar machte: Er sorgte sich furchtbar um seine Frau. Meine Tante war in jenem Frühjahr hochschwanger. Bei der Geburt ihres erstes ersten Kindes, meines kleinen Vetters, wäre sie beinahe gestorben. Nun fürchtete mein Onkel, dass die Geburt des zweiten ihr Leben kosten könnte. Aber davon verstand ich damals nichts. Ich schob alles auf die Maske. Ich glaubte an einen bösen Zauber. Die weiteren Ereignisse gaben mir Recht.

Im Frühsommer gebar meine Tante eine Tochter und starb.

Tante Cartismandua ist nicht nur eine sehr schöne Frau gewesen, sie war freundlich und warmherzig und liebevoll. Ich war sehr traurig über ihren Tod. Alle trauerten um sie. Aber keiner so furchtbar wie mein Onkel. Er aß nicht, er trank nicht, und er schlief nicht. Zwei Tage und zwei Nächte wich er nicht von ihrem Lager, auf dem sie aufgebahrt war. Dann ordnete er eine Beerdigung an, wie sie eine Frau niemals prächtiger erhalten hat.

Ein Scheiterhaufen von gewaltigen Ausmaßen wurde errichtet. Als die Sonne untergegangen war, zogen wir im feierlichen Zug vom Bergherrenhof zur Begräbnisstätte, wir alle, die

Familie, die Krieger, die Bergknappen, die Dienerschaft. Mein Onkel selbst trug seine Frau in den Armen. Ihm folgte der Hohe Priester mit einem Opferstier, diesem die Mägde meiner Tante mit den Gaben, die der Onkel ihr ins Grab legen ließ: Schmuck, kostbare Kleider, Geschirr voll auserlesener Speisen und Hausrat, den sie geliebt hatte. Der Onkel legte den Leichnam auf den Scheiterhaufen, der Priester opferte den Stier, die Frauen stimmten den Klagegesang an und hoben die Hände und tanzten den Trauertanz. Und dann wurde das Feuer entzündet. Weithin sichtbar leuchtete es in der Dunkelheit, und die Berge hallten wider vom Klageton der Hörner.

Die ganze Nacht hindurch brannte das Feuer. Die ganze Nacht hindurch tanzten die Frauen mit hoch erhobenen Händen. Die ganze Nacht hindurch dauerte das Trauerfest. Die ganze Nacht hindurch starrte Onkel Bellinus in das Feuer, ohne sich zu regen. Am nächsten Morgen wurde die Asche gemeinsam mit den Gaben begraben.

Wir kehrten zum Bergherrenhof zurück. Heimlich beobachtete ich meinen Onkel. Sein Gesicht war versteinert vor Schmerz. Mehr denn je erinnerte es mich an die Maske.

Im Hof gab mir die alte Kindsmagd ein Zeichen. Ich folgte ihr ins Herrinnenhaus: Dort legte sie mir meine neugeborene kleine Base in den Arm und sagte: »Geh zu deinem Onkel, Diviciacus, und zeige ihm seine Tochter. Er hat sie noch keinmal angesehen. Siehst du, wie sehr sie ihrer Mutter gleicht? Vielleicht wird das seinen Schmerz lindern.«

Ich schaute auf das winzige Wesen in meinen Armen. Es rümpfte die kleine Nase. Dann schlug es die Augen auf. Es hatte tiefblaue, glänzende Augen wie meine Tante. Groß und unverwandt schaute es mich an. Sein Blick ging mir bis ins Herz. Suchend tastete es herum. Ich hielt ihm meinen rechten Zeigefinger hin, und es fasste danach und hielt ihn umklammert. Da wurde mir ganz warm, und ich flüsterte ihm zu: »Du und ich, wir haben beide keine Mutter mehr. Wir müssen zusammenhalten. Hörst du, ich werde dich beschützen.« Dann sah ich, dass es in der Grube seines Hälschens ein kleines Muttermal hatte: einen schmalen Halbmond, wie ihn meine Tante an der gleichen Stelle gehabt hatte. Und ich musste weinen vor Trauer und Freude.

»Na, komm, geh schon zu deinem Onkel«, flüsterte mir die Kindsmagd zu. Ich nickte und machte mich auf die Suche nach ihm. Beim Laufen wiegte ich meine kleine Base in den Armen. Die Kindsmagd folgte mir. Ich fand den Onkel im Herrenhaus. Er stand an der Feuerstelle und blickte in die Flammen. Als er mich kommen hörte, hob er den Kopf und sah mich an, mit einem Blick, der aus weiter Ferne kam. Und dann starrte er auf seine Tochter.

Mir war der Blick unheimlich, und darum begann ich zu stammeln: »Es, ich, ich wollte sie dir zeigen. Sie ist wie Tante Cartismandua. Siehst du, sogar das Muttermal . . . «

Da brüllte er mich an: »Schaff mir das Kind aus den Augen!« Und dann schrie er noch lauter: »Manduus, komm her! Nimm das Kind und schaff es mir für alle Zeiten aus den Augen!«

Die Kindsmagd warf sich flehend vor ihm auf die Knie und begann zu bitten, er möge seine Tochter verschonen, sie würde die Kleine so aufziehen, dass er sie niemals zu Gesicht bekäme.

Aber er antwortete hart: »Sie hat ihrer Mutter das Leben genommen. Manduus, setze sie aus! Setze sie oben auf dem Adlerstein aus!«

Ich war wie betäubt! Manduus nahm mir meine kleine Base aus dem Arm und ging mit ihr aus dem Raum, ohne ein Wort zu sagen. Ich ließ sie mir einfach wegnehmen. Es fehlte mir die Kraft, sie festzuhalten. Es hätte ja auch nichts genützt.

Ich weiß nicht, wie lange ich so dastand, ohne mich zu rühren. Endlich kam wieder Leben in mich, und mir wurde bewusst, was geschehen war. Meine kleine Base, der ich eben noch versprochen hatte, sie zu beschützen, sollte dem Tod ausgeliefert werden, weil mein Onkel es so wollte. An einem der Gipfel des Wildersteins. Am Adlerstein. Da lief ich aus dem Haus und aus dem oberen Hof.

Ich rannte und rannte, immer bergauf, ohne mir klar zu sein, wohin ich rannte und warum ich rannte. Doch plötzlich verlangsamte ich meinen Schritt. Vor mir, in der Biegung des Weges, hatte ich einen Mann gesehen. Es war Manduus. Da wusste ich plötzlich, was mich vorangetrieben hatte. Ich blieb stehen, damit Manduus mich nicht bemerkte. In großem Abstand folgte ich ihm, immer darauf bedacht, ihm nicht zu nahe zu kommen, aber auch seine Spur nicht zu verlieren. Er machte es mir nicht schwer. Gleichmäßig stapfte er bergan, ohne sich ein einziges Mal umzusehen. Er rechnete nicht damit, verfolgt zu werden.

Wir kamen an den Wasserfällen vorbei und begannen den Aufstieg zum Wilderstein. Ich dachte nicht einmal daran, dass Onkel Bellinus mir verboten hatte, dort hinaufzugehen. Der Aufstieg war lang und mühsam.

Als wir die Baumgrenze hinter uns gelassen hatten, brannte die Sonne längst hoch vom Himmel. Ich musste nun noch vorsichtiger sein, um nicht aufzufallen. Immer wieder suchte ich Schutz hinter Felsbrocken, beobachtete aus der Ferne den Weg, den Manduus nahm. Schließlich hatte er einen hohen Felsen erreicht. Er stieg hinauf und legte dort sein Bündel ab. Dann machte er sich rasch an den Abstieg. Im Gestein versteckt, wartete ich, bis er ganz aus meiner Sicht verschwunden war.

Endlich wagte ich mich hervor. Am Himmel sah ich einen

Adler kreisen. Eine namenlose Angst erfasste mich. Ich stürzte bergan, so schnell ich konnte. Immer wieder schaute ich zum Himmel empor. Dunkle Wolken ballten sich zusammen. Aber ich fürchtete nicht die Wolken. Ich fürchtete, der Adler könnte auf jenen Felsen herabstürzen und sich zur Beute nehmen, was dort lag. Am Ende meiner Kräfte langte ich oben an. Schützend warf ich mich über das Kind und blieb so liegen, nach Atem ringend. Donnergrollen brachte mich wieder zur Besinnung.

Ich nahm die Kleine auf den Arm und schaute mich um. Ein Gewitter war aufgezogen, schon war es über uns. Auf der Suche nach einem schützenden Felsüberhang hetzte ich hin und her. Endlich fand ich einen notdürftigen Schutz. Ich drückte mich darunter und wartete darauf, dass sich das Gewitter verzog. Die Naturgewalten tobten um mich. Die Kleine brüllte aus Leibeskräften. Dennoch war ich glücklich. Ich würde mein Wort halten. Ich würde sie beschützen.

Das Gewitter verzog sich. Der Regen blieb. Kalter Wind kam auf und trieb mir den Regen ins Gesicht. Ich verließ den Felsenschutz und machte mich an den Abstieg. Bald würde die Nacht hereinbrechen. Ich durfte nicht länger warten. So schnell mich meine Beine trugen, rannte und sprang ich bergab. Doch plötzlich blieb ich ratlos stehen. War ich überhaupt von hier gekommen? Nein, die Gegend war mir ganz fremd.

Was sollte ich tun? Ich beschloss, wieder aufzusteigen und den Adlerfelsen zu suchen, von dort aus neu den Abstieg zu beginnen. Also kehrte ich um. Doch wo war der Adlerfelsen? Ich konnte ihn nicht mehr finden. Ich lief in alle Himmelsrichtungen. Je länger ich suchte, desto klarer wurde mir, dass ich mich heillos verlaufen hatte. Es ist eine seltsame Welt dort oben auf dem Wilderstein, Nennius. Dein Vater hat dir aus gutem Grund verboten, jemals dort hinaufzusteigen. Eine

Steinwüste ist dort oben, eine Steinwüste, in der jede Orientierung verloren geht.

Hilflos irrte ich hin und her. Ich war bis auf die Haut durchnässt, ich fror. Es war dunkel. Die Kleine hatte ich mir unter meinen Kittel geschoben. Ich wärmte sie an meiner Brust. Sie war endlich wieder eingeschlafen.

Ich konnte nicht mehr. Ich setzte mich auf einen Stein. Ich zitterte am ganzen Körper. Ich wusste nicht mehr, was ich tun sollte. Mein Bäschen begann wieder zu schreien. Laut und hoch zerriss seine Stimme die Nacht, wurde mit dem Wind davongetragen. Da begann ich zu weinen.

Irgendwann, ich weiß nicht, nach wie langer Zeit, berührte mich etwas an der Schulter. Entsetzt fuhr ich herum. Undeutlich erkannte ich in der Dunkelheit einen schmalen Schatten. Ich tastete nach dem Messer in meinem Gürtel, bereit, mich gegen einen Angriff zu verteidigen. Aber dann hörte ich eine brüchige Jungenstimme, die im Dialekt der armen Einheimischen sagte: »Komm mit, ich helfe dir. Ich habe das Kind schreien hören.«

Eine warme Hand griff nach mir. Ich ließ mich willenlos mitziehen. Wir gingen ein ganzes Stück. Ich habe keine Ahnung, auf welche geheimnisvolle Art mein Begleiter sich zurechtfand, aber nach einiger Zeit sah ich einen schwachen Lichtschein, und bald traten wir in eine Höhle, in der ein Feuer brannte.

Im Schein dieses Feuers konnte ich endlich meinen Begleiter betrachten. Er war ein Junge etwa meines Alters, aber kleiner als ich und sehr mager. Sein blondes Haar, triefend vor Nässe, sah aus, als sei es noch nie geschnitten worden, sein aus grobem Wollstoff gefertigter Kittel hing in Fetzen um seinen schmalen Körper, seine Beine und Füße waren nackt und dunkel vor Schmutz. Das war einer der Ärmsten, einer von denen, mit denen ich noch nie gesprochen hatte, die zur Seite traten, wenn einer aus unserer Familie kam, einer von den Namenlosen, Bedeutungslosen. Ich wusste nicht, wie ich mit ihm reden sollte. Also sagte ich nichts als »Danke«.

Er grinste mich an, und sein ganzes sommersprossiges Gesicht strahlte. »Bedanke dich bei der Kleinen! Sie war mit ihrem Gebrüll der beste Wegweiser für mich!«

Ich stand da, meine schreiende kleine Base im Arm, und war stumm vor Verlegenheit. Im Hof eines Edelmannes, im Anwesen reicher Leute, hätte ich mich zu benehmen gewusst. Aber hier? Dunkel spürte ich, dass meine anerzogenen Umgangsformen hier fehl am Platz waren. Aber ich kannte keine anderen. Also sagte ich schließlich: »Ich heiße Diviciacus.«

»Ich weiß. Der Erbe des Bergherren.«

»Woher kennst du mich?«, fragte ich verblüfft.

Er zuckte die Achseln. »Wer kennt nicht den Bergherren und seinen Erben. Mein Vater war einer der Salzträger. Bis er krank wurde von der zu schweren Arbeit.«

Er sagte das ohne Bitterkeit, wie man etwas feststellt, was sich von selbst versteht. Gerade darum traf es mich tief. Ich hatte diese Salzträger nie beachtet, sie waren mir eine nebensächliche Randerscheinung des Salzbergwerkes gewesen. Es war mir nie in den Sinn gekommen, dass sie Familien haben könnten, Leiden, Schicksale.

Da hörte ich aus der Tiefe der Höhle eine heisere Stimme: »Bring den Erben des Bergherren zu mir, Addedus!«

Ich fuhr herum. Ich hatte gemeint, mit dem Jungen allein in der Höhle zu sein. Nun sah ich hinter dem Feuer an der Höhlenwand eine uralte Frau kauern. Erbärmliche Lumpen hüllten ihre zusammengesunkene Gestalt ein, schütter und strähnig hing ihr weißes Haar vom Kopf, ihr Mund war zahnlos, ihr Gesicht mit unzähligen Runzeln bedeckt, und ihre Augen starrten mich blicklos an. Unheimlich wurde mir unter diesem Blick, unwillkürlich trat ich einen Schritt zurück. Gedanken über Hexen schossen mir durch den Kopf und dann voll Entsetzen die Erinnerung an eine Verwünschung, die unter den Mägden gebräuchlich war: Die Alte vom Wilderstein soll dich verfluchen! Die Alte vom Wilderstein . . .

Der Junge, den sie Addedus genannt hatte, raunte mir zu: »Geh hin zu ihr, ganz nah, dass sie dich anfassen kann!«

Hätte ich gewusst, wo ich hinlaufen sollte, ich wäre davongelaufen. So aber tat ich, was Addedus gesagt hatte. Die Alte tastete nach mir, fuhr mir mit zittrigen Fingern zart übers Gesicht. Und unter dieser Berührung wurde ich ganz ruhig. Ich begriff, dass diese uralte Frau blind war. Ich begriff, dass sie mir nicht übel wollte. Und ich begriff, dass etwas Unbegreifliches um sie war, aber nichts Unheimliches. Was sie sagte, begriff ich nicht. Aber es hat sich mir eingeprägt für alle Zeiten:

»Heil aus Unheil. Freiheit aus Knechtschaft. Liebe aus Hass. Leben aus Tod.«

Nach einer Pause fügte sie hinzu:

»Gib mir das kleine Mädchen, das dein Onkel, der Bergherr, verstoßen hat.«

Ich legte ihr mein Bäschen in die Arme und fragte verwundert: »Woher weißt du das?«

Sie antwortete nicht, sondern begann, das Kind abzutasten. Dann sagte sie: »Addedus, gib mir warmes Wasser! Milch haben wir nicht für das arme Würmchen, aber wenigstens Wasser.«

Addedus nahm mit zwei Holzstückchen einen heißen Stein aus der Feuersglut und legte ihn in eine Holzschale voll Wasser. Es zischte. Dann stellte er die Schale neben die Alte. Die tauchte einen Finger hinein und steckte diesen dann meinem

Bäschen in den Mund. Es hörte auf zu schreien und nuckelte gierig. Unzählige Male wiederholte sie dies, und die Kleine wurde ruhig. Dann wickelte sie sie vorsichtig aus ihren nassen, verschmutzten Tüchern und trug Addedus auf, diese zu waschen. Addedus verschwand damit im Regen. Die Alte wickelte mein Bäschen in einen Zipfel ihres zerlumpten Umhangs und wiegte es in den Schlaf. Ihre Bewegungen waren bei all dem so sicher, dass ich fast vergessen hätte, dass sie blind war.

Addedus kam mit den gewaschenen Tüchern zurück und hängte sie auf einen Ast in der Nähe des Feuers. Dann gab er mir einen Becher mit Wasser und sagte: »Hier. Etwas anderes haben wir nicht. Zieh deine nassen Kleider aus und leg dich ans Feuer!«

Ich tat es. Ich war so erschöpft, dass ich gleich einschlief.

Am nächsten Morgen weckte mich das Brüllen meines Bäschens. Die Alte hatte es wieder in seine Tücher gewickelt und wiegte es im Arm. »Steh auf, Diviciacus, Erbe des Bergherrn!«, sagte sie zu mir. »Zieh dich an und geh ins Tal mit der Kleinen! Sie verhungert, wenn sie keine Milch bekommt.«

Es ist seltsam, aber erst in diesem Augenblick wurde mir die schreckliche Ausweglosigkeit meiner Lage bewusst. Wo sollte ich hingehen? An wen sollte ich mich wenden? Wie sollte ich das Kind, das ich gerettet hatte, am Leben erhalten? Ich hatte mich gegen den Bergherren aufgelehnt. Ich war im Begriff, einen Befehl des Bergherren zu hintertreiben, des Bergherren, der eine eiserne Herrschaft über die ganze Gegend ausübte. Keiner würde es wagen, mir zu helfen. Denn alle fürchteten meinen Onkel. Ich selbst könnte über die Berge gehen, mich vielleicht irgendwo durchschlagen, wohin der Arm meines Onkels nicht reichte. Aber mein Bäschen?

»Wo soll ich hin?«, fragte ich ratlos.

Die Alte erwiderte: »Wer das Schwache schützt, dem wird geholfen werden.« Und dann, als sei damit alles gesagt, fügte sie hinzu: »Geh! Addedus wird dir den Weg zeigen.« Damit hielt sie mir das Neugeborene so bestimmt hin, dass ich es nahm.

Addedus zupfte mich am Ärmel und sagte: »Komm.«

Da folgte ich ihm wie betäubt aus der Höhle. Draußen empfing uns undurchdringlicher Nebel. Dichte Nässe legte sich auf uns. Schemenhaft ragten ein paar Felsbrocken aus dem Weiß. Ich konnte nicht weiter als ein paar Schritte sehen. Addedus nahm meine Hand.

»Wie willst du dich hier zurechtfinden?«, fragte ich fassungslos.

Aber er antwortete trocken: »Wenn ich das nicht schaffen würde, könnte ich hier oben gleich einpacken. So oft scheint hier nicht die Sonne. Bleib an meiner Hand!«

Es ist mir heute noch ein Rätsel, wie Addedus damals den Weg finden konnte. Aber er fand ihn. Er brachte mich genau an jene Stelle, wo ein kaum erkennbarer Trampelpfad in den Wald führte. Wir waren aus dem Nebel herausgekommen. Gleichmäßiger Nieselregen rann auf uns herab. Schweigend standen wir nebeneinander. Die Kleine hatte aufgehört zu brüllen.

»Der Weg führt ins Aubachtal! Hier muss ich umkehren. Ich muss zur Urma zurück«, sagte Addedus.

»Zu wem?«, fragte ich verständnislos.

Er lachte. »Zur Urma. So nenne ich meine Urgroßmutter. Ich lebe bei ihr, weißt du, und sorge für sie.« Das klang sehr stolz.

»Wovon lebt ihr?«

Er zuckte die Achseln. »Wie es kommt. Manchmal fange ich etwas Essbares. Manchmal finde ich Wurzeln und im Sommer

Beeren. Ab und zu gehe ich in unser Dorf und hole etwas für uns. Und manchmal kommen Menschen herauf, die Urma um Rat fragen und etwas zu essen mitbringen. Nicht viel, denn sie haben ja selbst kaum etwas. Aber der Rat meiner Urma ist ihnen alles wert, was sie haben.«

Ich war bestürzt. An diesem Morgen spürte ich zum ersten Mal in meinem Leben selbst, was es bedeutet, Hunger zu haben. Und zugleich erfuhr ich, worüber ich nie nachgedacht hatte: dass es Menschen um mich herum gab, für die der Hunger zum täglichen Leben gehörte. Und ich schämte mich.

Dann fiel mir etwas ein. Ich nahm mein Messer vom Gürtel, ein schönes Eisenmesser mit Horngriff und Lederscheide, auf das ich sehr stolz war, und hielt es Addedus hin: »Hier«, sagte ich, »nimm mein Messer. Ich weiß, du hast keins. Und du wirst es brauchen können.«

Ungläubig schaute er auf das Messer. Zögernd nahm er es in die Hand und wog es. Andächtig zog er es aus der Scheide und fuhr mit dem Daumen über die scharfe Eisenklinge. Sein Gesicht strahlte. Da freute ich mich. Ich wusste, dass ich dieses Messer noch bitter vermissen würde, aber ich freute mich, wie ich mich noch nie gefreut hatte.

Addedus kramte im Ausschnitt seines Kittels und brachte an einer Schnur ein aus einem Schilfrohr gefertigtes Pfeifchen zum Vorschein. Er steckte es in den Mund und pfiff darauf eine Folge von fünf Tönen. Dann zog er sich die Schnur mit dem Pfeifchen über den Kopf und gab es mir. »Da, versuch, ob du die gleichen Töne pfeifen kannst!«

Ich tat ihm den Gefallen. Es war nicht schwer.

Er nickte und sagte: »Merk dir diese Töne. Vergiss sie nicht. Und wenn du Hilfe brauchst, dann komm hierher und pfeife diese Töne. Und ich werde kommen. Aber geh nicht weiter, damit du dich nicht wieder verläufst.«

»Danke. Ich werde es mir merken«, antwortete ich. Zwei Tage zuvor hätte ich den Gedanken lächerlich, ja unverschämt gefunden, dass ich jemals einen der Ärmsten um seine Hilfe bitten würde. Jetzt wusste ich, dass ich sehr leicht auf Hilfe angewiesen sein könnte. Er nickte mir zu und machte sich wieder an den Aufstieg. Bald war er vom Nebel verschluckt. Da begann ich den Berg hinunterzulaufen.

Ich folgte dem Weg bis zum Aubach und ging dann an das Aubachtal hinab bis in die Nähe des Sees. Als ich so weit war, war ich verzweifelt. Ich wusste nicht, wohin ich mich wenden sollte, mir war schlecht vor Hunger, und das Geschrei meines Bäschens brachte mich fast um den Verstand. Du kannst mir glauben, Nennius, es gibt nichts, was einen mehr mitten entzweischneidet als das Geschrei eines hungrigen Neugeborenen. Ich legte es auf den nassen Boden, setzte mich auf einen umgestürzten Baum und hielt mir die Ohren zu.

Plötzlich fiel mir ein, dass ich mich in einem Gebiet befand, das von den Kriegern meines Onkels bewacht wurde. Schreck durchfuhr mich. Wenn mein Bäschen nun die herbeibrüllte, die den Befehl des Onkels erfüllen würden? Ich sprang auf – und sah, dass ich nicht mehr allein war.

Einige Schritte von mir entfernt, unter dem Schutz einer großen Rotbuche, stand jemand. Ein Mädchen war es, ein Mädchen, das ich nicht kannte und das anders war als alle anderen Mädchen. Es mochte etwas jünger sein als ich. Es sah sehr reich aus, sehr schön und sehr fremd. Es trug ein Kleid, wie du es dir kaum wirst vorstellen können, kein weites Gewand wie unsere Frauen und Mädchen, sondern ein eng anliegendes Oberteil und einen sehr weiten Rock voller Falten und Rüschen, und das Ganze in den buntesten und leuchtendsten Farben, die je gefunden wurden. Es hatte schwarzes Haar, glänzende schwarze Locken, und in diese waren bunte

Bänder geflochten. Es sah viel feiner und zerbrechlicher aus als unsere Mädchen, und es schaute mich aus großen, dunklen Augen forschend an. Ich schaute zurück, als könnte ich nicht glauben, was ich sah. Doch plötzlich wusste ich, wer das sein musste. Und ich stand auf und begrüßte das fremde Mädchen. Ich war schon so weit in den Ungehorsam gegen meinen Onkel verstrickt, dass es darauf nun auch nicht mehr ankam.

Ich merkte, Nennius, dass ich dir erst noch etwas anderes erzählen muss, ehe du die weitere Geschichte verstehen kannst, etwas, das Wochen zuvor gewesen war, zu Beginn des Frühjahres, noch vor dem Besuch von Lugotrix. Mit der ersten Frühjahrskarawane aus dem Süden war in diesem Jahr ein Fremder in unser Tal gekommen. Ein Handelsherr aus Etrurien war es, einem Land so weit im Süden, dass an die fünfzig Tagesmärsche nötig sind, um von dort zu uns zu gelangen. Warm ist es dort unten, über die Hälfte des Jahres scheint die Sonne, Oliven, Wein und viele Früchte gedeihen. Etrurien ist nicht nur ein Land hervorragender Handwerker und Künstler, es ist auch ein Umschlagplatz von Gütern aus aller Welt, ein Land der Händler.

Jener Fremde also war ein Etrusker, Tarquinius mit Namen, ein Handelsherr, der mit uns und dem Norden in Handelsbeziehungen treten wollte und deshalb mit seiner Familie selbst die weite Reise auf sich genommen hatte. Er brachte meinem Onkel Elfenbein und eine goldene Schale als Geschenk mit. Mein Onkel empfing ihn fürstlich, wies ihm Land unten im Tal in der Nähe des Sees zu, schickte ihm seine eigenen Männer, um ihm ein Haus errichten zu lassen, und lud ihn zu einem Festessen ein. Tarquinius kam, aber er kam nicht allein.

Du weißt, Nennius, dass ein geladener Gast oft Begleiter

mitbringt, möglichst hervorragende Männer, die seine Bedeutung unterstreichen. Tarquinius aber brachte seine Frau zur Einladung mit.

Ja, ich sehe die Verblüffung in deinem Gesicht, Nennius. Genauso verblüfft war ich damals auch. Und nicht nur ich, wir alle waren es. Eine Frau auf ein Herrenfest mitzubringen, das ist, ja wie soll ich sagen, das ist, als wollte man einen Hasen zum Hofhund machen, nicht wahr? Aber für Tarquinius und seine Frau schien es die größte Selbstverständlichkeit zu sein.

Ich sehe mich noch dort im Bergherrenhof stehen und sie anstarren. Ich sehe noch das sprachlose Erstaunen in den Augen meines Onkels und aller Krieger. Ich sehe sie vor mir, Tullia, die Frau des Etruskers. Sie war so ähnlich gekleidet wie jenes Mädchen, von dem ich dir eben erzählt habe, nur noch viel prächtiger, und nicht nur an ihrem Hals und ihren Handgelenken, sondern auch in ihren Haaren glitzerte Goldschmuck. Nie sah ich eine unserer Frauen ohne das Tuch, das das Haar verdeckt. Jene Fremde aber zeigte und schmückte ihr Haar und dachte sich nichts dabei.

Onkel Bellinus erholte sich als Erster von seinem Erstaunen. Er wusste seine Handelsinteressen zu wahren. Darum bezwang er seinen Abscheu vor einer solchen Verletzung unserer Sitten. Er begrüßte den etruskischen Handelsherrn und seine Frau höflich. Dann ließ er meine Tante rufen und trug ihr auf, Tullia im Herrinnenhaus zu bewirten, während er mit Tarquinius im Herrenhaus das Gastmahl feiere. Tullia nahm dies mit leichtem Lächeln zur Kenntnis und folgte meiner Tante. Ich trieb mich im Hof herum, von der einen Bewirtung so ausgeschlossen wie von der anderen, unruhig vor Neugier.

Als sich die Gäste wieder verabschiedeten, sah ich, wie meine Tante die fremde Frau mit einer Herzlichkeit umarmte, die nur noch von der Herzlichkeit übertroffen wurde, mit der jene diese Umarmung erwiderte. Und ich sah den Zorn darüber in den Augen meines Onkels aufblitzen. Tarquinius und Tullia ritten zum Hoftor hinaus.

Meine Tante sah nachdenklich hinterher und sagte träumerisch: »Sie ist eine ungewöhnliche und wunderbare Frau, diese Tullia.«

Da fuhr mein Onkel sie herrisch an: »Du wirst sie nie wieder sehen, Cartismandua! Ich verbiete dir den Umgang mit dieser Person! Euch allen verbiete ich den Umgang mit der Familie des Etruskers! Nur ich allein werde noch mit Tarquinius verhandeln. Und du, Cartismandua, schlag dir aus dem Kopf, was immer dir diese Tullia hineingepflanzt hat!«

Ich verstand kein Wort von alledem. Aber ich war erschrocken. Die Augen meiner Tante füllten sich mit Tränen, und mein Onkel, der doch sonst zu ihr liebevoll war wie zu niemandem, machte keinerlei Anstalten, einzulenken, im Gegenteil, er fuhr fort, ihr und uns zu drohen.

Inzwischen weiß ich, was meinen Onkel damals so aufgebracht hat, es war die Befürchtung, dass unsere Sitten durch den Umgang mit jenen Fremden verdorben werden könnten, die so offensichtlich andere Gebräuche hatten als wir. Doch damals hörte ich nur die Drohung meines Onkels, er werde jeden bestrafen, der mit den Fremden spräche. Daran musste ich nun denken, als ich das fremde schöne Mädchen unter jener Buche stehen sah, und begriff, dass es die Tochter von Tarquinius und Tullia sein müsse. Aber ich stand auf und begrüßte sie und stellte mich vor.

Die Fremde nickte mir zu und sagte etwas in einer Sprache, von der ich kein Wort verstand. Sie sah mich fragend an, und ich schüttelte den Kopf. Da lächelte sie, legte die rechte Hand auf die Brust, verneigte sich leicht vor mir und sagte nur noch ein einziges Wort: »Larthia.«

Ich tat es ihr nach und sagte: »Diviciacus.«

Dann standen wir einfach stumm da und sahen einander an. Mein Bäschen brüllte laut in unser Schweigen. Da bückte sich Larthia und hob es vom Boden auf und wies mit dem Finger darauf. Ich schüttelte den Kopf. Sie fuhr mit dem Finger zart über das Näschen der Kleinen und sagte: »Ati!«

»Ati«, wiederholte ich und begriff, dass mein Bäschen soeben einen Namen bekommen hatte. Es kam mir vor, als sei es dadurch vor dem Tod gerettet.

Larthia drückte die kleine Ati mit der linken Hand fest an ihre Brust, mit der rechten nahm sie mich bei der Hand und zog mich hinter sich her. Wenig später waren wir bei ihrem Haus, bei dem Haus, das mein Onkel für Tarquinius und seine Familie hatte bauen lassen und das zu betreten er uns verboten hatte. An der Hand von Larthia trat ich über die Schwelle.

Larthia führte mich in einen reich eingerichteten Raum. Auf einem bequemen Sofa lag ihre Mutter Tullia, einen Säugling im Arm. Tullia richtete sich verwundert auf, als sie das Geschrei von Ati hörte, begrüßte mich mit einem kurzen Nicken und nahm Larthia die kleine Ati aus dem Arm. Larthia sagte irgendetwas, das ich nicht verstehen konnte. Tullia öffnete die Spangen ihres engen Oberteils und legte Ati an die Brust. Das Geschrei verstummte. Gieriges Schmatzen war zu hören. Ich sah zu, wie Ati trank, und vergaß alles andere. Schließlich ließ Ati ein zufriedenes Seufzen hören und schlief ein.

Tullia legte Ati vorsichtig neben sich aufs Sofa, brachte ihre Kleidung wieder in Ordnung, dann sagte sie zu mir: »Sei mir gegrüßt, Diviciacus. Es tut mir Leid, dass deine Tante gestorben ist. Sie war eine sehr liebe Frau. Leider sah ich sie nur ein einziges Mal.«

»Mein Onkel hat ihr verboten, Euch zu besuchen, Frau Tullia!«, antwortete ich.

Tullia nickte: »Das dachte ich mir. Inzwischen habe ich gemerkt, wie sehr ich damals eure Sitten verletzt habe, als ich Tarquinius begleitet habe. Aber reden wir jetzt von dir! Ich habe gehört, was geschehen ist. Und ich sehe, du hast deine kleine Base gerettet. Es gehört viel Mut dazu, einem Mann wie deinem Onkel zu trotzen. Aber wie stellst du dir vor, dass es jetzt weitergehen soll?«

»Ich weiß es nicht.«

Tullia sah mich nachdenklich an. Dann blickte sie auf die kleine Ati, und ihr Gesicht sah sehr weich aus und sehr traurig. Larthia sagte etwas in ihrer Sprache, ihre Mutter antwortete, ein Gespräch ging hin und her, von dem ich kein Wort verstand, und schließlich sagte Tullia zu mir: »Larthia will, dass ich dir und Ati helfe. Es ist nicht einfach für mich, denn wenn dein Onkel davon erfährt, kommen die Handelsbeziehungen nie zu Stande, die Tarquinius sich hier erhofft und für die wir die lange Reise unternommen haben. Tarquinius selbst kann ich nicht fragen, er ist vor Tagen weiter in den Norden aufgebrochen. Ich glaube kaum, dass er davon begeistert wäre. Aber ich werde es tun. Ati kann bei mir bleiben. Larthia hat versprochen, ihre Pflege zu übernehmen. Nur eines muss dir klar sein, Diviciacus: Wenn dein Onkel davon erfährt, bringst du uns in große Schwierigkeiten. Also überlege dir genau, was du ihm sagst, warum du so lange von zu Hause fort warst! Die Wächter des Bergherren suchen dich schon, überall haben sie sich nach dir erkundigt. Sogar bei uns sind sie gewesen.«

»Danke«, sagte ich, »Frau Tullia, ich kann gar nicht sagen, wie sehr ich Euch danke. Seid unbesorgt: Von mir wird mein Onkel nichts erfahren. Ich kehre nicht nach Hause zurück. Ich gehe über die Berge, immer weiter, irgendwohin, wo mein Onkel mich niemals findet.«

Tullia antwortete nach langem Schweigen: »Diviciacus, ich habe mich erboten, deiner Base zu helfen. Findest du nicht, dass du mir dafür Gehorsam schuldest?«

»Ja. Befehlt mir, was Ihr wollt!«

»Gut. Dann gehorche mir jetzt in dem, was ich dir sage. Gehe zu deinem Onkel zurück. Überlege dir, was du ihm sagst. Und bleibe dabei, was auch immer geschieht.«

Mir wurde schwach vor Angst. Aber ich hatte mein Wort gegeben. Ich sah Larthia an. Sie lächelte mir zu, aber ihre Augen blieben ernst. Große, dunkle Augen voller Mitgefühl. Da nickte ich und verabschiedete mich und machte mich auf den Heimweg.

Bei jedem Schritt dachte ich verzweifelt darüber nach, wie es mir gelingen sollte, meinem Onkel standzuhalten. Das Leben von Ati und die Zukunft der etruskischen Familie hingen nun davon ab, dass ich meinem Onkel nicht den wahren Grund verriet, warum ich die letzte Nacht nicht zu Hause gewesen war. Wenn du meinen Onkel gekannt hättest, Nennius, wüsstest du, was für ein schwieriger Vorsatz das war.

Ich war noch nicht weit gegangen, da hörte ich meinen Namen rufen. Es war Marus, der älteste Krieger meines Onkels, der mit großen Sprüngen hinter mir herkam und mir schwer die Hand auf die Schulter legte. »Da bist du ja endlich, Junge, wo hast du bloß gesteckt! Komm mit, dich liefere ich selbst ab, damit du uns nicht noch mal verloren gehst!«

»Hat mein Onkel dich ausgeschickt, um mich zu suchen?«, fragte ich mit klopfendem Herzen.

»Dein Onkel? Ja, glaubst du denn, wir hätten dem Bergherren gesagt, dass du verschwunden warst?! Bei der Verfassung, in der er seit dem Tod deiner Tante ist! Er ist nicht aus dem Herrenhaus herausgekommen. Er hat nicht nach dir gefragt. Und jeder von uns hätte sich lieber die Zunge abgebissen, als ihm etwas zu sagen, was ihn schon zu gewöhnlichen Zeiten in Zorn bringen würde. Nein, wir haben dich von uns aus gesucht. Du hast Glück gehabt, Diviciacus, und wir auch. Denn wenn du nicht zurückgekehrt wärst, wäre es für uns übel ausgegangen. Du willst mir wohl nicht erzählen, wo du gewesen bist?«

»Nein. Entschuldige.«

»Na ja. Jeder hat mal seine Geheimnisse. Besonders wenn ihm gerade die Tante gestorben ist. Ich hoffe nur für dich, dass die anderen Krieger dafür auch so viel Verständnis haben wie ich. Einige sind ganz schön sauer auf dich.«

Doch als wir im Bergherrenhof ankamen, waren alle, Krieger und Mägde, so erleichtert, mich wieder zu sehen, dass mir keiner Vorwürfe machte. Im Stillen bedankte ich mich bei Tullia dafür, dass sie mich zu meinem Onkel zurückgeschickt hatte.

Onkel Bellinus blieb noch drei Tage allein im Herrenhaus. Dann kam er heraus und übernahm wieder die Führung des Bergwerks, des Handels und der Siedlung, als sei nichts geschehen.

Eine Zeit lang nahm das Leben wieder seinen gewöhnlichen Gang, und beinahe vergaß ich meine Ängste. Ich träumte nicht mehr von der Maske, ich träumte jetzt von Larthia, und das nicht nur in der Nacht. Ich hatte große Sehnsucht nach ihr. Gerne hätte ich sie und Ati besucht. Aber ich verbot es mir selbst. Immer wieder erinnerte ich mich daran, dass ein unüberlegter Schritt von mir das Leben von Ati und die Pläne der etruskischen Familie zerstören könnte. Mein Onkel durfte unter keinen Umständen hinter die Beziehung zwischen mir und den Fremden kommen. Um mich nicht in Versuchung zu bringen, in der Nähe des Hauses der Etrusker herumzustreifen, vermied ich es ganz, ins Tal hinunterzugehen. Bald hatte ich dazu sowieso keine Zeit mehr.

Der Onkel rüstete eine Karawane aus, die Salz in den Süden bringen und auf dem Rückweg Schmuck, Werkzeuge und Lebensmittel herbeischaffen sollte. Acht Krieger schickte er zu ihrem Geleitschutz mit. Es war eine Karawane, wie sie alle paar Wochen unser Salzbergtal verließ. Niemand dachte sich etwas Besonderes dabei. Am nächsten Tag ließ er mich rufen und erklärte mir: »Diviciacus, du bist nun alt genug, um in die Arbeit des Salzbergwerkes eingewiesen zu werden. Wenn du nach mir hier Bergherr sein wirst, hast du genaue Kenntnis des Bergwerkbetriebs nötig. Die aber erwirbst du nur durch Arbeit. Die Zeit deiner Freiheit ist vorbei. Von heute an wirst du täglich vom Morgen bis zum Abend arbeiten!«

Ich freute mich darüber. Ich wusste, dies war der erste Schritt in die Welt der Erwachsenen. Und ich war auch froh darüber, nicht mehr so viel Zeit zu haben, nicht mehr so viel an Larthia und Ati und daran denken zu können, dass ich meinen Onkel hintergangen hatte. Um mein schlechtes Gewissen zu betäubten, stürzte ich mich mit Feuereifer in die Arbeit.

Den Anfang machte mir Onkel Bellinus leicht. Er teilte mich den Werkzeugmachern zu. Meine Aufgabe war es, durch den Wald zu streifen und solche Rotbuchen zu suchen, die genau die richtige Art von Astgabelung hatten. Diese Bäume musste ich mir merken, die Holzfäller hinführen und beim Fällen zur Hand gehen. Du weißt ja, Nennius, aus den Astgabelungen solcher Buchen werden die Schäfte für die Bronzepickel hergestellt, mit denen die Bergknappen das Salz losbrechen. Die meiste Zeit streifte ich also herum und nahm Tasso, den Hund meines Onkels, mit. Ja, diese erste Aufgabe, die mir übertragen wurde, war eine Arbeit, die man kaum als Arbeit bezeichnen konnte. Doch bald schickte mich der Onkel ins Bergwerk.

Nicht mehr lange, Nennius, dann wirst du selbst deine Lehre im Bergwerk beginnen. Dann wirst du merken, dass der Anfang härter ist, als man es sich vorstellt. Wenn du morgens in den Schacht hineinsteigst, ist es, als ließest du das Leben und diese Welt hinter dir. Kühle umfängt dich, die engen Gänge und niederen Decken drücken dir auf die Seele, die schwarze Dunkelheit ist nur spärlich vom Schein der Kienspäne erhellt, die Luft ist knapp zum Atmen, vom Rauch der Feuer gebeizt, geätzt von den Ausdünstungen der schwer Arbeitenden.

Wir werden dich anfangs nur den halben Tag dort unten arbeiten lassen, aber diese halben Tage werden dir lang genug werden.

Mein Onkel schickte mich von Sonnenaufgang bis Sonnenuntergang in das Bergwerk. Er teilte mich den Zimmerleuten zu. Ich musste mithelfen, die neu gegrabenen Gänge durch Grubenholz zu sichern und die alten Verzimmerungen an schadhaften oder unzureichenden Stellen auszubessern. Natürlich machte ich dabei nur Hilfsarbeiten, aber die fielen mir schwer genug. Oft meinte ich, nicht mehr weiterzukönnen. Dann sah ich die Salzträger an, die unter den schweren Tragsäcken die Gänge entlang- und die Steigbäume hinaufkeuchten, und schämte mich. Wie viel schwerer war deren Arbeit als meine!

Ich dachte jetzt oft an Addedus, dessen Vater ein Salzträger gewesen und darüber krank geworden war. Ohne die Begegnung mit Addedus hätte ich diesen Männern vermutlich nicht einen einzigen Blick oder Gedanken gewidmet. So aber beobachtete ich sie. Eines Morgens fiel mir auf, dass einer von ihnen unter seiner Last taumelte, immer wieder gegen die Wände schwankte. Ich sagte es dem Meister, unter dessen Führung ich arbeitete, doch der riet mir nur, ich solle den

Mund halten und mich um meine eigenen Angelegenheiten kümmern. Da ging ich zu meinem Onkel und sagte es ihm.

Onkel Bellinus hörte mich mit unbewegtem Gesicht an. Dann erwiderte er barsch: »Wenn du dich so um den Salzträger sorgst, Diviciacus, dann übernimm du heute seine Arbeit!«

So musste ich bis zum Abend als Salzträger arbeiten. Ich musste den ganzen Tag Tragsäcke voll Salz die endlosen Gänge entlang und die Schächte hinaufschleppen, Säcke, deren Gewicht so groß war wie mein eigenes Körpergewicht, Säcke, unter denen ich schier zusammenbrach. Ich kann dir gar nicht beschreiben, wie fertig ich am Abend dieses Tages war. Es sollte eine Lehre sein, und es war auch eine, aber anders, als mein Onkel dachte. Ich sollte lernen, mich nicht in die Entscheidungen des Bergherren einzumischen. Ich lernte, wie hart das Leben der Ärmsten der Armen ist.

Ein paar Tage später gab mein Onkel mir für einen Tag frei. Darauf hatte ich schon lange gewartet. Ich wusste sofort, was ich mit diesem Tag anfangen würde. Früh am Morgen ging ich ins Gesindehaus und bat die Küchenmagd, mir einen Eimer voll Gerstenbrei zu geben.

»Was willst du damit?«, fragte sie verwundert.

»Ich will es jemandem bringen, der Hunger hat.«

»Es gibt viele, die Hunger haben. Und der Bergherr hat nicht vor, die alle durchzufüttern. Aber ein Eimer Gerstenbrei wird sich wohl entbehren lassen. Wenigstens davon haben wir ja noch genug. Sonst fehlt es bald an allem. Ich verstehe nicht, wo die Karawane bleibt. Ich kann doch nicht jeden Tag Gerstengrütze kochen.« Sie redete noch weiter vor sich hin, wie es ihre Art war, und füllte mir dabei einen Holzeimer voll Grütze.

Ich nahm ihn und machte mich auf den Weg zum Wilderstein. Es regnete und regnete. Als ich endlich die Baumgrenze erreicht hatte, troff mir das Wasser aus den Kleidern und stand in meinen Schuhen. Ich setzte den Eimer ab, holte das Pfeifchen aus meiner Tasche und pfiff die fünf Töne. Dann wartete ich. Nach geraumer Zeit sah ich eine Gestalt im Regen auftauchen und den Hang herab auf mich zukommen. Es war Addedus. Schon von weitem rief er: »Ich komme! Brauchst du Hilfe?«

Ich streckte ihm die Hand hin. »Heute brauche ich keine Hilfe. Heute bringe ich dir und deiner Urma etwas zu essen.«

Seine Augen leuchteten, als er den Eimer sah. Ich dachte daran, wie oft ich über diese ewige Grütze gestöhnt hatte. Ehe er sich bedanken konnte, sagte ich schnell: »Ich muss gleich wieder umkehren, Addedus, denn ich muss vor der Dunkelheit wieder zu Hause sein. Übrigens, meine kleine Base ist gerettet. Sie heißt Ati. Deine Urma hat Recht gehabt, mir ist geholfen worden.«

»Meine Urma hat immer Recht.«

Ich wusste nicht, was ich darauf antworten sollte, verabschiedete mich und rannte in den Wald. Ich hörte ihn noch hinter mir herrufen: »Vergiss nicht – wenn du Hilfe brauchst ... «

Nun erschien mir dieses Angebot doch reichlich albern. Ich, Diviciacus, Erbe des Bergherren, ich konnte Addedus helfen – aber er mir? Das war vorbei. Mein Leben lief wieder in der vorgezeichneten Bahn, in der kein Platz für Addedus und seine Urma vorgesehen war.

Doch darin sollte ich mich täuschen.

Als ich am Abend kurz vor Torschluss zum Bergherrenhof zurückkam, merkte ich sofort, dass etwas nicht in Ordnung war. Die Krieger machten verschlossene Gesichter und ließen ihre üblichen Späße und Flüche. Die Mägde und Knechte verrichteten ihre Arbeit still und unauffällig, machten sich gleichsam unsichtbar. Der Onkel ließ sich nicht blicken. Etwas lag in der Luft, zum Greifen nah, unheimlich und drohend, und doch wusste ich nicht, was es war. Seit langem ging ich erstmals wieder vors Tor und schaute zu der Bronzemaske hinauf. Finster starrte sie auf mich herab.

»Was ist heute mit euch allen los?«, fragte ich den Torhüter.

Der blickte sich erst vorsichtig um, bevor er mir antwortete: »Der Bergherr ist heute so übler Laune, dass ihn der geringste Anlass zur Raserei bringen kann. Wenn du den besten Rat hören willst, den ich dir je gegeben habe, so geh deinem Onkel heute aus dem Weg!«

»Aber was ist geschehen?«, fragte ich.

»Nichts ist geschehen, das ist es ja gerade. Der Bergherr hatte sich ausgerechnet, dass heute der allerletzte Tag ist, an dem die Karawane zurückkommen müsste, wenn sie seinen Befehlen gefolgt ist. Aber sie ist nicht gekommen. So etwas war noch nie da. Ich verstehe das auch nicht. Es sind doch alles erfahrene und zuverlässige Männer, die da unterwegs sind. Wenn die nicht bald kommen, wird uns hier allen das Lachen vergehen.«

Beunruhigt legte ich mich an diesem Abend schlafen. In dieser Nacht verfolgten mich wieder Alpträume. Ich sah die Karawane vor mir her auf schmalem Pfad einen Berg hinaufziehen. Ich wusste, dass sie in die falsche Richtung zog. Ich rannte ihr hinterher, rief und schrie, bis mir die Stimme versagte, aber die Männer hörten mich nicht. Endlich gelang es mir doch, den letzten der Krieger, der die Nachhut bildete, einzuholen. Er wandte sich zu mir um. Sein Gesicht war eine Maske aus Bronze. Ich schrie. Die anderen Männer drehten sich zu mir um. Alle hatten vor dem Gesicht die gleiche Maske. Hände griffen nach mir. Keine Menschenhände: Bronzehände. Ich wurde vor einen Herrn gezerrt. Er trug das Schwert mit dem

Griff aus Elfenbein und Bernstein. Auch er hatte eine Maske vor dem Gesicht. Ich stürzte mich auf ihn und riss sie ihm herunter. Es war Lugotrix.

Am nächsten Morgen rüstete mein Onkel eine neue Karawane nach Süden aus. Er bestimmte zwölf Krieger zum Geleitschutz, mehr, als er jemals einer Karawane mitgeschickt hatte, und er bestimmte Manduus zum Führer der Karawane, den unter seinen Kriegern, dem er mehr als jedem anderen vertraute. Schon allein an diesen Maßnahmen war zu erkennen, wie sehr er durch das Ausbleiben der Karawane beunruhigt war.

Wir warteten. Von Tag zu Tag warteten wir sehnsüchtiger, dass die erste Karawane doch noch zurückkehren würde. Von Tag zu Tag sank die Hoffnung. Von Tag zu Tag wurde die Stimmung schlechter. Die Lebensmittel wurden knapp. Unser Speiseplan bestand fast nur noch aus Gerstengrütze und Fleisch. Es gab keinen Wein mehr für meinen Onkel und kein Öl mehr für die Küche. Und eines Tages war es auch dem Letzten von uns klar: Die erste Karawane würde niemals zurückkehren.

Mein Onkel sprach nicht darüber. Er leitete das Bergwerk und die Siedlung wie eh und je. Aus dem Norden und dem Westen kamen die Karawanen planmäßig zurück und brachten neues Getreide und Früchte. Doch auf alle Lebensmittel, die sonst aus dem Süden kamen, mussten wir verzichten. Dem neuen Salztransport nach Norden gab der Onkel nur vier Krieger mit, so wenig wie noch nie.

Ich arbeitete im Salzbergwerk. Ich gab mir große Mühe, meinen Platz auszufüllen, und es gelang mir immer besser. Immer häufiger lobte mich Onkel Bellinus für meine Leistungen, und manchmal erlaubte er mir, auf seinen Kontrollgängen durch das Bergwerk an seiner Seite zu gehen, bei seinen

Geschäften dabei zu sein, zuzuhören, wenn er seine Anweisungen gab. Ich wusste, dass das eine Auszeichnung war. Ich ahnte, dass dies seine Art war, mir seine Liebe zu zeigen. Aber ich konnte nicht vergessen, dass er den Tod von Ati befohlen hatte.

Dann kam der Spätsommer und die Zeit, zu der die zweite Karawane zurückkehren musste. Sie blieb aus. Wieder begann das Warten, zermürbend, aufreibend.

Eines Tages schickte der Onkel drei Krieger so, den Weg entlangzureiten, den die Karawane gezogen war, den sie zurückkommen musste. Er befahl ihnen genau, bis zu welcher Stelle sie reiten sollten, wo sie umzukehren hätten, wenn sie bis dahin keine Spur von der Karawane entdeckt hätten. Er befahl ihnen, sofort zurückzureiten, wenn sie die Karawane getroffen hätten. Er rechnete ihnen vor, dass sie spätestens nach acht Tagen heimgekehrt sein müssten. Er ließ sie einen heiligen Eid schwören, dass sie jeden seiner Befehle auf das Genaueste befolgen würden. Sie ritten los.

Ich stand im Hoftor und sah ihnen im Morgengrauen nach. Sie ritten den Hang hinunter und verschwanden im Wald. Und plötzlich wusste ich mit schrecklicher Klarheit, dass ich sie nie wieder sehen würde. »Die kommen nicht zurück«, sagte ich leise vor mich hin.

Da fühlte ich mich schmerzhaft an der Schulter gepackt und hörte rau die Stimme meines Onkels: »Was hast du da gesagt, Diviciacus?«

Ich wiederholte: »Die kommen nicht zurück!« Und ich warf mich in die Arme meines Onkels und begann zu stammeln: »Es ist die Maske, Onkel, die Maske von Lugotrix. Sie ist schuld an dem ganzen Unheil. Nimm die Maske herunter, bitte, nimm sie herunter!«

Er machte sich von mir los und sagte: »Du siehst Gespenster, Diviciacus. Ich hätte nicht gedacht, dass du noch so kindisch bist. Geh an die Arbeit und reiß dich zusammen!«

Ich versuchte es. Aber es ging nicht. Das Gefühl eines nahenden Unheils ließ mich nicht mehr los. Als der Abend des achten Tages anbrach, ohne dass die drei Krieger zurückgekehrt waren, wunderte ich mich nicht. Es hatte sich nur bestätigt, was ich gewusst hatte. Onkel Bellinus aber verließ den Bergherrenhof und ging ohne ein Wort in den Abend hinein. Er kehrte die ganze Nacht nicht zurück.

Keiner im Hof tat in dieser Nacht ein Auge zu. Wir hockten schweigen beieinander und warteten und fürchteten uns.

Am Morgen kam der Onkel wieder zurück. Er sah blass aus und sehr entschlossen. Er rief die Krieger zusammen und ließ die Bergknappen holen und winkte mir, an seine Seite zu treten.

Dann sagte er: »Es gibt keinen Zweifel mehr. Unsere Karawanen in den Süden sind überfallen worden. Bei dem Geleitschutz, unter dem sie unterwegs waren, kann dies nicht das Werk irgendeiner Räuberbande sein. Da steckt mehr dahinter. Ich werde es herausbringen. Ich werde es in Ordnung bringen. Mit dem Schwert in der Hand. Unser Bestehen hier auf dem Salzberg, unser Reichtum und unser Leben hängen davon ab. Aber wir sind nur noch eine kleine Kriegerschar. Dreiundzwanzig Krieger sind im Süden verschollen, vier geleiten die Karawane im Norden. Einundzwanzig Krieger seid ihr nur noch. Bis auf einige muss ich alle mitnehmen. Ich muss die Siedlung ohne ausreichenden Schutz lassen. Ich tue es nicht gerne, aber es geht nicht anders.«

Dann bestimmte er Marus, den ältesten der Krieger, zurückzubleiben und gemeinsam mit vier anderen den Schutz der Siedlung zu übernehmen, und den ältesten der Bergknappen, das Bergwerk zu führen. Er legte seine Rüstung an und gürtete sich mit dem schweren Schwert. Er ließ die Waffenkammer öffnen und hieß die Krieger, sich außer mit dem Kampfbeil mit Schild und zwei Speeren zu rüsten. Er bestieg sein Pferd und ließ den Stall bis auf das letzte Pferd räumen. Dennoch reichten sie nicht für alle Krieger, einige mussten zu Fuß gehen. Sie brachen auf. Ich schaute ihnen nicht nach. Ich schaute die Maske an. Ich kam nicht gegen die Gewissheit an, dass mein Onkel in seinen Untergang ritt und mit ihm alle Krieger.

Der Tag schleppte sich quälend dahin. Bei der Arbeit im Bergwerk machte ich einen Fehler nach dem anderen. Der Meister, der mir sonst nie etwas durchgehen ließ, sagte nichts.

In der folgenden Nacht hatte ich immer und immer wieder den gleichen Alptraum. Schreiend fuhr ich aus meinem Bett auf, machte mir klar, dass alles nur ein Traum gewesen war, schlief ein und träumte wieder. Ich sah meinen Onkel an der Spitze der Krieger durch eine enge Schlucht reiten. Steil ragten zu beiden Seiten die Felswände in die Höhe. Plötzlich begannen diese Felswände zu schwanken. Sie neigten sich über die Schlucht. Dann stürzten sie mit grässlichem Getöse in die Tiefe und begruben meinen Onkel und alle Krieger unter sich. Ich warf mich auf die Unglücksstelle und begann zu weinen. Sobald ich einen Felsbrocken berührt hatte, tat sich der Berg auf. Ich schaute in einen tiefen Schacht. An seinem Grund lag mein Onkel. Nicht in seiner Rüstung, in zerfetzter Kleidung. Aus einer Wunde an seiner Stirn quoll Blut. Seine Augen waren geschlossen. Um seinen Hals war ein Strick geknotet, ein starkes Seil, dessen anderes Ende ich nicht sehen konnte. Ich ging ihm nach. Es führte mich tiefer und tiefer in den Berg hinein. Ich kam an ein Tor. Es war verschlossen. Das

Seil führte unter dem Tor hindurch. Ich wollte darüber klettern und schaute in die Höhe. Da sah ich die Bronzemaske, die mich drohend anstarrte, und die Bronzehände, die nach mir griffen. Ich schrie. Das Tor ging auf. Lugotrix stand darinnen, das Schwert in der Hand, das mein Onkel ihm geschenkt hatte. Er hob das Schwert und schlug zu.

An dieser Stelle des Traumes wachte ich jedes Mal auf. Schließlich fürchtete ich mich so sehr vor dem Traum, dass ich mich zwang, mich im Bett aufzusetzen und wach zu bleiben. Ich machte mir Vorwürfe, dass ich bei dem Besuch von Lugotrix meinen Onkel nicht gewarnt hatte. Ich war überzeugt davon, dass der böse Zauber der Maske meinen Onkel, seine Krieger und uns alle vernichten würde. Verzweifelt überlegte ich, was ich tun sollte. Und plötzlich dachte ich an Addedus und seine Urma. Vergiss nicht, wenn du Hilfe brauchst ... die Alte vom Wilderstein ... so ging es mir durch den Kopf. Mit einem Gefühl tiefer Erleichterung beschloss ich, gleich am Morgen zum Wilderstein hinaufzusteigen und die Urma um Rat zu fragen.

Doch ich musste ja im Bergwerk arbeiten! Ich überlegte, ob ich mich einfach heimlich davonstehlen sollte, aber dann verwarf ich diesen Gedanken wieder. Marus hatte bereits mehr als genug Sorgen, wenn er mit den wenigen Kriegern für den Schutz des Bergwerks, der Siedlung und des Bergherrenhofes sorgen musste. Da konnte ich ihm nicht auch noch zumuten, dass er nach dem verschwundenen Neffen des Bergherren suchen musste. Ich muste ihn um Erlaubnis bitten, weggehen zu dürfen.

Aber was sollte ich ihm sagen? Sollte ich ihm von meinen bösen Träumen und Ahnungen erzählen? Er würde wie mein Onkel mit den Schultern zucken und antworten, ich sei ein Kind, das Gespenster sähe. Sollte ich ihm gleich sagen, ich sei überzeugt, dass mein Onkel Hilfe brauche? Der Bergherr, der mutigste aller Kämpfer, mit seiner großen Kriegerschar – Hilfe? Lächerlich! Marus würde mir erwidern, der Bergherr sei Manns genug, sich selbst zu helfen. Sollte ich einfach sagen, ich wollte die Alte vom Wilderstein um ihre Prophezeiung bitten? Doch wie sollte ich erklären, dass ich sie kannte, ohne Ati zu verraten? Und schließlich hatte mir mein Onkel genauso verboten, den Wilderstein zu ersteigen, wie dir dein Vater. Nein, ich konnte Marus nicht in meine Pläne einweihen, er würde mich darin hindern, sie auszuführen.

Am Morgen ging ich daher gleich nach dem Aufstehen zu Marus und sagte nur: »Marus, ich möchte dich bitten, mir heute frei zu geben. Ich habe etwas zu erledigen. Ich hoffe, dass ich vor Torschluss zurück sein kann. Aber wenn ich über Nacht oder länger wegbleibe, so mache dir bitte keine Sorgen und lass nicht nach mir suchen. Ich werde später meinem Onkel alles erklären.«

Er sah mich an, als zweifelte er an meinem Verstand. Dann wurde er wütend: »Was bildest du dir ein! Was wird der Bergherr mir erzählen, wenn er erfährt, dass ich dich einfach in der Gegend herumlaufen lasse, in diesen Tagen, wo wir mehr als genug Sorgen um unsere Sicherheit haben! Du gehst ins Bergwerk, und dabei bleibt es. Und damit dir nicht in den Sinn kommt, auf dem Weg davonzulaufen, lasse ich dich von einem Knecht hinbegleiten und abholen!«

So war mein Plan vorerst gescheitert. Aber ich gab ihn nicht auf. Beim Morgenessen füllte ich mein Holzeimerchen, in dem ich immer mein Essen für die Pause im Bergwerk mitnahm, randvoll mit Grütze. Die Magd lachte, als sie das sah: »Na, hoffentlich arbeitest du auch für zwei, wenn du für zwei isst!«

Im Eingangshaus zum Bergwerk stellte ich die Mahlzeit wie

gewöhnlich ab, aber ich ließ das Zimmermannswerkzeug liegen, das ich jeden Morgen zu unserer Arbeitsstelle im Bergwerk mitnehmen musste. Ich bemühte mich, ein erschrockenes Gesicht zu machen, als mich der Meister unten im Bergwerk nach dem Werkzeug fragte, und behauptete, es vergessen zu haben. Eilfertig erbot ich mich, zurückzulaufen und es zu holen, denn ich hatte mir vorgenommen, bei dieser Gelegenheit heimlich zu verschwinden.

Der Meister aber schimpfte: »Das könnte dir so passen. Erst dein Zeug vergessen und dann gemütlich durch das Bergwerk spazieren, statt zu arbeiten! Du bleibst hier!« Er befahl einem der Salzträger, das Werkzeug mitzubringen, wenn er nach dem Entladen ins Bergwerk zurückkäme, und wies mir meine Arbeit zu.

Ich war verzweifelt. Wenn ich keine Möglichkeit fand, alleine zum Eingangshaus zu gelangen, würde ich meinen Plan nicht verwirklichen können. In der Mittagspause wäre es unmöglich, mich heimlich davonzumachen, und am Abend ebenso. Schließlich verfiel ich darauf, mich so faul und ungeschickt bei der Arbeit zu verhalten, dass mich der Meister bestrafen würde. Ich hoffte, er würde es meinem Onkel gleichtun und mich zur Strafe als Salzträger einteilen.

Er hatte an diesem Tag schrecklich viel Geduld mit mir. Er dachte sich wohl, dass ich aus Sorge um den Bergherren so wenig bei der Sache sei, und hatte Verständnis dafür. Ich reichte ihm die falschen Werkzeuge zu, ich ließ den Holzkeil fallen, den ich halten sollte, ich stand träumend da und überhörte Aufträge, die er mir gab – er sah mich nur kopfschüttelnd an, schimpfte allenfalls. Es ging auf Mittag zu. Ich wurde immer unruhiger.

Als ich ihm schließlich den schweren Hammer auf den Fuß fallen ließ, packte er mich an den Schultern und sagte: »Diviciacus, wenn du dich jetzt nicht endlich zusammenreißt, dann vergesse ich mich!«

»Mir ist heute nicht gut!«, murmelte ich und wurde rot dabei vor Scham. Er nahm es für das Anzeichen einer Krankheit und schickte mich nach Hause.

Ich machte mich auf den Weg zum Ausgang. Einerseits war ich froh, dass mein Vorhaben nun endlich gelingen würde, andererseits hatte ich ein fürchterlich schlechtes Gewissen. Im Eingangshaus sah ich mich um. Ich war allein. Da griff ich mir mein Eimerchen mit der Grütze und machte mich leise davon. Abseits des Weges erreichte ich unbemerkt den Wald. Immer noch hin- und hergerissen zwischen Erleichterung, Angst und Schuldgefühl machte ich mich an den Aufstieg zum Wilderstein. Von Unruhe vorangetrieben, lief ich sehr schnell. Dennoch dunkelte es schon, als ich die Baumgrenze erreicht hatte.

Ich pfiff die fünf Töne auf der Pfeife von Addedus, dann setzte ich mich ins Gras und wartete erschöpft. Ich war so fertig, dass ich nicht einmal Hunger hatte.

Addedus kam und führte mich zu seiner Urma. Er schaute mich nur an und nickte. Er stellte keine Fragen und redete nicht. Schweigend ging er neben mir her. Ich war ihm sehr dankbar dafür. Ich hätte jetzt nicht reden und nicht zuhören können. Aber es war sehr gut, nicht mehr allein zu gehen.

Die Urma saß an der gleichen Stelle der Höhle in der gleichen Haltung wie beim letzten Mal – als habe sie sich in der Zwischenzeit überhaupt nicht gerührt. Ich sah sie an. Eine unbegreifliche Ruhe ging von ihr aus. Auf einmal fühlte ich mich nicht mehr gehetzt.

Ich setzte mich mit Addedus zu ihr ans Feuer, und gemeinsam aßen wir mein Eimerchen Grütze leer. Dann wollte ich ihr erzählen, was geschehen war. Doch ich hatte noch nicht viel geredet, da machte sie mir schon ein Zeichen, zu schweigen. Ich sah sie gespannt an. Sie hatte die Augen geschlossen und regte sich nicht. Der Verdacht schoss in mir auf, dass sie schlafe, dass sie die ganze Zeit geschlafen habe, dass ich meine Hoffnung vergebens in sie gesetzt habe. Ich wollte etwas sagen. Aber Addedus legte mir die Hand auf die Schulter und seinen Zeigefinger vor die Lippen. Fragend sah ich ihn an. Er nickte mir bestätigend zu. Also wartete ich weiter.

Das Feuer knisterte. Draußen heulte der Wind. Die Urma röchelte bei jedem Atemzug. Sonst war Stille.

Endlich machte die Urma den Mund auf. Sie sagte: »Die Maske in den See. Die Hände in die Höh. Das Schwert dem Rechten. Den Tod dem Schlechten. Nicht Knabe noch Mann den Weg finden kann.«

Dann schwieg sie wieder. Gerade holte ich Luft, um sie zu fragen, was das zu bedeuten habe, was ich denn nun wirklich tun solle, da fasste mich Addedus an der Hand und zog mich fort. Er wies auf das Lager aus Laub und Moos, auf dem ich vor Wochen schon einmal geschlafen hatte, und sagte leise: »Leg dich schlafen, Diviciacus. Morgen reden wir über alles. Es hat keinen Sinn, die Urma weiter zu fragen. Sie sagt nicht mehr. Sie hat alles gesagt, was sie zu sagen hat.«

Lange lag ich wach und dachte über das nach, was die Alte vom Wilderstein gesagt hatte. Die Maske in den See – das war leicht zu verstehen, aber schwer auszuführen. Es konnte nur die Bronzemaske des Lugotrix gemeint sein. Ob der Zauber erlosch, wenn sie im See versenkt wurde? Aber wie sollte es mir gelingen, sie vom Hoftor herunterzuholen? Marus würde niemals zulassen, dass ein Befehl des Bergherren missachtet wurde, und diese Maske hatte der Bergherr selbst an ihrem Ort befestigt. Außerdem – indem ich mich aus dem Bergwerk weggestohlen hatte, hatte ich mir selbst die letzte

Möglichkeit geraubt, mit Marus zu reden und ihn von meinen Plänen zu überzeugen. Er würde mich einsperren, sobald ich mich wieder blicken ließe. Doch wie sollte ich unbemerkt an die Maske kommen?

Die Hände in die Höh – sollten wir die Hände zum Gebet erheben, beten statt handeln? Nein, das ertrug ich nicht. Sicher, gerne wollte ich die Götter um ihren Beistand anflehen, aber ich konnte nicht nur warten, ich musste etwas tun. Und wenn ich dabei auch wie ein Bergmann war, der sich ohne Werkzeug, mit nichts als seinen bloßen Händen, durch taubes Gestein zur Salzader durchzuwühlen versuchte, wenn also auch alles scheinbar sinnlos und hoffnungslos war, ich musste versuchen, etwas zu tun. Alles, auch das unsinnigste Bemühen, war besser, als dazusitzen und abzuwarten und sich zu quälen und sich zu fürchten.

Die Hände in die Höh – oder hieß es, dass wir uns bald zum Trauertanz zusammenfinden würden, dass der Bergherr sterben müsste? Nein, das nicht, das bitte nicht, murmelte ich vor mich hin und wunderte mich selbst darüber. Liebte ich denn meinen Onkel? Trotz seiner Strenge und trotz der Grausamkeit, die er der kleinen Ati angetan hatte?

Ich warf mich auf meinem Lager herum, zergrübelte mir die halbe Nacht den Kopf, aber ich fand keine Lösung für meine vielen Probleme. Nur für den Schluss der Prophezeiung fiel mir eine einleuchtende Erklärung ein. Nicht Knabe noch Mann den Weg finden kann: Das konnte nur auf einen Hund verweisen. Ich würde zurück ins Salzbergtal gehen und unseren Hund Tasso holen. Er würde gelaufen kommen, wenn ich aus der Ferne nach ihm pfiff.

Im Morgengrauen weckte mich Addedus. »Komm mit«, forderte er mich auf.

Wir traten aus der Höhle. Kälte und fahles Dämmerlicht umfingen uns. Addedus ging voraus. Ich folgte ihm. Er schien zu wissen, was zu tun war. Wir stiegen höher und höher den felsigen Berg hinauf. Schließlich erreichten wir einen Gipfel. Addedus setzte sich ins steinige Gras und machte mir ein Zeichen, mich neben ihn zu setzen. Schweigend saßen wir so nebeneinander, die Gesichter nach Osten gewandt. Addedus schien auf etwas zu warten. Und dann sah ich es. Der Himmel begann zu leuchten. Aus der zackigen Linie der fernen Berggipfel erhob sich langsam die Sonne. Ich schaute und schaute und vergaß alle Sorgen. Addedus machte mir ein Zeichen, mich umzudrehen. Das ewige Eis auf den Nordhängen des Wildersteins hinter uns strahlte gleißend im Sonnenlicht. Nennius, so etwas muss man erlebt haben, es gibt keine Worte, um es zu beschreiben. Ich kann dir nur sagen, was in diesem Augenblick mit mir geschah: Die Angst fiel von mir ab. Ich fühlte mich gerüstet für alles, was auch immer es sein würde.

Addedus sah mich von der Seite an. Dann nickte er zufrieden und sagte: »So. Jetzt können wir alles besprechen. Ich werde natürlich mit dir kommen, wenn du deinen Onkel und die verschollenen Krieger suchst. Denn dass du das vorhast, sehe ich dir an. Ich muss nur vorher noch nach Hause und meinem Bruder Bescheid sagen, dass er sich um die Urma kümmert. Hast du die Prophezeiung der Urma verstanden? Und hast du schon einen Plan?«

Ich erzählte ihm, dass ich nicht wusste, wie ich an die Maske herankommen sollte. Er meinte: »Vielleicht geht zu zweit, was alleine unmöglich ist.«

Da hatte ich einen Einfall: »Natürlich! So könnte es gehen! Aber es ist nicht ungefährlich für dich. Und wenn es schief geht, stecke ich ganz schön in der Klemme.«

»Nun red schon!«

Ich erklärte ihm meinen Plan. Er war sofort einverstanden.

Um zum Dorf von Addedus zu gelangen und seinen Bruder zu verständigen, mussten wir den ganzen Tag angestrengt nach Nordwesten wandern. Stundenlang durchquerten wir die gewaltige Steinwüste des Wildersteins. Die Sonne stieg höher und höher und brannte auf uns herab. Mir schien es unmöglich, sich hier oben zurechtzufinden. Aber Addedus kannte jeden Stein. Ohne Zögern ging er voran. Am Nachmittag gelangten wir in ein Bachtal. Hier konnten wir endlich unseren Durst löschen. Schließlich kamen wir an einen See, und hier fanden wir auch ein paar Beeren, die den Hunger zwar nicht stillten, aber doch das Gefühl gaben, nicht nur ein Loch im Bauch zu haben. Es war schon Abend, als wir weiter unten in diesem Tal zu einer Ansammlung armseliger Hütten gelangten. Dies war das Dorf, in dem Addedus zu Hause war. Noch nie war ich hier gewesen. Noch nie hatte ich ein Dorf der Armen gesehen. Ich hatte nicht geahnt, dass es so viel Armut gab.

Von allen Seiten kamen Kinder auf uns zu. Schmale, schmutzige Kinder, barfuß und halb nackt. Sie schauten mich schweigend aus großen Augen an. Schweigend kamen sie immer näher. Langsam schlossen sie einen Ring um Addedus und mich. Ich sah Addedus an. Addedus war blass. Angst stand in seinen Augen. Der ruhige, entschlossene Addedus hatte Angst. Angst um mich. Da erst begriff ich die Gefahr. Ich spürte den Hass, der mir von den fremden Kindern entgegenschlug. Ich spürte die Bedrohung. Ich spürte, dass im nächsten Augenblick der Hass in Gewalt umschlagen würde, dass sich diese ganze Horde Kinder auf mich stürzen würde.

Ein Gemurmel erhob sich unter den Kindern. Einige Wörter

konnte ich verstehen: »Bergherr . . . Leuteschinder . . . Sklaventreiber . . . Mörder . . . « Ich verstand, dass sie von meinem Onkel redeten, dass sie meinen Onkel hassten und dass ich für die Härte meines Onkels würde büßen müssen. Und so schrecklich ich mich fürchtete, sagte irgendetwas in mir: Sie haben Recht. So viel Armut neben so viel Reichtum. Das dürfte es alles nicht geben.

Addedus rief laut: »Lasst ihn in Ruhe! Er ist mein Freund!«

Der größte der Jungen trat ganz nah zu Addedus und sagte: »Du hältst dich da raus!« Dann pflanzte er sich vor mir auf und riss mir die bronzene Schmucknadel von meinem Wams, sodass es zerfetzte. Das Gemurmel schwoll an. Ich schloss die Augen.

Da hörte ich laut und bestimmt eine befehlende Männerstimme: »Zurück! Lasst die Finger von dem Erben des Bergherren! Wollt ihr wohl gehorchen!« Und dann in freundlicherem Ton: »Schon recht, der Erbe ist anders als der Bergherr.«

Ich machte die Augen auf und sah einen Mann unter den Kindern stehen, in dem ich einen der Salzträger erkannte. Eben legte er dem Anführer der Kinder die Hand auf die Schulter und sagte zu ihm: »Als dein Vater krank wurde und nicht mehr den Sack tragen konnte, hat sich dieser da bei dem Bergherren für ihn eingesetzt. Zur Strafe musste er dann für deinen Vater das Salz schleppen. Und ausgerechnet ihm willst du etwas antun? Gib ihm seine Schmucknadel zurück und entschuldige dich!«

Der Junge gab mir die Nadel zurück und murmelte verlegen: »Tut mir Leid.«

Ich schluckte. Schließlich brachte ich ein »Ist schon gut« heraus.

Die Kinder traten zur Seite und ließen Addedus und mich ungehindert weitergehen. Addedus seufzte erleichtert auf:

»Uff! Das war knapp. Die hätten Kleinholz aus uns machen können!«

In der Hütte von Addedus' Familie bekamen wir etwas zu essen und sagten seinem Bruder Bescheid. Dann wollten wir uns auf den Weg zum Salzbergtal machen, aber Addedus zögerte: »Ich bin nicht sicher, ob ich mich im Dunkeln nicht verlaufe. In der Gegend kenne ich mich nicht so gut aus.«

Während wir noch unschlüssig am Rande des Dorfes herumstanden, kam der Anführer der Kinderbande näher und fragte schließlich: »Wo wollt ihr heute Nacht noch hin?«

Addedus antwortete: »Zum Salzbergtal! Aber ich weiß nicht, ob ich hinfinde.«

Da grinste der Junge und sagte: »Aber ich finde hin! Kommt, ich führe euch!«

Ich schaute Addedus zweifelnd an. Ich war mir noch nicht so recht sicher, ob ich diesem Jungen trauen sollte, aber Addedus nickte. Und er hatte Recht. Der Junge führte uns sicher durch den Wald bergauf bis zum Bergsattel über dem Salzbergtal. Dort verließ er uns, ohne auch nur ein einziges Wort geredet zu haben.

Die Nacht war schon weit fortgeschritten, als wir uns dem Bergherrenhof näherten. Wir waren hundemüde. Aber gerade jetzt würden wir unsere Kräfte mehr denn je brauchen. Wir schlichen uns im Bachbett des Wildbachs am Bergherrenhof vorbei und setzten uns ein Stück unterhalb erst einmal hin und verschnauften. Nun, so kurz vor der Ausführung unseres Planes, erschien er mir mehr als halsbrecherisch. Wenn nun mehr als ein Wächter Wache hielt? Dann war alles verloren.

Eine große Wolke schob sich vor den Mond, der uns bisher die Nacht erhellt hatte. »Komm, die Dunkelheit müssen wir ausnützen«, flüsterte Addedus und stand auf. Ich folgte ihm.

Addedus schlich sich abseits des Weges zum Bergherrenhof hinauf, ich ging wie verabredet den Weg, ohne besonders leise zu sein. Ich stand noch nicht vor dem Tor, da hörte ich schon laut die Stimme des Wächters: »Halt! Wer da?« Es war Marus.

Ich antwortete: »Marus, ich bin's, Diviciacus! Kannst du mich bitte hereinlassen?«

Ein lautes Fluchen war die Antwort. Ich hörte Marus die Turmtreppe herunterpoltern und wild dabei schimpfen. »Na warte, Bursche, das wirst du bereuen. Du kommst mir nicht noch mal aus! Wenn ich mir dich erst vorgeknöpft habe, wird dir die Lust zum Weglaufen vergehen!«

Quietschend öffnete sich das Tor. Marus stand vor mir und holte mit der Rechten aus, um mich gebührend zu empfangen. Da duckte ich mich weg, drehte mich um und rannte den Berg hinunter. Ich hörte Marus entrüstet aufschreien und dann hinter mir hersetzen. Jetzt kam es darauf an, wer von uns beiden schneller rennen konnte.

Ich habe dir ja schon gesagt, Marus war der älteste Krieger. Er war ein starker Mann und ein guter Kämpfer, aber der Schnellste war er nicht mehr. So gelang es mir, ihm zu entkommen, obwohl ich selbst nicht mehr frisch auf den Beinen war. Ich rannte von ihm verfolgt bis zum Wald und versteckte mich im Unterholz. Ich hörte ihn ganz in meiner Nähe schnaufen.

Was dann kam, Nennius, war furchtbar.

Marus rief nach mir. Er wusste, dass ich irgendwo ganz in der Nähe steckte, aber im Finstern fand er mich nicht. Also begann er mit mir zu reden. Sein Schimpfen war schon schlimm gewesen. Doch jetzt schimpfte er nicht mehr. Er rief: »Diviciacus! Junge, mach keine Dummheiten! Es war nicht so von mir gemeint. Ich hätte dir schon nicht so arg zugesetzt. Komm, Diviciacus, komm mit mir zurück. Ich tu dir nichts, Ehrenwort. Alles vergessen und vergeben, Junge, so rühr dich doch! Ich weiß, dass du ganz in der Nähe bist. Du musst rauskommen, hörst du. Ich mache mir Sorgen um dich. Du kannst doch nicht in dieser gefährlichen Zeit so allein durch die Gegend streifen! Diviciacus! Tu mir das doch nicht an! Ich bin doch dem Bergherrn für dich verantwortlich!«

Ich saß im Gestrüpp und hörte jedes Wort und hörte, dass es ernst gemeint war.

Ich presste mir beide Fäuste vor den Mund, um nicht laut loszuheulen. Nie wieder in meinem Leben, nie zuvor und auch nie mehr danach, habe ich mich so elend, so schlecht, so abgrundtief gemein gefühlt.

Schließlich gab es Marus auf, nach mir zu rufen. Mit müden Schritten stieg er den Berg wieder hinauf. Ich hielt mich an einem Baum fest, um ihm nicht nachzulaufen. Beinahe hätte ich vergessen, nach Tasso zu pfeifen. Gerade rechtzeitig fiel es mir noch ein. Wenig später spürte ich die feuchte, kühle Hundeschnauze in meiner Hand, und es dauerte nicht lange, da hörte ich in der Nacht leise Addedus nach mir rufen. Ich trat aus meinem Versteck heraus auf den Weg. Die Wolke war weitergezogen. Im Mondlicht sah ich die Bronzemaske und die Bronzehände in den Armen von Addedus glänzen. Also hatte der Plan geklappt.

Addedus sagte: »Es ging alles wie am Schnürchen. Ich hatte massig Zeit, um auf das Tor zu klettern und die Maske herunterzuholen. Dein Messer hat mir dabei gute Dienste geleistet. Die Bronzehände habe ich gleich mit heruntergenommen. Man kann nie wissen. Freust du dich denn gar nicht?«

Dann schaute er mich an und fügte leise hinzu: »Verstehe. Es ist schlimm, jemanden hereinzulegen, der es gut mit einem meint. Aber denk daran, wofür du es tust. Später, Diviciacus, später wirst du Marus alles erklären können. Und er wird es verstehen.«

Da fühlte ich mich nicht mehr ganz so schlecht. Gemeinsam mit Addedus und Tasso begann ich zum See hinunterzusteigen.

Du siehst, Nennius, der Plan von Gentius und dir, Inditius von seinem Wachposten wegzulocken, um dem Herrn von Sticna sein Essen zu bringen, war nicht gerade neu. Schon fünfzig Jahre vor euch haben Addedus und ich den gleichen Plan angewandt, um an die Maske zu kommen. Und doch fallen die Wächter immer wieder auf diese einfache List herein.

Der Himmel begann sich bereits aufzuhellen, als wir am See anlangten. Ich nahm die Bronzemaske in die Hand. Mit Schaudern schaute ich noch einmal in dieses unheilvolle Gesicht. Dann warf ich die Maske in den See hinaus. Dabei sagte ich: »Die Maske in den See.« Dann nahm ich eine der beiden Hände, um sie hinterherzuwerfen. Ich hatte schon weit ausgeholt, als mir die Fortsetzung des Verses durch den Kopf ging: Die Hände in die Höh. Mitten in der Bewegung stoppte ich und schaute die Bronzehand nachdenklich an. »Die Hände in die Höh«, wiederholte ich langsam.

»Aber ja!«, rief Addedus aus. »Diese Hände muss die Urma gemeint haben! Wirf sie nicht in den See, Diviciacus! Gib sie mir! Ich bringe sie auf den Adlerstein. Ich bin mir plötzlich ganz sicher, dass das richtig ist!«

»Ja, ich auch«, bestätigte ich. Es kam mir ganz merkwürdig vor, dass ich nicht eher auf diesen Gedanken gekommen war.

Nennius

In die letzten Worte des Großvaters tönte vom Bergherrenhof herauf der tiefe Klang des Signalhorns, das das Ende des Arbeitstages verkündete. Der Großvater schwieg. Nennius schaute ihn erwartungsvoll an. Der Blick des Großvaters richtete sich auf den See, der von hier oben das Hochtal hinab zu Füßen des Salzberges zu sehen war. Schwarz und geheimnisvoll lag er im tiefen Schatten.

Nennius schauderte. »Liegt sie immer noch dort unten im See, die Maske?«, fragte er leise.

»Ja, da liegt sie noch. Und dort soll sie bleiben für alle Zeiten, und kein menschliches Auge soll sie je wieder sehen.«

Stimmen wurden hörbar. Vom Bergwerk her kam Onkel Andrastus mit Belgius rasch den steilen Hang herunter. Sie redeten lebhaft miteinander. Der Onkel erblickte den Großvater und blieb stehen. »Ah, Vater, das ist gut, dass wir dich treffen! Wir müssen etwas mit dir besprechen. Belgius sagt, die Bewetterung in dem neu angeschnittenen Seitenstollen macht ihm Sorgen.«

Der Großvater stand langsam auf. »So. Nun, wenn Belgius das sagt, wird es sicher seinen Grund haben. Dass er ein guter Bergmann ist, habe ich nie bezweifelt.«

Belgius wurde rot. Er warf seinem Großvater einen kurzen, zögernden Blick zu und schaute dann wieder zu Boden. Nennius grinste. Diese Bemerkung des Großvaters machte deutlich, dass dieser Belgius sein übles Verhalten gegen den Herrn von Sticna nicht verziehen hatte, was umso schwerer wog, als er sonst niemals nachtragend war. Nennius erfüllte es mit Genugtuung, zu sehen, wie Belgius litt. Er fand, dass Belgius sowieso viel zu leicht davongekommen war. Er hätte es verdient, am eigenen Leibe erleben zu müssen, was er dem Vater von Gentius angetan hatte!

Der Großvater fuhr fort: »Also, Belgius, dann lass mal hören! Und du, Nennius, lauf nach Hause!«

»Aber die Geschichte?«

»Die Geschichte erzähle ich dir ein andermal zu Ende. Geh!«

Nennius war enttäuscht. Er lief bergab und stieß dabei einen Stein vor sich her. Die Geschichte war gerade so spannend gewesen. Verstand der Großvater denn nicht, dass er unbedingt wissen musste, wie sie weiterging? Wie sollte er essen oder gar schlafen in der Ungewissheit, was damals weiter geschehen war, was es mit dem Verschwinden der Karawanen und dem bösen Zauber auf sich gehabt hatte, was aus Ati geworden war? Nennius bückte sich, hob den Stein auf und schleuderte ihn gegen die steile Felswand. Die Erwachsenen waren doch alle gleich. Immer nehmen sie ihre Geschäfte wichtiger als die Dinge, die wirklich wichtig waren. Hatten sie denn vergessen, dass sie auch einmal Kinder gewesen waren?

Nein, der Großvater hatte es nicht vergessen. Jedes Wort seiner Erzählung war ein Beweis dafür. Nennius blieb vor dem hinteren Tor des Bergherrenhofes stehen. Einen Augenblick zögerte er, dann drehte er sich um und lief zum Wildbach. Vorsichtig kletterte er im steinigen Bett des Wildbachs an dem Palisadenzaun des Bergherrenhofes entlang talabwärts, bis er das Ende des Zaunes erreicht hatte. Dann erstieg er die Wiese und näherte sich von unten dem Haupteingang des Hofes. Hier hielt er an und schaute zum Torbogen hinauf.

Ein bronzenes Sonnenrad, Heil- und Segenszeichen, blinkte zu ihm herab. Er hatte es bisher kaum beachtet, sich nie etwas dabei gedacht. Nun sah er es lange an. Dann schloss er die Augen und stellte sich die böse Maske über dem Hoftor vor. Je länger er an sie dachte, desto deutlicher wurde sie ihm. Er spürte, wie Angst in ihm aufstieg, wie sich ein Druck auf seine Brust legte, wie es ihm trocken den Hals zuschnürte. Schnell öffnete er wieder die Augen und sah das Sonnenrad an. Erleichtert seufzte er auf. Wie viel Mut musste es jenen Addedus gekostet haben, dort hinaufzuklettern und das böse Zauberding herabzuholen. Wie viel Mut musste es den Großvater gekostet haben, diese gefürchtete Maske in die Hände zu nehmen und in den See zu werfen. Wie viel Mut hatte überhaupt zu allem gehört, was der Großvater getan hatte. Woher hatte er ihn gehabt?

Nennius legte sich am steilen Hang vor dem Zaun auf den Rücken und schaute zum Abendhimmel. Er stellte sich vor, er sei der Großvater als Junge und eben sei Onkel Bellinus mit den Kriegern weggeritten, um die verschollenen Karawanen zu suchen, und er wüsste, dass sie nicht wiederkommen würden. Plötzlich richtete er sich so heftig auf, dass er ins Rutschen kam und ein ganzes Stück den Steilhang hinabglitt. Der arme Großvater! Er musste sich ja schuldig gefühlt haben an allem Verhängnis, weil er dem Onkel nicht gesagt hatte, was er an Lugotrix beobachtet hatte. Wie viel mehr Mut hatte es für ihn dann gebraucht, um wieder wettzumachen, dass er es einmal an Mut hatte fehlen lassen!

Dieser Onkel Bellinus muss ein furchtbar strenger Herr gewesen sein, dachte sich Nennius, viel strenger als mein Vater, und der reicht mir schon. Eigentlich ist dieser Onkel daran schuld, dass sich Großvater damals nicht getraut hat, ihm zu erzählen, was er wusste! Oder etwa nicht?

Aus dem Hof hörte er seinen Namen rufen. Er stand auf, kletterte den Hang wieder hinauf und ging durchs Tor. Er lief zwischen Stall und Scheune durch den unteren Hof, die Stufen zum mittleren Hof hinauf und trat ins Herrinnenhaus. Dort war wieder ein reicher Tisch gedeckt. Aber heute aß Nennius den würzigen Braten, auf den er sich lange Tage so gefreut hatte, ohne zu merken, was er zwischen den Zähnen hatte. Er war mit seinen Gedanken mitten in der Erzählung des Großvaters und grübelte darüber nach, was damals wohl mit den Karawanen geschehen sein mochte und wie sich das Unheil gewendet habe. Denn das war das Tröstliche: Er wusste, dass es irgendwie doch gut geendet hatte. Der Großvater aber hatte das nicht gewusst.

Sofort nach dem Essen stand Nennius auf und ging noch einmal in den Abend hinaus. Er bemerkte nicht den fragenden Blick von Gentius, der sich ihm gerne angeschlossen hätte, und die Enttäuschung in dessen Augen, als er ohne ein Wort verschwand. Er malte sich gerade alle möglichen Gefahren aus, aus denen er den Onkel Bellinus und seine Männer rettete.

Auch in den Schlaf hinein begleitete ihn die Erzählung. Er träumte von bösen Masken, von Adlern und ausgestoßenen Säuglingen, von Hexen und endlosen Steinwüsten. Sehr früh stand er auf.

Draußen war es kühl und regnerisch. Grau lag die Morgendämmerung über dem Hochtal. Nennius ging zum Gesindehaus hinüber. Er setzte sich ans Feuer und sah der Magd beim Kochen des Morgenbreis zu. Als dieser fertig war, aß er davon. Er überlegte, ob er die Magd begleiten sollte, die das Essen ins Herrenhaus brachte, aber dann ließ er es bleiben. Er wollte lieber im Hof warten. Es sollte so aussehen, als ob er dem Großvater ganz zufällig über den Weg lief.

Er ging zum oberen Hof hinauf und drückte sich unter den Schutz des überhängenden Daches. Lange wartete er. Endlich war es so weit. Die Tür des Herrenhauses ging auf, und der Großvater kam mit Belgius und dessen Vater heraus. Der Großvater sagte eben etwas zu Belgius. Belgius' Gesicht war blass und bedrückt. Nennius stieß sich von der Wand ab und schlenderte über den Hof. Laut und höflich wünschte er ihnen Guten Morgen. Die Männer nickten ihm zu und gingen an ihm vorbei. Doch nach wenigen Schritten blieb der Großvater stehen und drehte sich zu ihm um. »Du hast auf mich gewartet, nicht wahr, Nennius?«, fragte er.

Nennius nickte stumm.

»Ich muss dich enttäuschen, Junge. Jetzt habe ich keine Zeit zum Erzählen. Ich will mir im Bergwerk die Angelegenheit mit der Bewetterung ansehen. Vielleicht heute Nachmittag!«

Damit wandte er sich wieder zum Gehen, blieb dann aber noch einmal stehen und fügte hinzu: »Ich an deiner Stelle wüsste, wie ich die Zeit bis dahin verbringen würde.«

Nennius blickte sich um. Das war es also gewesen. Dafür hatte er in dieser kalten Nässe gewartet! Was der Großvater wohl gemeint hatte, wie er an seiner Stelle die Zeit verbringen würde? Gentius – er sollte sich um Gentius kümmern. Nennius seufzte – also gut: Wenn der Großvater es so wollte. Vielleicht könnte es ja sogar spannend werden. Vielleicht könnten sie Inditius wieder einen Streich spielen?

Er machte sich auf die Suche nach Gentius. Aber weder im Herrinnenhaus noch im Gesindehaus noch irgendwo sonst im Hof war er zu finden.

Unschlüssig sah Nennius zum grauen Himmel. Der Regen hatte nachgelassen. Er schlug nicht den Karawanenweg ein, der in bequemen Kurven den Steilhang hinabführte, sondern machte sich an das schwierige Unterfangen, in der Schlucht des rauschenden Wildbachs nach unten zu klettern. Auch wenn er dies nicht zum ersten Mal tat, war es immer wieder ein Abenteuer, vor allem bei so nassem Wetter wie heute, wo die Felsen glatt waren und man auf dem glitschigen Boden leicht ausgleiten konnte.

Er sprang von Stein zu Stein, er kletterte über Felsstufen, er rutschte halsbrecherisch steile Stücke auf dem nassen Laub bergab, er hangelte sich von Baum zu Baum. Ihm wurde heiß vor Aufregung und Anspannung. Das Tosen des Baches vermischte sich in seinen Ohren mit dem Rauschen des Blutes und dem dröhnenden Herzschlag. Er erreichte den Wasserfall. Nun kam das Schwierigste. Unmöglich, diese hohen Felsen hinunterzuklettern, die sich das Wasser hinabstürzte. Noch im letzten Herbst hatte er an dieser Stelle aufgegeben, und den Rückzug nach oben angetreten. Doch vor einigen Wochen war ihm das Wagnis geglückt, den beinahe senkrecht abfallenden linken Hang der Schlucht hinaufzuklettern, sich dort oben ein Stück den Weg zu bahnen und unterhalb des Wasserfalls wieder zu dem Bachbett hinunterzugelangen. Diesen Weg schlug er auch heute ein.

Als er endlich unten am See anlangte und auf der kleinen Landzunge stand, die der Wildbach aus mitgerissenem Geröll aufgeschüttet hatte, fühlte er sich durchwärmt, glücklich und stolz. Er hatte viel länger gebraucht, als wenn er den Karawanenweg gegangen wäre, aber wie langweilig war der schnellste Weg gegen so ein Erlebnis!

Er balancierte über den Baumstamm, der statt einer Brücke über den Bach führte, und lief den Pfad entlang, der sich am Steilufer des Sees dahinwand, bis er den Karawanenweg erreichte. Er blieb stehen und schaute auf den See. Grau sah heute seine Oberfläche aus, ein Spiegel des trüben Himmels. Hier musste damals der Großvater mit Addedus gestanden haben, von hier aus musste er die Maske in den See geschleudert haben, irgendwo da draußen in der unergründlichen Tiefe musste die Maske noch jetzt liegen.

Nachdenklich ging er weiter. Er folgte dem Weg, den die Karawanen nach Süden und Osten zogen, doch dann bog er an der Stelle, an welcher der Aubach in den See mündete, vom Weg ab und folgte dem Aubach in sein breites Tal nach Westen. Hier lagen weit auseinander gestreut ein paar Bauernhöfe, die alle der Bergherrenfamilie gehörten. Die meisten dieser Höfe waren an abhängige Bauern verpachtet, zwei von ihnen aber dienten im Winter der Unterkunft der Rinder-, Schweine- und Ziegenherden der Bergherrenfamilie. Alle Höfe lagen rechts des Baches am Fuße des Salzberges, um dem Schatten des Wilderstein so weit wie möglich zu entfliehen. Das Gelände links des Aubachs war sumpfig und wurde im Winter viele Wochen lang von keinem einzigen Sonnenstrahl berührt.

Nennius hielt am ersten dieser Bauernhöfe an. Dieser war größer als die anderen, hatte außer Stall und Scheune auch ein auffallend geräumiges Wohnhaus. Ob dies der Hof war, den der Onkel des Großvaters für die etruskische Familie hatte bauen lassen? Ob durch dieses Tor die schöne Larthia mit der kleinen Ati auf dem Arm gegangen war? Ob hier die reichen Fremden gelebt hatten, diese Leute mit den merkwürdigen Sitten und den hilfsbereiten Herzen?

Nennius ging weiter. Hinter dem letzten Hof wurde das Tal enger, und bald war der Weg nur noch ein kaum erkennbarer Pfad, der in den Wald führte. Diesen Pfad musste damals der Großvater mit seiner brüllenden kleinen Base vom Wilderstein herabgekommen sein, Verzweiflung im Herzen. Was wäre geschehen, wenn der Großvater nicht Larthia getroffen hätte? Wer das Schwache schützt, dem wird geholfen werden. Geholfen von Fremden.

Nennius folgte dem Pfad in dem nun immer mehr bergauf führenden Tal. Das Rauschen des Aubachs wurde nun vom fernen Tosen des großen Wasserfalls eines der Seitenbäche begleitet. Schließlich erreichte er die Kreuzung, wo links der Pfad zum Massiv des Wilderstein führte, rechts zum Salzbergtal.

Nennius wandte sich nach rechts und begann den Aufstieg zum Salzbergtal. Es war ohnehin Zeit, heimzugehen. Der Mittag musste schon bald erreicht sein. Auch wenn heute keine Sonne schien, an der man die Tageszeit ablesen konnte, so sagte ihm das doch sein leerer Magen.

Regen setzte wieder ein. Als Nennius endlich müde und hungrig im Bergherrenhof ankam, war er vollkommen durchnässt. Er zog sich trockene Kleider an und ließ sich im Gesindehaus eine kräftige Fleischsuppe geben. Dann fragte er nach dem Großvater und erfuhr, dass dieser noch nicht vom Bergwerk zurückgekehrt sei. Er beschloss, ihm entgegenzugehen.

Als er wieder in den Hof trat, brach eben die Sonne durch die grauen Wolken, und wenig später war der Himmel blau und die Luft vom Frühling erfüllt. Nennius sah seine Schwestern aus dem Herrenhaus herausstürmen und durch das untere Tor auf die Wiese laufen. Er bemerkte Gentius, der sich den Mädchen angeschlossen hatte.

Gab sich Gentius tatsächlich mit Mädchen ab? Ging er etwa mit ihnen Blumen pflücken? Na ja, andere Gesellschaft hatte er hier ja auch nicht, wenn er, Nennius, ihn nicht mitnahm. Leise bohrend meldete sich schlechtes Gewissen. Ob er jetzt zu Gentius hinunterlaufen sollte? Aber er wollte doch vom Großvater die Geschichte zu Ende hören! Also musste er dem Großvater entgegen.

Er stieg bis zum Bergwerkseingang hinauf, ohne jemandem zu begegnen. Vor dem Eingangshaus setzte er sich hin und wartete. Nach geraumer Zeit trat tatsächlich der Großvater heraus und blinzelte in das helle Sonnenlicht. Als er Nennius erblickte, sagte er: »Ah, Nennius, da wartest du ja schon wieder auf mich! Dann muss ich dir jetzt wohl meine Geschichte weitererzählen. Aber sag du mir erst, was du heute gemacht hast.«

Nennius wurde rot. »Ich war auf den Wegen, die du damals gegangen bist. Ich habe Gentius heute morgen nicht gefunden. Sonst hätte ich ihn mitgenommen, bestimmt!«

»Habe ich dir etwas vorgeworfen, dass du glaubst, dich verteidigen zu müssen?«

»Nein. Das nicht. Aber ich dachte . . . «

»Ja, da dachtest du schon ganz recht. Aber lass nur, in meinem Alter hat man gelernt, Geduld zu haben. Es braucht alles seine Zeit. Komm, gehen wir dort hinunter und setzen uns wieder auf unseren Platz von gestern. Die Sonne meint es ja gut mit uns.«

»Großvater, ich war heute im Aubachtal und habe mir die Bauernhöfe angeschaut. Steht der Hof der Etrusker noch?«

»Ja, der steht noch. Es ist der erste am See.«

»Das habe ich mir gedacht. Er ist größer als die anderen. Wann sind die Etrusker wieder abgereist?«

»Eins nach dem andern, Junge. Das erzähle ich dir schon noch, denn auch das gehört zu meiner Geschichte. Du wirst gleich merken, dass die Etrusker für meine Geschichte sehr wichtig waren.

Also, wo war ich gestern stehen geblieben? Ach ja, wie ich die Maske in den See geworfen hatte und Addedus sich erbot, die Bronzehände auf den Adlerfelsen hinaufzubringen . . .

Diviciacus erzählt weiter

Wir verabredeten uns für die Mittagszeit des folgenden Tages am Südostufer des Sees, an der Stelle, an der der Salzfluss in den See mündet. Für Addedus galt es, in dieser Zeit einen weiten Weg zurückzulegen, für mich, ein Versteck zu finden, in dem ich mich ausruhen konnte, ohne entdeckt zu werden. Als ich Addedus nachblickte, der mit gleichmäßig raschen Schritten den See entlang auf den Fuß des Wilderstein zustrebte, wurde mir bewusst, wie zäh dieser Bursche war. Er war nicht weniger lange auf den Beinen wie ich, aber mir schien es unmöglich, noch einen Schritt weiterzugehen. So setzte ich mich erst einmal am See hin. Bevor ich vom Wehrturm des Salzberges herab das Morgensignal hörte, glaubte ich nicht befürchten zu müssen, dass hier jemand auftauchen würde.

Ich saß aber noch nicht lange da, vergebens bemüht, Klarheit in meinen Kopf zu bringen, als mich Tasso aufmerksam machte, dass jemand kam. Ich drehte mich rasch um – und sah Larthia den Weg entlangkommen. Ich kann dir nicht beschreiben, was ich in diesem Augenblick empfand, Nennius. Du hättest sie sehen müssen. Die dunkle, zierliche Larthia und auf ihrem Arm die kleine Ati. Ati schmiegte ihr silberblondes Köpfchen an die Schulter von Larthia und hielt sich mit beiden Händen in den schwarzen Locken fest. Und dann blieb Larthia vor mir stehen, und Ati lachte, ein helles, glucksendes Lachen. Ati war sehr gewachsen, sah frisch und rosig aus und meiner Tante sehr ähnlich. Ich aber schaute viel mehr auf Larthia.

Larthia lächelte und sagte langsam und betont: »Guten Morgen, Diviciacus. Du bist früh hier.«

Ich stotterte verwirrt etwas davon, seit wann sie denn unsere Sprache könne, und sie antwortete stolz: »Ich gelernt.«

Dann wurde sie rot, als sei ihr bewusst geworden, dass sie ein Geheimnis verraten habe. Ich erriet es und konnte doch kaum glauben, was ich da erraten hatte. Sie hatte es für mich getan. Für mich hatte sie sich die Mühe gemacht, unsere Sprache zu lernen, die für sie sicher schwer war. Mein Herz klopfte zum Zerspringen. Ich wusste nicht, was ich sagen sollte.

Larthia brach den Bann, indem sie mir Ati in den Arm drückte, sich ins Gras setzte und mich auszufragen begann. Langsam, in möglichst einfachen Sätzen, versuchte ich ihr einen kurzen Bericht davon zu geben, was geschehen war und was ich mit Addedus vorhatte. Sie verstand nicht alles, aber was sie nicht verstand, erriet sie. Ihr Gesicht wurde immer besorgter.

Plötzlich stand sie auf und sagte bestimmt: »Du Hilfe brauchst. Ich mitkomme!«

Ich muss wohl ein ziemlich blödes Gesicht gemacht haben, denn Larthia lachte laut, als sie mich ansah. Schließlich brachte ich hervor: »Aber Larthia, liebe Larthia, das geht doch nicht!«

»Warum?«

»Es ist gefährlich«, erklärte ich.

»Ja? Für dich auch! Für Addedus auch!«

Ich war ratlos. Verstand sie denn nicht, dass das etwas ganz anderes war? Ich murmelte, Addedus, sei mein Freund. Ihre Augen funkelten, als sie mir erklärte, sie sei auch mein Freund. Ich spüre noch heute die Hitze, die mir ins Gesicht stieg, als ich darauf antwortete, aber sie sei doch ein Mädchen!

Da wurde sie zornig. Oh, Nennius, ich sage dir, Larthia konnte hinreißend, mitreißend, gewaltig zornig werden. Sie deckte mich mit einem ganzen Schwall einer etruskischen Zornesrede ein, von der ich natürlich kein Wort verstand, aber die mich sehr beeindruckte. Sie riss mir Ati heftig aus dem Arm, drückte sie an sich, warf mir noch einen Blick tiefster Verachtung zu, holte Luft und sagte: »Du dumm! Du so dumm! Du so dumm wie See tief!«

Dann stapfte sie davon. Das Wehen ihrer Haare, das Wippen ihres Rockes, das Stapfen ihrer kleinen Füße – alles drückte Zorn aus. Ich starrte ihr mit offenem Mund nach.

Als sie um die Wegbiegung verschwunden war, kam endlich Bewegung in mich, und ich rannte ihr nach. Atemlos holte ich sie ein und ging neben ihr her. Sie schaute mich nicht an. Mit finsterem Blick starrte sie geradeaus und ging rasch weiter. Da nahm ich all meinen Mut zusammen, legte ihr die Hand auf die Schulter und sagte: »Larthia! Es tut mir Leid. Sei nicht böse, Larthia.«

Sofort blieb sie stehen und sah mich an. Langsam wich der zornige Ausdruck aus ihrem Gesicht und machte einem heiteren Lächeln Platz. Und dann sagte sie in einem Ton, der keinen Widerspruch duldete: »Also: Ich mitkomme! Ich sage meiner Mutter. Wir morgen gehen.«

»Aber du kannst das doch nicht deiner Mutter sagen! Sie wird dich doch nie mit uns gehen lassen!«, rief ich entsetzt.

Da blitzte mich Larthia an: »Meine Mutter nicht dumm!«

Ich sagte lieber nichts mehr, um nicht wieder ihren Zorn zu erregen. Aber ich dachte mir, dass damit das Problem von Larthias Mitkommen gelöst war: Welche Mutter würde schon ihre Tochter mit zwei fremden Jungen in ein gefährliches Abenteuer wer weiß wohin ziehen lassen? Eigentlich schade, es wäre doch sehr schön gewesen, Larthia dabeizuhaben. Ja, es hätte ein einzigartiger Trost darin gelegen, dieses Mädchen an meiner Seite zu wissen.

Larthia nahm mich wie schon einmal mit zu sich nach Hause. Sie führte mich in ihre Schlafkammer und erlaubte mir, mich in ihrem Bett schlafen zu legen. Sie brachte mir ein

Frühstück aus Milch, Käse und einer Art gebackenen Getreidebrei, den die Etrusker Brot nennen und zu jeder Mahlzeit essen. Dann ließ sie mich mit Tasso allein, der sich am Boden ausstreckte. Ich verschlief den ganzen Tag. Doch dann überfielen mich wieder die Träume. Ich kann sie dir nicht mehr erzählen, mir ist nichts als eine verworrene Empfindung davon in Erinnerung, aber ich weiß noch, dass mehr denn je die Angst über mich hereinbrach und die Ahnung, dass Furchtbares geschehen sei und noch Furchtbares geschehen werde. Gewaltsam riss ich mich vom Schlaf los. Die Abenddämmerung war schon angebrochen. Ich blieb noch eine Weile liegen und lauschte den Stimmen, die ab und zu aus dem Nebenraum an mein Ohr drangen. Es waren die Stimmen von Larthia und ihrer Mutter. Im Lauschen auf diese Stimmen wurde ich ruhiger. Endlich entschloss ich mich, aufzustehen und hinüberzugehen.

Was ich an diesem Abend im Haus der Etrusker erlebte, brachte mich aus dem Staunen nicht mehr heraus. Es begann damit, dass ich Frau Tullia und Larthia nicht sitzend vorfand, sondern auf sehr bequemen Sofas mit Löwenfuß liegend, zwischen sich einen kleinen Tisch mit einem gemusterten Brett, auf dem eine Anzahl wunderschön geschnitzter Elfenbeinfiguren stand. Es war ein Spiel, mit dem die beiden nicht nur ihre Zeit vertrieben, sondern auch ihren Verstand schärften.

Es ging weiter mit der selbstverständlich-freundlichen Begrüßung, die Tullia mir zuteil werden ließ und aus der ich schloss, dass Larthia ihr doch nichts erzählt haben konnte. Wie sehr ich mich darin getäuscht hatte, merkte ich jedoch bald, als Tullia begann, mich nach Einzelheiten auszufragen, die Larthia nicht verstanden hatte. Noch unter dem Eindruck meiner Träume erzählte ich ihr alles, auch meine Träume, meine Angst, meine Überzeugung, dass ich helfen müsse,

Dinge, von denen ich geglaubt hatte, ich könnte sie nie einem Erwachsenen erzählen.

Sie schalt mich nicht und sie lachte mich nicht aus. Im Gegenteil, sie nahm jedes Wort, das ich sagte, ernst. Endlich fragte ich, ob sie denn einverstanden sei, dass Larthia mich begleite, worauf sie nur erwiderte: »Wir werden sehen.« Ich schaute Larthia unsicher an, doch die schien mit dieser Antwort gänzlich zufrieden.

Ich sollte mich an diesem Abend noch mehr wundern. Tullia erklärte, da ihr Gatte Tarquinius noch verreist sei, werde sie heute mit uns ein Festmahl feiern, und lud mich ein, mich auf das Sofa neben Larthia zu Tische zu legen. Noch nie hatte ich im Liegen gegessen, noch nie hatte ich neben einem Mädchen gelegen, beides zusammen stürzte mich in tiefe Verlegenheit. Dann brachten zwei Dienerinnen den fertig angerichteten Tisch herein, und mir wären vor Staunen beinahe die Augen aus dem Kopf gefallen, nicht nur wegen der vielen unbekannten Speisen, sondern auch wegen des silbernen Tafelgeschirrs von unbeschreiblicher Pracht. Doch das alles war nichts gegen das, was danach kam.

Als wir zu Ende gegessen hatten, ließ Tullia den Speisetisch wieder hinaustragen und einen Dreifuß aus Bronze hereinbringen. Auf diesen Dreifuß stellte sie eine ebenfalls bronzene Pfanne mit Holzkohlenglut, eine Pfanne, deren Rand und Stil eine Verzierung aus ganz lebensecht wirkenden Schlangen aufwiesen. An den ernsten und feierlichen Gesichtern, die Tullia und Larthia mit einem Mal machten, erkannte ich, dass nun wohl eine heilige Handlung bevorstand. Eine Dienerin brachte einen großen Vogel, dessen Art ich nicht kannte, in einem Weidenkorb herein. Tullia nahm den Vogel und schnitt ihm über dem Glutbecken die Kehle durch. Dann kniete sie nieder und begann den Vogel auf einem Bronzeteller sorgfältig aufzuschneiden. Sie legte die Innereien des Tieres bloß und schaute diese mit dem Ausdruck höchster Sammlung an.

Ich hatte das Ganze bisher für eine Opferung gehalten, die zwar nach anderen Bräuchen stattfand als unsere Opferungen, aber doch ähnlich war. Doch nun verstand ich nichts mehr. Larthia trat zu ihrer Mutter, kniete ebenfalls nieder und hielt ihrer Mutter eine Rolle sehr dichten und glatten weißen Stoffes hin. Tullia nahm diese Rolle und begann sie abzuwickeln, indem sie das abgewickelte Ende um einen Stab wand. Sie schien in diesem Stoff etwas zu suchen. Er war auf der Innenseite über und über mit sehr feinen und gleichmäßigen Zeichen bedeckt, die mir völlig fremd waren.

Du kannst genauso wenig wissen wie ich damals, was das war, Nennius. Die Etrusker haben eine Möglichkeit gefunden, Sprache festzuhalten. Worte auf Stoff oder Stein zu bannen, im Zeichen gerinnen zu lassen. Und diese geronnene Sprache können sie wieder lebendig werden lassen, indem sie diese Zeichen lesen. Das tat Tullia an diesem Abend, und die Rolle, aus der sie es tat, war ein Schicksalsbuch, in dem für alle Zeiten festgehalten ist, wie aus den Innereien eines geopferten Tieres das Schicksal zu lesen, die Zukunft vorherzusehen ist. Das alles ahnte und erfühlte ich mehr, als ich es begriff.

Lange kniete Tullia so und schaute bald in die Rolle und bald auf die Eingeweide des Vogels. Dann nahm sie aus einem Täschchen eine kleine bronzene Schere und schnitt sich und Larthia eine Locke des schwarzen Haares ab, ließ sie im Glutbecken verbrennen. Tullia stand auf und machte auch Larthia ein Zeichen, ebenfalls aufzustehen. Sie nahm das Gesicht ihrer Tochter zwischen die Hände, küsste sie auf die Stirn und sagte feierlich etwas in der etruskischen Sprache.

Dann wandte sie sich zu mir, berührte auch mein Gesicht, küsste auch mich auf die Stirn und sprach: »So geh, Diviciacus,

Erbe des Bergherren, geh und suche deinen Onkel und die verschollenen Männer. Geh und nimm Larthia mit dir, denn ohne ihre Hilfe kann dir nicht gelingen, was getan werden muss! Du wirst sie mir unbeschadet wiederbringen, denn der Segen des heiligen Propheten Tages ruht auf deinem Tun.«

Am nächsten Morgen packte uns Tullia einen Vorrat von diesen flachen Broten, Wurst und Käse ein und verabschiedete uns mit einer Ruhe, die mich mit Zuversicht erfüllte. Vor dem Hoftor umarmte sie ihre Tochter und sagte etwas zu ihr, worauf Larthia mit einem Seitenblick auf mich fröhlich lachte. Neugierig erkundigte ich mich, ob ich wissen dürfe, was Tullia gesagt habe.

Lächelnd erwiderte Tullia: »Du darfst es schon wissen, aber es wird dir nicht gefallen. Ich habe Larthia gesagt, sie soll aufpassen, dass euch Jungen nicht der Mut verlässt, und sie soll es nie an weiblicher Kühnheit fehlen lassen!«

Ich gebe zu, dass ich mich darüber ärgerte. Ich stand tief in der Schuld dieser beiden Etruskerinnen, ich bewunderte Tullia, und ich hätte Larthia am liebsten nicht nur mich selbst, sondern die ganze Welt zu Füßen gelegt, aber über diesen einen Satz ärgerte ich mich. Ich ärgerte mich so sehr, dass es mich all meine Kraft kostete, nicht laut meine Empörung hinauszuschreien.

Larthia mutiger als Addedus und ich – lächerlich! Weibliche Kühnheit – widersinnig! Aber als ich von unserem Unternehmen zurückkehrte, hatte ich gelernt, was eine Etruskerin unter weiblicher Kühnheit versteht.

Am Mittag trafen wir wie verabredet Addedus. Gemeinsam zogen wir auf dem Karawanenweg den Salzfluss entlang nach Osten auf die Berge zu. Unser Plan war, dem Karawanenweg zu folgen und unterwegs darauf zu achten, ob wir irgendetwas fanden, was das Ausbleiben der Karawanen erklären könnte. Ich zerbrach mir den Kopf darüber, wie es mir gelingen sollte, an dem Krieger meines Onkels vorbeizukommen, der üblicherweise den Eingang zur Engen Schlucht bewachte.

Du kennst ja die Stelle, Nennius, es gibt keine Möglichkeit, sie ungesehen zu passieren, wenn der Wächter nicht geradezu schläft. Ich war mir nur zu gut darüber im Klaren, dass mich kein Wächter durch die Enge Schlucht wandern lassen würde, denn alle wussten, dass der Bergherr mir verboten hatte, weiter als bis zum Beginn der Schlucht umherzustreifen. Onkel Bellinus begnügte sich nie damit, Befehle zu geben. Er wachte auch darüber, dass sie eingehalten wurden.

Ich besprach mich mit Addedus, und er erbot sich sofort, vorauszulaufen und die Lage auszukundschaften. Er brannte sowieso vor Ungeduld, denn das Schritttempo, das wir Larthias wegen einschlagen mussten, war ihm viel zu langsam. Als er zurückkam, winkte er uns schon von weitem fröhlich zu. Wir hatten tatsächlich Glück. Marus hatte den Krieger, der sonst die Enge Schlucht bewachte, abgezogen. Er wollte alle waffengeübten Männer im Salzbergtal haben und hatte deshalb diesen Krieger durch einen der Salzträger ersetzt – durch einen Mann aus dem Heimatdorf von Addedus. Dieser einfache Mann hatte den Auftrag, mit seinem Signalhorn jeden Ankömmling zu melden, der durch die Enge Schlucht unserem Gebiet entgegenstrebte. Er hatte nicht den Auftrag, irgendjemanden am Verlassen der Gegend zu hindern.

Wir konnten ganz offen an ihm vorbeimarschieren. Larthia und mich bedachte er mit einem scheuen Blick, mit Addedus wechselte er fröhliche Scherzworte. Als wir schon ein Stück an ihm vorbei waren, rief er uns noch eine Warnung hinterher: Ein Gewitter zog sich zusammen. Du weißt ja, wie schnell das bei uns manchmal geht.

Ich hatte im Augenblick andere Sorgen als ein Gewitter und kümmerte mich nicht darum. Addedus aber beobachtete beunruhigt den Himmel und meinte, im Wald könnte es gefährlich werden. Auch Tasso winselte kläglich und drängte sich an mich. Da erklärte Larthia, sie wisse eine Stelle, an der wir Schutz finden würden. Larthia war die Einzige von uns dreien, die den Weg kannte, den wir gehen mussten. Weder Addedus noch ich hatten je einen Fuß in die Enge Schlucht gesetzt, aber Larthia war mit der Frühjahrskarawane eben diesen Weg heraufgezogen.

Nennius, du kennst ja die Enge Schlucht, du bist schon mehrfach mit deinem Vater dort gewesen. Kannst du dir denken, wo Larthia uns hinführte?

Ja, ganz recht, sie führte uns zur Brüllenden Höhle. Wildbären, Wasserfälle und Höhlen gibt es bei uns wahrhaftig im Überfluss, aber die Brüllende Höhle ist doch etwas Besonderes. Ich habe nie vergessen, wie ich in jener schmalen Seitenschlucht der Engen Schlucht stand und auf das tosende Wasser starrte, das aus dem dunklen Höhlentor die Felsen herabtobte. Doch lange konnte ich da nicht stehen. Schlagartig setzte der Regen ein, und wir flüchteten uns auf die Felsstufe im Eingangsbereich der Höhle. Dort kauerten wir uns hin. Zu unseren Füßen brauste der Bach, stürzte sich aus der Höhle hinaus ins Freie. Aus der Tiefe der Höhle klang unheimlich das wilde Lied des Baches.

Draußen mischte sich das Brüllen des Wassers mit dem Krachen und Grollen des Donners. Blitz um Blitz erhellte den dunkel gewordenen Himmel. Umtobt von solchen Naturgewalten, fühlte ich mich unsagbar klein und schwach. Anmaßung, ja Frevel erschien mir plötzlich der Gedanke, ich, ein halbwüchsiger Junge, könnte gefordert sein, dem Bergherren und seinen Kriegern zu Hilfe zu eilen.

Da sagte Larthia: »Die Blitze verheißen uns Gutes.«

Ich fand nichts Gutes an diesen Blitzen. Ich wusste nichts von der Religion der Etrusker, wonach Blitze den Willen der Götter verkünden. Aber ich war froh über Larthias Zuversicht.

Es dauerte nicht lange, und das Gewitter verzog sich. Sogar der Regen hörte auf. Wir machten uns wieder auf und folgten weiter dem Karawanenweg durch die Schlucht. Als der Abend hereinbrach, hatten wir längst die Schlucht hinter uns gelassen und das weite Tal erreicht. Wir sahen eine Herberge am Weg, die sicher den Karawanen zur Unterkunft diente. Ich wagte nicht, mich zu zeigen. Allzu deutlich sah man mir den Sohn aus einer Herrenfamilie, vielleicht sogar den Erben des Bergherren an, und auch Larthia war so auffällig wie ein bunter Vogel auf einem Schneefeld. So suchte ich mit Larthia Unterschlupf in einer Scheune abseits des Weges, während Addedus zur Herberge schlenderte, um sich umzuhören. Über einen herumstreunenden Jungen der Armen würde sich niemand wundern.

Addedus blieb lange aus. Larthia und ich unterhielten uns leise und aßen miteinander. Larthia war sehr müde, und ihre Füße taten ihr weh. Noch nie in ihrem Leben war sie an einem Tag ein so weites Stück zu Fuß gegangen wie heute. Den Weg aus ihrer Heimat hatte sie teils in einem Wagen, teils auf dem Rücken eines Maultiers zurückgelegt. So dauerte es nur eine kurze Zeit, und sie war erschöpft eingeschlafen. Ich machte mir Gedanken, ob sie durchhalten würde. Und dann begann ich mich um Addedus zu sorgen. Er hätte längst zurück sein müssen. Aber er kam nicht. Da befahl ich Tasso, bei Larthia zu warten, und ging in die Nacht hinaus, um Addedus zu suchen.

Im Finstern tastete ich mich auf die Herberge zu. Mit jedem Schritt wuchsen meine Befürchtungen. Es konnte nicht mit rechten Dingen zugehen, dass Addedus so lange wegblieb.

Ich war nur noch wenige Schritte von der Herberge entfernt, als ich ein böses Knurren hörte. Undeutlich gewahrte ich im Dunkel den Umriss eines großen Hundes. Es war nicht nötig, ihn zu sehen, sein Knurren sprach eine deutliche Sprache. Unwillkürlich griff ich nach meinem Gürtel – aber da hing kein Messer. Mein Messer hatte ich ja vor Wochen Addedus geschenkt. Also nahm ich meinen Mut zusammen und redete mit dem drohenden Tier. Ich redete es mit Tasso an, und ich redete mit ihm, als sei es Tasso. Tatsächlich ließ er sich beruhigen und begann friedlich an mir herumzuschnuppern. Der Geruch von Tasso, der meinen Kleidern anhaften musste, schien ihm zu gefallen.

Ich schlich mich zum Haus und spähte durch die Ritzen hinein. Im Schein des Herdfeuers sah ich einige essende und trinkende Männer und eine Magd, die sie bediente. Von Addedus sah ich keine Spur. Da bemerkte ich einen schwachen Lichtschein, der aus dem Stall herausfiel. Vorsichtig öffnete ich die Tür ein wenig weiter, um hineinsehen zu können – und sah Addedus, der seelenruhig ein Pferd striegelte, als habe er noch nie in seinem Leben etwas anderes getan.

Ich platzte fast vor Zorn. Da hatte ich Todesängste um diesen Burschen ausgestanden, da hätte ich mich für ihn beinahe von wilden Bestien zerfetzen lassen, und er stand hier und striegelte irgendein Pferd! Ich sagte ihm sehr deutlich, was ich von seinem Verhalten hielt. Er grinste nur und antwortete, er verdiene sich eben sein Abendessen. Ich fuhr ihn an, zu essen hätten wir genug, und er solle gefälligst sofort mit mir mitkommen.

Doch er ließ sich nicht aus der Ruhe bringen. Was er sagte, machte mich ziemlich verlegen: »Wie soll ich denn das Angebot eines Herrn ablehnen, für ein warmes Essen sein Pferd zu versorgen? Ein Junge wie ich, dem die Armut und der Hunger aus den Augen schauen? Da würde ich doch gleich Verdacht erregen! Hätte ich sagen sollen: ›Nein danke, um die Wegecke wartet der Erbe des Bergherren mit einer fetten Wurst auf mich?‹ Hätte ich sagen sollen: ›Striegelt Euer Pferd selber?‹ Ich mache jetzt meine Arbeit hier fertig, und dann hole ich mir das Essen, das mir dafür versprochen ist. Und du verziehst dich hier lieber, ehe dich jemand sieht. Warte hinter dem Hof auf mich. Ich habe Neuigkeiten für dich.«

Ziemlich kleinlaut machte ich mich auf den Rückzug. Ich begriff, dass Addedus in mancher Hinsicht viel mehr vom Leben verstand als ich.

Als er mich traf, erzählte er mir, was er in der Herberge gehört hatte. Es war nicht schwer gewesen, etwas über die Dinge zu erfahren, die uns beschäftigten: Sie waren der allgemeine Gesprächsstoff der Leute. Ich erfuhr, dass die erste Karawane und die zweite Karawane planmäßig an dieser Herberge gerastet hatten und wie gewohnt weitergezogen waren. Sie waren nicht hierher zurückgekehrt. Ich erfuhr, dass die drei Krieger, die mein Onkel der zweiten Karawane hinterhergeschickt hatte, hier vorbeigeritten und nie wieder gesehen worden waren. Ich erfuhr, dass vor vier Tagen mein Onkel mit seiner Kriegerschar hier gehalten und sich nach den Karawanen erkundigt hatte, um dann ohne Rast sofort weiterzuziehen.

Seither hatte niemand mehr etwas vom Bergherren und seiner Schar gehört.

Sehr nachdenklich gingen wir zu der schlafenden Larthia und dem wachenden Tasso zurück.

Am nächsten Morgen machten wir uns wieder auf die Reise. Die meiste Zeit gingen wir dem Flusstal folgend auf dem Karawanenweg rasch voran, doch ab und zu mussten wir uns seitwärts in die Büsche schlagen, da sich Reiter oder Fußgänger näherten und ich jedes Zusammentreffen vermeiden wollte. Schließlich kamen wir an eine Wegkreuzung. Der breitere Weg verlief weiter im Flusstal Richtung Südosten, der schmalere bog nach rechts auf die undurchdringlich und unüberwindlich erscheinende Bergkette zu ab. Ich war sicher, dass dieser Weg nur zu irgendeinem abgelegenen Dorf führen könnte, und ging selbstverständlich geradeaus weiter. Addedus und Larthia folgten mir.

Doch nach einiger Zeit erklärte Larthia: »Nein, dies nicht der Weg im Frühjahr. Wir rechts gehen vorhin. Auf Berge zu.«

Addedus und ich versuchten sie davon zu überzeugen, dass sie sich täuschen müsse, aber sie blieb bei ihrer Behauptung. Sie sei im Frühjahr durch diese Bergkette gekommen, auf einem schmalen Pfad durch eine wilde und Furcht erregende Schlucht.

»Aber dies hier ist doch eindeutig der Karawanenweg!«, beharrte ich weiter.

»Schon«, erwiderte Larthia, »aber nicht Karawanenweg aus Süden. Nicht Weg im Frühjahr!«

Ich zögerte. Da sagte mir Addedus leise ins Ohr. »Nicht Junge noch Mann den Weg finden kann.« Entgeistert starrte ich ihn an. Dann erklärte ich mich bereit umzukehren.

Es ging auf Mittag zu, als wir die Bergkette erreichten. Tatsächlich führte der Pfad weiter, einen wasserreichen Bach entlang durch ein Seitental mitten durch die Bergkette. Die Spuren am Boden ließen keinen Zweifel daran, dass dieser Weg öfter begangen wurde, von schwer beladenen Tieren und Menschen.

Später habe ich dann erfahren, dass dieser Weg eine Abkürzung zu dem Hauptweg in den Süden war, eine Abkürzung, die außer von den Karawanen meines Onkels selten benützt wurde. Du wirst gleich verstehen, dass auch wir es heute vorziehen, lieber den etwas weiteren Weg zu nehmen.

Wir gingen also den Weg durch die Bergkette. Ich musste zugeben, dass Larthia tatsächlich Recht gehabt hatte. Allerdings fand ich ihre Beschreibung, dieses Tal sei eine wilde und Furcht erregende Schlucht, reichlich übertrieben. Es war ein schmales Tal wie viele andere, und man musste wohl doch ein Mädchen sein, um sich hier zu fürchten.

Aber wieder einmal hatte ich mich getäuscht.

Wir gingen und gingen. Wir begegneten keinem Menschen und sahen nicht den geringsten Hinweis auf eine menschliche Behausung. Je weiter wir in dieses Seitental vordrangen, desto unwirtlicher wurde es. Immer dichter rückten die Berghänge aneinander, immer steiler und höher ragten sie rechts und links von uns in den Himmel. Waren die Hänge anfangs noch bewaldet gewesen, so zeigten sie nun auf der linken Talseite nur noch den nackten Fels, und schließlich drangen wir so weit vor, dass auch von der rechten Seite nur noch kahle senkrechte Felswände unseren Weg säumten.

Vorne schien sich das Tal zu schließen. Ich drehte mich um – hinter mir schien es sich auch geschlossen zu haben. Dunkel war es hier. Unzählbare Baumlängen hoch stiegen diese grauen Felsen in den Himmel. Der Himmel aber war von schwarzen Wolken verhangen. Schwüle lag in der Luft. Beklemmung legte sich mir auf die Brust. Kein Vogel war zu hören. Nur das Rauschen des Baches erfüllte die Stille. Abgeschlossen von jeder menschlichen Gemeinschaft, ausgestoßen von den Sonnenseiten der Natur, waren wir drei ohnmächtige Kinder in der steinernen Wildnis. So jedenfalls fühlte ich mich. Ich sah Addedus an. In seinen Augen stand die gleiche Angst. Larthia konnte ich nicht in die Augen sehen. Sie war vorausgegangen.

Ich weiß nicht, ob ich in der Lage gewesen wäre, auch nur einen Schritt weiter zu machen, wenn da nicht vor mir her Larthia in ihrem bunten Kleid ohne Zögern ausgeschritten wäre.

Merkwürdigerweise war das Wasser im Bach inzwischen angestiegen, stellenweise trat der Bach über das Ufer und überschwemmte den Weg. Wir gingen dem Ende des Tales zu – oder dem, was wie das Ende des Tales aussah. Beim Näherkommen entpuppte es sich als eine weitere Felsnase, um die herum sich der Bach seine schmale Bahn gesucht hatte. Das Tal würde hinter der Biegung weitergehen. Aber was würde es uns bringen?

Tasso winselte. Seine Nackenhaare sträubten sich auf. Er drängte sich dicht an mich. Ich fasste ihn fest am Halsband. Ich blieb stehen, dicht neben mir Addedus. Mühsam und tonlos rief ich nach Larthia. Sie wandte sich nach mir um. Ihre dunklen Augen sahen riesengroß aus in ihrem blassen Gesicht. Also spürte auch sie die Bedrohung. Aber sie sagte: »Wir müssen weiter, Diviciacus, wir müssen.« Und sie ging weiter. Wir folgten ihr. Wir bogen um die Kurve. Und dann sahen wir es.

Der Weg war verschüttet. Felsbrocken und Bäume lagen wild übereinander und versperrten den Durchgang. Nur mühsam konnte der Bach durch dieses Chaos seinen Weg finden. Es schien, als seien die Berge auf diese Stelle herabgestürzt. Plötzlich erfasste mich mit unwiderstehlicher Gewalt die Erinnerung an den Traum, in dem ich gesehen hatte, wie die Berge über meinem Onkel zusammenschlugen und ihn begruben. Und ich war sicher, am Grab meines Onkels zu stehen.

Ich nahm wahr, was um mich herum geschah, als ob es nichts mit mir zu tun habe. Ich hörte die erschütterte Stimme von Larthia: »Oh ihr heiligen Götter Etruriens, was für ein Bergrutsch!«, und nach einiger Zeit den wilden Ausruf von Addedus: »Das ist kein Bergrutsch! Das war ein Hinterhalt, eine gemeine Falle! Die Bäume sind nicht entwurzelt! Sie sind gefällt!« Ich konnte nichts denken als: Mein Onkel ist tot. Alles ist verloren.

Schließlich brachte mich Tasso zur Besinnung, der mit allen Kräften an seinem Halsband zog, das ich immer noch umklammert hielt. Winselnd strebte er auf den Trümmerhaufen zu. Ich ließ ihn los und folgte ihm. Wie im Traum begann ich darüber zu klettern, während Addedus Larthia half, hinaufzusteigen. Oben angelangt, sah ich, dass Addedus Recht hatte: Dies war kein natürlicher Bergrutsch, dies war ein Hinterhalt. Ein Stück weiter bergabwärts war das enge Tal durch eine ähnliche Sperre verschüttet. Im freien Raum dazwischen lagen verstreut Steinbrocken und einige gefällte Bäume. Der steile Hang rechts des Weges wies Spuren auf, die zeigten, dass dies alles von der Höhe dieses Felsens herabgestürzt worden war.

Stumm blieben wir stehen, gelähmt vor Entsetzen. Tasso begann inzwischen am Boden herumzuschnüffeln. Und dann setzte er sich an eine Stelle neben einen der herabgestürzten Baumstämme und heulte laut und klagend.

Ich lief zu ihm hin, kniete mich neben ihn und umarmte ihn. Da sah ich, worauf er seine Pfote gesetzt hatte. Es war ein Stück kunstvoll durchbrochenen Bronzeblechs in einzigartigem Muster. Ich wusste sofort. Es war ein Stück vom Helmkamm meines Onkels.

Da kniete ich am Boden neben dem heulenden Tier, hielt ein Stück vom Helm des Bergherren in der Hand und war unfähig, einen klaren Gedanken zu fassen. Addedus und Larthia kamen zu mir und fragten, was ich gefunden habe.

»Das ist der Beweis«, rief Addedus aufgeregt, »dass der Bergherr hier in eine Falle geraten ist! Was für eine schändliche niederträchtige Gemeinheit! Da oben auf dem Felsen müssen die Feinde gelauert haben. Die Steinbrocken und die Bäume hatten sie da oben aufgebaut. Und als dein Onkel mit den Kriegern in diese Engstelle kam, da haben sie das alles ins Rutschen gebracht und ihnen vorne und hinten den Weg abgeschnitten. Und sie dann aus sicherer Entfernung beschossen. Was für eine Ehrlosigkeit! Unsere Krieger hatten ja nicht die geringste Möglichkeit, sich zu wehren!«

Addedus suchte noch weitere Spuren des Kampfes. Er fand einiges. Einen zerschmetterten Speer, eine abgerissene Satteltasche, einen Stein, der Flecken von eingetrocknetem Blut erkennen ließ. Ich sah kaum hin.

Larthia hatte sich neben mich gesetzt und hielt meine Hand. Nie wieder war ich so dankbar dafür, dass mir jemand die Hand hielt. Schließlich forderte sie mich auf, noch einmal den Traum zu erzählen, in dem ich erlebt hatte, wie mein Onkel verschüttet wurde. Ich tat es. Es schien mir selbst sehr tröstlich, dass in meinem Traum mein Onkel nicht tot gewesen war, sondern nur bewusstlos. Aber die Wirklichkeit?

Da erklärte Larthia bestimmt: »Dein Onkel lebt. Dein Onkel gefangen. Wir ihn suchen!«

Ich schüttelte den Kopf. Aber Addedus, der zu uns getreten war, rief aus: »Larthia könnte Recht haben! Es wäre ein Leichtes gewesen, von dort oben mit großen Felsbrocken alle Männer zu erschlagen. Aber eigentlich sieht es nicht so aus. Sie haben ihnen den Weg abgeschnitten. In der Mitte liegen nicht so viele Steine und Bäume. Und wenn sie aus der Höhe alle Männer getötet hätten, dann hätten sie sich doch bestimmt nicht die Mühe gemacht, herunterzusteigen und die Leichen zu beseitigen.

»Die Waffen«, wandte ich ein, »waren sehr wertvoll. Sie wären auf jeden Fall heruntergestiegen, um die Waffen an sich zu bringen.«

»Ja. Aber die Männer und die toten Pferde hätten sie liegen lassen.«

Das hatte etwas für sich. Langsam kehrte die Fähigkeit, zu denken, zurück. Und plötzlich sprang ich auf und rief: »Lugotrix! Das kann alles nur Lugotrix gewesen sein! Er hat die Karawanen überfallen! Er hat meinen Onkel und seine Schar in diesen Hinterhalt gelockt! Er hat sie gefangen!«

So klar und eindeutig lag alles auf der Hand. Eins reihte sich zum anderen. Der Besuch von Lugotrix im Frühjahr. Die Maske. Das Schwert.

Die Maske? Das Schwert?

Neues Erschrecken durchfuhr mich. Was hatte Lugotrix gesagt, als er meinem Onkel die Maske schenkte? Wer immer durch dieses Hoftor schreitet, wird wissen, wer der Herr dieses Hofes ist. Die Maske trug die Züge von Lugotrix! Lugotrix hatte mit einem Zauber Besitz von unserem Bergherrenhof genommen! Und Lugotrix hatte sich das Schwert ergaunert, das Schwert mit dem Griff aus Elfenbein und Bernstein, auf dem die Prophezeiung lag. Lugotrix wollte Bergherr vom Salzberg werden. Er war es schon fast. Er hatte den Bergherren und fast alle Krieger in seiner Gewalt oder getötet. Und er besaß das Schwert.

Ich erzählte den anderen, was ich eben entdeckt hatte. Im Erzählen schien mir alles noch hoffnungsloser. Mutlos begann ich zu weinen.

Das sagte Addedus: »Das Schwert dem Rechten. Den Tod dem Schlechten!«, und Larthia wiederholte diese Worte der Urma feierlich. Da sprach auch ich diese Worte nach und wusste, dass ich einen Schwur getan hatte.

Wir berieten uns. Wir waren uns einig, dass mein Onkel und unsere Krieger von Lugotrix gefangen gehalten wurden, wenn sie überhaupt noch lebten. Wir waren uns einig, dass wir sie suchen mussten. Wir waren uns einig, dass wir alles daran setzen mussten, sie zu befreien. Weiter als bis zu diesem Punkt konnten wir nicht denken. Die Vorstellung, dass Lugotrix mit seinen Kriegern vielleicht schon in diesem Augenblick auf dem Weg ins Salzbergtal war, um es zu überfallen und in seinen Besitz zu bringen, war zu entsetzlich. Es hatte auch keinen Sinn, zurückzugehen und unsere Leute im Salzbergtal zu warnen. Auch wenn sie auf einen Angriff gefasst waren, hatten sie keine Möglichkeit, sich gegen eine Übermacht hervorragender Kämpfer zu verteidigen. Die einzige Hoffnung auf Rettung war, meinen Onkel und seine Krieger zu finden und zu befreien. Eine geringe Hoffnung. Und doch eine Hoffnung!

So machten wir uns wieder auf den Weg. Ich wusste nicht mehr, als dass Lugotrix der Herr vom Kupferberg sei und dass dieser Kupferberg irgendwo im Südwesten des Salzberges lag. Bisher waren wir nach Südosten marschiert. Also mussten wir nun nach Westen. Doch erst einmal mussten wir aus diesem Unglückstal heraus. Wir folgten dem Weg weiter durch die Schlucht. Als wir sie endlich hinter uns gebracht hatten, war es später Nachmittag geworden.

In einem breiten Tal gingen wir auf gutem Weg immer der Sonne entgegen, bis sie hinter den Bergen versank.

Ich kann dir nicht alle Einzelheiten dieser Reise erzählen, Nennius, wir haben noch manches erlebt, und nicht alles ist mir im Gedächtnis geblieben.

Zwei ganze Tage sind wir nach Westen gewandert, bis wir an den großen Fluss kamen, der nach Norden fließt. Addedus hatte in Erfahrung gebracht, dass an diesem Fluss das Gebiet begann, das Lugotrix, der Herr vom Kupferberg, beherrschte. Dort sollte eine große Brücke über den reißenden Fluss führen. Über diese Brücke mussten die Karawanen, die den dortigen Handelsweg von Nord nach Süd und von Süd nach Nord in diesem Flusstal zogen, einen der wichtigsten Handelswege im ganzen Großen Gebirge.

Addedus, der sich unter seinesgleichen mischte und mit den Leuten am Wegrand redete, während Larthia und ich uns lieber abseits oder versteckt hielten, hatte manches über diese Brücke gehört. Sie war weit und breit der einzige Flussübergang, und der Herr vom Kupferberg ließ sich ihre Benützung teuer bezahlen. Seine Krieger kontrollierten jeden, der einen Fuß auf diese Brücke setzte. Du kannst dir vorstellen, dass mir diese Brücke Kopfschmerzen bereitete. Wie sollten wir hinübergelangen, ohne das Misstrauen der Krieger von Lugotrix zu erregen?

Als wir in der Ferne die Brücke erblickten, war mir noch immer nichts eingefallen. Da ohnehin Abend war, suchten wir erst einmal einen Schlafplatz. Die Nächte waren schon sehr kalt, es war kein Vergnügen, im Freien zu schlafen. Zu unserem Glück fanden wir wieder eine Scheune voll Heu.

Am frühen Morgen wachte ich von Stimmen auf. Ich spähte durch die Ritzen der Scheune und sah eine Karawane, die ganz in unserer Nähe rastete. Und ich sah Tasso, der sich an einen der Männer herangemacht hatte und sich schwanzwedelnd von ihm streicheln ließ. Tasso war ein kluger Hund. Er witterte Gefahr im Vorhinein, und er war ein guter Menschenkenner. Wem Tasso vertraute, dem konnten auch wir vertrauen.

Da verließ ich die Scheune und trat zu dem Mann, der Tasso eben einen Schinkenknochen gab.

Ich grüßte. Tasso sprang an mir hoch, als habe er mich Jahre nicht mehr gesehen. Der Mann lachte: »Das ist dein Hund, hm? Ein prächtiges Tier?« Er rollte das R auf eine seltsame Art, und seine Aussprache war merkwürdig schleppend. Ich begriff, dass unsere Sprache nicht seine Muttersprache sein konnte.

Ich nickte. Ich sah mir den Mann an. Er war noch sehr jung, vielleicht in dem Alter, in dem Belgius jetzt ist. Er trug Waffen und reiche, aber sehr fremde Kleidung. Sein Wams war aus Leder und mit schönen bronzenen Knopfnadeln und Schmuckspangen verziert. Neben sich auf den Boden hatte er seinen Helm gestellt, einen Helm mit doppeltem Kamm, wie ich ihn noch nie gesehen hatte.

Dieser Mann war nicht irgendein Krieger, der eine Karawane geleitete, dieser Mann war zweifellos ein Adeliger aus einer bedeutenden Familie und der Anführer dieser Karawane. Was mir aber im Augenblick viel wichtiger war: Er hatte ein gutes Gesicht. Es war eine Ruhe und Freundlichkeit in diesem Gesicht, die mich mit Vertrauen erfüllte, und in seinen Augenwinkeln blitzte es belustigt auf, als er sah, wie mühsam ich mich gegen die Liebesbeweise von Tasso wehrte. Da beschloss ich, unser Schicksal in die Hände dieses Mannes zu legen, und fragte: »Geht Ihr mit Eurer Karawane über die Brücke?«

»Gewiss«, erwiderte er und sah mich aufmerksam an. Ich suchte nach den richtigen Worten. Da ermunterte er mich: »Na komm, Junge, du hast doch was auf dem Herzen, das sehe ich dir doch an!«

Ich begann: »Es ist nämlich so, ich muss über die Brücke, aber ich weiß nicht, was ich den Wächtern an der Brücke sagen soll, und ich bin auch nicht allein, es sind noch zwei Kinder bei mir, und ich fürchte, die Wächter lassen uns nicht hinüber, aber wir müssen auf die andere Seite. Und da habe ich gedacht . . . «

»Und da hast du gedacht, ihr könntet euch unter unsere Karawane mischen und für Kinder von uns mit durchgehen, was?« Er sagte das nicht unfreundlich, eher nachdenklich. Ich nickte. Dann forschte er weiter: »Und was machen drei Kinder allein? Ihr seid doch nicht etwa von zu Hause weggelaufen?«

Ich musste daran denken, dass ich vor gar nicht langer Zeit wirklich vorgehabt hatte, von daheim wegzulaufen, und wurde feuerrot. Er nahm es als Eingeständnis und sagte: »Junge, es geht mich ja nichts an, aber denk noch mal drüber nach. Manchmal tut man aus Angst oder Verzweiflung etwas, was man später bereut. Hast du etwas angestellt, dass du dich nicht mehr heimtraust?«

Ich wurde immer verlegener und murmelte nur irgendetwas davon, dass alles ganz anders sei, und wir müssten unbedingt über den Fluss.

Da zuckte er die Schultern und sagte: »Meinetwegen. Wenn du meinen Rat nicht haben willst, nehme ich dich eben mit über die Brücke. Du siehst mir eigentlich nicht aus, als ob du etwas Unrechtes vorhättest. Hol deine Kameraden, wir müssen weiter!«

Das ließ ich mir nicht zweimal sagen. Der Mann staunte nicht schlecht, als er Larthia und Addedus sah, aber er verlor keinen Ton über unsere seltsame Gruppe. Mit knappen Anweisungen befahl er einem seiner Reiter, Larthia zu sich aufs Pferd zu heben, und wies Addedus an, einen der Tragsäcke auf den Rücken zu nehmen. Mich hieß er neben seinem eigenen Pferd herzugehen. So hatte er die Anordnung gefunden, in der wir drei am wenigsten auffielen. Trotzdem klopfte mir das Herz zum Zerspringen, als wir über die Brücke auf die drei Krieger von Lugotrix zugingen, die uns mit ihren Lanzen den Weg versperrten.

Der Mann raunte mir zu, ich solle keinen Ton sagen und ein Gesicht machen, als verstünde ich die hiesige Sprache nicht. Dann stieg er vom Pferd und trat mit mir zu den Kriegern von Lugotrix. Es ist mir in bleibender Erinnerung, wie er mit ihnen verhandelte. Er brachte es fertig, gleichzeitig freundlich zu sein und doch keinen Zweifel daran zu lassen, dass er ein Herr sei und als solcher eine ehrerbietige Aufnahme erwarte. Doch bevor er begann, um den Zoll zu feilschen, den er für die Benützung der Brücke zu zahlen habe, stellte er sich vor: Algalsus, Erbe des Herrn von Sticna.

Ja, Nennius, du hast schon ganz recht gehört, jener fremde Herr, der mir damals half, unerkannt in das Gebiet unseres Feindes Lugotrix hineinzugelangen, war Algalsus von Sticna, der Großvater von Gentius.

Später, als ich erwachsen war, habe ich ihn wieder getroffen, später wurden wir nicht nur Handelspartner, sondern wahre Freunde, und eines Tages habe ich ihm erzählt, warum wir damals über den Fluss wollten. Da wurde er sehr böse auf mich, und ich hatte schwer darum zu kämpfen, ihn wieder mit mir zu versöhnen. Es war das einzige Mal in unserer langen Bekanntschaft, dass ich erlebt habe, wie Algalsus zornig wurde. Er konnte mir nur schwer verzeihen, dass ich mich ihm damals nicht anvertraut hatte und ihn nicht um Hilfe gegen Lugotrix gebeten hatte. Hätte ich Algalsus gefragt, so hätte er mir mit seinen Kriegern ohne Zögern geholfen, meinen Onkel und all unsere Männer zu befreien. An jenem Morgen hätte ich all meine Sorgen loswerden und in die Hände dieses fremden Mannes legen können, wenn ich das Vertrauen dazu gehabt hätte. Aber ich wagte es nicht. Ich kannte Algalsus ja noch nicht, wie ich ihn später kannte. Deshalb schüttelte ich den Kopf, als Algalsus mich zum Abschied fragte, nachdem er mit den Wächtern der Brücke handelseinig geworden war: »Kann ich dir noch irgendwie helfen, Junge?« Ich bedankte mich bei ihm und behauptete, alles sei in bester Ordnung. Aber als ich ihn wegreiten sah, wäre ich ihm am liebsten nachgelaufen.

Siehst du, Nennius, nachdem ich die einzige Hilfe ausgeschlagen hatte, die sich uns geboten hätte, mussten Addedus, Larthia und ich allein mit allem fertig werden. Dabei hatten wir keine Ahnung, wie wir eigentlich vorgehen sollten. Wir waren nur von der mehr als ungewissen Hoffnung erfüllt, dass mein Onkel und unsere Männer noch lebten und irgendwo von Lugotrix gefangen gehalten wurden und dass es uns irgendwie gelingen könnte, sie ausfindig zu machen und zu befreien. Das ganze Vorhaben war so wahnwitzig, dass man gar nicht darüber nachdenken durfte, sonst hätte einen gleich der Mut verlassen.

Wir machten uns also wieder auf den Weg. Addedus hatte in Erfahrung gebracht, dass der Hof von Lugotrix weit hinten in einem Bachtal am Fuß des Kupferberges gelegen sei. Lange gingen wir in diesem Tal den Pfad bachaufwärts. Das Rauschen des Wassers begleitete uns. Wir sprachen nicht. Jeder hing seinen Gedanken nach, setzte sich mit seinen Befürchtungen auseinander. Plötzlich hob Addedus lauschend den Kopf. Ich konnte nichts Auffällige hören. Aber Addedus kniete sich nieder und legte das Ohr auf die Erde. Im Aufstehen sagte er: »Wir müssen von hier verschwinden. Da kommen Reiter. Eine ganze Menge Reiter. Sie kommen von oben, uns entgegen.«

Suchend blickte ich mich um. Das Tal war sehr eng und bot keinerlei Schutz. Steil stiegen rechts und links die bewaldeten Berghänge an. Es blieb nichts anderes übrig, als rechts des Weges den Hang hinaufzuklettern. Aber ob Larthia das schaffen könnte?

Addedus kletterte voraus. Er streckte Larthia die Hand hin. Ich schob sie von hinten. Dabei rutschte ich selbst aus und landete wieder auf der Talsohle. Glücklicherweise hielt Addedus Larthia fest und hatte sich selbst an einen Baumstamm geklammert. Schon hörten wir die Pferde näher und näher kommen. Gerade noch rechtzeitig gelang es mir, wieder zu den beiden anderen hinaufzuklettern, da bogen die Reiter schon um die Kurve.

Unser Versteck war mehr als dürftig. Wir hatten keine Zeit gehabt, uns hinter einem Gebüsch zu verbergen. Die Reiter hätten bloß den Kopf heben müssen, um uns zu sehen. Und Larthias buntes Kleid leuchtete durch die Bäume. Ich flüsterte Tasso zu, er solle sich ganz ruhig verhalten, und hielt ihn am Halsband. Zu allem Überfluss hielten die Reiter nun auch noch an, wenige Schritte von uns entfernt.

Mir setzte der Herzschlag aus. Die beiden ersten in der Schar der Reiter waren Fürst Lugotrix und sein Faustkämpfer Addedomarus. Wenn diese beiden uns sahen, war alles verloren. Sie würden mich wiedererkennen.

Lugotrix hob die Hand und wandte sich nach hinten. »Warten wir auf die Fußgänger!«, sagte er. »Und dann bleiben wir von jetzt an zusammen!«

»Ein Jammer, dass bei den Überfällen so viele Pferde der Salzbergleute verletzt wurden«, sagte Addedomarus. »Sonst wären wir jetzt alle beritten und könnten in zwei Tagen im Salzbergtal sein statt in drei und einem halben!«

Lugotrix lachte: »Was macht es aus, ob zwei oder drei Tage! Ich habe so lange darauf gewartet, Herr des Salzberges zu werden, dass es mir auf zwei Tage nicht ankommt!«

Jetzt erst fiel mir auf, was für ein Pferd Lugotrix ritt. Einen rotbraunen Hengst von ungewöhnlicher Größe. An der Stirn hatte er eine Blesse, drei Beine hatten weiße Fesseln, doch das rechte Vorderbein nicht. Das Pferd meines Onkels Bellinus. Das Pferd, auf dem der Bergherr davongeritten war, um die verschollenen Karawanen zu suchen.

Nun legte Lugotrix die Hand auf sein Schwert, auf das

Schwert mit dem Griff aus Elfenbein und Bernstein, und sagte: »Siehst du das Schwert, Addedomarus. Dieses Schwert wird mich zum Herrn des Salzberges machen. Und wenn ich es bin, dann kehre ich hierher zurück und töte mit diesem Schwert Bellinus und seine Schar!«

Addedomarus erwiderte: »Es wäre gescheiter gewesen, sie gleich zu töten!«

Doch da fuhr Lugotrix ihn zornig an: »Willst du mir sagen, was ich zu tun habe? Bis ich den Salzberg in der Hand habe, brauche ich Bellinus als Geisel und seine Männer auch. Danach werden sie getötet. Es gibt keinen Grund für deine lächerlichen Befürchtungen! Wie sollten die Gefangenen aus dem Loch herauskommen, in dem sie stecken?»

Da gab Lugotrix das Zeichen zum Weiterzug. Ich zählte die Krieger, die hinter ihm kamen. Es waren dreißig Reiter und zwanzig Fußgänger. Fünfzig bewaffnete, kampferprobte Krieger. Und unser Salzbergtal wurde nur noch von vier Kriegern beschützt. Sicher, da waren noch die Bergknappen, die Zimmerleute, die Knechte, die Salzträger. Aber die hatten ihr Lebtag noch keinen Speer geschleudert, kein Kampfbeil geführt, keine Lanze gestoßen, keinem Feind ins Auge geblickt. Was sollten die gegen diese furchtbare Macht ausrichten! Wir waren verloren. Wir waren schon besiegt, bevor der Kampf begonnen hatte.

Ich war von dem, was ich erfahren hatte, so betäubt, dass ich an meinen Baum geklammert stehen blieb, auch als die Krieger längst nicht mehr zu sehen waren. Addedus ging es ähnlich. Nur Larthia, die wohl das Gespräch nicht richtig verstanden hatte, drängte zum Weitergehen. Ich versuchte, ihr zu erklären, was das bedeutet hatte. Sie nickte nur und meinte, wir müssten meinen Onkel finden. Da hatte sie Recht. Aber wie sollte uns das gelingen?

Wir gingen das Tal weiter hinauf. Schließlich öffnete es sich, wurde breiter und beinahe lieblich. Und dann, nach einer Wegbiegung, sahen wir inmitten blühender Wiesen einen großen Hof. Er war stark befestigt, von Gräben umzogen, von einem hohen Palisadenzaun umgeben, von Wachtürmen bewehrt. Sein Tor war geschlossen. Der Hof des Fürsten Lugotrix. Für uns eine uneinnehmbare Festung. Wenn das »Loch«, in dem mein Onkel und unsere Männer gefangen waren, sich innerhalb dieser Festung befand, war es für uns unerreichbar.

Ich kann dir nicht sagen, wie lange wir da standen und auf diesen Hof starrten. Wir wagten uns nicht näher heran, aus Furcht, gesehen zu werden. Wir konnten nicht einmal feststellen, ob die Wachtürme besetzt waren. Der Hof lag sehr ruhig da, beinahe wie ausgestorben, aber eine Rauchfahne zeigte, dass irgendwo im Hof, vielleicht in einem Haus, ein Feuer brannte. Die Ruhe, die über diesem Tal lag, hatte etwas Unheimliches. Hier mussten außer den Kriegern, die ausgezogen waren, doch noch mehr Menschen leben. Aber wo waren diese?

Wir zogen uns an den Waldrand zurück, suchten uns eine Stelle im Unterholz, von der aus wir den Hof beobachten konnten, ohne gesehen zu werden, und setzten uns hin. Inzwischen hatten wir bemerkt, dass weiter oben im Tal verstreut einige Bauernhöfe lagen. Und doch hätten wir hier mehr Häuser und mehr Menschen erwartet.

Als die Sonne hoch am Himmel stand, hörten wir von den Hängen des hohen Berges rechts des Tals ein Signalhorn tönen. Andere Signalhörner fielen ein, vereinten sich zu einem einzigen Ruf. Wie daheim im Salzbergtal, wenn die Mittagspause angekündigt wurde und die Arbeiter sich zu ihrem Mahl setzten. Wie daheim ... Tränen traten mir in die Augen. Aber plötzlich durchzuckte mich ein Gedanke, und ich sprang auf.

»Der Kupferberg!«, rief ich aus. »Lugotrix ist der Herr des Kupferberges, wie mein Onkel der Herr des Salzberges ist! Hier muss es ein Bergwerk geben, ein Kupferbergwerk. Dort drüben auf diesem hohen Berg. Und eben haben wir das Signal für die Mittagspause gehört. Deswegen sind hier so wenig Menschen zu sehen. Weil sie im Kupferbergwerk arbeiten! Und wo ein Bergwerk ist, das sind tote Gänge. Wo ein Bergwerk ist, da gibt es tiefe Löcher, in denen man Gefangene festhalten kann! Wir müssen auf diesen Berg dort drüben! Wir müssen das Bergwerk finden!«

Ich war überzeugt, die Lösung gefunden zu haben. Die anderen stimmten zu.

Nein, Nennius, unterbrich mich nicht! Ich sage dir nicht vorher, wie alles ausgegangen ist. Ich erzähle es dir der Reihe nach, so wie ich es erlebt habe. Die Geduld musst du schon aufbringen.

Wo war ich stehen geblieben? Ach ja, wie wir beschlossen, das Kupferbergwerk zu suchen, das irgendwo am gegenüberliegenden Hang sein musste. Es war ein hoher, steiler Berg, dessen Gipfel vom Tal aus nicht zu sehen war. Der Berg war unserem Standort gegenüber unbewaldet, von Almwiesen bedeckt. Über diese Wiesen könnten wir nicht gehen, ohne weithin sichtbar zu sein. Doch etwas weiter talaufwärts wies der Berg einen dicht mit Bäumen und Gebüsch bewachsenen Einschnitt auf, der sich nach oben zog, so weit wir hinaufblicken konnten. Diese Stelle mussten wir erreichen.

Wir schlugen einen weiten Bogen um den Hof und gelangten unbemerkt zu dem Waldstück. Nun konnten wir sehen, dass dieser Einschnitt das Tal eines Wildbaches war, der den Berg herunterstürzte. In diesem Bachtal kämpften wir uns mühsam bergauf. Addedus und ich waren an dergleichen Anstrengungen und Klettereien gewöhnt, aber für Larthia war es sehr schwer. Wir halfen ihr, wo immer es möglich war. Dennoch konnten wir nicht verhindern, dass ihr schönes Kleid zerriss, dass ihre feinen Schuhe Löcher bekamen, dass ihre Füße wund wurden und ihre Kräfte immer mehr nachließen. Aber sie gab nicht auf. Mit Zähigkeit kämpfte sie sich höher und höher den Berg hinauf.

Addedus verließ uns von Zeit zu Zeit, um vom Rande unseres Waldstreifens aus den freien Berghang zu überblicken. Aber immer wieder kam er mit der enttäuschten Meldung zurück, er könne keine Anzeichen eines Bergwerkes entdecken. Der Nachmittag war schon weit fortgeschritten, und wir steckten immer noch irgendwo auf halber Höhe dieses endlosen Berges in dem steinigen Bachtal, als Addedus endlich von einer seiner Erkundungen eine Neuigkeit mitbrachte. Aufgeregt rief er mir gegen das Rauschen des Baches zu, er habe eine Siedlung entdeckt. Larthia und ich folgten ihm.

Wir zwängten uns durchs Unterholz und sahen schließlich, worauf Addedus wies: eine ganze Ansiedlung von Blockhäusern auf einem Absatz des Berges. Aber wie sahen diese Häuser aus! Die Schilfdächer waren schadhaft, teilweise fehlten sie ganz. Dem einen Haus fehlte die Tür, beim anderen hing sie schief in den Angeln. Ein Schuppen schließlich war ganz eingestürzt. Diese Siedlung war schon lange nicht mehr bewohnt.

Wir waren enttäuscht. Doch dann hatte ich einen Einfall. Ob nicht gerade eine längst verlassene Siedlung einen Hinweis auf einen aufgelassenen Teil eines Bergwerks darstellen konnte, auf einen Teil, in dem man Gefangene verschwinden lassen konnte? Ich holte aus meiner Tasche das Stück vom Helmkamm meines Onkels, das ich seit der Unglücksstelle bei mir trug, und hielt es Tasso hin.

»Such, Tasso!«, befahl ich ihm eindringlich. »Such deinen Herrn!«

Tasso schaute mich aus seinen klaren Augen verständig an und machte sich bereitwillig daran, den Boden nach einer Spur meines Onkels abzuschnüffeln. Mit der Nase am Boden lief er hin und her, zwischen den verfallenen Häusern, in den Häusern, im weiten Umkreis um sie herum. Schließlich kehrte er mit hängendem Schwanz zu mir zurück, legte sich zu meinen Füßen hin und sah mich traurig an. Er hatte keine Spur entdeckt.

Wir schlugen uns zum Bachbett zurück und stiegen weiter bergan. Mehrfach entdeckte Addedus im Folgenden Reste von Niederlassungen. Überall bot sich das gleiche Bild des Verfalls, ja teilweise war von Häusern nicht mehr übrig geblieben als ein Trümmerhaufen morschen Gebälks, von Unkraut und Gestrüpp überwuchert. Ich dachte an die tadellos in Stand gehaltenen Blockbauten in unsrem Salzbergtal und konnte so viel Verwahrlosung gar nicht begreifen.

Auch das Gelände kam mir mehr und mehr seltsam vor. So weit wir schauen konnten, war hier oben der Berg von merkwürdigen Bodenwellen, Einbuchtungen und trichterartigen Löchern durchzogen. Ich konnte mir kaum vorstellen, dass dergleichen auf natürlichem Wege entstanden sein sollte, aber da ich keine Ahnung vom Kupferbergbau hatte, wusste ich nicht, dass ich die Überreste längst ausgebeuteter Abbaustellen vor mir hatte.

Du musst wissen, Nennius, der Kupferbergbau unterscheidet sich gewaltig vom Salzbergbau. In früheren Generationen, zur Blütezeit des Betriebs am Kupferberg, fand man dort das kupferhaltige Gestein dicht unter der Oberfläche und gewann es im Tagebau. Was mir jetzt als merkwürdige Bodenwellen erschien, waren die Reste alter Kuhlen, oberirdischer

Gänge, ehemaliger Schutthalden und teilweise wieder aufgefüllte Löcher, aus denen in der Vorzeit die Bergleute das Erz gebrochen hatten. Nun waren diese alten Wunden des Berges längst wieder verheilt und begrünt, und ich verstand ihre Bedeutung nicht. Zum Glück, muss ich sagen, zum Glück verstand ich nicht, was ich sah. Denn sonst wäre ich vielleicht entmutigt umgekehrt, im irrigen Glauben, dass es da, wo Erz an der Oberfläche gewonnen wurde, keinen Tiefbau geben kann, keine Schächte, in denen man Gefangene sicher verwahren kann.

Aus Unkenntnis also stiegen wir weiter bergan. Im Schutz der Bodenerhebungen wagten wir nun, am Waldrand auf dem Wiesenboden zu laufen, und hier kamen wir natürlich erheblich schneller und einfacher voran als in dem steinigen Bachbett. Tasso ließen wir herumstreifen. Gewissenhaft suchte er das Gelände ab, aber immer wieder kehrte er unverrichteter Dinge zu mir zurück. Doch plötzlich entdeckte Addedus etwas, was uns allen das Herz höher schlagen ließ.

Einen Steinwurf weit von uns entfernt hatte der Berg eine seltsame Einbuchtung, kein Loch in die Tiefe, sondern eine etwa haushohe senkrechte Kerbe, die wie eine riesige Stufe in den Berg geschnitten schien. Und im oberen Drittel dieser Stufe gähnte schwarz die Öffnung eines Schachtes. Das Ganze sah ziemlich verfallen aus, aber es war ohne Zweifel der Eingang zu einem Bergwerkstollen, und zwar zu einem, der nicht mehr in Betrieb war. Dies konnte das Gefängnis sein, das wir suchten.

Noch wagten wir nicht, über den freien Wiesenhang dort hinüberzulaufen, aber voll neu gewonnener Hoffnung schickte ich Tasso zu dem Loch. Wie enttäuscht waren wir dann, als wir beobachten mussten, dass Tasso nur kurz an dieser viel versprechenden Stelle verharrte, um dann weiter nach oben zu laufen und hinter einer der vielen Bodenerhebungen unseren Blicken zu entschwinden.

Tasso blieb lange weg. Wir setzten uns ins Gebüsch am Waldrand und warteten.

Endlich kam Tasso zurück. Er war ganz verwandelt. Aufgeregt sprang er um mich herum, winselte, machte ein paar Schritte bergauf und sah sich nach mir um. Deutlich forderte er mich auf, mit ihm zu kommen. Ein Stück weit stiegen wir im Schutz des Waldrandes höher, doch dann lief Tasso nach rechts über die freie Fläche, wandte sich immer wieder um, gebärdete sich ganz ungeduldig. Da entschloss ich mich, Tasso zu folgen, und bat Larthia und Addedus, am Waldrand versteckt zu warten.

Geduckt ging ich über die Wiese, nutzte so weit als möglich den Schutz der Bodenwellen aus. Nun hörte ich ferne Stimmen. Tasso führte mich zu Menschen. Würde ich gleich meinem Onkel gegenüberstehen? Mit klopfendem Herzen schlich ich weiter, mich immer wieder umsehend, ob da keiner war, der mich entdecken konnte. Noch hatte ich keine Menschenseele gesehen. Aber nun fiel mir eine Rauchwolke auf, die jenseits einer Bodenerhebung in den Himmel stieg.

Ich schlich mich bis an diese Erhebung heran. Das letzte Stück legte ich auf dem Bauch rutschend zurück. Endlich hatte ich die Kuppe erreicht und spähte hinüber. Da sah ich, was Tasso mir zeigen wollte.

Ich sah eine Gruppe von Menschen, die quer über den Berghang herüber auf mich zukamen. Sie gingen hintereinander, tief gebückt unter der schweren Last der Tragkörbe, die sie auf ihren Rücken schleppten. Gleichmäßig gingen sie und dicht hintereinander. Sie konnten nicht anders gehen, denn jeder von ihnen hatte einen starken Strick um den Hals, und mit diesen Stricken waren sie einer an den anderen gefesselt.

Neben ihnen her ging ein Aufseher, mit einer Lanze in der einen Hand, einer Peitsche in der anderen. Er ließ die Männer nicht aus den Augen. Auch ich starrte diese Männer an. Ich kannte sie. Es waren Lastenträger aus unseren Karawanen. Träger der ersten und der zweiten verschollenen Karawane. Von den Kriegern aber und von meinem Onkel sah ich keine Spur.

Da lag ich ins Gras gedrückt, geduckt hinter meine Bodenwelle, und beobachtete die Männer, von denen ich jeden mit Namen kannte, wie sie ganz in meiner Nähe das metallisch schimmernde Gestein aus ihren Tragkörben auf einen großen Haufen schütteten, der dort schon lag. Ich hatte den Arm um Tasso geschlungen und drückte ihn an mich. Er verstand. Er gab keinen Laut von sich.

Ich beobachtete die gefesselten Männer, wie sie über den Berghang zurückgingen. Nun entdeckte ich auch den Schacht, auf den sie zustrebten. Es war eine ähnliche Stufe im Berg, wie ich sie dir schon beschrieben habe, nur sah diese hier besser in Stand gehalten aus, und sie hatte zwei Öffnungen, eine ganz unten und eine oben. Aus der oberen dieser beiden Öffnungen zog Rauch. Kurz darüber im Berg aber sah ich eine weitere große Aushöhlung, aus der gleichfalls Rauch kam.

Ich kann dir heute nicht die ganze Bauweise eines Kupferbergwerkes erklären, Nennius, und du hättest wohl auch kaum die Geduld, dir das jetzt anzuhören. Aber ein bisschen musst du schon davon wissen, damit du das Weitere verstehen kannst.

Wenn die Bergleute Kupfer nicht nur an die Oberfläche abbauen, sondern aus der Tiefe des Berges herausholen wollen, so beginnen sie Stollen auszuhauen, die viel höher sind als die Stollen unseres Salzbergwerkes. Als Hilfsmittel verwenden sie Feuer, Feuer, die das Gestein erhitzen, sodass es beim Abkühlen rissig wird und sich leichter bearbeiten lässt. Um diese Feuer richtig anordnen zu können und um für einen guten Abzug des Rauchs zu sorgen, bauen sie nie nur einen einzigen Stollen, sondern in bestimmter Abfolge mehrere Stollen übereinander. Und das Großartigste ist: Jeder Stollen besteht aus zwei Stockwerken. Denn in den hohen Gang hinein bauen sie einen mannshohen Tunnel aus starkem Holz, auf dem die Bergleute stehen und ihre Arbeit verrichten. Dieser Tunnel trägt den Schutt, der beim Loslösen des erzhaltigen Gesteins herabfällt, und auf diesem Tunneldach werden die Abbaufeuer errichtet. Und was noch ganz wichtig für meine Geschichte ist: Wenn die Stollen weit genug schräg in die Erde hinunter vorangetrieben sind, so werden sie tief im Inneren des Berges durch senkrechte Schächte miteinander verbunden. Diese senkrechten Schächte dienen dem Luftzug und dem Abfluss des Wassers.

So, nun weißt du das Wichtigste über ein Kupferbergwerk. Ich aber wusste damals von alledem nichts. Ich verstand nicht mehr, als dass das, was ich sah, ein mehrfacher Eingang zu einem Bergwerk sein musste.

Die Gefangenen waren kaum in dem untersten Stollengang verschwunden, als aus der Tiefe des Berges dumpf ein Signalhorn ertönte. Oben vom Hang herab antwortete ein zweites. Nun wurde es plötzlich lebendig. Aus den drei Stolleneingängen, die ich überblicken konnte, kamen einige Bergknappen heraus, um die Ecke einer Bergnase herum sah ich andere biegen. Sie alle stiegen bergauf. Ich folgte ihnen mit den Augen, und erst jetzt entdeckte ich einen aus zwei Häusern und einem Schuppen bestehenden Hof, auf den sie zugingen. Ich wartete, bis alle diese Männer im ersten der beiden Häuser verschwunden waren, dann wollte ich mich auf den Rückweg zu Larthia und Addedus machen.

Doch kaum hatte ich mich erhoben, da warf ich mich schon wieder flach zu Boden und blieb mit rasendem Herzen liegen. Genau auf mich zu kam vom Waldrand her eine ganze Gruppe Männer mit Äxten über den Schultern. Erst jetzt wurde mir bewusst, dass ich seit langem das Schlagen von Äxten gehört hatte und dass dies nach dem Ertönen des Signals verstummt war.

Ich drückte mein Gesicht ins Gras und blieb reglos liegen. Dicht neben mir lag Tasso, starr wie ich. Ich wartete. Ich lauschte den Stimmen und den Schritten. Jeden Augenblick war ich gewärtig, den Ausruf zu hören, mit dem einer der Männer mich und Tasso entdecken würde.

Aber die Schritte gingen vorbei. Die Stimmen wurden leiser. Sie hatten mich nicht gesehen. Ich wagte es kaum, zu glauben. Und dann plötzlich war mir, als hörte ich die zuversichtliche Stimme von Tullia: »Du wirst mir Larthia unbeschadet wiederbringen, denn der Segen des heiligen Propheten Tages ruht auf deinem Tun.« Ich kannte diesen heiligen Propheten nicht. Aber in diesem Augenblick dort auf der Bergwiese richtete ich heiße Dankesworte an ihn.

Dann schlich ich mich zu Larthia und Addedus an den Waldrand zurück. Die beiden erwarteten mich schon voller Sorgen.

Ich erzählte ihnen alles, was ich erlebt und erfahren hatte. Wir beschlossen, die Dunkelheit abzuwarten und uns dann zu dem Bergwerk zu schleichen, in dem immer noch die Männer aus unseren Karawanen stecken mussten. Dort drinnen vermuteten wir auch meinen Onkel und seine Krieger.

Während langsam die Dunkelheit über dem Berg hereinbrach, saßen wir schweigend beieinander und kauten lustlos auf unseren mitgebrachten Vorräten herum. Obwohl wir eigentlich hätten hungrig sein müssen, blieben uns die Bissen fast im Hals stecken. Wir sprachen nicht darüber, aber ich bin sicher, jeder von uns dachte das Gleiche: Wenn es uns in dieser Nacht nicht gelang, Onkel Bellinus und die Krieger zu befreien, dann war das Salzbergtal für uns verloren. Und wer konnte wissen, ob wir auch nur einen einzigen der Menschen, die wir dort zurückgelassen hatten, lebend wieder sehen würden. Unaufhaltsam zog Lugotrix mit seinem Heer dem Salzberg entgegen, und wie er dort wüten würde, das wusste nur er allein.

Ich spürte, dass Larthia zitterte. Obwohl ich ahnte, dass dieses Zittern nicht allein durch die aufkommende Kälte hervorgerufen wurde, nahm ich meinen Umhang ab und legte ihn um sie. Dann schlang ich meinen Arm um ihre Schulter und zog sie fest an mich. Als ich merkte, wie ihr Zittern nachließ, wurde ich selbst ruhiger.

Der Himmel war bedeckt. Und dann wurde es Nacht, mondlose, sternenlose Nacht. Schwarze, undurchdringliche Nacht.

Wir gingen los, mitten in die Finsternis hinein, dorthin, wo wir irgendwo den Eingang zu dem Stollen vermuteten, in dem ich die Träger hatte verschwinden sehen. Langsam tappten wir vorwärts. Addedus ging voraus, ich folgte ihm, den Arm noch immer um Larthia geschlungen. Es war ein so wunderbares Gefühl, Larthia im Arm zu halten, dass ich darüber beinahe meine Angst vergaß.

Plötzlich hörte ich dicht vor mir einen leisen Schreckensschrei und dann ein Poltern und Rutschen. Erstarrt blieb ich mit Larthia stehen und lauschte. Stille. Und dann genau unter mir, aus der Erde zu meinen Füßen, ein unterdrücktes erbittertes Fluchen. Ich kniete mich hin und tastete den Boden vor meinen Füßen ab – und griff ins Leere. Endlich begriff ich, was geschehen war: Addedus war abgestürzt.

»Addedus! Bist du verletzt? Wo steckst du?«, rief ich leise.

Aus der Tiefe antwortete die Stimme von Addedus: »In einem von diesen verdammten Löchern, wo denn sonst! Fragt sich nur, wie ich hier wieder rauskomme!«

»Wie tief ist das Loch?«, fragte ich.

Ein gereiztes Lachen war die Antwort: »Du hast auch schon mal klügere Fragen gestellt! Woher soll ich wissen, wie tief ich drin stecke, wenn ich nichts sehen kann! Der Sturz hat mir jedenfalls gereicht. Und die Wände hier sind so steil und rutschig, dass ich keinen Halt zum Klettern finde. Aber verletzt bin ich nicht. Mir tut jedes einzelne Körperteil weh, folglich scheint noch alles dran zu sein!«

Ich bat Larthia, mich an den Füßen festzuhalten, und hangelte mich kopfüber in den Schacht hinunter. Er ging wirklich senkrecht nach unten. Ich tastete aus der Höhe mit den Händen herum, Addedus tat das Gleiche aus der Tiefe, aber unsere Hände trafen sich nicht. Das Loch war zu tief.

Endlich gab ich mutlos auf und kauerte mich an den Rand des Loches. Es war Larthia, die schließlich den rettenden Einfall hatte. Sie schlug vor, wir sollten unsere Kleider ausziehen und aneinander knoten, um so für Addedus ein Seil herzustellen. Wir versuchten es, und es gelang. Dieses Unternehmen gab Larthias schönem Kleid den Rest, aber es befreite Addedus aus dem Loch.

Wir zogen uns wieder an und tasteten uns weiter voran. Durch den Unfall gewarnt, hielten wir uns nun alle gegenseitig fest an den Händen.

Ein kleines Stück waren wir so vorwärts gekommen, da hörten wir, wie über uns eine Tür geöffnet wurde. Stimmen wurden hörbar, ein schwacher Lichtschein erhellte die Nacht. Wir waren viel zu nahe an den Hof herangeraten. Die Gestalt eines Mannes wurde in der Tür sichtbar. Dann kam der Mann den Hang herab auf uns zu, eine Fackel in der Hand.

Tasso knurrte leise. »Still!«, flüsterte ich ihm zu. Der Mann kam näher und näher. Im Feuerschein erkannten wir schon sein Gesicht. Wir wagten uns nicht zu rühren. Noch verbarg uns das Dunkel der Nacht. Aber gleich würde uns der Lichtschein erfassen. Ich schloss die Augen und presste die Hand von Larthia.

Da hörte ich noch einmal eine Tür, und eine Frauenstimme rief leise: »Viriatus!«

Ich öffnete wieder die Augen. Der Mann war stehen geblieben und drehte sich um, ging wieder einige Schritte den Berg hinauf. Ein zweites Licht bewegte sich den Hang herab und hielt bei dem ersten. Es war eine junge Frau. Nun hörte ich sie lachen und fragte: »Wie steht es heute Nacht mit uns beiden, Viriatus?«

Der Mann lachte ebenfalls und erwiderte: »Oh, nicht schlecht, würde ich sagen. Dummerweise muss ich nur bei den Gefangenen Wache halten. Du hast wohl keine Lust, mir dabei die Zeit zu vertreiben?«

Die Frau sagte mit einem Schaudern in der Stimme: »Nein, wahrhaftig, das Bergwerk ist kein Ort für ein Stelldichein! Na, dann vielleicht ein andermal. Viel Spaß!« Damit wandte sie sich um und wollte gehen. Aber der Mann hielt sie am Arm fest und sagte: »So warte doch! Wenn ich es mir recht überlege, ist diese ganze Wache überflüssig. Die Gefangenen können sich sowieso nicht befreien. Und der Herr ist weit. Schließlich braucht keiner etwas zu erfahren. Geh nicht schlafen, mein Mädchen, warte auf mich! Ich gehe jetzt zur Wachablösung. Und wenn die Luft rein ist, verlasse ich meinen Posten und komme zu dir. Aber du musst den Mund halten!«

Während die beiden miteinander geredet hatten, hatten wir uns unendlich vorsichtig ein Stück zurückgezogen. Ich war mit diesem Rückzug so sehr beschäftigt, dass mir die ganze Bedeutung dieses Gesprächs erst aufging, als die beiden sich längst getrennt hatten, die Frau wieder in einem der Häuser verschwunden und der Mann irgendwo im Berg verschluckt worden war. Wir waren dem Ziel unseres Unternehmens greifbar nahe!

Wir zogen uns hinter eine Bodenwelle zurück und warteten. Es dauerte nicht lange, und in der Finsternis schräg unter uns wurde ein Licht sichtbar und ein Mann, der zum Hof hinaufstieg. Und nach einer kleinen Weile sahen wir Viriatus den Berg herauf zurückkommen und zu seinem Mädchen gehen. Die Bahn war frei.

Ich sagte Tasso, er solle uns führen, und nahm ihn am Halsband. Ungeduldig zog er mich vorwärts. Er brachte uns geradewegs bergab. Plötzlich führte er sich so aufgeregt und wild auf, dass mir klar wurde: Er hatte die Spur des Onkel Bellinus gefunden. Ich tastete um mich und merkte, dass wir am Eingang eines Stollens stehen mussten. Aber wie sollten wir ohne Licht unser Vorhaben ausführen?

Da sagte Addedus: »Wartet mal hier auf mich! Ich glaube, ich habe Rauch gerochen. Hier muss irgendwo in einem der Gänge ein Feuer schwelen. Ich versuche, es zu finden.« Ich wollte ihn zurückhalten, aber er war schon verschwunden.

Die Wartezeit wurde endlos. Tasso zog und zerrte an seinem Halsband, riss mir beinahe den Arm aus und ließ sich nicht beruhigen. Larthia begann in ihrer Sprache irgendetwas vor sich hin zu sprechen. Ich fragte sie, was sie da sage, aber sie sprach unbeirrt für mich unverständlich weiter. Endlich begriff ich, dass sie betete.

Dann kam Addedus zurück. Er hatte es tatsächlich geschafft, das Abbaufeuer zu finden, das in einer Aushöhlung unterhalb unseres Stolleneingangs schwelte. Dort hatte er Leuchtspäne genug vorgefunden und gleich drei Fackeln an der Glut entfacht. Im Schein dieser Leuchten drangen wir in den Stolleneingang ein, von Tasso ungeduldig vorwärts gezerrt. Es ging in einem mannshohen Stollen schräg in die Tiefe des Berges hinein. Mit Verwunderung sah ich die starke, lückenlose Verzimmerung des Stollens. Ich wusste ja nicht, dass diese Balkendecke einen mehr als haushohen Schuttberg aus verstürztem Gestein zu tragen hatte.

Erinnerst du dich an das, was ich dir vorhin über ein Kupferbergwerk erklärt habe, Nennius? Wir gingen in dem unteren Stockwerk des Stollens, in dem gezimmerten Tunnel, von dessen Dach aus der eigentlich Erzabbau betrieben wurde.

Als wir ein ganzes Stück vorgedrungen waren, blieb Tasso plötzlich stehen, begann am Boden zu kratzen und zu jaulen. Ich leuchtete den Boden ab und sah, dass er an dieser Stelle nicht aus Gestein bestand, sondern aus Balken, zwischen denen Spalten frei gelassen waren. Diese Balken machten schon einen älteren Eindruck. In die Mitte der Balken aber war ein Loch gesägt und in dieses Loch eine Falltür eingesetzt. Eine Falltür aus starkem, frischem Holz, verriegelt mit zwei gewaltigen Holzriegeln, zusätzlich verrammelt mit zwei Balken. Tasso kratzte und jaulte. Aber noch etwas anderes war zu hören. Aus der Tiefe drang ein merkwürdiges Geräusch: eine Art Dröhnen und Sägen. Mir lief eine Gänsehaut über den Rücken hinunter. Doch dann musste ich gleichzeitig lachen und weinen – dieses Geräusch war ja nichts anderes als ein vielstimmiges Schnarchen!

Addedus und ich gaben Larthia unsere Fackeln, und dann begannen wir mit fliegenden Händen, die Verriegelung der Falltür zu lösen. Sie ließ sich mühelos öffnen. Ich nahm meine Fackel wieder und leuchtete nach unten.

Ein senkrecht in die Tiefe stürzender Schacht gähnte mir entgegen. Du kannst dir ja denken, dass das einer der Schächte war, welche im Berginnern die übereinander liegenden Stollen miteinander verbanden, wie ich es dir erklärt habe. In so einen Schacht also leuchtete ich hinunter. Ich konnte nichts erkennen. Aber ich wurde erkannt.

Es war die Stimme von Manduus, die ich plötzlich aus der Tiefe hörte: »Diviciacus! Junge, träume ich, oder bist das wirklich du?!«

Du kannst mir glauben, dass ich über den Klang dieser Stimme so froh war wie nur irgend möglich. Nun sah ich Manduus auch. Weit unter mir stand er auf einem schmalen Absatz, der ein wenig in den Schacht hineinreichte, und sah zu mir hoch. Unsere Männer waren da unten auf halber Höhe des Schachtes in einem toten Seitengang gefangen. Der Weg nach unten war ihnen versperrt, da das Bergwerk in der Tiefe bereits verstürzt und verschüttet war. Den Weg in die Höhe aber hatten wir soeben geöffnet.

Von da an war alles ganz einfach. Ich musste nicht mehr selber überlegen, was zu tun sei, ich musste nur die Anweisungen von Manduus ausführen. Er trug mir auf zu suchen, ob da ein Kübel mit einem starken Strick sei, in dem man ihnen ab und zu etwas Essbares in die Tiefe gelassen habe. Noch bevor ich suchen konnte, hatte Addedus ihn mir schon in die Hand gedrückt. Manduus hieß mich das Seil um einen der Bodenbalken binden und zu ihm herablassen. Ich tat es. Inzwischen hatte er die anderen Männer geweckt. Wenig später war Manduus zu mir heraufgeklettert, und einer nach dem anderen folgten ihm die Krieger. Die beiden ersten, die nach ihm kamen, schickte er gleich zum Wachehalten an den Stolleneingang und forderte mich auf, ihnen mein Messer zu geben. Ich hatte ja keines mehr, aber Addedus gab sein Messer.

Kannst du verstehen, Nennius, wie ungeheuer befreiend es war, alle Verantwortung aus der Hand legen und diesem Mann überlassen zu können, der sie mit solcher Sicherheit trug? Ich hielt Larthia im Arm und war sprachlos vor Glück. Und doch stand mir der ärgste Schrecken noch bevor.

Die Männer hatten Addedus, Larthia und mich umringt, lachten, redeten und riefen alle durcheinander. Doch mit einem Mal wurden sie still. Als Allerletzter war mein Onkel aus der Tiefe heraufgeklettert. Nun stand er in dem engen Gang dicht vor mir. Er musterte mich, Larthia und Addedus. Unwillkürlich ließ ich Larthia los.

Ich sah meinen Onkel an. Er erschien mir sehr fremd und sehr verändert. Seine Rüstung fehlte, seine Kleidung war zerfetzt, auf seiner Stirn klaffte eine blutverkrustete Wunde, aber das alles war es nicht, was mich beunruhigte. Es war etwas in seinem Ausdruck, das ich nicht verstand. Er war nicht mehr der Mann, den ich hatte wegreiten sehen. Ich weiß kaum, wie ich es beschreiben soll. Er war wie ein Mensch, für den das Leben keine Bedeutung mehr hat.

Er fragte mich knapp, wie ich hergekommen sei und was das für Kinder an meiner Seite seien. Mir wurde bewusst, wie viele Verbote meines Onkels ich missachtet hatte und wie schwer es war, ihm meine Bekanntschaft mit Addedus und Larthia zu erklären, ohne Ati zu verraten. Ich stotterte etwas davon, wie wir die Stelle des Überfalles gefunden hätten, wie wir den Auszug von Lugotrix und seinem Heer beobachtet und wie wir schließlich ihr Gefängnis entdeckt hätten. Er strich mir durchs Haar und sagte nichts als: »Danke, Diviciacus.« Dann gab er Larthia und Addedus die Hand und dankte auch ihnen. Er fragte nicht, wieso ausgerechnet wir drei uns zusammengetan hatten. Er schien sich nicht mehr daran zu erinnern, dass er mir den Umgang mit den Etruskern verboten hatte – oder er schien das jetzt nicht mehr wichtig zu nehmen. Ich atmete auf.

Manduus ließ sich hören: »Bergherr, wenn Lugotrix schon

seit heute Morgen ins Salzbergtal unterwegs ist, müssen wir uns mehr als beeilen. Wir müssen sie einholen, ehe sie unseren Berg erreichen, sonst ist alles zu spät!«

Der Onkel erwiderte: »So? Einholen willst du sie? Die einen ganzen Tag Vorsprung haben? Und wenn du sie eingeholt haben solltest, was dir nie gelingen wird, willst du sie dann mit den bloßen Händen daran hindern, mit ihren Waffen gegen unsere Leute vorzugehen?«

Schweigen breitete sich nach diesen Worten aus, wurde greifbar, fühlbar.

Mir war, als würde ich in dem tiefen Schacht vor meinen Füßen versinken. Da hatte ich alle Hoffnung in die Befreiung dieser Männer gesetzt, und nun war es doch zu spät.

Nach langer Pause fuhr der Onkel fort: »Aber es gibt eine Lösung, Manduus, und die werdet ihr ausführen. Der Karawanenweg ist nicht die einzige Möglichkeit, von hier zum Salzberg zu gelangen. Es gibt einen viel kürzeren Weg, durch das Tal des Urbaches und über die Berge im Westen des Salzberges. Der Weg ist schlecht und kaum bekannt, aber gangbar. Den werdet ihr finden und gehen. Und vor Lugotrix im Salzbergtal sein. Meine Waffenkammer führt nicht mehr die schönsten Waffen, aber ausreichende. Mit denen wird es euch ja wohl gelingen, den Salzberg zu verteidigen. Wenn du das nicht könntest, Manduus, dann hätte ich dich wahrhaftig umsonst ausgebildet. Geht! Ihr alle hört auf den Befehl von Manduus! Rettet den Salzberg für euch, für eure Familien und für Diviciacus, euren zukünftigen Herren! Und jetzt macht euch auf und lasst mich allein und vergesst nicht, hinter mir die Falltür wieder zu verriegeln, wenn ich in diesen Schacht zurückgestiegen bin! Der Wächter braucht ja nicht gleich zu merken, dass seine Gefangenen bis auf einen geflohen sind.«

Und damit drehte er sich um und machte tatsächlich Anstalten, in den Schacht zurückzusteigen. Ich schrie laut auf. Dann hängte ich mich an ihn und rief: »Onkel! Das darfst du nicht tun! Wenn du nicht mit uns kommst, dann ist doch alles umsonst!«

Er umarmte mich und sagte leise: »Umgekehrt, Diviciacus. Glaube mir, es ist umgekehrt. Wenn ich mit euch mitkomme, dann ist alles umsonst. Es ist ein Fluch, Diviciacus, ein Fluch, der auf mir liegt und der beinahe euch alle mit ins Verderben gerissen hätte. Das habe ich in den letzten Tagen erkannt. Ich danke den Göttern, dass sie euch verschonen. Und jetzt lass mich los, Diviciacus, und lass mich tun, was ich tun muss.«

Ich rief aus: »Aber ich habe die Maske in den See geworfen! Und Addedus hat die Hände auf den höchsten Felsen gebracht! Der böse Zauber ist gebrochen! Du kannst mit uns kommen!«

Da sah er mich belustigt an und sagte: »Glaubst du immer noch an die Zaubereien von Lugotrix? Nein, mein Junge, weder mit der Maske noch mit den Bronzehänden hat der Fluch zu tun, den ich auf mich gezogen habe, und nichts als mein Tod kann ihn löschen.«

Manduus legte mir die Hand auf die Schulter und sagte: »Komm, Diviciacus. Wenn der Bergherr es so will, müssen wir gehorchen.« In diesem Augenblick merkte ich, was mir mein Onkel bedeutete, wie sehr ich ihn nicht nur bewunderte, sondern liebte. Alle Rettung schien mir sinnlos, wenn er sie mit seinem Leben bezahlen wollte.

Ich war verzweifelt. Aber ich ließ meinen Onkel los und ging mit Manduus. Larthia fasste ich bei der Hand, um sie hinter mir herzuziehen.

Doch Larthia riss sich heftig von meiner Hand los und kniete bei meinem Onkel nieder, der eben daran war, sich wieder in den Schacht hinabzulassen. Sie fasste seine Hand und sagte langsam, laut und überdeutlich: »Bergherr! Es gibt kein Fluch! Eure Tochter lebt. Ati. Sie Ati heißt.« Dann drehte sie sich zu mir um und sagte Hilfe flehend: »Sag doch, Diviciacus! Sag ihm!«

Ich war starr vor Entsetzen. Was war in Larthia gefahren? Larthia, ausgerechnet Larthia, hatte Ati verraten! Mein Onkel schwang sich wieder aus dem Loch, sprang auf die Beine und packte mich am Arm. Er drückte meinen Arm so fest, dass ich die Zähne zusammenpressen musste, um nicht aufzuschreien.

»Ist das wahr, Diviciacus?«, fragte er mich.

Ich nickte mühsam. Nun war schon alles gleich.

»Wo ist sie?«, fragte er weiter.

»Bei Larthias Mutter Tullia. Ich habe sie vom Adlerfelsen gerettet, und Larthia und ihre Mutter haben sie aufgenommen.«

Der Onkel ließ mich los. Dann schlug er die Hände vors Gesicht. Als er sie wieder herunternahm, war sein Gesicht tränenüberströmt, aber es strahlte. Laut rief er aus: »Den gnädigen Göttern und euch Kindern sei Dank, dass diese Schuld von mir genommen ist! Larthia, du hast Recht, es gibt keinen Fluch, wenn ich meine Tochter nicht umgebracht habe. Eines Tages werde ich mich bei euch richtig für das bedanken, was ihr für mich und Ati getan habt. Aber jetzt wollen wir Lugotrix zeigen, wer wirklich der Herr vom Salzberg ist!«

Es war wie ausgewechselt. Voller Lebenskraft und Heiterkeit. In kürzester Zeit waren unter seiner Anleitung die Lastenträger befreit, die in einem anderen Teil des Bergwerks gefangen waren, und schon eilten wir den Berg hinunter, um Lugotrix zuvorzukommen. Die Leute vom Kupferberg schliefen noch ahnungslos.

Mein Onkel ging mit raschen Schritten an der Spitze unserer Schar. Er trug Larthia auf seinen Armen, als wiege sie nichts. Larthia wäre nicht mehr in der Lage gewesen, diesen

Eilmarsch durchzuhalten. Aber was machte das! Jeder der Männer wäre glücklich gewesen, sie tragen zu dürfen. Sie hatte den Weg gefunden, den weder Junge noch Mann finden konnte. Sie hatte meinen Onkel wahrhaft befreit und allen Männern den Anführer zurückgegeben, den sie in dieser schwierigen Lage brauchten.

Obwohl sie unsere Sprache nur mühsam beherrschte, hatte Larthia als Einzige verstanden, von welchem Fluch mein Onkel redete. Nur sie begriff, dass mein Onkel glaubte, durch seine Schuld sei das ganze Verhängnis über uns gekommen, durch seine Schuld: weil er seine Tochter ausgesetzt hatte. Manche Dinge versteht man mit dem Herzen besser als mit den Ohren. Und obwohl sie ja nicht sicher sein konnte, dass sie den Bergherren richtig verstanden hatte, hatte sie den Mut aufgebracht, ihrem Herzen zu folgen. Trotz aller Angst um Ati und um mich und um ihre Familie. Siehst du, Nennius, von diesem Augenblick an weiß ich, was weibliche Kühnheit ist.

Wir hatten uns aus dem Bergwerk Leuchtspäne in reichlicher Anzahl mitgenommen, und im Lichte dieser Fackeln kamen wir rasch voran. Hätten die Leute vom Kupferberg in dieser Nacht aus ihren Häusern geschaut, so hätten sie uns leicht entdeckt. Aber in Abwesenheit ihres Herrn Lugotrix schliefen sie offensichtlich gut. Um den Hof von Lugotrix schlugen wir einen weiten Bogen. Das Morgengrauen fand uns bereits an der Einmündung zum großen Flusstal.

Besorgt fragte ich meinen Onkel, wie wir denn über die Brücken gelangen sollten, die von drei bewaffneten Kriegern bewacht werde, aber er lachte nur. Als wir uns der Brücke näherten, hieß er uns im Schutz des Waldrandes warten. Dann schlich er sich mit Manduus und einem weiteren seiner Krieger behutsam an die Brücke heran. Die Wächter standen am

Brückenanfang und schauten über den Fluss der aufgehenden Sonne entgegen. Dann ging es ganz schnell. Mein Onkel, Manduus und der dritte sprangen gleichzeitig los, jeder landete auf dem Rücken eines der Wächter, und ehe diese Zeit gehabt hatten, auch nur ihre Waffen zu heben, waren sie bereits gefesselt und ins Gebüsch gelegt. Über Stricke verfügten wir ja mehr als genug durch die Fesseln der Lastenträger. Addedus selbst hatte mit seinem Messer voller Stolz die Fesseln aller Träger zerschnitten. Lugotrix hatte nicht den Fehler begangen, unseren Kriegern auch nur ein einziges Stück Metall zu lassen.

Im Morgenlicht schaute ich mir nun endlich die Männer genauer an. Alle sahen sie abgerissen und blass aus, und viele von ihnen waren verwundet. Aber sie stürmten wild entschlossen voran. Doch ich musste feststellen, dass einige der bekannten Gesichter fehlten. Die Überfälle, und vielleicht auch die Gefangenschaft im Berg, hatten ihre Opfer gefordert.

Von den acht Kriegern, die seinerzeit die erste Karawane geleitet hatten, waren nur noch vier am Leben. Da sie am längsten unter der Gefangenschaft im Berg zu leiden gehabt hatten, waren sie am ärgsten von Kräften. Sie sahen nicht nur krank und ausgezehrt aus, sie hatten auch große Schwierigkeiten mit ihren Augen. Seit die Sonne aufgegangen war, mussten sie mit verbundenen Augen gehen und sich führen lassen, denn nach der langen Finsternis waren sie nicht mehr ans Licht gewöhnt. Und dennoch hörte man von ihnen keinen Ton der Klage.

Bis in den Vormittag hinein gingen wir auf dem Karawanenweg der Sonne entgegen, doch dann bogen wir unter der Führung meines Onkels nach Norden in ein Bachtal ab. Man musste die Augen schon sehr gut offen halten, um hier auch nur die Andeutung eines Pfades erkennen zu können, aber der Onkel behielt Recht: Der Weg war gangbar.

Mittags rasteten wir am Bach. Larthia verteilte ihre letzten Essensvorräte an die Krieger der ersten Karawane. Wir anderen tranken Wasser und kühlten unsere Füße. Einige Männer pflückten sich am Bachrand die fleischigen Blätter der Pestwurz, die dort in Massen wuchs. Mit deren Saft behandelten sie ihre Wunden. Alle waren froh über die Rast, aber bald gab mein Onkel das Zeichen zum Aufbruch.

Ich war schrecklich müde und hatte das Gefühl, keinen Schritt mehr gehen zu können. Heimlich beneidete ich Larthia, die inzwischen auf einem aus Ästen zusammengebundenen Tragstuhl von zwei geübten Lastenträgern getragen wurde. Aber ich war doch zu stolz, meine Schwäche zuzugeben, und hielt mit den Männern Schritt. Addedus lief, als sei er eben erst aufgewacht.

Wir erreichten die Quelle des Baches und bald darauf eine Anhöhe, einen Bergsattel. Hier ging der Blick frei. Saftige Wiesen zogen sich über flache Hänge. Verstreut lagen einige Bauernhöfe. Auf den größten dieser Höfe gingen wir zu. Ein Hund bellte, Tasso antwortete. Eine Bäuerin trat aus der Tür. Als sie uns auf ihren Hof zukommen sah, verschwand sie wieder. Nun traten der Bauer und ein Knecht heraus, sahen uns voller Misstrauen entgegen. Kein Wunder, wir machten ja einen mehr als heruntergekommenen Eindruck.

Mein Onkel hieß die anderen warten. Dann legte er mir die Hand auf die Schulter und ging mit mir zum Bauern. Der Bauer ergriff eine Mistgabel und hielt sie uns wie eine Lanze entgegen. Ich bekam Angst. Aber Onkel Bellinus lächelte nur. Ganz ruhig nahm er dem Bauern die Gabel aus der Hand und erklärte ihm, wer wir seien und dass wir etwas zu essen bräuchten. Er sagte das mit so viel Sicherheit, dass der Bauer ihm glaubte. In diesem Augenblick begriff ich, dass Kleidung, Schmuck und Waffen allein einen Herren nicht ausmachen.

Auf das Versprechen meines Onkels, er werde sie später reichlich dafür lohnen, bewirtete uns die Bauernfamilie mit allem, was sie hatte. Nach dem Essen hätte sich wohl jeder gerne zum Schlafen ins Heu gelegt, aber wir mussten weiter. Es ging nun nach Norden leicht bergab ins Tal, und bald gesellte sich ein neuer Bach zu unserem Weg. Am Abend erreichten wir das Dorf, von dem aus wir uns den Weg über die Berge ins Salzbergtal suchen mussten.

Wir übernachteten im Dorf. Ich hätte tagelang schlafen können, aber schon im ersten Morgengrauen ging es weiter. Der Aufstieg war hart, mühsam und endlos. Doch für alle Strapazen entschädigte uns der Augenblick, in dem wir vor der Höhe aus in das jenseitige Tal sehen konnten. Dort sahen wir das Dorf von Addedus und den See, an dem ich mit Addedus vorbeigekommen war, und hinter diesem Tal nicht nur die Gipfel des Wilderstein, sondern auch unseren Salzberg.

Mitten in der Nacht erreichten wir endlich unser Salzbergtal. Ich war so erschöpft, dass ich weit zurückblieb. Addedus wartete auf mich und ging geduldig neben mir. Als Allerletzte erreichten wir beide den Bergherrenhof. Ich trat genau in dem Augenblick durch das Tor, als der gute alte Marus meinem Onkel unter Tränen erklärte, ich sei seit Tagen verschwunden, und alles sei allein seine Schuld.

»Marus!«, rief ich aus und rannte ihm in die Arme. Er hob mich hoch, er drückte mich, er schüttelte mich, er umarmte mich, er küsste mich ab. Dann begann er mit mir zu schimpfen, so heftig und doch so liebevoll zu schimpfen, wie ich es unmöglich wiedergeben kann. Ich kam gar nicht zu Wort, um ihm alles zu erklären.

Da sagte mein Onkel lachend: »Lass den Jungen leben, Marus! Ihm und den beiden anderen Kindern haben wir alle unser Leben zu verdanken. Aber noch müssen wir es verteidigen!«

Dann schickte er uns Kinder ins Bett und begann den Kriegern Anweisungen zu geben. Mit dem sicheren Gefühl schlief ich ein, dass draußen im Hof sich der Bergherr um alles kümmerte, was zu unserer Verteidigung nötig war.

Von lauten Rufen wachten wir auf. »Die Feinde!«, hörte ich die Stimme eines Kriegers. »Sie sind im Anmarsch!«

Aufgeregt rannten wir zum Hoftor und ins Tal. Eine Gruppe von Leuten kam den Hang herauf. Doch noch waren es nicht die Feinde. Es war die Familie von Larthia mit ihren Knechten und Mägden. Mein Onkel hatte sie heraufholen lassen, um sie hier oben vor Lugotrix zu schützen. Nun ging er ihnen entgegen. Larthia und ich liefen ihm nach. Larthia winkte ihren Eltern von weitem, denn nicht nur ihre Mutter war zu sehen, sondern auch ihr Vater Tarquinius, der also von seiner Reise in den Norden zurückgekehrt war.

Mein Onkel begrüßte die Etrusker. Tullia hatte einen Säugling im Arm. Obwohl sein Haar von einem Häubchen verdeckt war und sie den kleinen Kopf des Kindes an ihre Brust drückte, erkannte ich gleich, dass dies Ati sein musste. Tullia hatte Larthias kleinen Bruder einer Magd auf den Arm gegeben, um Ati vor meinem Onkel als ihr eigenes Kind auszugeben und so vor ihm zu schützen.

Mein Onkel schaute dieses Köpfchen an, dann sagte er leise: »Tullia, ich weiß, dass ich das Recht dazu verwirkt habe. Würdest du mir trotzdem erlauben, meine Tochter in den Arm zu nehmen?«

Tullia sah ihn überrascht an. Dann gab sie ihm Ati. Er hielt Ati im Arm, fuhr ihr unendlich sanft über das Gesicht und küsste ihr kleines Muttermal am Hals, das so sehr an Tante Cartismandua erinnerte. Ati lachte und griff ihm an die Nase.

Ich glaube, unter uns allen war nicht einer, dem in diesem Augenblick nicht die Tränen in den Augen standen. Dann reichte er die kleine Ati an Larthia weiter und gab seine letzten Anweisungen zur Verteidigung der Siedlung.

Uns Kinder schickte er ebenso wie die etruskische Familie in den Bergherrenhof. Das Tor wurde geschlossen. Über die Hälfte aller Krieger war auf Befehl meines Onkels im Bergherrenhof geblieben. Nun bezogen sie ihre Posten auf den Wehrgängen. Manduus hatte das Kommando über alle. Er stieg auf den Wachturm und erlaubte Addedus und mir, mit ihm zu kommen. Mein Onkel ging mit den restlichen Kriegern das Salzbergtal hinab bis zum Wehrturm. Ich sah ihm nach. Er sah nicht so prächtig aus wie sonst, denn er trug nur einen einfachen Bronzehelm und keinen Brustpanzer. Sein großer Schild war ebenso schmucklos wie sein gewaltiges Eisenschwert. Alle seine Prunkwaffen hatte er ja an Lugotrix verloren. Und doch war ich ungeheuer stolz auf ihn, als ich ihn da den Feinden entgegengehen sah.

Was als Nächstes geschah, bekam ich nicht mit. Ich hatte geglaubt, der Onkel würde am Eingang unseres Hochtales gegen die Leute von Lugotrix kämpfen und die Angreifer zurückzuschlagen versuchen. Er tat es nicht.

Nach langem Warten sahen wir sie alle das Salzbergtal heraufkommen. Meinen Onkel neben Lugotrix, der sein Pferd am Zügel führte, unsere Krieger neben denen von Lugotrix. Auf der Wiese unterhalb des Bergherrenhofes hielten sie an.

»Was hat das zu bedeuten, Manduus?«, fragte ich ratlos. Ich sah Manduus an. Dieser war sehr blass geworden.

»Oh ihr heiligen Götter!«, antwortete er. »Diviciacus, das bedeutet, dass der Bergherr den Lugotrix zum Zweikampf gefordert hat. Dein Onkel will das allgemeine Blutvergießen verhindern. Jetzt hängt unser aller Zukunft einzig vom Arm des Bergherren ab.« Manduus presste mir die Hand. »Lugotrix ist ein gewaltiger Krieger. Und dein Onkel ist geschwächt durch seine Verletzung und durch die Gefangenschaft. Warum geht er die Gefahr dieses Zweikampfes ein! Hätte er nicht dieses eine Mal weniger heldenmütig und weniger hochherzig sein können!«

Ich erschrak. Wenn Manduus sich fürchtete, dann musste wirklich Grund zur Furcht bestehen. Aber am allermeisten erschreckte mich der Anblick des Schwertes, das Lugotrix eben zog. Das Schwert mit dem Griff aus Elfenbein und Bernstein. Das Schwert, auf dem die Prophezeiung lag. Das Schwert, das den zum Herrn des Salzberges machen sollte, der es führte.

Die Krieger hatten schweigend einen großen Kreis gebildet. In der Mitte dieses Kreises begannen nun mein Onkel und Lugotrix miteinander zu kämpfen. Sie kämpften ohne Schild. Nur Schwert gegen Schwert. Ich schloss die Augen. Ich brachte es einfach nicht fertig, hinzusehen. Lange hörte ich das harte Schlagen der Schwerter aufeinander. Und dann einen Jubelschrei von Manduus. Hoffnungsvoll öffnete ich die Augen. Mein Onkel hatte dem Fürsten Lugotrix das Schwert aus der Hand geschlagen. Am Boden lag es zwischen ihren Füßen. Und die Spitze des Schwertes meines Onkels richtete sich genau auf den Hals von Lugotrix.

Der Onkel befahl einem seiner Krieger, das Schwert mit dem Griff aus Elfenbein und Bernstein aufzuheben und ihm zu geben. Er nahm es in die linke Hand. Dann sagte er zu Lugotrix: »So, Lugotrix, nun ist das Schwert wieder mein. Nun ist dir hoffentlich klar, dass du niemals Herr des Salzberges werden kannst. Ich könnte dich töten und mit dir all deine Männer. Aber ich tue es nicht. Ich habe nicht vergessen, dass du einmal mein Freund warst, auch wenn du dich als der übelste aller Feinde erwiesen hast. Geh! Verschwindet alle von hier und wagt nicht, jemals wieder einen Fuß auf mein Gebiet zu setzen!«

Damit warf er Lugotrix das einfache Schwert, mit dem er ihn besiegt und bedroht hatte, vor die Füße und trat einen Schritt zurück.

Lugotrix schwieg. Dann bückte er sich langsam und hob das Schwert auf. Er schien es an seinem Gürtel befestigen zu wollen. Doch plötzlich riss er es hoch, schwang es über den Kopf und stürzte sich damit auf meinen Onkel. Mir war, als erfüllte ein einziger Schrei unser Tal. Mein Onkel sprang zur Seite. Er hielt sein Schwert noch immer in der Linken. Doch auch seine Linke war stark genug. Mit einem einzigen Hieb tötete er den verräterischen Feind.

Hinter mir hörte ich Addedus inbrünstig sagen: »Das Schwert dem Rechten. Den Tod dem Schlechten.«

Siehst du, Nennius, so hat sich die Prophezeiung der Urma tatsächlich erfüllt. Dieses Schwert war es, das Schwert mit dem Griff aus Elfenbein und Bernstein, das darüber entschieden hat, wer in Zukunft der Herr des Salzberges sein würde. Mein Onkel hat dieses Schwert von da an nicht mehr abgelegt, und nach seinem Tode habe ich es ihm mit ins Grab gegeben. Es wird nie mehr in unrechte Hände geraten können.

Mein Onkel befahl den Männern von Lugotrix, ihre Waffen und ihren Schmuck abzulegen und die Pferde zurückzulassen. Dann ließ er sie unbehelligt davonziehen. Sie schlichen sich aus unserem Tal wie schuldbewusste Kinder und nahmen den Körper des toten Lugotrix vom Kupferberg mit sich.

Wir aber feierten ein Fest, wie es glücklicher und dankbarer niemals in unserem Hof gefeiert worden ist.

Nennius und Gentius

Nennius hatte mit atemloser Spannung zugehört. Jetzt seufzte er tief und erleichtert auf und sagte:

»Bin ich froh! Ich hatte schon Angst, dass ganz zum Schluss noch etwas schief gegangen ist.« Nach einer Pause fügte er hinzu: »Was war doch dieser Lugotrix für ein gemeiner Schuft! Oh, wenn ich mir das vorstelle, dann könnte ich vor Wut platzen! Sich als Freund ausgeben, um einen bösen Zauber anzubringen, sich das Schwert erschleichen und dann eine Karawane nach der anderen überfallen! Und dann so ehrlos sein, aus einem Hinterhalt anzugreifen, wo dein Onkel sich nicht wehren konnte! Aber am allergemeinsten war doch, dass er deinen Onkel töten wollte, als dieser ihm gerade das Leben geschenkt hatte. Großvater, ich finde eigentlich, dass dein Onkel viel zu gutherzig war. Lugotrix wollte alle unsere Krieger umbringen. Aber dein Onkel hat die Krieger vom Kupferberg davonziehen lassen!«

»Genau das Gleiche habe ich damals auch zu meinem Onkel gesagt. Und weißt du, was er erwidert hat? ›Wenn ich Gleiches mit Gleichem vergolten hätte‹, so hat er zu mir gesagt, ›dann wäre dir in Lugotrix' Sohn Pellagius ein erbitterter Feind herangewachsen, und der nächste Krieg wäre unvermeidlich gewesen. Oder sollte ich Pellagius und alle unschuldigen Leute vom Kupferberg gleich mit umbringen? Sollte ich einem Unrecht ein noch größeres folgen lassen? Einmal muss ein Ende sein, Diviciacus, und warum dann nicht gleich! Es muss nur einer den ersten Schritt dazu tun, und warum nicht ich?‹ So hat mein Onkel damals geantwortet, und er hat

Recht gehabt. Wir leben seither unangefochten in Frieden. Im Übrigen ist die Zeit der Familie des Lugotrix lange vorbei.«

»Warum?«

»Weil ihr Kupferberg bedeutungslos geworden ist. Schon zur Zeit von Lugotrix war es ja weitgehend verfallen. Lugotrix hat noch einmal einen verzweifelten Versuch gemacht, das Bergwerk zur alten Blüte zu bringen, aber er wusste nur zu gut, dass er damit nicht viel Erfolg haben würde. Wo das Erz leicht zugänglich war, da war es von seinen Vorfahren längst ausgebeutet. Die Mühe aber, es aus tiefen Stollen herauszuholen, lohnte kaum mehr. Keiner ist mehr bereit, Kupfer gegen so hohen Wert einzutauschen wie in der Zeit unserer Vorväter. Mehr und mehr ist das Eisen an die Stelle der Bronze getreten, zu deren Herstellung man das Kupfer braucht. Mehr und mehr sind die Leute vom Kupferberg verarmt. Die reichen Gastgeschenke, die Lugotrix meinem Onkel mitbrachte, stammten wohl eher aus seinen Raubzügen und aus dem Zoll, den er für die Brücke erhob, als aus dem Gewinn des Bergwerks. Denn Salz ist mehr wert als Kupfer. Ohne Kupfer können die Menschen leben, aber ohne Salz sind sie verloren. Ihr Vieh auf den Weiden würde verenden, ihre Vorräte verschimmeln, ihr Leder verderben, und schließlich würden die Menschen selbst krank werden und sterben – ganz abgesehen davon, dass die Speisen fad und reizlos schmecken würden. Das Salz, Nennius, ist eine Quelle des Lebens, und für uns ist es eine Quelle des Reichtums. Es ist ein Wert, der uns ermöglicht, mit allen Teilen der Welt Handel zu treiben, es ist ein Wert, der uns zu den mächtigsten Herren im ganzen Großen Gebirge gemacht hat, auch wenn unser Tal abseits und schwer zugänglich gelegen ist. Wen wundert es, dass dieses Salz den Neid des Herrn vom Kupferberg erregt hat?«

Nennius schaute nachdenklich zum See hinunter. Dann fragte er: »Was war das eigentlich für ein Zauber, Großvater, der Zauber der Maske?«

»Ich weiß es nicht. Es gibt so viele Dinge, die wir nicht wissen. Vielleicht ist es auch besser, nicht alles wissen zu wollen. Onkel Bellinus hat niemals an diesen Zauber geglaubt. Er war überzeugt, dass das ganze Verhängnis durch seine eigene Schuld über uns gekommen ist, weil er in seinem wütenden Schmerz um seine Frau seine Tochter umbringen wollte. Darum wollte er ja auch dafür sühnen.«

»Und was glaubst du?«

»Ich sage dir doch, ich weiß es nicht! Ich weiß nur, dass Lugotrix mit dieser Maske Besitz vom Bergherrenhof nehmen wollte, so wie er sich mit dem Schwert den Sieg zu versichern glaubte. Aber im Grunde war es gerade die Maske, die seinen Plan zerstört hat. Denn wäre ich nicht durch die Maske misstrauisch geworden und hätte mich diese Maske nicht bis in meine Träume hineinverfolgt, so wäre ich niemals aufgebrochen, um meinen Onkel zu suchen. Und ich hätte auch nicht geahnt, wo ich suchen musste. Und so hat sie letztlich das Böse zum Guten verkehrt, die Maske in den See.«

Nennius nickte: »Ja, das ist wahr. Und die Hände, Großvater, wie war es mit der Prophezeiung ›die Hände in die Höh‹? Waren damit eigentlich wirklich die Bronzehände gemeint?«

»Auch das weiß ich nicht. Ich habe oft darüber nachgedacht. Aber es gibt Dinge, die sich uns entziehen, wenn wir sie begreifen wollen. Irgendwie erschien es mir immer sehr richtig, dass wir diese Bronzehände dort zum Opfer gebracht haben, wo Ati beinahe ihr Leben gelassen hätte. Addedus hat später die Hände auf dem Adlerfelsen gesucht, aber sie waren nicht mehr zu finden. Ich ahne nicht, was das zu bedeuten hat. Sicher ist nur eines: Hätte Addedus an jenem Morgen nicht den langen Aufstieg zum Adlerfelsen unternommen, so hätte ich Larthia nicht getroffen. Und ohne Larthia wäre die Rettung meines Onkels nicht geglückt.«

Nennius schwieg. Dann fragte er: »Wie ist es damals eigentlich weitergegangen? Und was ist aus Addedus geworden und aus Larthia und aus Ati?«

»Das Leben ging wieder weiter wie vor dem Besuch von Lugotrix, und doch anders. Wir waren alle nicht mehr die gleichen. Vor allem mein Onkel hatte sich verändert. Er war noch immer ein Herr, der Gehorsam verlangte und erhielt, aber er war nicht mehr so unerbittlich. Er hatte erkannt, dass wir alle manchmal auf das Verständnis und die Hilfe unseres Mitmenschen angewiesen sind. Und er hat nicht vergessen, dass der Sohn eines Salzträgers an unserer Rettung beteiligt war. Nie wieder wurde seither ein Salzträger wie ein Sklave behandelt, nie mehr herrschte so bittere Armut in ihrem Dorf, nie mehr wurde ein Salzträger beerdigt, ohne dass ihm seine Angehörigen wenigstens ein bescheidenes Schmuckstück mit ins Grab geben konnten. Seither haben wir freundlichere Zeiten hier in unserem Salzbergtal. Der Reichtum unserer Familie ist nicht mehr ganz so groß, aber was macht das schon: Noch immer ist er unermesslich. Die Armut der Armen aber ist nur noch eine böse Erinnerung, und darauf kommt es an.

Addedus hat der Onkel angeboten, als Bergknappe im Bergwerk zu arbeiten, aber Addedus wollte nicht. Addedus konnte sich nicht an den Gedanken gewöhnen, das Sonnenlicht kaum mehr sehen zu sollen, keine Wiese und keinen Schnee mehr unter den Füßen zu spüren, den weiten Blick von den hohen Bergen gegen die Enge des Bergwerks zu tauschen. Da fragte ihn mein Onkel, ob er als Rinderhirt bei ihm arbeiten wolle, und das tat Addedus mit Freuden. Er hütete die Herden meines Onkels, und später hütete er meine Herden, und im Winter wohnte er in dem Hof, der für die Etrusker gebaut worden war. Nun ist er schon lange tot, mein Freund Addedus. Wenn man so alt wird wie ich, muss man nach und nach von den meisten Menschen Abschied nehmen, die man liebt. Aber seine Familie, seine Kinder und Kindeskinder wohnen noch dort unten in dem Hof, den du dir gestern angesehen hast.«

»Und Larthia?«

»Ja, Larthia ... « Der Großvater schaute lange zum See hinunter und über die Berge, ehe er weitersprach: »Larthia und ich, wir verbrachten einen herrlichen Herbst und einen herrlichen Winter miteinander. Mein Onkel hatte Ati wieder zu sich genommen und Larthia eingeladen, Ati so oft zu besuchen, wie sie wolle. Überhaupt hatte er für uns alle das Verbot aufgehoben, mit den Etruskern zu verkehren. Larthia kam jeden Tag zu uns. Wir wussten beide, dass sie nicht nur wegen Ati kam. Und mein Onkel gab mir die Nachmittage frei. Ich musste nur noch vormittags im Bergwerk lernen. Jeden Nachmittag verbrachte ich mit Larthia. Sie war wie ein Teil von mir selbst, und doch so ganz anders als ich. Ich konnte mir ein Leben ohne sie nicht mehr vorstellen.

Und dann kam der Frühling, und Larthias Vater Tarquinius erklärte, seine Handelsbeziehungen seien gegründet und seine Pläne erfüllt und es sei Zeit für ihn, nach Etrurien zurückzukehren. Mit der ersten Frühjahrskarawane, die Richtung Süden aufbrach, zog Larthia mit ihren Eltern fort.«

Der Großvater holte ein Lederbeutelchen hervor, das er unter seiner Kleidung auf der Brust getragen hatte, und öffnete es. Behutsam schüttete er den Inhalt auf seine Handfläche. Es war ein Fingerring, aus fein geflochtenen schwarzen Haaren gewunden. »Das hier hat sie mir zum Abschied geschenkt. Ich trage es immer bei mir, und es wird mich ins Grab begleiten.«

Stumm schaute Nennius zu, wie der Großvater den Ring wieder in den Beutel legte und an seiner Brust verbarg. Dann fragte er leise: »War es sehr schlimm für dich, als Larthia wegzog?«

»Ja, sehr schlimm.«

»Wie lange?«

»Sehr lange.«

»Aber eines Tages hörte es auf, schlimm zu sein?«

»Ja, eines Tages hörte es auf, schlimm zu sein. Eines Tages sah ich sogar ein, dass es gut so war. Mein Onkel war es, der mir dabei half. Er ließ mich die Kriegskunst erlernen und verlangte mir jeden Nachmittag so harte Waffenübungen ab, dass ich kaum mehr zur Besinnung kam. Und eines Abends, als er mich einmal gedankenverloren in die Ferne starren sah, trat er zu mir und sagte:

›Du denkst an Larthia, nicht wahr. Ich kann dich verstehen. Ich will dir etwas erzählen, Diviciacus, was dir jetzt nicht helfen wird, aber irgendwann einmal wirst du es begreifen, und dann wird es dir helfen. Als Tarquinius mir mitteilte, dass er seine Rückkehr nach Etrurien plane, da wusste ich, was das für Larthia und dich bedeutet. Nicht dass mich die Aussicht auf eine Etruskerin in unserer Familie begeistert hätte, aber Larthia ist wirklich ein besonderes Mädchen. Außerdem hatte ich ja eine Dankesschuld an euch beide. Also beschloss ich, für dich bei Tarquinius um die Hand von Larthia anzuhalten. Ich habe dir nichts davon gesagt, um keine falschen Hoffnungen bei dir zu wecken. Ich ging also ins Haus von Tarquinius. Ich wurde empfangen, von Tarquinius und Tullia gemeinsam. Und ich bat darum. Tarquinius möge Larthia in meinem Schutz zurücklassen, bis sie alt genug sei, dich zu heiraten, oder er möge mir erlauben, Larthia aus Etrurien für dich hierher zu holen, wenn sie in heiratsfähigem Alter sei.‹

›Und Tarquinius hat abgelehnt?‹, fragte ich zitternd.

›Nein‹, antwortete mein Onkel. ›Tarquinius hat nicht abgelehnt. Auch er war gerührt von eurer Liebe. Tullia hat abgelehnt. Tullia war es, die sagte: Kannst du denn einen Zitronenbaum in das Große Gebirge verpflanzen und erwarten, dass er Frucht bringt? Er wird jämmerlich verkümmern. Deine Welt hier, Herr vom Salzberg, ist zu kalt und zu eng für ein Mädchen aus Etrurien!‹

Zu kalt und zu eng. Ich wollte es erst nicht glauben. Aber dass es Tullia war, Tullia, von der ich wusste, dass sie mir wohlgesonnen war und dass sie ihre Tochter liebte, dass es Tullia war, die dies gesagt hatte, machte mich doch nachdenklich. Später begriff ich den tiefen Sinn ihrer Worte, und dann hörte ich auf, traurig zu sein. Es ist wirklich zu kalt und zu eng hier für ein Mädchen aus Etrurien.

Ich habe Larthia wieder gesehen. Einmal habe ich sie in Etrurien besucht. Ich habe gesehen, dass sie glücklich geworden ist, wie sie es verdient hat. Wir sind immer Freunde geblieben, Larthia und ich. Mit jeder Karawane haben wir Botschaften getauscht und Geschenke. Bis mich vor wenigen Tagen ihr letztes Geschenk erreicht hat. Der Wagen, der die Seele in die andere Welt geleitet. Ich werde mich von ihm geleiten lassen. Und nach meinem Tod soll ihn Atis Sohn erhalten. Wer hätte mehr Recht auf das letzte Geschenk von Larthia als die Kinder und Kindesschar von Ati?«

»Ati? Bitte erzähle mir noch von Ati, Großvater!«

»Ati wuchs heran zu unser aller Freude. Mein Onkel schenkte ihr all seine Liebe, die er einst für ihre Mutter empfunden hatte. Dieses Kind, das er aus Schmerz um den Tod seiner Frau hatte töten wollen, wurde das Glück seines Alters. Sehr alt ist er allerdings nicht geworden. Er starb, kaum dass ich groß genug war, um die Geschicke des Salzberges in die

Hand zu nehmen. Als Ati erwachsen war, habe ich sie mit dem Herrn vom Talweg verheiratet. Fünf Karawanenreisetage von hier am Weg in den Süden beherrscht er das Tal, durch das einer der großen Handelswege führt, der Weg, den unsere Karawanen in den Süden nehmen. Der Herr vom Talweg ist unser Verbündeter. Er hilft uns beim Schutz unserer Karawanen. Und nach ihm wird es sein Sohn tun. Der Sohn von Ati. Ati selbst ist auch nicht mehr am Leben. Ich bin schon zu alt geworden.«

»Oh nein, Großvater, das darfst du nicht sagen!«

»Komm, Nennius, gehen wir zum Hof! Es wird Abend.«

Der Großvater stand auf und begann langsam den Berghang hinabzusteigen. Nennius ging neben ihm her. Keiner sagte mehr etwas, jeder hing seinen Gedanken nach. Als sie den Hof schon fast erreicht hatten, blieb Nennius plötzlich stehen und fragte: »Großvater?«

»Ja?«

»Als du angefangen hast, mir die Geschichte von Lugotrix zu erzählen, da hast du von Unheil und Verhängnis geredet. Aber wenn ich es mir jetzt so überlege, ich meine, wo ich weiß, wie alles ausgegangen ist – dann war es doch eigentlich gar kein Unheil. Dann ist doch dadurch alles besser geworden, oder?«

»Ja, da hast du Recht, und ich freue mich, dass du darauf gekommen bist. Manchmal hadern wir mit dem Schicksal, wenn wir mitten in einem Unglück stecken, und hinterher erkennen wir, dass es so seinen Sinn gehabt hat. Aber jetzt lauf, Nennius, und lass mich allein. Ich habe heute Abend noch viel mit Bardulis von Sticna zu besprechen.«

Nennius nickte und rannte den schmalen Weg zwischen Bergherrenhof und Steilhang bergab bis ans Ende des Hochtals.

Dann suchte er seine Buche auf, kletterte hinauf und blieb dort oben, bis ihn die hereinbrechende Dunkelheit daran erinnerte, dass es Zeit war, nach Hause zu gehen.

In dieser Nacht wachte Nennius wieder durch das unterdrückte Schluchzen von Gentius auf. Er lag da und lauschte diesem verzweifelten Weinen. Es war so finster im Raum, dass er nichts erkennen konnte. Da tastete er sich vorsichtig an das Lager von Gentius heran, fühlte nach dessen Schulter, bekam den Haarschopf zu fassen, strich darüber und flüsterte: »Gentius! Es brennt nicht. Es ist nur ein Traum! Komm, steh auf, geh mit mir nach draußen, da wird es besser.«

Er spürte, wie Gentius sich aufrichtete, erwischte dessen Hand und zog ihn hinter sich her zur Tür hinaus in den Hof. Kühle, klare Sternennacht umfing sie. Sie gingen bis zu der Treppe zum Oberhof und setzten sich auf die Stufen. Im Mondschein zeichneten sich die Zacken der Berge vor dem klaren Sternenhimmel ab.

Gentius seufzte tief auf und sagte: »Schön ist es bei euch. Aber bei mir daheim war es auch schön. Nur gibt es Sticna nicht mehr.«

»Es wird bald ein neues Sticna geben. Dein Vater wird es wieder aufbauen, und es wird schöner werden als das alte!«

»Aber mein Vater hat seinen ganzen Reichtum verloren. Wie soll er Sticna neu bauen?«

»Mein Großvater wird ihm helfen.«

»Meinst du wirklich?«

»Ganz bestimmt.«

»Aber warum sollte er das tun? Er hat doch gar nichts davon! Und überhaupt wundert es mich, warum er so freundlich zu uns ist. Und nicht nur der Bergherr, auch dein Vater und dein Onkel Andrastus!«

»Mich wundert das nicht mehr. Mein Großvater versteht, wie es ist, alles zu verlieren und auf Hilfe angewiesen zu sein. Und ich weiß jetzt, wieso er mit deinem Großvater befreundet war. Dein Großvater hat ihm auch einmal geholfen, und er hätte ihm gerne noch viel mehr geholfen, wenn mein Großvater sich getraut hätte, um seine Hilfe zu bitten. Dein Vater hat Recht gehabt, hierher zu kommen, auch wenn es erst nicht so aussah. Aber das lag nur an Belgius. Belgius ist so gemein. Zum Glück hat er jetzt nichts mehr zu melden.«

»Ja«, sagte Gentius, »zum Glück!«

Schweigend saßen sie nebeneinander und schauten das Salzbergtal hinunter. Nennius betrachtete den kleineren Gefährten verstohlen von der Seite her. Wenn er jetzt sagen würde, ich sei sein Freund, dann würde ich nicht mehr widersprechen, dachte er plötzlich. Aber er wird es nicht mehr sagen, fügte er mutlos in Gedanken hinzu. So blöd ist er nicht, dass er sich nicht gemerkt hätte, was ich ihm alles an den Kopf geworfen habe. Warum kann man Worte nicht zurücknehmen? Warum sind sie für immer da, wenn sie einmal ausgesprochen sind? Wie spöttisch ich war! Und was ich alles gesagt habe: Wie willst du mir schon etwas vergelten, ein Fremder kann nicht mein Freund sein, jetzt bin ich die Verantwortung für dich los, also lass mich in Ruhe, ich bin nicht dein Freund, wie oft soll ich dir das noch sagen, bis du das endlich begreifst! Nun hat er es wohl begriffen. Dabei hat er mir von Anfang an gefallen. Mehr als gefallen. Er hat mich beeindruckt. Er war nur so fremd. Fremd? Auch Addedus war fremd für Großvater, und Larthia und Tullia waren das noch viel mehr, und Algalsus . . . Ach, Großvater!

Nennius hörte die Tür des Herrenhauses. Leise stand er auf und schlich sich die Treppe hinauf. Gentius blieb sitzen. Gentius schließt sich mir nicht mehr an, dachte Nennius und spürte einen Stich in der Brust. Er sah, dass die Männer zur Jagd aufbrachen. Sein Vater, der Vater von Gentius und Belgius.

Wie kann der Herr von Sticna mit Belgius zusammen zur Jagd gehen, schoss es ihm durch den Kopf.

»Guten Morgen!«, grüßte Nennius vernehmlich.

Sein Vater fuhr herum. »Nennius!«, rief er erstaunt. »Was machst du denn hier mitten in der Nacht? Warum schläfst du nicht?«

»Ich dachte, ich könnte dich fragen, ob ich, ob wir, ob wir mit zur Jagd dürfen?«

»Wir?«

»Ja, wir. Gentius und ich. Gentius kann nämlich nicht schlafen, weil er immer vom Feuer träumt.«

Der Vater tauschte einen kurzen Blick mit Bardulis von Sticna, dann sagte er: »Nun gut, hol Gentius her und kommt mit. Aber verhaltet euch ruhig! Wenn ihr uns das Wild scheu macht, dann kriegt ihr es mit mir zu tun!«

Nennius sprang die Treppe hinunter. »Gentius!«, rief er leise. »Komm! Wir dürfen zur Jagd mit!«

Schweigend stiegen sie miteinander das Hochtal hinauf zu den sumpfigen Gelände an der Südseite des Salzberges. Als sie dort anlangten, verblassten die Sterne schon, und fahles Morgenlicht hellte allmählich den Himmel auf. Der Vater bedeutete den Jungen, im Schutz einer Gruppe niedriger Kiefern stehen zu bleiben, dann schlichen sich die Männer vorsichtig näher an die salzhaltige Quelle heran.

Die Jungen sahen, wie umsichtig witternd drei Rehe aus dem Wald traten. Aber der Wind stand günstig. Arglos kamen die Tiere an die Quelle heran und tranken.

Gespannt sah Nennius zu seinem Vater hinüber. Aber weder dieser noch einer der beiden anderen hob den Arm zum Speerwurf. Die Rehe verschwanden wieder.

Es wurde heller und heller. Nennius war enttäuscht. Warum hatten die Männer dieses sichere Jagdglück verschmäht? Dann bemerkte er, wie sich der Herr von Sticna und Belgius anspannten. Beide holten sie gleichzeitig mit dem Speer aus. Ein Eber, ein starkes Tier mit gewaltigen Stoßzähnen, war an der Quelle aufgetaucht. Beide Männer warfen ihre Speere. Beide Speere trafen das massige Tier im Rücken, fuhren tief hinein und blieben stecken. Doch der Eber war nur verwundet. Mit wütendem Aufgrunzen raste er auf die Jäger zu, die furchtbaren Zähne gefährlich vorgestreckt. Unwillkürlich suchten die beiden Jungen Schutz beieinander, umklammerten sich. Aber die Angst war unnötig. Nennius' Vater warf sein Beil und tötete damit das wilde Tier.

Nennius und Gentius schrien vor Schreck und Erleichterung laut auf, doch ihre Väter lachten nur. Sie ließen den Eber ausbluten, dann banden sie ihm mit Stricken die beiden Vorderbeine und die beiden Hinterbeine zusammen, steckten einen starken Ast hindurch und trugen das Tier gemeinsam ein Stück talabwärts. Belgius, Nennius und Gentius folgten ihnen. Als sie das sumpfige Gelände hinter sich gebracht hatten, hielten die Männer auf einem schönen Wiesenstück an und legten ihre Last ab. Gemeinsam setzten sie sich alle auf einen Felsen. Die Männer packten aus ihren Taschen das mitgebrachte Essen aus und teilten mit den Jungen.

Über den Bergen jenseits des Sees ging blendend die Sonne auf. Der Schnee des Wilderstein begann zu strahlen. Auf der Bergwiese traten die unzähligen Frühlingsblumen hervor, die leuchtenden Glocken der Enziane, die gelben Sterne der Arnika, die zarten Fransen der Kuckuckslichtnelke.

Eine Zeit lang schwiegen die Männer und die Jungen, alle miteinander angerührt von der Schönheit dieses Frühlingsmorgens. Dann begann der Vater von Nennius zu sprechen:

»Bardulis, wenn du morgen zum Aufbruch rüsten willst, wie wir es gestern Abend verabredet haben, so bleiben uns noch viele Einzelheiten zu besprechen. Wir sollten die Zeit dafür nutzen.«

Nennius und Gentius hörten dem Gespräch ihrer Väter aufmerksam zu. Sie erfuhren dabei eine Menge, was sie brennend interessierte. Der Bergherr hatte dem Herrn von Sticna angeboten, ihm eine ganze Salzkarawane zur Verfügung zu stellen. Gegen dieses Salz könnte er im Süden des Großen Gebirges an den Handelsplätzen alles erwerben, was er zum Wiederaufbau von Sticna und zur Linderung der größten Not der Bevölkerung brauchen konnte. Später einmal, wenn Sticna aufgebaut, der Hunger bekämpft, die Handwerker wieder bei der Arbeit wären, würde Bardulis von Sticna dem Bergherren oder seinen Erben zurückerstatten, was er ihm schuldete. Doch nicht allein auf diese Karawane beschränkte sich die Hilfe, die Bardulis aus dem Salzbergtal erhalten sollte, sondern auch erfahrene Zimmerleute sollten mitgeschickt werden, die beim Wiederaufbau helfen könnten, und vor allem Krieger. Denn noch immer war damit zu rechnen, dass feindliche Reitertrupps das Land unsicher machten, wenn auch das Heer nach der Plünderung wieder abgezogen war. Nennius' Vater selbst wollte die Gruppe der fünfzehn berittenen Krieger anführen, die das Salzbergtal entbehren konnte.

»Diese Reiter sollen mir nur in den Weg kommen!«, sagte er mit grimmigem Lachen. »Mit denen werden wir zwei schon fertig, Bardulis! Mein Schwert hat lange nichts zu tun bekommen!«

Nennius sah seinen Vater mit unverhohlener Bewunderung an. Er war zweifellos der beste Krieger des Salzbergtales, während sich Onkel Andrastus lieber um das Bergwerk kümmerte. Deshalb würde nach dem Tod des Bergherren die

Herrschaft auch zwischen den beiden Brüdern aufgeteilt werden: Der Vater würde den Schutz übernehmen, Andrastus das Bergwerk.

Während die beiden Männer über die Zusammensetzung und die Bewaffnung der Kriegerschar berieten und die beiden Jungen neugierig zuhörten, saß Belgius mit unglücklichem Gesicht schweigend daneben. Ab und zu streifte er den Herrn von Sticna mit einem Seitenblick, doch der schien dies nicht zu merken, und Belgius schaute wieder zu Boden. Wer ihn beobachtet hätte, der hätte sehen können, wie verzweifelt er mit sich rang. Doch keiner achtete auf ihn. Als die beiden Herren schließlich schwiegen, gab er sich einen Ruck und sagte:

»Herr Bardulis, wäre ich zum Krieger ausgebildet, ich würde Euch anbieten, für Euch in den Kampf zu ziehen. Aber ich bin kein Krieger. Ich bin ein Bergmann. Doch ich verstehe etwas von der Zimmermannskunst. Und ich verstehe mich darauf, Arbeiten zu planen und ihre Ausführungen zu überwachen. Mein Vater hat hervorragende Zimmerleute ausgewählt, die er Euch zur Hilfe beim Wiederaufbau mitschickt. Es sind wirklich gute Handwerker. Aber keiner von ihnen ist ein Baumeister, der die Leitung übernehmen kann. Ich bin noch jung, aber so etwas kann ich. Fragt meinen Onkel, er wird es Euch bestätigen. Darum wollte ich Euch fragen, ob Ihr meine Hilfe beim Wiederaufbau von Sticna annehmen wollt? Ich habe eine große Schuld bei Euch zu begleichen, und ich würde meine ganze Kraft dareinsetzen, Euch durch meine Arbeit sichtbar Abbitte zu leisten. Ich habe eingesehen, wie gemein ich mich Euch gegenüber verhalten habe, der Bergherr hat es mir unmissverständlich genug vor Augen geführt. Und ich möchte Euch nicht nur sagen, dass es mir Leid tut, ich möchte es Euch auch zeigen. Freilich würde es mich nicht wundern, wenn Ihr keinen Wert auf meine Gesellschaft legen würdet.«

Nennius starrte seinen Vater mit offenem Mund an. Bei den ewigen Bergen, dachte er, was muss es Belgius für eine Überwindung gekostet haben, so zu sprechen! Der Angeber Belgius, dem sein Ansehen so viel wert ist und der so ungern mal zurücksteckt, hat sich eine solche Rede abgerungen! Nennius merkte, wie sich ihm das Herz vor schmerzhaftem Mitgefühl zusammenzog, und er wartete voller Angst für Belgius auf die Antwort des Herrn von Sticna.

Dieser gab Belgius die Hand und sagte: »Ich habe schon erklärt, dass ich dir dein Verhalten nicht nachtrage, Belgius, und es war so gemeint, wie ich es gesagt habe. Aber deine Worte eben freuen mich sehr. Ich kann mir denken, wie schwer es für dich war, so zu sprechen, und ich weiß es zu würdigen. Deine Hilfe nehme ich gerne an, wenn der Bergherr dich hier im Bergwerk entbehren kann. Daran, dass du mir eine große Hilfe in Sticna sein kannst, zweifle ich nicht. Aber da wir nun Verbündete sind, lass die steifen Umgangsformen! Sprich mich nicht als Herr an, sondern als Freund.«

Belgius strahlte auf. Er sah so erleichtert und glücklich aus, dass man sich einfach mitfreuen musste.

Der Vater drängte zum Gehen. Es gäbe noch vieles vorzubereiten für den morgigen Aufbruch, erklärte er. Belgius trug mit Bardulis gemeinsam den Eber, der Vater ging nebenher, Nennius und Gentius folgten. Morgen, dachte Nennius, morgen verlässt Gentius unser Salzbergtal. Nun ist es zu spät. Wenn Gentius länger bleiben würde, vielleicht wäre es dann irgendwie gegangen, vielleicht hätten wir dann noch Freunde werden können. Aber so . . .

Doch plötzlich kam ihm ein Gedanke. Und um sich nicht die Zeit zu lassen, es sich wieder anders zu überlegen, sprang er gleich zu den Männern nach vorne und sagte: »Vater, ich möchte dich etwas fragen. Wenn ihr jetzt alle nach Sticna zieht, da ist dort doch alles verwüstet. Da gibt es kein Haus, in dem man wohnen kann. Und vielleicht müsst ihr kämpfen. Und überall sind die verbrannten Trümmer. Wie soll denn Gentius da je wieder ruhig schlafen können, wenn er das alles sehen muss. Er träumt doch so schon jede Nacht vom Feuer! Und da wollte ich dich fragen, ob Gentius nicht hier bleiben kann, ob er nicht bei uns wohnen kann, bis es sich in seiner Heimat wieder richtig leben lässt. Weil . . . « Nennius machte eine Pause, holte tief Luft, und dann sagte er schnell und laut: »Weil wir nämlich Freunde sind!«

Dann schaute er verlegen zu Gentius hin.

Gentius hatte einen ganz roten Kopf bekommen. Noch stärker als sonst rollte er das R, als er bekräftigte: »Ja, wir sind nämlich Freunde!«

Der Vater lachte. Er fasste beide Jungen an ihren Haarschöpfen und zog sie zu sich heran, bis sie mit den Köpfen zusammenstießen. Dann fragte er den Vater von Gentius: »Was meinst du, Bardulis, können wir so grausam sein, zwei frisch gebackene Freunde zu trennen?«

Der schmunzelte: »Können schon. Nur eigentlich nicht wollen, scheint mir. Im Übrigen wäre es mir nicht unlieb. Die Gründe, die Nennius angeführt hat, sind nicht von der Hand zu weisen. Allerdings ist es eine echte Zumutung für eure Familie, wenn ich euch nun auch noch die Sorge für meinen Sohn überlasse.«

»Unsinn. Mein Vater und mein Bruder werden mit den beiden schon fertig werden. Also abgemacht. Gentius bleibt bei uns, bis Sticna wieder aufgebaut ist. Dann schicken wir ihn dir wohl behütet mit einer Karawane nach Hause!«

Nennius umarmte seinen Vater und rief: »Danke, Vater! Du bist doch sehr nett, finde ich!«

Der antwortete lachend: »Ja, das denke ich mir. Am allernettesten bin ich, wenn ich weit wegziehe und nicht darauf achten kann, was du so treibst!«

Nennius grinste. Dann sagte er leise zu Gentius: »Es ist dir doch recht, nicht wahr, Gentius, was ich dir da eingebrockt habe?«

Gentius stieß einen lauten Jubelruf aus: »Und ob es mir recht ist! Wir beide zusammen werden unbesiegbar sein!« Damit sprang er Nennius auf die Schultern, und beide rollten sich laut johlend den Hang hinunter.

»Verschwindet bloß aus meiner Hörweite, sonst bin ich gleich nicht mehr nett!«, drohte der Vater von Nennius.

Da fassten sich die beiden Jungen an den Händen und rannten den Berg hinunter, so schnell sie konnten. Sie rannten bis zum Bergherrenhof.

Gentius wollte in den Hof laufen, aber Nennius sagte: »Nein, komm mit, ich will dir etwas zeigen.«

Sie gingen jetzt langsam, außer Atem von dem rasenden Lauf. Sie gingen unterhalb des Begräbnisplatzes entlang bis ans Ende des Hochtals.

»Willst du zum See hinunter?«, fragte Gentius verwundert.

Nennius schüttelte den Kopf. Dann bückte er sich und bog die Ranken einer Brombeerhecke auseinander. Ein schmaler Durchschlupf wurde sichtbar. Nennius winkte Gentius, ihm zu folgen, und schlängelte sich voran. Am Fuß einer Buche unmittelbar am Abgrund blieb er stehen. Dann kletterte er geschickt hinauf und half Gentius, ihm zu folgen. Gemeinsam setzten sie sich in die Krone des Baumes. Der Wind umbrauste sie, riss in ihren Haaren, verschlug ihnen den Atem. Tief unten im Tal schimmerte dunkel der See. Der Schnee auf den Vorgipfeln des Wilderstein glitzerte in der Morgensonne.

»Schön!«, sagte Gentius voller Staunen.

»Das war mein Geheimnis«, antwortete Nennius, »ganz allein mein Geheimnis. Jetzt ist es unser gemeinsames.«

Das Leben war herrlich.

Am nächsten Vormittag standen Nennius und Gentius neben dem Bergherren am unteren Hoftor und sahen der Karawane und der Schar der Krieger und Zimmerleute nach, die auszogen, um Sticna und das dazugehörende Land wieder aufzurichten. Schweigend standen sie da. Als die letzten Krieger, die die Nachhut bildeten, auf ihren Pferden am Ende des Hochtals verschwunden waren, sagte Nennius: »Großvater, kannst du mir noch einmal den Spruch der Urma sagen, du weißt schon, den Spruch, den du damals nicht verstanden hast?«

»Heil aus Unheil. Freiheit aus Knechtschaft. Liebe aus Hass. Leben aus Tod.«

»Inzwischen hast du ihn verstanden, nicht wahr, Großvater?«

»Ja, ich glaube schon.«

»Was bedeutet er, Großvater?«

»Die Frage kann ich dir nicht beantworten, Nennius. Die Antwort musst du selber finden.«

Phantasie oder Realität?

Eine aufregende Geschichte war dies allemal; eine Geschichte, die euch in eine Zeit geführt hat, die so vollkommen verschieden von der unsrigen ist. Vielleicht fragt ihr euch nun, ob Diviciacus, Addedus und Larthia ihre Abenteuer tatsächlich erlebt haben oder ob es sich um eine zwar spannende, aber erfundene Geschichte handelt. Vielleicht überrascht es euch, doch beides trifft zu. Zwar haben weder Nennius noch Gentius noch alle anderen jemals gelebt, doch ist es nicht auszuschließen, dass sich die geschilderten Begebenheiten einmal tatsächlich so oder ähnlich ereignet haben.

Die Geschichte spielt hauptsächlich im 7. Jahrhundert vor Christi Geburt und damit in einer Zeit, die weit mehr als 2 500 Jahre zurückliegt. Dies ist eine unvorstellbare lange Zeit. Ihr wisst zwar, wie lange eine Unterrichtsstunde in der Schule dauert und wie kurz die Pausen sind. Ihr könnt euch die Länge eines Tages oder einer Woche vorstellen, doch schon euer letzter Geburtstag liegt für euch unendlich lange zurück, selbst wenn erst ein paar Monate seither vergangen sein sollten. 2 500 Jahre, dies ist ein für niemanden mehr so richtig fassbarer Zeitraum. Stellt euch nur einmal vor, ihr würdet für jedes eurer Lebensjahre Legosteine aufeinander setzen; wie hoch würde euer Turm wohl werden, vielleicht zehn Zentimeter, vielleicht 15 Zentimeter? Um bis zu Nennius und zu Diviciacus zu gelangen, müsste der Turm eine Höhe von etwa 27 Metern erreichen, was in etwa der Höhe eines neunstöckigen Hochhauses entspricht.

Schauplatz der Geschichte ist der östliche Alpenraum. Der

N
W
O
S
(Lammer)
Dorf der Salzträger (Gosau)
(Salzach) Strom
Abkürzung durch das Tal des „Urbachs"
„Kupferberg" (Mitterberg)
Brücke
Hof von Lugotrix (Mühlbach am Hochkönig)
(Radstätter Tauern)

(Hallstädter See)
„Salzfluß" (Traun)
Karawanenweg
Enge Schlucht (Koppen-Schlucht)
Tal des Ursprungs
20 km

Hof des Bergherrn liegt in Hallstatt, einem malerischen Dorf am gleichnamigen See, nur wenige Kilometer südöstlich von Salzburg. Auch das Kupferbergwerk hat existiert, und zwar in der Nähe von Bischofshofen, am Hochkönig, oberhalb von Mühlbach. Heute bedarf es nur einer kurzen Fahrt mit dem Auto, um vom Salzbergwerk Hallstatt zum Kupferbergwerk Mitterberg zu gelangen. Etwas länger muss man allerdings fahren, wenn man Sticna besuchen will, eine kleine Ortschaft, etwa 30 km südöstlich von Ljubljana, der Hauptstadt Sloweniens. Ihr werdet dort heute allerdings vergeblich nach Spuren der ehemals großen, blühenden Siedlung suchen. Sie bleiben euch verborgen – nicht aber den Wissenschaftlern, die sich die Erforschung jener weit zurückliegenden Zeiten zum Ziel gesetzt haben. Wir finden Spuren im Gelände, die wir ebenso lesen können wie ein Jäger die Fährten der Tiere. Wir können euch beispielsweise ganz genau zeigen, wo seinerzeit die Mauer verlaufen ist, mit der die Siedlung bei Sticna befestigt war. Natürlich reichen Beobachtungen im Gelände nicht aus, wenn wir etwas über die Menschen in Erfahrung bringen wollen, die dort einmal gelebt haben. Wir müssen versuchen, unter die Erdoberfläche zu schauen, d. h. wir müssen eine Ausgrabung durchführen. Wissenschaftler, die dies tun, nennt man Archäologen. Das Wort stammt aus der griechischen Sprache und bedeutet, frei übersetzt, so viel wie Altertumsforscher. Nun ist die Bezeichnung Archäologe ein Sammelbegriff wie Arzt oder Polizist; uns, die wir im mittel- und nordeuropäischen Raum Plätze wie Hallstatt, Mitterberg oder Sticna erforschen, nennt man Prähistoriker oder Ur- und Frühgeschichtler.

Was finden wir Archäologen, wenn wir den Boden geöffnet haben? Spuren aus vergangenen Zeiten sicherlich, doch wie sehen sie aus? Es gibt nur sehr wenige Dinge, die in unserem

Klima über viele Generationen hinweg eine Lagerung im Boden überstehen. Es sind vor allem Gegenstände aus Stein, Ton oder Metall; gewisse Böden bieten auch für Knochen recht gute Erhaltungsbedingungen. Textilien, Leder und Holz sind hingegen – bis auf seltene Ausnahmen – völlig vergangen. Ihr dürft auch nicht vergessen, dass wir uns mit Zeiten beschäftigen, über die wir keinerlei schriftliche Aufzeichnungen besitzen, denen wir vielleicht die eine oder andere Information entnehmen könnten. Es ist also wahrlich nicht viel, was uns zur Verfügung steht, wenn wir Lebensverhältnisse vergangener Zeiten rekonstruieren. Ihr braucht euch nur einmal in eurer näheren Umgebung umzusehen, um festzustellen, wie wenig Gegenstände überhaupt eine Chance hätten, über Jahrtausende erhalten zu bleiben: vielleicht die Beschläge eures Schrankes, die Türschlösser, die Schnalle eines Gürtels, vielleicht ein Arm- oder Fingerring, Scherben vom Kaffee- und Essservice, das Kochgeschirr, das Essbesteck . . . abgesehen von all den Dingen, die unsere Vorfahren überhaupt noch nicht gekannt haben. Stellt doch mal für euer Zimmer eine Liste mit Zeichnungen von möglichen archäologischen Funden zusammen und lasst danach einen Freund euer Zimmer rekonstruieren – mit den Augen eines Archäologen. Es wird sehr schwierig sein, denn viele Dinge wird er erst gar nicht erkennen und zuordnen können; wie mag er einen Schrank rekonstruieren, von dem er nur noch ein paar Nägel vorfindet, wie die Farbe der Tapete oder die Art des Fußbodens?

Es sind nur ganz dürftige Spuren, die wir in einer Ausgrabung von den Menschen vergangener Zeiten zu Tage fördern können; sie sind ähnlich dürftig wie jene Spuren, die ein Dieb am Tatort zurücklässt. Ihr wisst, dass man sehr sorgfältig versuchen muss, alle Spuren zu sichern, meist geschieht dies in Zusammenarbeit mit verschiedenen Spezialisten. Je genauer man vorgeht, je mehr Spuren gesichert werden, desto höher ist die Chance für die Polizisten, den Fall aufzuklären. Selbst das kleinste, unscheinbarste Detail wird von ihm notiert, vielleicht führt ja gerade diese Spur zur Lösung.

Uns Archäologen geht es nicht anders. Wenn wir zum Tatort kommen, zu der Stelle, wo irgendwelche Hinterlassenschaften unserer Vorfahren entdeckt worden sind, beginnen auch wir mit der Sicherung und Bergung der Spuren; wenn möglich, werden wir dabei andere Wissenschaftler beteiligen: Anthropologen (Wissenschaftler, die sich mit der Entwicklung des Menschen beschäftigen), Zoologen, Botaniker, Geologen, Chemiker usw. Wieder gilt es, mit größter Sorgfalt alle Spuren zu sichern, jedes Detail zu notieren; wir können ja nicht zu einem späteren Zeitpunkt nochmals nachschauen, wenn wir glauben, etwas übersehen zu haben – jede Ausgrabung zerstört die ursprünglich vorhandenen Spuren.

Die Sicherung des Tatortes durch einen Polizeibeamten wie auch die Ausgrabung einer Fundstelle sind zwei zeitlich sehr begrenzte Vorgänge; daran ändert auch die Tatsache nichts, dass es manchmal Jahre dauern kann, bis eine Grabung abgeschlossen ist.

Die eigentliche Arbeit beginnt in jedem Fall erst danach. So wie ein Kommissar vielfach erst nach Tagen, Wochen oder Monaten, nach mühevoller Kleinarbeit, die Lösung eines Falles präsentieren kann, brauchen wir Archäologen Monate und Jahre, bis wir einen Bericht vorlegen können, in dem wir schildern, was uns die Spuren über die Vergangenheit erzählt haben. In einem ganz wesentlichen Punkt werden sich die Ergebnisse von Kriminalistik und Archäologie aber immer voneinander unterscheiden: Der Polizist hat auf Grund der Spuren eine Indizien- oder gar eine Beweiskette erstellt, er hat möglicherweise einen Täter, der seine Schuld eingesteht und somit einen Beweis für die Richtigkeit seiner Schlussfolgerungen liefert. Der Archäologe kann nur eine Indizienkette aufbauen, den Beweis für die Richtigkeit seiner Vermutungen wird er nur selten erbringen können, eine Bestätigung durch einen »Täter« wird er nie erfahren. So darf es euch nicht verwundern, dass die Auswertung und Interpretation einer Ausgrabung durch verschiedene Archäologen, zumindest im Detail, unterschiedliche Ergebnisse zur Folge haben kann.

Was haben nun aber die Archäologen in Hallstatt, am Mitterberg und in Sticna vorgefunden? In Hallstatt gibt es zwei wichtige Fundstellen: den Friedhof und das Bergwerk. Von der Siedlung aus jener Zeit fehlen hingegen bisher jegliche Spuren. Archäologisch ist der Hof des Bergherrn deshalb ebenso wenig nachweisbar wie die Trennung zwischen einem Haus, in dem die Männer wohnten, und einem anderen, in dem die Frauen gelebt haben. Auch das am See gelegene Haus der etruskischen Familie entspringt der Phantasie. Mit Sicherheit hat die Siedlung damals – eben anders als heute – nicht am Ufer des Sees gelegen, sondern irgendwo im Salzbergtal, etwa 400 Meter oberhalb des modernen Dorfes. Erst vor gut 100 Jahren ist am Ufer die erste Straße gebaut worden; bis dahin sind die Menschen dort nur über den See oder über schmale Pfade erreichbar gewesen.

Im Salzbergtal liegt auch der riesige Friedhof, auf dem man zu Zeiten von Diviciacus und Nennius die Toten begraben hat. Die Entdeckung und Ausgrabung des Friedhofes erfolgte bereits vor mehr als 100 Jahren; sie ist insbesondere mit dem Namen des Bergmeisters Johann Georg Ramsauer verbunden. Unter seiner Leitung sind um die Mitte des 19. Jahrhunderts nahezu 100 Gräber geöffnet worden. Hierbei zeigte sich, dass man die Verstorbenen auf zwei verschiedene Arten bestattet hat: Die eine Hälfte der Toten ist vor dem Begräbnis verbrannt worden, die andere Hälfte hat man unverbrannt beigesetzt, also so, wie dies auch heute noch die Regel ist. Warum man nebeneinander verschiedene Arten der Bestattung praktiziert hat, haben wir bisher nicht herausfinden können.

Man hat die Verstorbenen festlich gekleidet und ihnen eine Fülle von Gegenständen in das Grab gestellt, die sie auf ihren Weg ins Totenreich mitnehmen sollten – es ist sehr viel mehr gewesen, als sich archäologisch nachweisen lässt. So sind von der Kleidung nur mehr die metallenen Bestandteile gefunden worden: verschiedenste Formen bronzener Filbeln (eine Art überdimensionierter Sicherheitsnadeln, mit deren Hilfe Kleidungsstücke zusammengehalten wurden, an Stelle der bei uns üblichen Knöpfe oder Reißverschlüsse), bronzene Nadeln, bronzene, teilweise verzierte Bleche, die auf breiten Ledergürteln befestigt waren. Man kennt Schmuck, der sicherlich vorzugsweise von Frauen getragen worden ist: bronzene Armringe, Kettengehänge und prächtige Bernsteincolliers. Anderen Verstorbenen sind Gerätschaften und Waffen in das Grab gelegt worden; Wetzsteine, Messer, Äxte, Beile, Lanzen, Dolche, Helme – und natürlich auch Schwerter von jener Art, wie Lugotrix eines von Bellinus erhalten hat: lange Hiebschwerter mit bronzener oder eiserner Klinge und dem mit Bernsteineinlagen verzierten Elfenbeingriff. In fast allen Gräbern sind tönerne Gefäße angetroffen worden, bei einigen Bestattungen sogar bronzene.

Die Verstorbenen sind sehr unterschiedlich für ihre Reise ins Reich der Toten ausgestattet worden, einige sehr reich, andere ärmlich. Es ist vorstellbar, dass man auf diese Weise erreichen wollte, dass die Toten im Jenseits die gleiche gesellschaftliche Stellung einnehmen konnten wie im Leben. So ist es denkbar, dass ein Schwert, das nur in nahezu zwei Dutzend Gräbern gefunden worden ist, als Kennzeichen einer besonders hoch gestellten Person angesehen werden darf. Allerdings hat man festgestellt, dass nur im 8. und 7. Jahrhundert Verstorbenen ein Schwert in das Grab gelegt worden ist, in der nachfolgenden Zeit scheint an seine Stelle die Mitgabe eines Dolches getreten zu sein. Auffällig ist nun, dass solche Dolche bei einer sehr viel größeren Anzahl von Verstorbenen erscheinen. Sollten beide Waffen als Rangabzeichen angesehen werden dürfen, dann könnte man daraus schließen, dass die unumschränkte Macht des einzelnen Bergherrn in jüngerer Zeit auf eine kleine Gruppe von Menschen übergegangen ist.

Viele in den Gräbern entdeckte Gegenstände lassen weit reichende Handelsverbindungen erkennen, so beispielsweise in das Gebiet des heutigen Jugoslawien oder nach Italien. Einige Gräber weichen in ihrer gesamten Ausstattung so sehr von den übrigen ab, dass vermutet wird, es könne sich um die Bestattungen von Fremden handeln, von Menschen, die der Handel mit Salz von weit her nach Hallstatt geführt hat. Vielleicht sind sogar etruskische Händler nach Hallstatt gelangt: Angehörige jenes in Mittelitalien lebenden Volkes, das sich nicht nur in der Sprache, der Kleidung, der gesellschaftlichen Gliederung, sondern auch durch die Kenntnis der Schrift so gänzlich von den Menschen im Salzbergtal unterschieden haben wird.

Eine ebenso wichtige archäologische Quelle ist das Salzbergwerk, das übrigens auch noch heute in Betrieb ist. Salz besitzt hervorragende konservierende Eigenschaften, und so sind im Bergwerk auch Textilien, Leder und Holz erhalten geblieben. Man hat Fellmützen gefunden, lederne Gamaschen, hölzerne Schuhe mit Leder- und Fellteilen. Man kennt die aus Rinderfellen genähten Tragesäcke, mit denen die salzhaltigen Gesteinsbrocken ans Tageslicht gebracht wurden – jeder von ihnen konnte etwa 45 kg fassen und lässt die Schwere der Arbeit im Berg erahnen. Die hölzernen Schaufeln, die beim Füllen dieser Tragesäcke behilflich waren, sind ebenso entdeckt worden wie die bronzenen, in Holz geschäfteten Pickel, mit denen man das Gestein gebrochen hat. Selbst Fackeln, ohne deren Hilfe die Menschen in den dunklen Stollen nicht hätten gehen oder arbeiten können, sind gefunden worden, auch ein Signalhorn und mit Trittstufen versehene Baumstämme, die als eine Art Leiter eingesetzt worden sind.

Besondere Aufmerksamkeit verdient ein zylindrisches Holzgefäß. Da es mit Wolle sorgfältig abgedichtet worden ist, lässt sich vermuten, dass es zum Transport von Flüssigkeiten eingesetzt wurde; auf Grund der Kratzspuren am Boden könnte es sich hierbei um einen Brei gehandelt haben. Dass auf dem Speiseplan der Bergleute Hirse-, Gerstenbrei und Saubohnen ganz oben gestanden haben, auch dies hat man herausfinden können. Die Bergleute haben die Stollen nämlich auch als Toilette benutzt, und so sind Exkremente aus jener Zeit durch die Konservierung des Salzes bis heute erhalten geblieben. Bei diesen hygienischen Verhältnissen überrascht auch das Ungeziefer nicht, beispielsweise die Kleiderläuse, mit denen sich die Menschen damals nachweislich herumgeplagt haben.

Angesichts dieser vielfältigen Entdeckungen im Berg wird es euch nicht mehr wundern, dass sogar die Leiche eines Bergmannes gefunden wurde, der vor rund 2 500 Jahren im Berg ums Leben gekommen ist. Leider hat man ihn bereits vor 250 Jahren entdeckt, zu einer Zeit, in der man sich über die ferne Vergangenheit noch keine Gedanken gemacht hat – welch unersetzlicher Verlust für die Archäologie.

Die Arbeit im Berg, die sich auf Grund der im Gestein erhaltenen Spuren sehr genau rekonstruieren lässt, wird nicht sehr einfach gewesen sein. So mussten vielfach erst Stollen von über 50 Meter Länge in den Berg getrieben werden, ehe man die Salzadern erreichte. Nachgewiesen wurden bisher Stollen mit einer Gesamtlänge von über vier Kilometern, der tiefste Punkt liegt etwa 330 Meter unter der Erdoberfläche. Eine erstaunliche Arbeitsleistung, denn der Streckenvortrieb ist nur mit etwa einen Meter(!) pro Monat zu veranschlagen. Ob man das ganze Jahr über im Berg hat arbeiten können, erscheint vielen heute zweifelhaft. Man verweist darauf, dass es im Sommer Schwierigkeiten mit der Luftzufuhr im Berg gegeben haben wird, sodass die Arbeiten nur in Wintermonaten durchgeführt werden konnten.

Die mit starken Verunreinigungen durchsetzten Salzbrocken dürft ihr euch natürlich nicht so vorstellen wie das täglich auf dem Esstisch stehende Salz. Man hat es seinerzeit auch weniger zum Würzen verwendet, sondern vornehmlich zum Konservieren leicht verderblicher Lebensmittel. Die in Hallstatt jährlich zu Tage geförderten Salzmengen werden allerdings vergleichsweise gering gewesen sein. Sie haben wohl nur ausgereicht, um ein paar hundert Familien mit Salz zu versorgen. So dürfte Salz in jener Zeit ein außerordentlich kostbarer Stoff gewesen sein, dessen Erwerb sich nur wenige leisten konnten. Andererseits verhalf er den Menschen im Salzbergtal zu großem Wohlstand, und dies nicht nur im 7. Jahrhundert vor Christi Geburt, zu Zeiten von Diviciacus und Nennius, sondern über einen Zeitraum von rund 500 Jahren, vom 10. bis zum 5. Jahrhundert vor unserer Zeitrechnung.

Auch die Erforschung der in 1600 Meter Höhe oberhalb von Mühlbach gelegenen Lagerstätte Mitterberg reicht bis in das vergangene Jahrhundert zurück; die systematische Forschung setzte aber erst vor etwa 35 Jahren ein. In diesem Bergwerk ging es nicht um Salz, sondern um den Abbau von Kupfer, einem Metall, das die Grundlage für die Herstellung von Bronze (9 Teile Kupfer, 1 Teil Zinn) ist. Auf Grund der

Ausgrabungen weiß man recht genau, wie das Kupfererz seinerzeit gewonnen worden ist und welche schwierigen Arbeitsgänge notwendig waren, ehe man schließlich Metall in den Händen hielt, das zu Gegenständen verarbeitet werden konnte. Man schätzt heute die Jahresproduktion an Kupfererz auf rund 150 Tonnen, dies entspricht etwa 30 Tonnen Rohkupfer; ihr könnt leicht selbst ausrechnen, dass diese Menge genügt haben wird, um tausende von Bronzeobjekten anzufertigen. Ihr erkennt auch, dass Kupfer im Vergleich zum Salz ein eher preiswertes Material gewesen sein muss.

Welchen Reichtum der Kupferbergbau seinen Betreibern erbracht hat, lässt sich nicht abschätzen. Wir kennen weder den Friedhof, auf dem die Toten begraben worden sind, noch die Siedlung, in der man gelebt hat. Dabei ist auch das Kupferbergwerk über viele Jahrhunderte hinweg in Betrieb gewesen, seine Blütezeit fällt etwa in die Zeit zwischen 1400 - 900 vor Christi Geburt.

Warum dann mit Beginn des 8. vorchristlichen Jahrhunderts der Abbau des Kupfererzes recht plötzlich zum Erliegen kam, weiß man nicht. Vielleicht hängt es mit der nachweislich einsetzenden Klimaverschlechterung zusammen und mit der damit verbundenen Absenkung der Schneegrenze. Vielleicht spielt aber auch eine Rolle, dass man in zunehmendem Maße dazu überging, für die Herstellung von Werkzeugen, Gerätschaften und Waffen Eisen zu verwenden, Kupfer also nicht mehr im gleichen Maße benötigt wurde wie Jahrhunderte zuvor. Einige Archäologen halten es für möglich, dass sich die Mitterbergleute nach dem Niedergang ihres Kupferbergwerkes dem Salzabbau in Hallstatt zugewendet haben. Indiz für diese Vermutung ist die Beobachtung, dass sich die Abbaumethoden in beiden Bergbaurevieren sehr ähneln. Dass wirtschaftlicher Niedergang auf der einen und wirtschaftlicher Aufstieg auf der anderen Seite zu Auseinandersetzungen zwischen den Menschen geführt haben kann, ist durchaus vorstellbar – dies wird früher nicht anders gewesen sein als heute.

Bleibt schließlich noch die Heimat von Algalsus, Gentius und Bardulis, die Siedlung von Sticna zu erwähnen. Für damalige Zeiten muss die Siedlung riesige Dimensionen gehabt haben: 800 Meter in der Länge, 400 Meter in der Breite, ein Siedlungsareal von etwa 32 Hektar (= 230 000 Quadratmeter). Eine gewisse Vorstellung von den immensen Maßen erhaltet ihr, wenn ihr euch vorstellt, dass man auf einem solchen Gelände ganz bequem 30 Fußballfelder anlegen könnte. Bisher hat man nur die mächtige Mauer erforschen können, die die Siedlung seinerzeit gegen Angreifer schützen sollte. So weiß man denn noch nichts über die Struktur und den Aufbau der Siedlung oder über die Zahl der Einwohner.

Dass man mit einer größeren Menschenmenge rechnen darf, dies bezeugen die außerhalb der Siedlung liegenden Gräber. Die Toten sind unter mächtigen Grabhügeln bestattet worden; fast immer fanden dutzende Verstorbener im selben Hügel ihre letzte Ruhestätte, ohne dass man weiß, in welcher Beziehung zueinander die Menschen zu Lebzeiten gestanden haben. Selbst mit ungeübtem Auge sind vor den Toren der Siedlung im Gelände noch weit über 100 solcher Grabhügel auszumachen. Man braucht folglich keinen Taschenrechner, um festzuhalten, dass tausende von Menschen dort bestattet worden sind; nur eine kleine Zahl von Gräbern ist bisher archäologisch erforscht worden.

Sticna ist über Jahrhunderte bewohnt gewesen, doch fällt die Blütezeit in das 8. bis 6. Jahrhundert vor unserer Zeitrechnung. Im Verlaufe ihrer Geschichte ist die Siedlung vielfach bedroht und gelegentlich sicherlich auch erobert worden. Darauf weisen Zerstörungschichten im Bereich der Befestigungsmauer hin. Ein solches Ereignis, das mit dem Eindringen von Reitervölkern aus dem Osten in Verbindung gebracht werden kann, hat um die Mitte des 7. Jahrhunderts vor Christi Geburt stattgefunden.

Ihr seht, es sind reale historische Ereignisse aus dem 10. bis 7. Jahrhundert vor unserer Zeitrechnung, die den Hintergrund der Geschichte bilden. Ihr habt also nicht nur mit Nennius um einen erfolgreichen Ausgang der Abenteuer seines Großvaters Diviciacus gebangt, sondern – so ganz nebenher – eine Fülle von Details über das Leben von Menschen erfahren, die in so ferner Zeit gelebt haben. Natürlich ist auch manches archäologisch nachgewiesen oder zumindest vorstellbar, auf das ich hier nicht näher eingegangen bin. So wird es euch sicherlich nicht überraschen, dass auch die bronzene Maske und die bronzenen Hände Realität sind. Man hat sie allerdings nicht in Hallstatt gefunden, und schon gar nicht im See, sondern in der Steiermark, in der Nähe der Ortschaft Kleinklein. Sie wurden in den Gräbern von zwei Menschen entdeckt, die im 7. Jahrhundert vor Christi Geb. gestorben sind und unter mächtigen Grabhügeln bestattet wurden (s. Seite 2).

Maske und Hände könnt ihr euch anschauen, wenn ihr beim nächsten Urlaub einen Abstecher in das Landesmuseum Joanneum in Graz macht. Archäologische Funde aus dem Salzbergtal könnt ihr im Prähistorischen Museum von Hallstatt und in der Prähistorischen Abteilung des Naturhistorischen Museums in Wien bestaunen. Funde vom Kupferbergwerk Mitterberg sind im Museum Carolino Augusteum in Salzburg ausgestellt. Einen Eindruck von den archäologischen Forschungen in Sticna vermittelt euch ein Besuch des Narodni muzej in Ljubljana. Ein Erlebnis besonderer Art ist sicherlich die Besichtigung des modernen Salzbergbaubetriebes in Hallstatt.

Ich würde mich freuen, wenn ihr mir von euren Reisen in die Vergangenheit berichten würdet – wenn euer Wissensdurst noch nicht gestillt ist, könnt ihr mir auch gerne schreiben.

Bochum, September 1987 *Dr. Herbert Lorenz*

Pilzknaufschwerter
Funde aus dem Gräberfeld von Hallstatt
Das Schwert links entspricht dem Prunkschwert des Bellinus.

Für Sebastian und Julia

Herrn Dr. Ingo Gabriel danke ich herzlich
für kritische Anmerkungen und vielfältige fachliche Unterstützung.

Die Kette der Dragomira

Eine Erzählung aus dem frühen Mittelalter

Namensverzeichnis

Slawische Stammesnamen

GROSS-STAMM DER WILZEN:

Zirzipanen
Kessiner
Redarier
Tollenser

GROSS-STAMM DER ABODRITEN:

Wagrier
Polaben
Abodriten
Warnower

PERSONENNAMEN:

WILZEN:

Milegost, zirzipanischer Fürst, Heerführer der Wilzen
Niklot, sein Sohn
Dragomira, seine Ziehtochter, entfernte Nichte seiner Frau
Stojgnew, sein verwundeter Bruder
Werchomil, sein verstorbener Vetter

ABODRITEN:

Pribyslaw, Großkönig der Abodriten
Kruto, König der Wagrier
Sedrag, sein älterer Sohn
Grin, sein jüngerer Sohn
Gnewosch, Waffenmeister, Erzieher von Sedrag und Grin

Anatrog, wagrischer Fürst
Luborad und Ratimir, Gefolgsmänner von Anatrog
Teschimir, wagrischer Burgherr
Slawomira, Tochter eines Töpfers
Rochel, Lehrbub eines Silberschmiedes
Dobrawa, junge Bäuerin nahe Anatrogs Burg
Budiwoj, Bauer, der Kriegsdienst leisten muss

(Alle diese Personen sind frei erfunden, also nicht mit historisch überlieferten Personen gleichen Namens identisch)

BURGNAMEN:

Starigard, Burg König Krutos (im heutigen Oldenburg in Schleswig-Holstein)
Weligard, Burg des Großkönigs Pribyslaw (im heutigen Ort Mecklenburg südlich von Wismar in der ehemaligen DDR)

Teil 1

Kapitel 1

Niklot sprang vom Pferd. Er band die Zügel am Ast einer Eiche fest und wollte dann Dragomira vom Pferd helfen, aber sie war schon abgestiegen. Nun raffte sie ihr langes besticktes Oberkleid und steckte den Saum sorgfältig in ihren Gürtel. Mit dem weißen Unterkleid machte sie es ebenso. Als sie auch noch die Schleifen ihrer weichen Lederschuhe löste, sagte Niklot: »Du wirst frieren! Der Boden ist schon kalt.«

Dragomira streifte die Schuhe ab und sagte: »Lieber kalte Füße als verdorbene Kleidung! Bei dir fragt ja keiner danach, wenn du schmutzig nach Hause kommst.«

Belustigt betrachtete Niklot ihre nackten Beine und lachte: »Stimmt! Meine Mutter dürfte dich nicht so sehen! Wie ein Edelfräulein schaust du nicht gerade aus.«

Dragomira verzog das Gesicht. »Es gibt nichts Langweiligeres, als immer ein Edelfräulein zu sein! Was ist, hältst du nun dein Versprechen und zeigst mir, wie man zu der alten Burg kommt?«

»Natürlich. Warte, ich hole nur noch die Bretter, die ich hier im Gebüsch versteckt habe.«

Niklot kroch in die Hecke an der Böschung und zog zwei Bretter hervor, die länger waren als er selber. Er lud sie sich auf die Schulter und ging vor Dragomira her zwischen den Bäumen den Hang hinab bis zum Ende des Wäldchens. Am Rand der sumpfigen Niederung blieb er stehen.

Die Nachmittagssonne schien ihm ins Gesicht. Rotgolden

verzauberte sie das Schilf, tauchte den Sumpf in ihr warmes Licht, ließ das Laub der hier und da zwischen dem Röhricht wachsenden Erlen und Birken leuchten. Dunkel ragte mitten im Sumpf der Ringwall in den klaren Herbsthimmel.

»Und du bist sicher, dass man dort hinübergelangen kann?«, fragte Dragomira zweifelnd.

»Wenn ich es dir sage! Man muss nur wissen, wo der alte Bohlenweg verläuft, der früher die Burg mit dem Land verbunden hat. Er ist noch sehr gut erhalten, bloß so überwachsen, dass man ihn kaum sehen kann, wenn man nicht weiß, wo er ist. Im Sommer freilich, als das Labkraut geblüht hat, war er leicht zu erkennen, denn das wächst nur auf dem Weg, nicht im Sumpf. Das hat mir der alte Pferdeknecht verraten, und so habe ich den Weg gefunden. Nur der Anfang ist schwer, da ist der Weg zerstört, aber dafür haben wir ja die Bretter! Ich weiß zwei Pfosten, die von der alten Wegbefestigung übrig geblieben sind, die kann ich als Auflager verwenden. Wenn du freilich nicht willst . . . «

»Wer sagt, dass ich nicht will! Geh voraus!«

Niklot ging auf die umgestürzte Erle zu, deren Wipfel halb im Sumpf versunken war. Drei Schritte weiter rechts begann der Bohlenweg. Auf den ersten Blick sah Dragomira nichts als Schilf und Sumpfgewächse, doch dann fiel ihr die Erhebung auf, die sich wie Andeutung eines Dammes durch den Sumpf zog. Niklot legte ein Brett vom festen Boden zu einem der beiden Pfosten, die nebeneinander ein Stück aus dem Sumpf herausragten. Vorsichtig trat er auf das Brett. Es schwankte, aber es hielt. Er balancierte darauf und legte das zweite Brett von dem anderen Pfosten zum Anfang des Weges. Dann kehrte er zu Dragomira zurück, nahm einen geflochtenen Lederriemen, den er vorsorglich vom Sattel gelöst und mitgenommen hatte, und schlang ihm Dragomira um die Körpermitte.

»Was soll das?«, fragte das Mädchen.

»Besser ist besser. Nur für den Fall, dass du einen falschen Schritt machst oder auf dem Brett ausrutschst!«, antwortete Niklot und befestigte das andere Ende an seinem Gürtel.

»Du bist fürsorglich wie eine Kindsmagd!«, spottete Dragomira, aber ihre Augen lächelten ihm liebevoll zu.

Niklot spürte, wie seine Wangen heiß wurden. Wenn Dragomira ihn so ansah, dann war es um seine Fassung geschehen. Rasch wandte er sich ab und trat auf die behelfsmäßige Brücke.

Als er das zweite Brett erreicht hatte, drehte er sich um. »Komm!«, sagte er. Er bot Dragomira seine Hand nicht zur Unterstützung an. Er wusste, sie würde sie zurückweisen. Vorsichtig und langsam ging er voran, bahnte sich einen Weg durch die dichten Pflanzen. Er musste darauf achten, nicht von der alten Straße abzukommen, die man mehr ahnen als erkennen konnte, aber beruhigend fest spürte er unter seinen Füßen den sandigen Boden, der vor vielen Generationen auf den Holzplanken des Bohlenweges durch den Sumpf aufgeschüttet worden war.

»Siehst du, nun geht es doch ganz gut!«, sagte Niklot. »Ich glaube, mein Urgroßvater hat den alten Weg am Rand planmäßig zerstören lassen, damit niemand mehr in die Burg gelangen kann.«

Dragomira lachte: »Na, darin hat er sich aber gründlich getäuscht! Jedenfalls hat er wohl nicht mit der Findigkeit seines Urenkels gerechnet. Weißt du eigentlich, warum er die Burg aufgegeben hat?«

Niklot zuckte die Achseln. »Sie ist niedergebrannt worden. Von den Abodriten natürlich, in einem der vielen Kriege. Vielleicht war sie ihm sowieso zu klein. Jedenfalls hat er sie nicht wieder aufbauen lassen, sondern die neue Burg im See errichtet. Und das Dorf hier vom Ufer auch auf die Insel im See verlegen lassen. Da ist es auch viel schöner, finde ich.«

Plötzlich spürte er einen Ruck an seinem Gürtel und hörte einen leisen Aufschrei hinter sich. Erschrocken fuhr er herum. »Dragomira!«

Sie war ein Stück nach rechts vom Weg abgewichen. Nun stand sie da und starrte auf die Stelle, an der ihr rechter Fuß sein musste. Aber von diesem war nichts zu sehen, er steckte im Sumpf. Vorsichtig zog sie ihn wieder heraus.

Niklot räusperte sich. »Vielleicht war es doch kein schlechter Einfall, dass du deine Schuhe ausgezogen hast!«, meinte er leichthin, aber er spürte den Kloß in seinem Hals. Er hielt ihr seine Hand hin, und sie nahm sie ohne ein Wort. Noch sorgfältiger achtete er von jetzt an auf jeden Schritt.

Ohne weiteren Zwischenfall erreichten sie den festen Lehmhorst im Sumpf, auf dem die alte Burg erbaut war. Niklot löste den Riemen von seinem Gürtel und ging mit Dragomira ein Stück den Burggraben entlang. Eine Brücke darüber gab es nicht mehr, und der ehemalige Torbau war eingestürzt, ein wirrer Haufen dornigen Gestrüpps, wuchernden Unkrauts und verkohlten, morschen Gebälks, eine gefährliche Falle für jeden, der versuchen wollte darüber zu klettern.

»Komm, wir müssen die Wallböschung hinauf. Ich weiß eine Stelle, wo wir durch den Graben können.«

Dort, wo einige große Steine vom Fuß des Erdwalls abgerutscht waren und im Graben aus dem fauligen Wasser ragten, ließen sie sich hinab, überquerten die Grabensohle und kletterten die steile Böschung des Walles hinauf. Ihre Hände fanden Halt an Grasbüscheln und Ginstersträuchern. Bald hatten sie den Gipfel des Walls erreicht und standen nun hoch über dem Sumpf. Niklot ließ den Blick in die Weite schweifen. Leuchtend in allen Herbstfarben reihten sich die bewaldeten Hügel aneinander, so schön, dass es beinahe wehtat.

Stumm schaute er, bis er plötzlich merkte, dass Dragomira nicht mehr neben ihm war. Suchend blickte er sich um.

»Hier bin ich!«, rief sie ihm zu und winkte. Sie war ein Stück auf der Wallkrone entlanggelaufen. Nun saß sie unter einer Kiefer in der Sonne und rieb sich die Füße.

Niklot ließ sich neben ihr nieder, lehnte seinen Rücken an den sonnendurchwärmten Baumstamm und schloss die Augen.

Leise hörte er Dragomiras Stimme: »Hier ist es schön. So warm und so still und so friedlich.«

Der Baum knisterte in der Sonne. Eine Fliege summte an Niklots Ohr vorbei. Unten im Burghof tschilpte ein Spatz. Sonst war nichts zu hören. Die Zugvögel waren schon vor Tagen abgeflogen. Dann sprach Dragomira weiter: »Wenn man hier so sitzt, dann kann man nicht glauben, dass Krieg ist. Schon wieder Krieg.«

Niklot öffnete die Augen. Verstohlen blickte er sie von der Seite an. Sie hatte die Arme um die Knie geschlungen. Mit der linken Hand spielte sie gedankenverloren mit dem silbernen Anhänger ihrer Kristallperlenkette, die sie niemals ablegte, weil sie das einzige Erinnerungsstück an ihre Mutter war. Sie starrte in den Burghof hinunter. Aber sie schaute nicht auf die überwucherten Trümmer der verbrannten Blockhäuser, die sich hier einmal dicht aneinander gedrängt hatten. Sie schaute mit schmerzlich gerunzelter Stirn in eine Ferne, die nur sie sah.

Genau so hatte sie auch damals vor sich hin gestarrt, als er sie zum ersten Mal gesehen hatte. Er wusste es noch wie heute, obwohl es nun schon mehr als fünf Jahre her sein musste. Er war von der Burg seines Vaters über die Brücke gelaufen, an nichts anderes denkend als an die Fische, die er angeln wollte, da hatte er plötzlich die beiden merkwürdigen Gestalten vor dem Brückenkopf entdeckt, die vom Wächter nicht durchgelassen wurden. Neugierig war er hingelaufen. Es waren eine alte Frau in ärmlichen, schmutzigen Kleidern gewesen, der man angesehen hatte, dass sie nur eine Sklavin war, und ein kleines Mädchen. Das Mädchen hatte ein Kleid getragen, das vor langer Zeit einmal schön ausgesehen haben musste, nun aber zerfetzt und grau vom Staub gewesen war, es hatte wirre, strähnige schwarze Haare, dürre Arme und ein spitzes Gesichtchen gehabt. Und es hatte ihn angesehen, als würde sie durch ihn hindurchsehen.

Die Sklavin hatte sich jammernd an ihn gewandt und gesagt: »Junger Herr, so sagt doch dem Wächter, er möge uns durchlassen. Er will mir nicht glauben, aber das Fräulein hier ist die Nichte der Burgherrin, ich schwöre es bei meinem Leben. Soll man mich im Moor versenken, wenn ich nicht die Wahrheit spreche!«

Er hatte das Mädchen zweifelnd angeschaut und gefragt: »Ist das wahr?«, aber das Mädchen hatte nicht geantwortet. Er hatte daran gedacht, wie die Mutter seit Tagen geweint hatte, weil sie die Nachricht erhalten hatte, dass das feindliche Heer der Abodriten die Burg ihres Vetters überfallen hätte und alle tot seien, alle, auch dessen Frau und Tochter. Da hatte er das Mädchen an der Hand genommen und hinter sich her in die Burg gezogen, und es war ihm gefolgt, als würde es das alles nichts angehen. Und dann hatte die Mutter dieses schmutzige fremde Mädchen umarmt und abgeküsst und immer und immer wieder ausgerufen: »Dass du lebst! Oh Dragomira, dass du lebst!«

Und dann hatte die Mutter gefragt, was geschehen sei, aber das Mädchen hatte die Lippen aufeinander gepresst, den Kopf geschüttelt und keinen Ton gesagt. Da hatte die alte Sklavin alles erzählt: »Die Abodriten. Es waren die Abodriten, das heißt, nicht alle, nur die Wagrier unter der Führung ihres Königs Kruto. Sie haben unsere Burg überfallen und erobert, und der Burgherr ist im Kampf gegen den Wagrierkönig gefallen. Und die Burgherrin ist auf viel schlimmere Art ums Leben gekommen, zu fünft sind sie über sie hergefallen, und Dragomira hat es mit ansehn müssen, und seither redet sie nicht mehr, und nur durch ein Wunder ist es mir gelungen, mit ihr zu entkommen, nur durch ein Wunder, sonst hätten sie Dragomira verschleppt, diese Wagrier, diese Abodriten, diese Bestien, diese Erzfeinde. Und da habe ich Dragomira hierher gebracht.«

Seit diesem Tag hatte Dragomira bei seinen Eltern gelebt, als sei sie seine Schwester. Nach einiger Zeit hatte sie wieder zu sprechen begonnen, eines Tages hatte er sie zum ersten Mal lachen sehen, und inzwischen lachte sie oft und gern. Aber manchmal noch schaute sie so verloren in die Ferne, so wie jetzt.

Niklot fasste Dragomiras Hand. »Du musst dich nicht fürchten, weißt du. Unsere Burg nehmen sie nicht ein, die Abodriten, auch wenn es diesmal das vereinigte Heer aller abodritischen Stämme ist. Dir wird nichts geschehen, Dragomira. Mein Vater wird siegen. Mein Vater lässt nicht zu, dass dir etwas geschieht.«

Dragomira schwieg. Endlich strich sie sich über die Stirn und sagte: »Weißt du, Niklot, wovon ich manchmal träume? Dass es irgendwo ein Land gibt, in dem nie die Felder verwüstet werden, nie die Dörfer überfallen, nie die Häuser verbrannt. Ein Land, in dem nie Menschen getötet werden oder in die Sklaverei verschleppt. Burgen müsste es in dem Land gar nicht geben. Keiner bräuchte hinter hohen Wällen Schutz zu suchen. Und alle wären glücklich.«

»Wenn es das gäbe, Dragomira, dann würde ich mit dir dort leben wollen!«

»Aber es gibt es nicht. Und in ein paar Jahren bist du ein Mann. Dann wirst auch du ein Schwert tragen und in den Krieg ziehen und wehrlose Menschen töten oder in die Sklaverei verschleppen.«

»Nein! Das werde ich nicht! Ich werde . . . «

Dragomira legte ihm die Hand auf den Mund und sagte: »Nicht, Niklot! Versprich nichts, was du doch nicht halten kannst! Komm, es wird Zeit, wir müssen zurück!«

Als sie den Rückweg über den Sumpf geschafft und das Pferd erreicht hatten, ging die Sonne bereits unter. Dragomira wusch sich in einem kleinen Bach und brachte ihre Kleidung sorgfältig wieder in Ordnung.

Niklot half Dragomira aufs Pferd und schwang sich hinter ihr auf den Rücken des Tieres. Sie hatten nur noch dieses Pferd und das Pferd von Onkel Stojgnew, denn der Vater hatte alle anderen Pferde für den Kriegszug gebraucht. Niklot schlang einen Arm um das Mädchen und trieb das Tier zur Eile an. Es galoppierte dahin. Dragomiras lange Haare wehten Niklot ins Gesicht. An jedem anderen Tag hätte er diesen raschen Ritt genossen. Doch heute war er mit seinen Gedanken noch bei dem Gespräch auf dem Wall der alten Burg.

Er achtete kaum auf den Weg. Das Pferd fand von allein nach Hause.

Die Abenddämmerung war längst angebrochen, als sie den See erreichten. Die Fähre, die das westliche Seeufer mit der Insel verband, lag an der Landesstelle auf der Insel vertäut, der Fährmann war nicht zu sehen. So mussten sie auf den befestigten Wegen durch die sumpfigen Wiesen bis zum Südufer des Sees reiten und von dort über die schier endlos lange Holzbrücke auf die schmale Inselzunge. Sie ritten an den beiden Dorfsiedlungen vorbei den Dammweg auf die Burg zu. Niklot schaute auf den hohen, glatt mit Lehm verstrichenen Erdwall der Burg, den hölzernen Wehrgang auf seiner Höhe, den drohenden Holzturm über dem breiten Burgtor. Unsere Burg ist uneinnehmbar, dachte er, sie muss es einfach sein!

Sein Herz zog sich zusammen. Seit dem Frühjahr dauerte nun schon der Kriegszug der wilzischen Stämme unter der Führung seines Vaters gegen die Abodriten. Als der Vater losgeritten war, hatte er lachend gesagt, im Sommer werde ich wieder zurück sein. Und nun war längst Herbst. Nur Onkel Stojgnew, der jüngere Bruder des Vaters, war heimgekehrt, schwer verwundet. Onkel Werchomil, der Vetter des Vaters, war im Kampf gefallen. Und auch sonst waren die Nachrichten, die die Burg erreichten, nicht gut. Dragomira hatte schon einmal erlebt, was ein Sieg der Abodriten bedeutet. Wenn es nun ein zweites Mal Wirklichkeit werden sollte?

*

Niklot räkelte sich wohlig auf dem Bärenfell am Boden neben dem Ofen und beobachtete Dragomira. Sie saß sehr gerade auf der Bank und webte mit Hilfe verwirrend vieler Webbrettchen ein reich gemustertes farbiges Band in aufwändigem Muster. Dragomira hielt den Kopf auf ihre Arbeit gesenkt. Sie hatte ihr dunkles Haar sorgfältig offen gekämmt, das Kerzenlicht malte rötliche Flecken darauf. An ihren Schläfen glitzerten die zierlichen silbernen Ringe, die in dem bunten Stirnband befestigt waren, silberne Ohrringe, die wie kleine Körbchen aussahen, und gedrehte silberne Armreifen funkelten auf, wenn sie sich bewegte. Niklot grinste vor sich hin. Dragomira sah so vornehm und so damenhaft und so wohlgesittet aus! Man hätte es nicht für möglich gehalten, dass sie mehr Mut hatte als mancher Junge, dass sie im Vertrauen Gedanken aussprach, die man von einem Edelfräulein nicht erwartet hätte, dass sie manchmal Abenteuer suchte, die man einem Mädchen niemals erlaubt hätte. Aber er wusste es besser, nur er!

Die alte Tante war auf ihrer Bank eingeschlafen. Die Mutter deckte sie mit einer bunten Wolldecke zu und trat dann nahe an den Kerzenleuchter, um einen dünnen Faden in die feine eiserne Nähnadel einzufädeln. Als es ihr nicht gelingen wollte, kniff sie die Augen zusammen und gab einen ungeduldigen Laut von sich. Niklot lachte: »Was müsst ihr Frauen auch Nadeln mit so winzigem Öhr verwenden! Gib mir mal, ich versuche es.« Aber er schaffte es nicht.

Da stand Dragomira auf, nahm ihm Faden und Nadel aus der Hand, fädelte mühelos ein und reichte lächelnd ihrer Tante die Nadel. Diese bedankte sich und setzte sich mit einer Hose für den Burgherren, die sie zu nähen begonnen hatte, neben Dragomira. Leise stimmte sie ein Lied an. Dragomira fiel mit ihrer weichen, dunklen Stimme ein. Niklot legte sich auf dem Fell auf den Rücken, verschränkte die Arme unter dem Kopf und summte mit. Es gibt Augenblicke, die müsste man festhalten können, dachte er.

Da ging die Tür auf, und Onkel Stojgnew kam herein.

Niklot stand hastig auf. Der Onkel ließ sich auf einer freien Bank nieder und wies auf den gegenüberliegenden Schemel. »Setz dich hin, Niklot.«

Niklot gehorchte und schaute auf seine Fußspitzen. Es fiel ihm noch immer schwer, seinem Onkel ins Gesicht zu sehen, auch wenn er sich dafür schämte. Aber die Verletzung hatte den Onkel so furchtbar entstellt. Ein Pfeil hatte ihn im Frühjahr am linken Auge getroffen. Die Pfeilspitze war tief in den

Knochen gefahren. Der heilkundige Priester hatte erklärt, er wage es nicht, den Pfeil herauszuziehen, und hatte nur den Schaft abgesägt. So war nun die eiserne Pfeilspitze eingewachsen. Die Narbe sah schrecklich aus.

»Erzähl uns doch etwas, Stojgnew«, sagte die Mutter, »dann vergeht der Abend schneller.«

»Was soll ich euch erzählen? Wie der Frankenkönig Karl mit seinem Heer gegen unsere wilzischen Lande zog und mit ihm in seinem Heer nicht nur Sachsen und Friesen und Sorben, sondern auch Abodriten? Und wie unser Großkönig Dragowit gezwungen wurde, sich zu ergeben? Und wie auch unser Urahn, der König der Zirzipanen, sein Knie vor dem Frankenkönig und vor dem Abodritenkönig beugen musste? Oder soll ich erzählen, wie zur Zeit meines Urgroßvaters der wilzische Großkönig im Kampf gegen die Abodriten sein Leben ließ?«

»Du könntest uns auch etwas Erfreulicheres erzählen«, meinte die Mutter.

»Nach Kindermärchen ist es mir nicht zu Mute!«, erwiderte Onkel Stojgnew und rieb seine Narbe.

»Warum haben wir eigentlich keinen König mehr?«, fragte Niklot, nur um etwas zu sagen.

»Weil wir keinen brauchen!«, antwortete sein Onkel heftig. »Dein Vater, Niklot, dein Vater ist von allen wilzischen Fürsten und Adligen und freien Bauernkriegern zum Heerführer gewählt worden, von allen Stämmen, nicht nur von uns Zirzipanen, sondern auch von den Kessinern und den Tollensern und den Redariern! Schon vor Jahren, bei unserem letzten Krieg gegen die Abodriten, und in diesem Frühjahr wieder, als wir aus dem Tempel des Swarog unsere Feldzeichen geholt haben, um gegen die Abodriten zu ziehen! Er wurde gewählt, weil er der fähigste Mann für eine solche Aufgabe ist.

Das ist mehr wert, als wenn einer seine Königswürde erbt wie der Großkönig der Abodriten. Und du, Niklot, wirst dich deines Vaters würdig erweisen müssen! Steh auf!«

Niklot stand auf. Auch sein Onkel hatte sich erhoben.

»Pass auf, Niklot! Sprich mir nach: Krieg und ewige Feindschaft den Abodriten! Krieg und ewige Feindschaft allen abodritischen Teilstämmen: den Warnowern, den Abodriten, den Polaben, den Wagriern!«

Niklot schwieg. Sein Mund war trocken, das Herz klopfte ihm im Hals. Aus den Augenwinkeln schaute er zu Dragomira hinüber. Sie hatte den Kopf noch tiefer auf ihre Arbeit gesenkt.

»Lass doch, Stojgnew!«, sagte die Mutter. »Er ist doch fast noch ein Kind. Du machst dem Jungen Angst.«

»Angst!«, entrüstete sich Onkel Stojgnew. »Mein Neffe, der Urenkel des letzten Königs der Zirzipanen, der Sohn von Milegost, dem Heerführer aller Wilzen, hat keine Angst zu haben! Schau mich an, Niklot!«

Widerstrebend schaute Niklot seinem Onkel ins Gesicht. Dessen eines Auge funkelte. Die wulstige Narbe an der Stelle, an der einmal das andere Auge gewesen war, hatte sich gerötet. Das Blut pulsierte in ihr, als wolle sie platzen. Der Onkel wiederholte mit leiser, aber sehr fester Stimme: »Jetzt sprich mir nach!«

Niklot schluckte. Er biss sich auf die Lippen. Dann sagte er: »Krieg und ewige Feindschaft den Abodriten. Krieg und ewige Feindschaft allen abodritischen Teilstämmen: den Warnowern, den Abodriten, den Polaben, den Wagriern.«

Er wagte nicht mehr, Dragomira anzusehen. Er hätte weinen können, so elend fühlte er sich.

Kapitel 2

Irgendwann in der Nacht wachte Niklot auf. Er blieb mit geschlossenen Augen liegen und lauschte. Ihm war, als habe ihn etwas geweckt. Aber er hörte nichts.

Leise richtete er sich auf und schaute sich um. Das Feuer im Ofen war herabgebrannt, aber ein schwacher Schimmer kam noch aus dem offenen Feuerloch in dem halbkugelförmigen Lehmofen. Undeutlich konnte er die Bank erkennen, auf der immer seine Mutter schlief. Die Felldecke war zurückgeschlagen, ihr Lager leer. Auch die Schlafbank von Onkel Stojgnew lag verlassen mit zerwühlten Decken. Nur Dragomira und die alte Tante schliefen fest. Er war allein mit ihnen im Haus. Wo waren die Mutter und der Onkel?

Vorsichtig stand er auf und schlich zur Tür, öffnete sie behutsam. Kalte Herbstnacht umfing ihn. Sternklar wölbte sich der Himmel über dem dunklen Wall. Der Mond schien in den schmalen, langen Burghof. Das Haus, in dem die Witwe und die kleinen Kinder von Onkel Werchomil wohnten, lag still und dunkel. Doch aus dem großen Blockhaus am Ende des Burghofs fiel ein schwacher Lichtschein, und ein Pferd war vor seiner Tür angebunden. Nun konnte er auch undeutliche Stimmen hören.

Niklot runzelte die Stirn. Was hatte das zu bedeuten? Was ging dort in der Halle vor?

Plötzlich durchzuckte ihn ein Gedanke. Ob vielleicht sein Vater heimgekehrt sei? Er lief über den Hof zu dem Pferd. Dann blieb er enttäuscht stehen. Nein, das war kein Pferd seines Vaters, dieser schmucklose Holzsattel und das einfache Zaumzeug gehörten nicht dem Heerführer der Wilzen. Dessen Sattel hatte ein kunstvolles Muster im Lederbezug, sein Zaumzeug und seine Steigbügel waren mit Silber verziert.

Wer mochte dann mitten in der Nacht in die Burg eingelassen worden sein?

Nun hörte Niklot die Stimmen in der Halle lauter werden, näher kommen. Rasch huschte er zum Wohnhaus zurück, zog leise die Tür hinter sich zu und schlüpfte ins Bett. Von draußen vernahm er das Quietschen des Tores, das Trappeln von Pferdehufen. Dann ging die Tür auf, und die Mutter kam herein.

Niklot stellte sich schlafend, beobachtete aber seine Mutter unter den Wimpern hervor. Die Mutter legte sich hin und vergrub ihr Gesicht in den Kissen. Ihre Schultern bebten. Niklot ahnte ihr unterdrücktes Schluchzen mehr, als er es hörte. Eben wollte er aufstehen und zu ihr gehen, da öffnete sich die Tür zum zweiten Mal. Mit müden Schritten ging Onkel Stojgnew zu seiner Schlafbank und ließ sich schwer darauf nieder. Aufstöhnend legte er die Hände vors Gesicht. Und dann schlug er sich immer und immer wieder mit der Faust vor die Stirn, als könne er nicht begreifen, was in seinem Kopf vor sich ging.

Niklot blieb bewegungslos liegen. Der Onkel sollte nicht merken, dass er ihn so gesehen hatte.

An Schlaf war nun nicht mehr zu denken.

Endlich graute der Morgen. Fahles Licht drang durch die Giebelöffnung.

Sie standen auf. Bei der Morgenmahlzeit ließ Niklot den Brei stehen. Am Becher mit der heißen Milch wärmte er seine Hände. Widerwillig trank er einen Schluck.

»Du isst ja heute gar nichts!«, sagte die Mutter, trat hinter ihn und strich ihm über das Haar.

»Ich hab keinen Hunger«, murmelte Niklot, ohne sie anzusehen.

Da presste die Mutter plötzlich heftig seinen Kopf gegen ihre Brust, hielt ihn einen Augenblick sehr fest und schob ihn dann wieder von sich.

»Was ist?«, fragte Niklot, aber seine Mutter schüttelte nur den Kopf.

»Warum sagst du es ihm nicht?«, fragte Onkel Stojgnew.

»Er erfährt es früh genug!«, antwortete die Mutter mit erstickter Stimme. »Und außerdem ist das die Sache seines Vaters. Milegost soll es ihm selbst sagen.«

»Mein Vater!«, rief Niklot und sprang auf. »Kommt denn mein Vater zurück?«

Die Mutter nickte: »Ja, er kommt zurück, bald.« Aber sie sah nicht froh aus. Dabei hatte sie doch seit Wochen so sehnsüchtig auf ihren Mann gewartet!

Niklot schaute von seiner Mutter zu seinem Onkel. Etwas Schlimmes lag in der Luft, er spürte es genau. Warum wollte die Mutter nicht sagen, was los war! Alles war doch besser als diese schreckliche Ungewissheit! Ihm wurde ganz eng. Er wollte raus, und er wollte mit Dragomira reden. »Kann Dragomira mit mir ausreiten?«, fragte er und wollte schon zur Tür hinaus.

»Nein!«, rief ihn sein Onkel zurück. »Ihr bleibt hier! Heute verlässt keiner ohne meine Erlaubnis die Burg. Und euch beiden erteile ich sie ganz bestimmt nicht.«

Niklot schaute seinen Onkel groß an. Noch nie hatte dieser ihm verboten auszureiten.

»Komm, Niklot, wir gehen ein bisschen auf den Wall«, sagte Dragomira und nahm seine Hand. Er folgte ihr hinaus.

Der Burghof lag düster, in tiefe Schatten getaucht. Es dauerte lang, bis am Morgen die Sonne über den hohen Wall schien. Sie stiegen die Leiter zum Wehrgang hinauf. Niklot beugte sich über die Brüstung. Sehr steil, mit großen Steinen bewehrt, fiel auf dieser Seite der Wall direkt bis zum See ab, wurde am Fuß vom Wasser umspült. Sie schauten ins hügelige Land. Nebelschwaden zogen über den See, lösten sich im Sonnenschein langsam auf.

Niklot erzählte Dragomira alles, was er in der Nacht beobachtet hatte. »Verstehst du, was das zu bedeuten hat?«, schloss er seinen Bericht.

»Nein«, sagte Dragomira, »das verstehe ich nicht.« Dann lehnte sie ihren Kopf an seine Schulter und sagte leise: »Ich habe Angst, Niklot.«

Niklot presste ihre Hand. Er wusste keine Antwort.

Der Tag schleppte sich quälend dahin. Dragomira saß Stunde um Stunde am Webstuhl und webte unter der Aufsicht der Mutter ein feines Leinentuch. Es war unmöglich, ungestört mit ihr zu reden. Heute sangen weder die Mutter noch Dragomira bei der Arbeit.

Niklot drückte sich im Burghof herum und wusste nichts mit sich anzufangen. Die Kinder von Onkel Werchomil tobten mit einigen Kindern von Gefolgsleuten durch den Hof und versuchten ein Ferkel einzufangen, das laut quiekend vor ihnen flüchtete. Aufgeregt gackernd stoben die Hühner auseinander. Onkel Stojgnew kam aus dem großen Blockhaus. »Ist jetzt hier endlich Ruhe!«, schrie er drohend zu den Kindern herüber.

»Aber sonst . . . «, setzte das älteste von ihnen zum Widerspruch an. Doch seine Mutter, die herbeigekommen war, zog es an sich und sagte leise: »Nicht! Heute ist nicht sonst. Mach Onkel Stojgnew nicht böse!« Mit einem scheuen Blick auf den Onkel verzogen sich die Kleinen in den hintersten Winkel der Burg. Die plötzlich eintretende Stille legte sich beklemmend über den Hof.

»Sie kommen! Der Heerführer reitet mit seinem Gefolge auf die Burg zu!«, rief endlich der Wächter vom Wall herunter.

Niklot rannte zum Wall und stieg rasch hinauf. Der Wächter wies nach Westen. In der Ferne sah man eine Gruppe Reiter näher kommen, erkannte das Feldzeichen des Heerführers der Wilzen.

Niklot stieg eilig in den Burghof zurück und suchte Onkel Stojgnew. »Mein Vater kommt! Darf ich ihm entgegen! Bitte!«, sprudelte er hervor.

Der Onkel sah ihn nachdenklich an. Dann nickte er: »Mach nur! Das ist gar kein schlechter Einfall!«

So schnell er konnte, rannte Niklot aus der Burg und den Weg hinunter. Doch am oberen Dorf hielt er nicht auf die Brücke zu, sondern nach Westen auf die Fähre. So würde er rascher zu seinem Vater gelangen. Warum wohl der Vater nur mit so kleinem Gefolge daherkam? Warum er nicht die ganze Schar der adligen Reiter hinter sich hatte, wenn schon nicht das Fußvolk der Bauernkrieger?

Niklot ließ sich vom Fährmann übersetzen, sprang schon auf den Landesteg, ehe die Fähre richtig angelegt hatte, und lief weiter. Mit der Zeit wurde er etwas langsamer, denn er kam außer Atem. Endlich stand er vor den Reitern: Diese zügelten ihre Pferde und hielten an.

Nach Luft japsend, grüßte Niklot und rief: »Vater, ich wusste, dass du siegen würdest! Ich bin so froh, dass du wieder da bist!«

Der Vater schaute ihn merkwürdig an. Dann stieg er vom Pferd, warf einem der Begleiter die Zügel zu und sagte zu den Männern: »Reitet voraus! Ich komme mit meinem Sohn zu Fuß nach!«

Niklot starrte seinen Vater mit offenem Mund an. Das war ein seltsames Verhalten für einen siegreich aus dem Krieg heimkehrenden Heerführer! Der sollte doch eigentlich im Triumph an der Spitze seines Gefolges in die Burg einreiten!

Aber natürlich freute er sich, dass sein Vater lieber mit ihm gehen wollte.

Der Vater legte ihm den Arm um die Schultern und sah schweigend den davonreitenden Kriegern nach. Dann sagte er leise: »Niklot, du bist mein einziger Sohn, mein einziges Kind. Habe ich dir jemals gesagt, was du mir bedeutest?«

Niklot schüttelte den Kopf. Der Vater war so anders als sonst.

»Dann sage ich es dir jetzt. Und du darfst es nie vergessen, hörst du, Niklot, niemals, was auch immer geschieht! Du bedeutest mir mehr als mein Leben. Weit mehr als mein eigenes Leben.«

Was konnte man darauf sagen? Dass man darüber glücklich war? Dazu war die Stimme des Vaters viel zu ernst gewesen. Täuschte er sich, oder schimmerten die Augen des Vaters feucht? Ein Verdacht kroch in Niklot hoch. Er fragte zögernd: »Vater, hast du nicht gesiegt?«

»Nein. Ich habe nicht gesiegt. Dieser Krieg war von uns nicht zu gewinnen. Die Abodriten waren zu mächtige Gegner.«

»Aber ... aber warum kommst du dann nach Hause? Warum sind die Feinde nicht hier und belagern unsere Burg?«

»Weil wir einen Waffenstillstand geschlossen haben. Einen Waffenstillstand für fünf Jahre. Weißt du, was das bedeutet?«

Niklot nickte: »Natürlich! Dass nicht gekämpft wird.«

»Und wenn nun die beiden Gegner, die den Waffenstillstand geschlossen haben, nicht gleich stark waren? Was ist dann?«

»Dann muss der Schwächere dafür zahlen!«

»Was zahlen?«

»Nun ... « Niklot zögerte. »Vielleicht Silber und Eisen und Leintücher und Vieh und Getreide und ... «

»Und welche Sicherheit hat der Stärkere dafür, dass der Schwächere ihm das auch zahlt? Nicht nur sofort, sondern auch im zweiten Jahr und im dritten und im vierten und im fünften?«

Niklot wunderte sich. Warum fragte der Vater ihn in so dringendem Ton etwas, was so klar auf der Hand lag? Er zuckte die Achseln: »Er lässt sich Geiseln stellen!«

»Ja, Niklot, er lässt sich Geiseln stellen«, wiederholte der Vater und strich ihm durchs Haar. Sein Gesicht war furchtbar ernst. »Er lässt sich eine Geisel stellen, die seinem schwächeren Gegner sehr viel wert ist, mehr wert ist als sein eigenes Leben.«

Erst konnte Niklot gar nichts denken. Er hörte nur das Blut in den Ohren. Dann umklammerte er den Arm seines Vaters und stammelte: »Vater, Vater, du meinst doch nicht . . . du meinst doch nicht mich?«

»Doch, Niklot. Ich meine dich. Pribyslaw, der Großkönig der Abodriten, verlangt es. Ich muss dich als Geisel dafür hergeben, dass wir die Bedingungen des Waffenstillstandes einhalten! Morgen schon muss ich dich ins Heerlager der Abodriten bringen. Wenn sie abziehen, werden sie dich mit sich nehmen. Für fünf Jahre. Ich musste darauf eingehen. Ich hatte keine andere Wahl.«

*

In die Ecke gedrückt, kauerte Niklot auf der Bank. Die Betäubung wollte einfach nicht von ihm weichen. Er konnte es nicht glauben, dass er von zu Hause wegmusste, ganz alleine mitten unter die Feinde, obwohl sein Verstand längst begriffen hatte, dass nichts daran zu ändern war. Seit ihm sein Vater gestern die schreckliche Wahrheit eröffnet hatte, wiederholte irgendetwas in seinem Kopf ständig: Das darf nicht wahr sein, das darf nicht wahr sein.

Er schaute zu seiner Mutter und zu Dragomira hinüber. Die beiden knieten vor der großen Truhe und suchten seine Sachen zusammen. Eben hatte Dragomira seine Wintermütze aus Fuchspelz hervorgeholt. Ihre Finger verkrampften sich um das weiche Fell. Tränen liefen über ihr Gesicht.

Niklot sah schnell weg. Dann noch lieber seinem Vater und Onkel Stojgnew zuhören! Auch wenn sie miteinander stritten.

Onkel Stojgnew sagte eben aufgebracht: »Dafür haben wir dich nicht zum Heerführer gewählt, Milegost, wir alle einstimmig! Ich jedenfalls nicht!«

Der Vater blieb ruhig, beinahe zu ruhig: »Nein, ich weiß. Du hast mich gewählt, damit ich die Wilzen in den Sieg führe. Alle haben mich gewählt, die Burgherren wie die freien Bauern, damit ich siege. Aber doch auch, damit ich erkenne, wann ein Sieg unmöglich ist. Und mehr noch: damit ich rechtzeitig erkenne, wann eine Niederlage Vernichtung bedeuten würde.«

»Vernichtung! Wir haben schon manche Niederlage eingesteckt! Du glaubst doch wohl selbst nicht, dass die Abodriten auf einen Waffenstillstand eingegangen wären, wenn sie eine Möglichkeit gesehen hätten, uns vernichtend zu schlagen!«

»Doch. Der Großkönig der Abodriten ist nicht dumm. Pribyslaw lässt sich nicht von Hass blind machen, sondern berechnet genau, was er tut. Er weiß, dass gegenwärtig er es ist, der uns besiegen kann. Aber er weiß auch, dass es ihn weit mehr als sein halbes Heer und all seine Kräfte kosten würde. Und die will er beieinander halten. Wie ich beobachtet er voller Misstrauen, was in Sachsen vor sich geht.«

»Jetzt bring nicht die Sachsen daher! Wir liegen nicht im Krieg mit ihnen. Wir liegen im Krieg mit den Abodriten!«

»Stojgnew, so sei doch nicht so engstirnig! Du darfst doch vor dem einen Feind den anderen nicht vergessen! Seit der Sachsenherzog Heinrich deutscher König geworden ist, bereitet er mir Kopfzerbrechen. Er drängt nach Nordosten und Osten. Er drängt in unser Land. Zum Glück ist er meist damit beschäftigt, die Ungarn abzuwehren, die ihn dauernd überfallen. Aber ich traue ihm nicht. Und der Abodritenkönig traut ihm auch nicht. Darum hat Pribyslaw mit mir Waffenstillstand geschlossen! Er will den Rücken für den Kampf mit Heinrich frei haben. Im Übrigen«, fügte der Vater bitter hinzu, »geht es Pribyslaw nicht viel besser als mir. Auch er wird wegen seiner Entscheidung angegriffen. Es hat nicht viel gefehlt, und er wäre damit am Widerstand in seinen eigenen Reihen gescheitert. Die Kleinkönige sind zwar einer Meinung mit ihm, sie ziehen ja auch ihren Vorteil aus dem Waffenstillstand. Aber unter den Burgherren sind viele, die lieber Beute bei uns gemacht hätten als zuzusehen, wie die Könige den Tribut einstecken! Ich denke da vor allem an so einen Wagrierfürsten ... Nun ja, die Wagrier waren schon immer Räuber besonders gemeiner Art!«

»Pah!«, sagte Onkel Stojgnew. »Wollten sie unsere Burg ausrauben? Da müssten sie erst einmal hineingelangen!«

Der Vater sagte im Aufstehen: »Eben. Zum Glück ahnen sie nicht, dass das leichter geworden wäre, als sie denken! Unser Hoherpriester hat mir eröffnet, was die Abodriten von ihren Göttern nicht erfahren haben: Alle Anzeichen sprechen für einen sehr frühen und ganz ungewöhnlich strengen Winter. Einen Winter, der unsere Seen fest gefrieren lässt. Darum musste ich vor dem Winter diesen Krieg beenden. Ohne den Schutz des Wassers ist unsere Burg nicht mehr halb so viel wert!«

Das ist es also, dachte Niklot. Jetzt verstehe ich es. Habe ich nicht vor kurzem zu Dragomira gesagt, dass nicht noch einmal so etwas wie mit ihrer Mutter passieren wird, dass mein Vater es nicht zulassen wird? Er lässt es nicht zu. Aber ich muss mithelfen.

»Komm, Niklot, nimm Abschied! Wir müssen los!«, sagte sein Vater. Niklot nickte und stand auf. Es war noch immer furchtbar schwer, aber nicht mehr unmöglich. Es war ja für Dragomira.

Onkel Stojgnew gab ihm die Hand. Die Mutter umarmte ihn und küsste ihn auf die Stirn, murmelte dabei Segensworte in geheimnisvollen rhythmischen Versen. Dann stand er Dragomira gegenüber.

Sie schauten einander in die Augen. Es wäre so viel zu sagen gewesen. Niklot räusperte sich, dennoch war seine Stimme heiser, als er sagte: »Ich komme wieder, Dragomira. In fünf Jahren komme ich wieder.«

Dragomira sah ihn fest an. »In fünf Jahren«, wiederholte sie, und es klang wie ein Versprechen. Dann griff sie plötzlich in ihren Nacken und löste ihre Halskette, die Kette, welche sie von ihrer Mutter hatte, und drückte sie Niklot in die Hand, schloss ihm die Finger drüber.

Der Vater fasste Niklot am Arm. »Komm!«, sagte er noch einmal.

Niklot folgte seinem Vater in den Burghof und stieg auf sein Pferd. Stumm drängten sich Verwandte, Gefolgsleute und Dienstboten im Hof. Ein Kind weinte.

Niklot ritt neben seinem Vater zum Tor hinaus. Der Vater führte ein Pferd an der Leine, das Niklots Gepäck trug. Erst als sie auf der Fähre waren, schaute Niklot zurück.

*

Sie ritten den Hang hinunter. Unten im Tal, am Ufer des kleinen Sees, sahen sie das Heerlager der Abodriten. Niklot schluckte: Mit einer solch unübersehbaren Anzahl von Zelten hatte er nicht gerechnet.

Krieger kamen ihnen entgegengeritten, nahmen sie in die Mitte. Die Pferde gingen im Schritt. Dennoch erschien es Niklot, als kämen sie viel zu schnell voran.

Sie gelangten auf eine weite, freie Wiese, an deren nördlichem Ende ein besonders großes und buntes Zelt stand. Der Vater hielt sein Pferd an und griff Niklot in die Zügel. Einer ihrer Begleiter ritt voran, sprang vom Pferd, trat in das große Zelt. Wenig später teilten sich die Zeltbahnen zu einem breiten Tor. Vier Männer traten heraus und blieben vor dem Eingang stehen.

Der Vater stieg vom Pferd. »Komm, Niklot, den Rest müssen wir zu Fuß gehen!« Ihre Begleiter blieben stehen.

Niklot ging neben seinem Vater her. Die Sonne spiegelte sich glitzernd auf den Kettenpanzern der vier Männer. Einer von ihnen, der ganz links, überragte die anderen beinahe um Haupteslänge. Er sah aus, als sei er so stark wie die drei übrigen zusammen. Hellblondes Haar quoll unter seinem spitzen Eisenhelm hervor. Sein bärtiges Gesicht war finster. Niklot konnte keinen Blick von ihm wenden. Jeder Schritt näher wurde ihm schwerer und schwerer.

»Ist das der Großkönig, der Große links?«, fragte er tonlos seinen Vater.

»Nein, das ist Kruto, der Wagrierkönig!«, antwortete der Vater leise. Niklot seufzte erleichtert auf. Der Vater fuhr fort: »Das ist der, der Dragomiras Mutter auf dem Gewissen hat! Er ist der Gefährlichste von allen! Seine Mutter war eine Wikingerprinzessin, deshalb sieht er so fremd aus.«

»Und der Großkönig?«

»Der Großkönig Pribyslaw ist der neben Kruto. Niklot, du musst vor dem Großkönig niederknien und darfst erst wieder aufstehen, wenn er es dir sagt!«

Niklot nickte. Eigentlich sah der Großkönig gar nicht so schlimm aus.

Sie hatten die vier Könige erreicht. Niklot kniete vor dem Großkönig nieder und senkte den Kopf. »Steh auf!«, hörte er sofort die Stimme des Großkönigs. Sie klang nicht einmal unfreundlich. »Schau mich an, Niklot!«

Niklot schaute dem Großkönig ins Gesicht. Sorgfältig achtete er darauf, dass sein Blick nicht nach links fiel, dass er nur ja nicht den Wagrierkönig ansehen musste.

Der Großkönig hatte ein ruhiges Gesicht, weder freundlich noch unfreundlich. Nun musterte er Niklot ausgiebig, nickte ihm dann kurz zu und sagte zu Niklots Vater: »Das ist also dein Sohn, Milegost! Sieh ihn dir noch einmal gut an, denn es wird fünf Jahre dauern, bis du ihn wieder siehst! Und vergiss nie: Wenn ihr den Vertrag nicht bis ins Kleinste erfüllt, wirst du deinen Sohn nicht mehr lebend wieder sehen!«

Niklots Vater antwortete fest: »Wir werden den Vertrag erfüllen. Ich weiß, was ich zu verlieren habe. Aber eines schwöre ich dir, Pribyslaw, Großkönig der Abodriten: Wenn meinem Sohn bei dir etwas zustößt, so werde ich am gleichen Tag, an dem ich davon erfahre, zum Tempel des Swarog reiten, um unsere Feldzeichen herauszuholen. Es war schwer, meine Krieger davon zu überzeugen, dass wir Waffenstillstand mit dir schließen müssen. Es würde leicht sein, sie von einem neuen Krieg zu überzeugen, um meinen Sohn zu rächen! Und selbst wenn dieser Krieg unser Untergang wäre, so würde ich dich und euch alle mit in den Untergang ziehen! Das schwöre ich dir, Pribyslaw, das schwöre ich dir bei Swarog, unserem großen Gott!«

Der Großkönig antwortete kühl: »Starke Worte sind das, Milegost! Aber ich nehme sie dir sogar ab. Du siehst also, Kruto, welch kostbaren Schatz du zu hüten hast?«

»Kruto?«, fragte der Vater erschrocken. »Willst du denn meinen Sohn dem Wagrierkönig anvertrauen?«

»Aber gewiss doch! Das Wagrierland liegt so beruhigend weit weg von dem deinen! Und beinahe am äußeren Ende liegt Starigard, die Burg von Kruto. Nicht dass dein Sohn auf den dummen Gedanken kommt, er könnte mal eben nach Hause laufen! Und der Wagrierkönig ist gerade der Rechte, um dich an deine Vertragspflichten zu erinnern! Wenn ich mich nicht irre, hat er schon deine Nichte zur Waisen gemacht. Nun sorge du dafür, dass er dich nicht zum kinderlosen Vater macht!«

Nein!, wollte Niklot schreien. Nicht das! Nicht der Wagrierkönig! Alles, aber nicht das! Er brachte keinen Ton heraus.

Kruto, der Wagrierkönig, zog sein Schwert. Ein schweres Schwert, wie Niklot es noch nie gesehen hatte. Dann sagte er rau und hart: »Sieh her, Milegost, Heerführer der Wilzen! Dieses Wikingerschwert hat schon viel Blut getrunken. Denke du immer daran, dass es über dem Haupt deines einzigen Sohnes schwebt!«

»Ich werde immer daran denken!«, erwiderte Niklots Vater heiser.

Kapitel 3

Niklot schaute auf die Ohren des Pferdes. Leicht wehte die Mähne im Wind. Er versuchte, seine ganze Aufmerksamkeit auf diese Pferdeohren zu richten, an nichts anderes zu denken, nichts anderes wahrzunehmen.

Es ging nicht. Mühsam drängte er die Tränen zurück, die immer wieder aufsteigen wollten. Er hatte Schmerzen. Die Oberschenkel taten ihm weh, sein Gesäß brannte. Er war es nicht gewohnt, so lange zu reiten, noch niemals hatte er tagelang im Sattel gesessen. Nun war er wund geritten. Aber das war nicht der einzige Grund, weshalb er mit den Tränen kämpfte.

Tagelang waren sie nun schon unterwegs, und heute noch würden sie in der Burg des Wagrierkönigs ankommen. Sie waren immer weniger geworden. Als Erstes hatte der Heeresverband der Warnower ihren Zug verlassen. Dann hatte sich der Großkönig von ihnen getrennt, um mit seinem abodritischen Heeresteil nach Weligard zu ziehen, der großen Hauptburg der Abodriten. Seit der Großkönig nicht mehr an der Spitze des Zuges ritt, fühlte Niklot sich schutzlos. Inzwischen waren auch die Polaben längst bei ihren Dörfern und Burgen zurückgeblieben. Nur die Wagrier waren es noch, die weiterritten, nun nicht mehr nach Westen, sondern nach Norden, immer weiter nach Norden.

Der Wind fuhr Niklot ins Gesicht und zerrte an seinen Haaren. Das Meer – ob er es sehen würde? Ob Starigard am offenen Meer lag?

Starigard, das war ein Name, der ihm Schauer der Angst den Rücken hinunterjagte. Dunkel erinnerte er sich an die Erzählungen seines Vaters von mächtigen Burgen: Neben Jumne an der Odermündung und Hedeby an der Schlei hatte Starigard dabei die größte Rolle gespielt. Starigard musste viel größer sein als die Burgen, an denen sie auf ihrem Ritt vorbeigekommen waren.

Niklot strich sich über die Augen, als könne er dadurch die Bilder auslöschen, die sich ihm eingebrannt hatten, Bilder aus dem Land der Zirzipanen und aus dem Land der Warnower; niedergebrannte Burgen, verwüstete Dörfer, verzweifelte Menschen, die zwischen den verkohlen Trümmern nach dürftigen Resten ihrer Habe und ihrer Vorräte suchten, Kinder, denen der Hunger aus den Augen schaute, Mütter, deren Gesichter leer aussahen vor Hoffnungslosigkeit. Hier zeigte sich der Krieg von einer ganz anderen Seite als in den Erzählungen von Onkel Stojgnew. Das war das Gesicht des Krieges, das Dragomira meinte, jetzt verstand er es erst richtig.

Gewaltsam riss sich Niklot aus seinen Erinnerungen und sah sich um. Seit sie den großen Grenzwald zwischen dem Kernland der Abodriten und dem der Polaben hinter sich hatten, ritten sie nun die längste Zeit durch offenes Land. So viel freies Land, so viele Äcker und Wiesen hatte er noch nie gesehen. Und so viele Dörfer und Burgen! Die Wagrier mussten ein sehr großer und reicher Stamm sein. Und nun war er in ihrem Gebiet.

Niklot schauderte. Wenn er wenigstens mit irgendjemandem reden könnte! Er schielte nach rechts und links in die Gesichter der Krieger, die neben ihm ritten. Die schauten stur geradeaus, würdigten ihn keines Blickes. Und Anatrog, einer der Wagrierfürsten, der Einzige, der ab und zu ein paar freundliche Worte mit ihm gewechselt hatte, ritt heute schon den ganzen Morgen vorne an der Seite des Wagrierkönigs.

Nein, es gab niemandem, mit dem er hätte reden können. Niklot fasste in den Ausschnitt seines Kittels, tastete nach Dragomiras Halskette, die er unter der Kleidung verborgen trug. Den Anhänger, dies kleine silberne Kästchen, zu spüren war ein gewisser Trost. Dragomira – mit ihr hatte er immer alles besprechen können. Und nun! Sicher, nüchtern betrachtet hätte alles viel schlimmer sein können. König Kruto hatte sich bisher kaum um ihn gekümmert, ihn nicht öfter als zwei-, dreimal mit einem gleichgültigen Blick gestreift. Sie hatten ihm keine Fesseln angelegt. Sie gaben ihm genug zu essen und jeden Abend ein Zelt und Felldecken für die Nacht. Keiner schrie ihn an. Keiner schlug ihn. Und doch . . .

In der Biegung des Weges gelangten sie an einen Wald. Der Zug kam ins Stocken. Der König hatte sein Pferd angehalten, sprang ab. Die anderen folgten seinem Beispiel. Niklot atmete auf. Endlich eine Rast! Mit steifen Beinen stieg er vom Pferd. Mit steifen Beinen stelzte er am Rande des Waldes zum Bach, ließ sich vorsichtig auf den Bauch nieder, trank mit dem Mund direkt aus dem Bach. Nah am Wasser blieb er im Gebüsch liegen, vergrub sein Gesicht in seinen Armen. Der Schmerz ließ nach. Wirr und doch gleichförmig drangen die Stimmen der rastenden Männer an sein Ohr, schienen immer weiter in die Ferne zu rücken. Und er schlief ein.

Später wusste er nicht mehr, wann er aufgewacht war. Bruchstücke eines erregten Gesprächs drangen in seinen Schlaf, verwoben sich mit seinem Traum, unmöglich zu entscheiden, was Wirklichkeit war und was Traumgespinst:

»Pribyslaw denkt nur an seinen eigenen Vorteil . . . Wir machen die Arbeit, und die Könige stecken den Tribut ein . . . Wo bleibt unsere Beute . . . Kruto hat dabei auch nicht schlecht abgeschnitten . . . Wir hätten siegen können . . . Aus den Wilzen wäre viel mehr herauszupressen gewesen . . . Wenn wir Gefangene gemacht hätten, die könnten wir teuer als Sklaven verkaufen, der arabische Sklavenhändler ist wieder im Land . . . Der Araber zahlt für einen Sklaven mehr als für ein Pferd . . . Was will man machen, Vertrag ist Vertrag . . . Pah, es wäre nicht das erste Mal . . . Still! Der König!«

Schritte entfernten sich. Betäubt richtete Niklot sich auf, blinzelte gegen die Sonne. Drei Männer sah er weggehen. War der eine von ihnen nicht Anatrog? Er war sich nicht sicher, die Sonne blendete so. Aus dem Waldrand trat der König heraus, setzte mit einem großen Schritt über den Bach, gab das Zeichen zum Aufbruch.

Sie ritten in den Wald. Niklot brütete vor sich hin. »Na«, hörte er plötzlich eine gutmütige Stimme neben sich, »was lässt du denn so den Kopf hängen, Niklot?«

Er blickt auf und sah Anatrog. Nein, das vorhin am Bach, das war wohl nicht Anatrog gewesen. Vielleicht hatte er alles auch nur geträumt.

Anatrog blieb etwas mit ihm zurück. Sie ritten jetzt allein nebeneinander. Niklot fühlte sich gleich viel besser.

»Wir müssen uns bald trennen, Junge«, sagte der Wagrierfürst. »Wenn wir aus dem Wald sind, beginnt mein Gau. Ich ziehe nicht mit nach Starigard, sondern reite zu meiner Burg.«

Die Enttäuschung musste Niklot wohl deutlich im Gesicht gestanden haben, denn der Wagrierfürst fuhr lächelnd fort: »Ich habe dort einen Sohn, weißt du, so etwa in deinem Alter. Der wartet auf seinen Vater. Aber ich komme öfter mal nach Starigard. Jedenfalls zu den hohen Gerichtstagen und auch sonst ab und zu. Ich werde schon ein Auge auf dich haben!« Und dann fügte er sehr leise hinzu: »Aber du musst schon auch selber auf dich aufpassen, Niklot. Weißt du, was für einen Beinamen Kruto ganz im Geheimen hat? Nein? Dann sage ich es dir, nicht, um dir Angst zu machen, sondern um dich zu warnen. Man nennt ihn Kruto den Schrecklichen. Und den Namen trägt er zu Recht. Das macht das Wikingerblut in seinen Adern. Und seine beiden Söhne stehen ihm in nichts nach. Sieh dich also vor, Junge, du bist in Starigard in der Höhle des Bären! Leb wohl!«

Damit gab Anatrog seinem Pferd die Sporen und sprengte wieder an die Spitze des Zuges.

*

Niklot hielt den Atem an und zügelte unwillkürlich sein Pferd. Von hier oben, dem Gipfel der sanften Anhöhe nicht weit hinter Anatrogs Burg, ging der Blick ungehindert in die Ferne. Nach Norden zu erstreckte sich dunkel der Wald, nach Osten aber, am Ende des breiten Bachtales, glänzte es blau und glatt, verlief in feinen, unmerklichen Abstufungen in den Dunst des Himmels – das Meer! Tief aufseufzend holte Niklot wieder Luft, aber ihm war keine Pause vergönnt, schon musste er weiter, in den nächsten finsteren Wald. Viel Wald hatte Niklot in den letzten Tagen durchquert, dichten, undurchdringlich erscheinenden Wald, aber keiner hatte sich ihm so beklemmend auf die Seele gelegt wie dieser Wald hier, hinter dem der Gau des Königs Kruto begann: der Gau, in dem Kruto nicht nur König war wie über das ganze Wagrierland, sondern alleiniger und unumschränkter Herrscher.

Schließlich hatte auch dieser Wald ein Ende. Das furchtbare Land lag im östlichen Nachmittagslicht. Die Felder waren abgeerntet. In tiefem, sattem Braun glänzte der Ackerboden. Dazwischen lag Brachland, grünten saftige Wiesen. Rinder und Pferde weideten auf ihnen. Dörfer lagen über das Land verstreut, schienen sich mit ihren reetgedeckten Dächern unter dem Wind zu ducken.

Es ging auf Abend zu, als Niklot die Veränderung spürte. Stimmen wurden laut, Zurufe gingen hin und her, die Reiterei verfiel in schnelleren Trab. Der müde, wortkarge Krieger neben Niklot begann ein Liedchen zu pfeifen. Als er Niklots erstaunten Blick auffing, lachte er: »Gleich sind wir da, Junge!« Um kurz darauf grimmig hinzuzufügen: »Für dich kein Grund zur Freude!«

Sie ritten einen sanften Hang abwärts. Niklots Augen suchten angestrengt die wellige Kammlinie der gegenüberliegenden flachen Hügel ab: ein paar Hütten, sonst nichts. Aber unmittelbar vor ihnen erstreckten sich Schilf- und Wasserflächen, wurden nach beiden Seiten breiter und breiter. Glänzend in der Abendsonne schien der Hügel über dem Schilf zu schwimmen.

Der Wagrierkönig an der Spitze des Zuges gab seinem Pferd die Sporen, die ganze Reiterei fiel in einen rasenden Galopp. Als wirbelnde Staubwolke jagte die Heerschar auf die Schilffläche zu, als wolle sie sich kopfüber in den Sumpf stürzen. Niklot wurde mitgerissen. Mit letzer Kraft versuchte er, noch einmal federnd in den Steigbügeln zu stehen, denn jeder Stoß des harten Holzsattels trieb ihm das Wasser in die Augen. So plötzlich, wie der Galopp begonnen hatte, war er schon wieder vorbei. Die Reiterei staute sich vor einem Torturm. Der König und seine Gefolgsleute waren bereits hindurch, donnernd und dröhnend vernahm man den Widerhall von Hufen und Holzplanken.

Nun war die Reihe an Niklot. Eingekeilt zwischen den Kriegern ritt er durch den Turm und auf der wohl 200 Schritt langen Brücke über die schmalste Stelle des Gewässers. Schon ging es wieder bergan. Noch immer war keine Burg zu sehen. Die Spitze des Zuges war bereits hinter der Bodenwelle verschwunden. Und dann hatte Niklot die Höhe erreicht.

Nein!, war das Erste, was Niklot dachte. Das ist nicht wahr. Unmöglich! Er schloss die Augen. Aber als er sie wieder öffnete, sah er noch immer das gleiche Bild: So breit sich die Fortsetzung des Bergrückens dehnte, so breit lagen die wuchtigen, hoch aufragenden Wälle mit ihren hölzernen Wehrgängen vor ihm.

Die letzten vierhundert Schritte hätte er einzeln zählen können. Je näher er kam, desto riesiger erschien ihm der Torturm, desto steiler der Böschungsanstieg des Erdwalls. Er hatte es nicht eilig, auf der Brücke über den fünfzehn Schritte breiten Graben zu reiten, der so tief war, dass leicht zwei Männer übereinander in ihm hätten stehen können, ohne den Rand zu sehen. Er hatte es nicht eilig, hinter diesem Wall zu verschwinden. Doch schließlich half kein Zögern mehr. Als er in die Burg ritt, war ihm, als habe er soeben vom Leben Abschied genommen.

Ängstlich schaute er sich um. Er fand sich auf einem Hohlweg, der vom Südtor, das er eben passiert hatte, durch die ganze Burg zum Nordtor zog. Der Hohlweg teilte die Burg in zwei ungefähr gleich große Hälften. Zu beiden Seiten ragten Palisadenzäune empor, zu denen mehrere Wege abzweigten.

»Dort hoch, durch das Drachentor in den Königshof!«, sagte der Krieger an Niklots Seite und wies auf den breitesten Weg, der nach rechts die Steigung hinauf auf ein mächtiges Tor zu führte. Und dann fügte er erklärend hinzu: »Der Königshof ist der größte in der östlichen Burg. Außer ihm gibt es da noch die beiden Höfe für die Gefolgsleute und den Wirtschaftshof. Drüben, in der westlichen Burg, sind die Handwerkerhöfe – und natürlich der alte Tempelhof.«

Niklot biss sich auf die Lippen. Diese Burg war schrecklich fremd.

Das Drachentor stand weit offen. Es verdiente seinen Namen: Seine beiden Torflügel waren mit dem geschnitzten Bild kämpfender Drachen verziert und grell bemalt. Niklot schauderte, als er die kalten Augen dieser Ungeheuer auf sich zu spüren glaubte.

Im Königshof stieg er vom Pferd und überließ die Zügel einem Knecht. Mit klopfendem Herzen blieb er stehen. Er nahm alles in sich auf: den großen freien Platz, das mit einem säulengetragenen Laubengang umgebene Hallenhaus, welches an die zwanzig Schritt in der Länge und fünfzehn in der Breite messen mochte, einige kleine, weiß verputzte, dicht an die Palisaden gedrängte Flechtwandhäuser, den Pferdestall, das herrschaftliche turmartige Wohnhaus, dahinter weitere größere Häuser und an der Nordseite die drei holzverschalten Stufen der Innenseite des Walls, jede beinahe so hoch wie er selbst. Doch vor allem sah er die Menschen.

Immer mehr wurden es, die aus den kleineren Häusern, durch das Drachentor und durch eine weitere Pforte in den Hof strömten. Man hörte ihre Schritte. Von draußen drang das Wiehern von Pferden, das Rufen von Kriegern herein. Sonst war es still, beinahe beängstigend still. Stumm zogen die Männer ihre Mützen vom Kopf, verneigten sich tief vor dem König. Die Frauen versanken zu einem tiefen Knicks.

Die Tür des königlichen Wohnturms ging auf, und zwei Jungen traten heraus. Der eine war schon beinahe ein Mann, der andere mochte in Niklots Alter sein. Beide hatten hellblondes Haar, beide waren auffallend groß, und beide waren sehr reich gekleidet, mit goldbestickten und zobelbesetzten Kitteln. Kein Zweifel, das mussten die Söhne des Königs sein. Doch auch sie umarmten den König nicht, sondern verbeugten sich vor ihm und küssten ihm ehrerbietig die Hand.

Niklot fror. Er dachte daran, was für ein Jubel es daheim war, wenn sein Vater von einem Kriegszug zurückkehrte, wie er selbst vor wenigen Tagen seinem Vater entgegengerannt war. Hier herrschte ein anderer Ton.

König Kruto begrüßte mit knappen Worten die anwesenden Dienstleute und entließ sie dann mit einer Handbewegung. Der Königshof leerte sich wieder. Nur die Söhne des Königs und einige Krieger aus seinem Gefolge waren geblieben. Niklot sah sich unsicher um. Wo sollte er hin? Was musste er jetzt tun, um nichts falsch zu machen? Er merkte, wie die Söhne des Königs ihn beobachteten. Ihre Blicke erschienen ihm lauernd und feindselig. Die Angst drückte Niklot den Atem ab.

Da drehte sich der König nach ihm um und winkte ihn heran, sagte zu seinen Söhnen: »Das ist Niklot, der Sohn des Heerführers der Wilzen. Er ist unsere Geisel. Fünf Jahre lang werden wir auf ihn aufzupassen haben. Du, Grin, wirst dich daran gewöhnen müssen, dass er mit dir zusammen erzogen wird!«

Dann fuhr der König zu Niklot gewandt fort: »Das sind meine Söhne. Sie werden jetzt deine Ziehbrüder sein. Der große ist Sedrag, der jüngere Grin. Fordere sie nicht heraus, ich glaube kaum, dass du ihnen gewachsen wärest! Im Übrigen hast du nicht nur mir, sondern auch Gnewosch, dem Waffenmeister, der euch erzieht, zu gehorchen. Du kannst dich in der Burg und bei den nördlichen Koppeln bis zum Schilfufer frei bewegen, aber unter keinen Umständen darfst du ohne meine Erlaubnis weiter fort! Merk es dir, ich sage nichts zweimal.«

Damit drehte sich der König um und ging rasch ins Haus, gefolgt von Sedrag und den Kriegern des Gefolges. Nur Grin blieb im Hof.

Allein standen sie sich gegenüber, wenige Schritte voneinander entfernt. Grin war viel größer als Niklot – und bestimmt viel stärker. Niklot fürchtete sich. Wenn er gekonnt hätte, wäre er weggelaufen. Um seine Angst nicht zu zeigen, starrte er Grin in die Augen, so finster und entschlossen, wie er es nur fertigbrachte. Da zuckte Grin die Achseln, wandte sich ab und schlenderte ins Haus. Niklot atmete auf.

Kapitel 4

Na, was ist, Niklot, hast du Brei in den Armen statt Muskeln?« Gnewosch, der Waffenmeister, grinste geringschätzig.

Niklot presste die Lippen zusammen. Das Holzschwert war schwer, viel größer und schwerer als das Schwert, mit dem er daheim geübt hatte, und der Schild schien mit jedem Atemzug an Gewicht zuzunehmen. Der Regen strömte auf Niklot herab, rann in kleinen Bächen über sein Gesicht. Die Haare klebten am Kopf. Kalt fegte ein Windstoß über den Hof und ließ ihn in den nassen Sachen schaudern. Aber der Waffenmeister dachte nicht daran, die Übung abzubrechen.

Den ganzen Morgen musste Niklot nun schon mit Grin den Schwertkampf üben. Grin kämpfte gut. Geschickt fing er Schläge mit dem Schild ab, parierte mit seinem Schwert, traf Niklot immer wieder. Aber so gut gezielt seine Streiche auch waren, sie waren nicht hart. Eigentlich hatte er Grin für stärker gehalten.

Die Tür der Königshalle ging auf, der König trat heraus und blieb unter dem Schutz des Laubengangs stehen und schaute zu ihnen herüber. Plötzlich waren die Schläge, die Grin austeilte, von furchtbarer Kraft. Zwei konnte Niklot mit dem Schild abwehren, der dritte traf sein Holzschwert mit einer Wucht, dass es ihm aus der Hand gerissen und im weiten Bogen fortgeschleudert wurde. Die Hand, der Arm, die Schulter, alles war taub. Gnewosch lachte spöttisch: »So was lernt man nicht im Wilzenland, was? Im Ernstfall wärst du jetzt so gut wie tot. Na ja, was noch nicht ist, kann ja noch werden. In fünf, sechs Jahren! Genug für heute! Gebt euch die Hände, wie sich das für einen Turnierkampf gehört.«

Grin streckte Niklot die Hand hin, schaute ihn aber nicht an. Mit ausdruckslosem Gesicht sah er an Niklot vorbei, auf irgendeinen unsichtbaren Punkt über dessen rechter Schulter.

König Kruto rief seinen Sohn zu sich. Grin ging zu seinem Vater, folgte ihm in die Halle. Niklot lief durch die Tür des Wohnturms und dann rasch die Stiege hinauf in den Raum, den er mit Grin und Sedrag teilte. Er war allein. Fröstelnd zog er seinen Kittel und dann noch das Unterkleid aus, denn der heftige Regen hatte ihn bis auf die Haut durchnässt. Nur noch mit der Hose bekleidet, kniete er vor seiner Truhe nieder und suchte sich trockene Sachen zum Anziehen heraus. Während er sich mit einem Leinentuch trockenrieb, hörte er die Tür gehen. Er blickte auf und sah sich Grin gegenüber.

»He, zeig mal her, was hast du denn da um den Hals?«, sagte Grin und trat dicht vor Niklot.

Niklot durchfuhr ein heftiger Schock. Die Kette von Dragomira, die er immer so sorgfältig unter seiner Kleidung versteckt hatte! »Das geht dich nichts an!«, stieß er hervor und trat einen Schritt zurück.

Grin lachte: »Sag bloß, du trägst Weiberschmuck!«, und griff nach der Kette.

»Lass die Finger davon!«, schrie Niklot.

Da packte Grin blitzschnell zu. Niklot machte einen Satz zurück, doch zu spät. Grins Finger hatten sich schon um die Kette geschlossen. Niklot spürte einen scharfen Schmerz im Nacken, dann zerriss der Verschluss der Kette.

Grin hielt Dragomiras Kette am ausgestreckten Arm in die Höhe. »Tatsächlich, Weiberschmuck!«, lachte er und ließ sie baumeln.

Niklot schoss das Blut in den Kopf. »Du gemeiner Hund!«, schrie er, sprang auf Grin zu, riss ihm die Kette aus der Hand und stürzte aus dem Raum, die Stiege hinunter. Er hörte Grin hinter sich herpoltern.

Niklot rannte aus dem Haus und flüchtete über den Hof. Der kalte Regen prasselte auf seinen nackten Oberkörper. Der Wind heulte ihm entgegen. Er konnte nicht mehr hören, ob Grin hinter ihm her war. Niklot hetzte über den Hof, durch das Drachentor, den Hohlweg hinunter. Er wusste nicht, wohin. Da sah er die geöffnete Pforte des ersten Handwerkerhofes. Er rannte hindurch, wich im letzten Augenblick zwei kleinen Jungen aus, die verbissen miteinander rangen, sprang über ein Schwein, schaute sich suchend um. Die Tür des ersten Hauses stand offen. Er stürzte in das Haus, drückte sich scher atmend neben der Tür an die Wand.

Er wartete darauf, dass jeden Augenblick Grin hereinkommen würde. Keiner kam durch die Tür. Doch im Raum bewegte sich etwas. Hühner flatterten auf, ein Schaf drängte sich an ihn. Nun erst bemerkte Niklot das Mädchen, das neben dem Ofen auf der Bank kauerte, eine Spindel in der Hand, den Spinnrocken zwischen den Knien. Das Mädchen stand auf und kam auf ihn zu.

»Entschuldige!«, sagte Niklot. »Grin war hinter mir her. Da bin ich einfach hier hereingerannt. Ich heiße Niklot.«

Das Mädchen nickte: »Ich weiß. Ich bin Slawomira.«

Mit einem Mal begann Niklot zu zittern.

»Du frierst«, stellte Slawomira fest. »Du brauchst was zum Anziehen, oder du holst dir noch den Tod.«

Niklot schaute an sich herab. Er wurde rot vor Scham, als ihm klar wurde, wie er diesem Mädchen gegenüberstand, mit nichts als seinen durchnässten Hosen bekleidet.

»Tut mir Leid, dass ich so unmöglich daherkomme!«, sagte er verlegen.

Slawomira lachte. Es war ein freundliches Lachen. Sie nahm eine Wolldecke von der Bank und hielt sie ihm hin. »Da nimm erst mal das. Ich gehe in den königlichen Wohnturm und hole dir was zum Anziehen. Du wirst kaum Lust haben, in dem Aufzug zurückzugehen!«

»Würdest du das für mich tun? Geht das denn?«

»Natürlich. Ich kenne die Mägde, die dort aufwarten. Ich bin gleich zurück!«

Niklot schlang die Decke um sich und setzte sich dicht neben dem Ofen auf die Bank. Die Lehmkuppel des Ofens strömte eine behagliche Wärme aus. Er rieb sich mit dem rauen Wollstoff, bis seine Haut ganz rot war, dann schüttelte er den Regen aus den Haaren. Langsam ließ das Zittern nach. Er öffnete die Faust und schaute auf die Perlenkette. Der silberne Verschluss war verbogen. Er hielt die Kette vor das offene Feuerloch, um den Schaden besser begutachten zu können.

»Ist die schön!«, hörte er Slawomiras Stimme hinter sich.

Merkwürdig, bei Slawomira machte es ihm nichts aus, dass sie die Kette sah. »Von deiner Mutter?«, fragte sie leise.

Niklot schüttelte den Kopf. »Nein. Nicht von meiner Mutter.«

Er schaute Slawomira ins Gesicht. Er fand sie nicht besonders hübsch – längst nicht so hübsch und fein wie Dragomira! –, aber sehr nett. Ihr Haar war weder blond noch braun, ihre Augen waren von hellem Graublau, unzählige Sommersprossen bedeckten ihre Stupsnase. Sie schaute ihn so freundlich und voller Mitgefühl an, wie ihn schon lange niemand mehr angesehen hatte.

»Es muss schlimm für dich gewesen sein, von daheim wegzumüssen und hierher zu kommen«, sagte Slawomira.

Etwas wurde warm in Niklot, aber auch gefährlich weich. Bloß nicht schwach werden!, ermahnte er sich und sagte ausweichend: »Grin hat die Kette zerrissen. Ich habe sie zum Abschied geschenkt bekommen.«

»Von deinem Mädchen«, ergänzte Slawomira. So, wie sie das sagte, war nichts dagegen einzuwenden.

»Ich wüsste jemand, der deine Kette gleich wieder reparieren könnte!«, meinte sie nach einer kleinen Pause.

Niklot sah sie zweifelnd an. »Du meinst doch nicht die Waffen- und Silberschmiede im Königshof?«, fragte er unbehaglich. Er hatte diese Schmiede als reichlich unzugängliche Männer kennen gelernt. Außerdem ging der König in ihrer Werkstatt aus und ein, war offensichtlich so sehr an einer

Überwachung ihrer Arbeit interessiert, dass er sie als einzige Handwerker im Königshof angesiedelt hatte. Diesen Männern wollte er Dragomiras Kette nie und nimmer in die Hand geben!

Slawomira lachte: »Nein! Bestimmt nicht! Hier ein paar Hütten weiter hat noch ein Silberschmied seine Werkstatt. Zieh dich an, dann führe ich dich hin!«

Sie hielt ihm seine zusammengefalteten Kleider hin und ging aus der Hütte. Niklot kleidete sich an. Sie hatte ihm sogar eine trockene Hose mitgebracht. Diese Slawomira schien an alles zu denken. Er trat aus der Tür und sah sich um.

Die beiden kleinen Jungen hatten Verstärkung erhalten. Im strömenden Regen lieferte sich eine ganze Horde Kinder eine wilde Schlammschlacht. »Ihr seid die Wilzen!«, rief der größte Junge und warf einen Lehmbatzen. »Wir wollen nicht immer die blöden Wilzen sein! Heute seid ihr damit dran!«, schrie von der Gegenseite ein anderer zurück und bückte sich, um sich mit dem Schlamm zu bewaffnen, den die Schweine im aufgeweichten Lehmboden aufgewühlt hatten.

»Wilze!«, »Selber Wilze!«, tönte es über den Hof.

Niklot zuckte zusammen. »Hört auf damit!«, rief Slawomira und trat unter dem Dach hervor. Jetzt erst bemerkten die Kinder Niklot. Mit offenem Mund gafften sie ihn an. Dann verzogen sie sich in einen Schuppen.

»Mach dir nichts draus«, sagte Slawomira verlegen.

»Ach das!« Niklots Stimme klang nicht ganz so leichthin, wie er es gerne gewollt hätte. »Das bin ich schon gewöhnt.«

»Kennst du dich hier in den Handwerkerhöfen schon aus?«, fragte Slawomira ablenkend.

»Nicht so richtig«, gab Niklot zu, froh darum, dass Slawomira nicht mehr von dem Vorfall sprach.

Seit die Kinder verschwunden waren, lag der kleine Hof

menschenleer. Gestern, bei trockenem Wetter, hatte hier ein unglaubliches Treiben geherrscht. Niklot hatte beobachtet, wie die verschiedenen Handwerker im Hof gearbeitet hatten, wie Händler, Käufer und Auftraggeber gekommen und gegangen waren. Niklot kannte von daheim nur Burgen und Bauerndörfer. Eine solche Siedlung hatte er noch nie gesehen: eine solche Ansammlung verschiedenster Handwerksstätten, ein solcher Treffpunkt von Händlern aus allen Himmelsrichtungen.

»Dann erklär ich es dir!«, bot Slawomira an. »Die meisten Hütten hier sind zugleich Wohnungen und Werkstätten. Weißt du, was hier alles hergestellt wird? Töpferwaren, Schuhe, Kämme, Wagen, Werkzeuge, Eimer, Körbe, Fässer – ach, ich kann gar nicht alles aufzählen! Komm, wir müssen hier in den zweiten Hof, dort sind die Schmieden. Und da sind wir schon!«

Sie blieb vor einem kleinen weiß verputzten Haus stehen und griff nach der Tür. Niklot zögerte. »Können wir da so einfach rein?«

Slawomira lächelte: »Sicher. Ich kenne Rochel, der beim Silberschmied lernt.« Plötzlich hatte sie einen roten Kopf bekommen.

Niklot trat hinter ihr ein. An einem Amboss stand ein halbwüchsiger Junge und trieb mit vorsichtigen Hammerschlägen eine Bronzeblech. Sonst war niemand im Raum.

»Ist der Meister nicht da, Rochel?«, fragte Slawomira.

Rochel sah auf, lächelte Slawomira zu, streifte Niklot mit einem nachdenklichen Blick und schüttelte den Kopf. »Nein, er ist gerade weg. Warum?«

»Niklot hat eine Kette, die zerrissen ist.«

Rochel sah Niklot an. »Wenn du warten willst, bitte!« Er wies auf die Bank.

»Nein, danke!«, antwortete Niklot. »Es wird bald Mittag sein. Ich muss zum Essen zurück sein.«

»Vielleicht kann ich dir ja auch helfen. Zeig doch mal die Kette! Oh, die ist schön. Die Bergkristallperlen sind so gut geschliffen. Und das silberne Kettchen da ist ein richtiges kleines Kunstwerk. Wo kommt die Kette denn her? Wer hat sie gemacht?«

»Ich weiß nicht. Ich habe sie geschenkt bekommen.«

Rochel trat an die Tür und schaute sich die Kette genau an. Dann meinte er: »Der Schaden ist leicht behoben. Das kann ich dir gleich machen, wenn du willst.«

»Danke! Das ist sehr freundlich!«, antwortete Niklot.

»Also, ich muss dann wieder gehen!«, ließ sich Slawomira vernehmen. Niklot wollte sich noch bei ihr bedanken, aber ehe er etwas sagen konnte, war sie weg.

Rochel machte sich an die Arbeit und sagte: »Eigentlich ist es ein sehr haltbarer Verschluss. Du musst Gewalt angewendet haben, um den kaputtzukriegen!«

»Ach – ich hatte einen Streit mit Grin.«

Rochel blickte auf und lächelte ihm zu. »Grin ist ganz schön stark, was?«

»Scheint so!«, murmelte Niklot. Der Gedanke an Grin behagte ihm gar nicht.

Keiner sagte mehr was. Rochel hantierte geschickt mit seinem Werkzeug. Bald erklärte er: »So, fertig! Die hält wieder, darauf verwette ich meinen Kopf!«

»Ich weiß gar nicht, wie ich dir danken soll.«

Rochel lachte: »Keine Ursache. Schließlich ist das mein Handwerk, oder?«

Gerne hätte Niklot Rochel etwas geschenkt, aber er wusste nicht, wie er es anstellen sollte. Also ging er mit einem flüchtigen Gruß in den Regen zurück. Es gibt also doch nette Leute unter den Wagriern, dachte er plötzlich. Slawomira und Rochel: Die Namen würde er sich merken. Er schaute sich um, aber er konnte Slawomira nicht entdecken. Langsam ging er über den Hohlweg entlang und trat durch das Drachentor in den Königshof ein.

Er hatte erst wenige Schritte auf den Wohnturm zugemacht, als er Grin hörte: »Da bist du ja wieder, Niklot! Warte, ich habe noch eine Rechnung mit dir zu begleichen! Du glaubst doch wohl nicht, dass ich mir den ›gemeinen Hund‹ bieten lasse! Wehr dich, wenn du kannst!«

Niklot versuchte es. Aber es hatte keinen Sinn. Grin war wirklich sehr stark.

*

Niklot fühlte in der Tasche seines Kittels nach dem Stück Brot, das er am Morgen eingesteckt hatte. Seine Stute würde sich darüber freuen. Er ging in den Pferdestall und zur Box seines Pferdes. Die rotbraune Stute begrüßte ihn mit leisem Wiehern. »Na du!«, sagte Niklot und klopfte ihren Hals. »Ich hab was für dich!«

Er hielt der Stute das Brot auf der flachen Hand hin und hörte zu, wie sie es mit leisem Schnurpsen zermalmte. Dann tätschelte er sie weiter. »Wie geht es dir, hm? Hast du auch Sehnsucht nach unserer Heimat? Ach nein, einem Pferd macht es wohl nichts aus, ob es in einem wagrischen oder einem zirzipanischen Stall steht, was? Hauptsache, der Hafer ist in Ordnung! Was wissen Pferde von Freund und Feind! Komm mit, ich muss dich etwas bewegen, sonst rosten dir hier noch die Gelenke ein!«

Er legte dem Pferd das Zaumzeug an und zog es am Zügel hinter sich her aus dem Stall und aus der Burg. Er hatte keine

Lust, aufzusteigen, die Knochen taten ihm von der Prügelei mit Grin noch weh. Außerdem machte es sowieso keinen Spaß, auf der Koppel herumzutrotten. Richtig ausreiten, den Wind im Gesicht, das wäre etwas anderes!

Er ging zum Wasser hinunter. Ein Fischer machte sich am Ufer zu schaffen. Niklot ging neugierig näher. Daheim hatte er gerne Fische gefangen, mit der Angel von der Brücke aus. Dieser Fischer hier arbeitete mit Reusen. Eben war er damit beschäftigt, eine in Ordnung zu bringen. Sie bestand aus dünnen, aus Kiefernholz geschnitzten Stäben, die mit Weidenruten zu einer mehr als armlangen hohlen Rolle zusammengebunden waren. In den Hohlraum führte oben und unten eine trichterartige Öffnung aus scharf zugespitzten kurzen Stäben, die sich zu einem engen Mund verjüngten. Was immer in diese Reuse hineinschwamm oder krabbelte, würde Schwierigkeiten haben, wieder herauszukommen.

»Was willst du damit fangen?«, fragte Niklot den Fischer und sah zu, wie dieser einen losen Stab mit Bast wieder festband.

»Krebse. Was denn sonst!«, antwortete der Mann einsilbig. Und dann plötzlich sehr heftig: »Nicht für meine Kinder! Für den König! Ich muss mein Aufgabensoll noch erfüllen.«

Die Stute zerrte ungeduldig am Zügel. Seufzend ging Niklot mit ihr weiter. Er umrundete mehrmals die Koppel, dann lief er mit ihr in die Burg zurück. Im Königshof sah er Grin. Er wollte ihm ausweichen, aber Grin kam geradewegs auf ihn zu.

»Seit wann sind Pferde dazu da, dass man neben ihnen herläuft?«, fragte Grin.

»Mit meinem Pferd kann ich ja wohl noch machen, was ich will, oder hast du da auch was dagegen?«, antwortete Niklot und zog das Pferd in den Stall. Er versorgte es und lief dann rasch aus dem Königshof. Er wollte in die Handwerkerhöfe. Dort würde er Grin nicht mehr begegnen. Dort fühlte er sich noch am wohlsten. Es gab immer was zu beobachten, und ein paar freundliche Leute gab es auch. Besonders Rochel und Slawomira, mit denen er gern ein paar Worte wechseln würde.

Kapitel 5

Im Morgengrauen wurde das Nordtor geöffnet. Grin und Sedrag saßen schon auf den Pferden, fertig zum täglichen Morgenritt. Ungeduldig tänzelten die Tiere. Endlich war das schwere Tor offen, die beiden Königssöhne ritten hindurch. Niklot stieg den Wall hinauf und trat in den Wehrgang, um den beiden nachzusehen. Am Ende seines Rittes nach Starigard hatte er geglaubt, er würde nie mehr in seinem Leben Lust auf einen Ritt verspüren, aber nun sehnte er sich doch danach. Seit zwanzig Tagen, seit er in der Burg des Wagrierkönigs angekommen war, war er nicht mehr richtig geritten. Als er Gnewosch gefragt hatte, ob er wohl einmal mit Sedrag und Grin ausreiten dürfe, hatte dieser gesagt, da müsse er schon selber den König um Erlaubnis bitten. So würde also nichts daraus werden, denn lieber wollte er nie wieder reiten, als freiwillig zum König zu gehen und ihn um etwas zu bitten.

Niklot schloss die Augen und stellte sich vor, er säße mit Dragomira auf seinem Pferd. Er hatte seinen Arm um sie geschlungen, und ihre Haare wehten ihm ins Gesicht. Hatte er damals eigentlich gewusst, wie glücklich er gewesen war?

Niklot öffnete die Augen wieder. Sedrag und Grin waren schon ein gutes Stück vorangekommen. Mehrere Ochsenkarren hielten dicht am Wegrand, um die Königssöhne vorbeizulassen. Niklot blickte angestrengt über das dämmrige Land, das sich hier im Norden der Burg weit überblicken ließ. Nun konnte er erkennen, dass sich von allen Seiten Ochsenkarren und schwer beladene Menschen zu Fuß näherten. Seit Tagen kamen schon die Bauern aus allen Gegenden von Krutos Gau, um dem König abzuliefern, was sie ihm an Tribut oder Pacht schuldeten: schwere Säcke mit Weizen, Roggen, Gerste und Hirse, Fohlen und Kälber, große Tongefäße voll Honig und Wachs, geräucherte Schweineschinken und Aale, die besten Stücke vom Rind, Leintücher und Pelze und unzählige andere Dinge. Es war ein ungeheurer Reichtum, der sich von Tag zu Tag mehr in den Speichern, Truhen und Pferchen von Krutos Burg ansammelte. Doch so viele Menschen wie heute, die ihre Abgaben brachten, waren es bisher noch nie gewesen.

»Warum kommen heute so viele Bauern auf einmal?«, fragte Niklot den Wächter.

»Weil heute der letzte Tag ist, den der König für die Abgaben angesetzt hat! Wer bis heute nicht freiwillig abgeliefert hat, dem schickt der König seine Eintreiber auf den Hof. Wer das einmal erlebt hat, lässt es kein zweites Mal darauf ankommen! Im Übrigen ist heute auch hoher Gerichtstag.«

»Hoher Gerichtstag?! Kommt da auch Anatrog?«

»Der Fürst? Aber gewiss, er wird bald da sein.«

Nun wartete Niklot voller Ungeduld. Er stieg in den Königshof hinunter und stellte sich in der Nähe des Drachentores auf. Endlich ritt Anatrog herein. Schon im Absteigen vom Pferd hatte der Fürst ihn entdeckt und nickte ihm freundlich zu. »Na, Niklot, da sehn wir uns ja wieder! Machst du denn keinen Morgenritt?«

»Nein. Ich darf ja nicht weg ohne die Erlaubnis des Königs.«

»Na, dann hol dir eben seine Erlaubnis!«

Niklot schlug verlegen die Augen nieder.

Der Fürst lachte: »Du traust dich nicht, Kruto zu fragen, was? Du brauchst dich deswegen nicht zu schämen, ich würde es mir an deiner Stelle auch nicht trauen! Mal sehen, was ich für dich tun kann!«

Der König trat aus dem Wohnturm und kam gut gelaunt auf Anatrog zu. »Was macht die Jagd, Anatrog?«

»Ihr fehlt dabei, Kruto! Wir beide müssten einmal wieder gemeinsam auf die Eberjagd!«

»Warum nicht gleich heute! Vielleicht ist das der letzte trockene Tag dieses Herbstes. Ich halte sofort Gericht, dann können wir noch vor Mittag aufbrechen. Grin und Sedrag nehme ich mit. Hast du deinen Sohn dabei?«

»Nein, leider nicht. Aber nehmt doch noch Niklot mit, der Junge verlernt sonst ja ganz das Reiten!«

Der König zog die Augenbrauen in die Höhe und fragte: »Was liegst du mir wegen des Wilzen so in den Ohren, Anatrog?«

Der Fürst erwiderte leichthin: »Ich denke mir, dass Euch ein Gegner, der anständig reiten kann, einmal lieber sein wird als einer, der schon vom Pferd fällt, bevor Ihr ihn im Zweikampf aus dem Sattel hebt!«

Der König lachte schallend: »Da kennst du mich richtig, Anatrog! Also gut, Niklot darf mitkommen. Ihr beide«, damit wandte sich der König an zwei Krieger seines Gefolges, »nehmt Niklot beim Reiten zwischen euch und lasst ihn nicht aus den Augen! Jeder von euch haftet mit seinem Kopf dafür, dass unsere Geisel wohlbehalten von der Jagd zurückkehrt!«

Mit raschen Schritten ging der König aus dem Königshof und über den Hohlweg auf den großen Platz vor dem Tempelhof zu, wo er Gericht abzuhalten pflegte.

»Vielen Dank, Herr Anatrog«, sagte Niklot leise. Der Fürst blinzelte ihm vergnügt zu und ging hinter dem König her.

Nach einigen Schritten drehte er sich um und fragte: »Warum kommst du denn nicht mit, Junge?«

»Darf ich das denn?«

»Warum? Hat es dir der König verboten?«

»Nein. Das nicht.«

»Na, dann komm doch!«

Zögernd folgte Niklot dem Fürsten. Viel Volk hatte sich bereits auf dem Platz versammelt. Das Doppeltor zum Tempelhof, dessen Schnitzereien von der Kraft und dem Wirken des Himmelsgottes erzählten, stand heute weit offen. Eben schritt der König hindurch. Niklot konnte sehen, wie er über die freie Fläche des Tempelhofes genau auf jenes prächtige Gebäude auf der höchsten Erhebung in seiner Mitte zuschritt: den Tempel. Er war von geschnitzten Säulen umgeben, eine Einfriedung aus Planken, deren Spitzen als Köpfe geformt waren, umgrenzte ihn. Über der einzigen Tür des Tempels drohte der Schädel eines gewaltigen Auerochsenstiers mit vergoldeten Hörnern. Nun trat der König unter dem Stierkopf durch die Tür in den Tempel. Ein purpurroter Vorhang schloss sich sofort hinter ihm.

Fürst Anatrog winkte Niklot näher ans Tor. Da konnte Niklot auch die heilige Eiche sehen und unter ihr – sein Herzschlag setzte aus und dann rasend schnell wieder ein – das weiße Pferd. Das heilige Pferd. Das göttliche Pferd!

Niklot konnte den Blick nicht von ihm wenden. Ein Windstoß trieb die Wolken auseinander, für einen Augenblick brach die Sonne hell hervor und ließ das Fell des Tieres aufleuchten. Das Pferd schnaubte, warf den Kopf zurück und schüttelte die Mähne. Ehrfürchtig schaute Niklot das Pferd an. Er meinte die Stimme seiner Mutter zu hören, in jenem geheimnisvoll schwebenden Tonfall, in dem sie von den Wahrheiten des Glaubens sprach:

»Sieh das Pferd, sieh es mit der ganzen Kraft deines Herzens, und du siehst den großen Gott. Wie der Samen vergeht und die Pflanze aus ihm wächst, so schafft ER Leben aus dem Tod. Denn unbesiegt ist SEIN Heil und grenzenlos SEINE Macht, mit der ER alles wachsen und gedeihen lässt. Du siehst den Wind nicht, aber du spürst seine Kraft. Denn hinter dem Fassbaren steht das Unfassliche.«

Hier war es, das Unfassliche. Wärme durchströmte ihn. Doch dann sagte er sich bitter: Es gilt ja nicht mir. Es ist nicht unser Heiligtum. Ich habe keine andere Gewähr, unter dem Schutz der göttlichen Gegenwart zu stehen, als das kleine Abbild unseres heiligen Pferdes von Radigost. Seine Finger suchten in der Tasche nach der kleinen Figur, strichen sanft über die kühle, glatte Bronze.

Der Fürst riss ihn aus seinen Gedanken, indem er sagte: »Kruto lässt immer erst seinem Gott opfern, ehe er Recht spricht. Außer den Priestern darf nur er den Tempel betreten. Uns gewöhnlichen Sterblichen ist der Anblick des Standbildes des hohen Gottes nicht vergönnt, der mit seinen vier Köpfen so in alle Himmelsrichtungen blickt, dass ihm angeblich nichts verborgen bleiben kann. Nur einmal im Jahr wird die Tür so geöffnet, dass jeder hineinsehen und das Standbild bewundern kann. Das ist zum Erntefest, wenn die Priester das Füllhorn des Gottes leeren und daraus weissagen, ob mit den Vorräten sparsam oder großzügig zu verfahren sei. Kruto ist felsenfest davon überzeugt, dass der Reichtum unseres Landes, seine Stärke und sein Sieg an diesem goldenen Füllhorn hängen!«

Niklot sah den Fürsten verwundert an. Der Ton des Fürsten hatte so spöttisch geklungen, und um seinen Mund zuckte es verächtlich.

»Glaubt Ihr das denn nicht auch, Herr Anatrog?«, fragte er.

»Ich habe einen eigenen Gott«, erwiderte Anatrog knapp. Und dann, als sei ihm bewusst, dass er zu viel gesagt habe, fügte er hinzu: »Vergiss es, Niklot.«

Niklot nickte. Der Fürst hat mir etwas verraten, was der König nicht wissen darf, dachte er. Also vertraut er mir. Er soll sich nicht täuschen!

Der Vorhang an der Tempeltür wurde wieder zurückgeschlagen. Der König trat heraus. Zwei Priester trugen seinen mit Schnitzereien reich verzierten Richterstuhl vor ihm her und setzten diesen im offenen Tempelhof ab. Niklot wich zurück. Das vielstimmige Gemurmel der Menge verstummte. Der König blickte schweigend über das Volk, dann ließ er sich auf dem Richterstuhl nieder. Mit seinem goldknotenbestickten, zobelverbrämten Hut und dem rot gefütterten Zobelmantel sah er sehr eindrucksvoll aus. Seine weiten Pluderhosen waren aus feinem Tuch, sein Hemd mit bunten Borten besetzt, der Dolch an seinem Gürtel steckte in einer goldbeschlagenen Scheide. Doch nicht nur seine Kleidung wies ihn als König aus, es war seine Haltung, die keinen Zweifel daran aufkommen ließ, wer er war.

Der Hohepriester trat mit einem riesigen Kamm hinter den König, nahm ihm den Hut ab und kämmte feierlich sein langes blondes Haar. »Auf dass Eure Gedanken in Weisheit geordnet seien!«, sprach er laut und setzte dem König den Hut wieder auf.

Der erste Beschuldigte wurde in Ketten vorgeführt. Ein Mann klagte ihn an, dieser sei ein Dieb, der ihn nachts bestohlen habe und mit der Beute geflohen sei. Zeugen traten vor, die die Tat beobachtet und das Diebesgut sichergestellt hatten. Der Beschuldigte versuchte gar kein Leugnen, mit hängendem Kopf erwartete er das Urteil. Doch als er es hörte, brach er in lautes Schreien aus: König Kruto entschied, dass dem Dieb die rechte Hand und der linke Fuß abgeschlagen werden sollten, damit er nie wieder stehlen und sich davonmachen könne. Schon wurde der unglückselige Mann zum Richtblock geschleppt, schon griff der Scharfrichter nach der Axt. Ungerührt von den verzweifelten Schreien des Verbrechers, hörte sich der König bereits die nächste Klage an.

Niklot zog es den Magen zusammen. Eine Welle von Übelkeit ergriff ihn. Nur weg von hier, nur nicht zusehen, nur nicht zuhören müssen! Er drehte sich um und rannte aus dem Hof, den Hohlweg hinauf zum Nordtor. Beinahe wäre er mit Grins Pferd zusammengestoßen. Grin und Sedrag waren vom Ausritt zurückgekehrt.

»Was ist denn in dich gefahren!«, rief Grin aus. »Du siehst ja ganz weiß im Gesicht aus.«

Sedrag trieb sein Pferd vorbei und grinste spöttisch: »Zirzipane, weiß wie Sahne! Wahrscheinlich bekommt ihm die frische Seeluft nicht. Er wird den Mief vermissen, aus dem er kommt. Deshalb ist er so weiß wie Sahne, der Zirzipane.« Laut lachend ritt Sedrag in den Königshof. Grin folgte ihm schweigend.

Niklot lief aus dem Nordtor und schaute den Bauern zu, die noch immer schwer beladen der Burg entgegenströmten, und den anderen, die mit leeren Händen von ihr weggingen. In vielen Gesichtern meinte er Bitterkeit zu sehen, in manchen dumpfe Ergebenheit, in anderen blanken Hass. Freudig schien jedenfalls keiner seine Abgaben zu leisten.

Plötzlich fiel ihm wieder ein, dass er ja zur Jagd mitreiten durfte. Er hätte es fast vergessen! Er ging zur Burg zurück und trat in den Königshof. Er sah Anatrog mit dem Rücken zu sich vor dem Pferdestall stehen. Eben kam ein Pferdeknecht heraus und führte dem Fürsten sein Pferd zu. Anatrog herrschte den Knecht an: »Habe ich dir nicht gesagt, du sollst den Wallach striegeln, bis er wie Bronze glänzt!«

»Aber ich habe ihn gestriegelt!«, beteuerte der Knecht.

Da schlug der Fürst dem Knecht mit der Reitpeitsche ins Gesicht. »Und jetzt striegelst du ihn, bis er wirklich glänzt!«, befahl er kalt.

Niklot blieb mit klopfendem Herzen stehen. Er hatte geglaubt, Fürst Anatrog sei immer freundlich, und nun das! Mein Vater würde so etwas nie tun, dachte er, nie! Auch nicht, wenn ein Sklave sich mehr zu Schulden kommen ließe, als nur ein Pferd nicht glänzend genug zu striegeln!

Am liebsten wäre er dem Fürsten ausgewichen. Doch der drehte sich um und entdeckte ihn, winkte ihn zu sich. Und dann redete Anatrog mit so gewinnender Freundlichkeit mit Niklot, dass dieser sich sagte: Ich muss mich getäuscht haben. Sicher hatte Anatrog einen ganz anderen Grund, den Sklaven zu bestrafen, als ich es geglaubt habe. Anatrog ist gut, fast so gut wie mein Vater – aber nur fast!

Der Jagdausflug begann. Außer Anatrog hatte der König auch noch einige wagrische Burgherren eingeladen, an der Jagd teilzunehmen. Sie waren eine Gruppe von fünfzehn Reitern, die im raschen Trab nach Süden auf das große Waldgebiet zustrebten. Solange sie über freies Land ritten, blieben sie beisammen, doch als sie den dichten Wald erreicht hatten, zerstreute sich die Gruppe auf der Suche nach einer Eberfährte. Die beiden Krieger, denen der König befohlen hatte, auf Niklot aufzupassen, wichen nicht von Niklots Seite. Sie achteten mehr auf ihn als auf eine mögliche Jagdbeute.

Als sie eine Lichtung erreichten, hielt Niklot an. »Darf ich mal absteigen?«, fragte er den Begleiter zu seiner Rechten. Dieser nickte, Niklot sah sich zögernd um und sagte verlegen: »Nicht dass du glaubst, ich will mich davonmachen. Aber ich muss mal. Darf ich . . .?«

Der Mann lachte: »Geh da drüben hinter die Bäume am Waldrand! Aber nicht weiter hinein, ein bisschen will ich dich schon noch sehen.«

Niklot lief zu der Stelle, auf die sein Begleiter gewiesen hatte. Im Laufen löste er den Riemen seiner Hose. Er kauerte sich hinter den Baum. Als er ganz in seiner Nähe Stimmen hörte, zuckte er zusammen. So ohne Hose wollte er sich nicht sehen lassen. Also verhielt er sich ganz ruhig.

Er erkannte die Stimme sofort wieder, es war eine von den Männerstimmen, die er auf dem Ritt nach Starigard im Wald gehört hatte. Inzwischen wusste er, dass es der Burgherr Teschimir war, der da sprach. Dieser sagte: »Meinst du, heute klappt es?« Und darauf die Stimme von Anatrog – es war Anatrog, daran gab es keinen Zweifel, heute lag Niklot schließlich nicht im Halbschlaf –: »Nein, heute wohl kaum. Ich tue, was ich kann. Aber der König hat ihm zwei Wachhunde mitgegeben. Dergleichen gehört von langer Hand vorbereitet. Nur Geduld, mein Plan steht. Wir bringen Kruto und Pribyslaw schon noch dahin, wo wir sie haben wollen.«

Niklot zog sich wieder an und schlich zurück auf die Lichtung. Er war sehr aufgeregt. Was für Geheimnisse Anatrog wohl vor dem König hatte? Nun, was auch immer es war, er, Niklot, würde schweigen. Er würde doch nicht den einzigen Freund verraten, den er hier hatte! Sicher war es besser, wenn er versuchte, gar nicht mehr an das zu denken, was er gehört hatte.

Am Abend sah er Anatrog wieder. Sie trafen sich vor der Jagdhütte, in der die ganze Gruppe die Nacht verbringen würde.

»Na, wie war der Ritt, Niklot?«, fragte der Fürst.

»Vielen Dank, Herr Anatrog. Es war sehr schön.«

Leiser fügte der Fürst hinzu: »Wie verhalten sich eigentlich Grin und Sedrag zu dir?«

»Na ja. Sedrag verspottet mich dauernd. Und Grin – ehrlich gesagt, er hat mich ziemlich verprügelt, ich bin gegen ihn gar nicht angekommen.«

Anatrog nickte: »Sie hassen dich, so viel ist sicher. Vergiss nicht, Niklot: die Höhle des Bären!«

Kapitel 6

Der Wind hatte sich gelegt. Ein feiner, kalter Nieselregen strömte herab. Gnewosch hielt dieser Nieselregen nicht davon ab, seine Zöglinge im Königshof das Bogenschießen üben zu lassen. Wenigstens standen sie unter dem Schutz des Laubenganges der Königshalle. Dennoch kroch die Kälte die Beine empor.

Die Zielscheibe war an der Holzverschalung des Burgwalls aufgehängt, sodass sie hinter der Webhalle an der Sickergrube vorbeischießen mussten. In der Webhalle webten die Frauen des Königshofes unter der Aufsicht einer Tante von Sedrag und Grin, denn die Königin lebte nicht mehr.

Einige der Frauen sangen, während sie am Webstuhl standen oder mit den Brettchen Borten webten. Auch Mutter und Dragomira sangen oft beim Weben. Mutter, Dragomira . . .

Niklot straffte sich. Er musste seine Gedanken sammeln, sonst würde er beim Schießen versagen. Mehr als vierzig Schritt betrug die Entfernung. Durch den Regenschleier waren die aufgemalten Ringe schwer zu erkennen.

Gnewosch ließ Sedrag den Anfang machen. Sedrag spannte kraftvoll den Bogen, zielte und schoss. Der Pfeil fuhr neben der Zielscheibe in die Holzwand. Gnewosch brummte unwillig. Sedrag bekam einen roten Kopf. Er legte den zweiten Pfeil an. Diesmal zielte er lange und sorgfältig. Er traf den äußersten Ring der Zielscheibe.

»Was für ein Fortschritt!«, meinte der Waffenmeister beißend.

Sedrag wurde noch röter. Er zielte noch länger. Er kniff die Augen zusammen und fixierte die Scheibe, als wolle er sie behexen. Endlich schoss er. Der Pfeil stak wieder im äußersten Ring, diesmal auf der anderen Seite der Scheibe.

»Du zielst, als hättest du heute zum ersten Mal Pfeil und Bogen in der Hand!«, verhöhnte ihn Gnewosch.

Sedrag fuhr auf: »Bei dem verdammten Regen kann man ja nichts sehen!«

»Ich sehe sehr gut, dass deine Pfeile nicht getroffen haben«, erwiderte Gnewosch kalt.

»Aber ich kann die Zielscheibe kaum erkennen!«, schrie Sedrag.

»Schrei nicht rum! Du hast jüngere Augen als ich! Soll ich dem König sagen, wie schlecht du triffst?«

Sedrag schwieg mit rotem, verbissenem Gesicht.

»Jetzt du, Niklot!«, befahl Gnewosch.

Niklot spannte den Bogen. Innerlich beschwor er den Pfeil, nicht das Ziel zu verfehlen. Wenn Gnewosch schon mit dem ältesten Sohn des Königs so umsprang, was würde er dann erst sagen, wenn er, Niklot, nicht traf! Er zielte, schoss und schloss die Augen. Er wollte nicht sehen, ob der Pfeil saß.

»Weiter!«, hörte er knapp die Stimme von Gnewosch.

Hoffnungsvoll öffnete er die Augen. Genau in der Mitte der Zielscheibe steckte sein Pfeil Auch sein zweiter und dritter Pfeil trafen ins Schwarze.

»Sieh mal an, der kleine Zirzipane!«, sagte Gnewosch. Und

dann höhnisch zu Sedrag: »Was hältst du davon, Sedrag? Niklot kann offensichtlich trotz des Regens treffen!«

»Ja, mit Pfeil und Bogen!«, ereiferte sich Sedrag. In seinen Augen standen Tränen der Demütigung und Wut. »Mit Schwert oder Speer oder Streitaxt wird er sich nie mit mir messen können! Aber Pfeil und Bogen, das sind ja so richtige Wilzenwaffen! Darin ist er groß, und in sonst nichts! Aus sicherer Entfernung schießen, womöglich aus dem Hinterhalt und dem Feind in den Rücken!«

Niklot erschrak. Das ging nicht nur gegen ihn, das ging gegen seinen ganzen Stamm! Das betraf auch die Ehre seines Vaters – da durfte er nicht schweigen! Er bemühte sich, seiner Stimme einen festen, drohenden Klang zu geben: »Sag das nicht noch einmal, Sedrag!«

»Ich sage es, sooft ich will! Ihr Wilzen seid alle hinterhältige Feiglinge, Feiglinge, Feiglinge! Und ihr Zirzipanen ganz besonders!«

Niklot wusste, dass er das nicht hinnehmen durfte. Doch was sollte er tun? Mit rotem Kopf fing er an: »Das musst du ...«

Da fiel ihm Gnewosch ins Wort und sagte scharf: »Schluss! Ihr könnt euch streiten und prügeln, so viel ihr wollt, aber nicht im Unterricht. Grin, du bist im Schießen dran!« Und dann fügte er lachend zu Sedrag hinzu: »Reg dich ab, Sedrag! In fünf Jahren, wenn der Waffenstillstand vorbei und auch unser Zirzipanenküken hier waffenfähig ist, wirst du ihm in der Schlacht gegenüberstehen! Dann kannst du dir sein Auge zur Zielscheibe wählen. Und glaub mir, da wirst du treffen!«

Niklot sah das Auge von Onkel Stojgnew vor sich. Er biss sich auf die Lippen, bis er Blutgeschmack im Mund spürte. Er fühlte, wie Panik in ihm aufstieg. Am liebsten hätte er laut geschrien. Und nun würde er auch noch Sedrag dazu bringen müssen, zurückzunehmen, was er gesagt hatte, und das würde der nie tun. Und mit ihm zu kämpfen, dazu hatte er wahrhaftig keine Lust, denn wie das enden würde, war nicht schwer vorzusehen. Aber musste er es nicht? Und keiner würde ihm helfen, am allerwenigsten Gnewosch oder der König.

Ein Dienstmann des Königs kam herbei und sagte zu Gnewosch: »Tut mir Leid, Waffenmeister. Der König will seine Söhne sprechen!«

Gnewosch zuckte die Achseln: »Also dann, Schluss für heute!«

Der Blick, den Sedrag Niklot zuwarf, ehe er ins Haus ging, ließ keinen Zweifel daran, dass Sedrag nicht vergessen hatte, was zwischen ihnen stand.

Niklot blieb allein zurück. Wenigstens hatte er etwas Aufschub gewonnen. Er lehnte sich gegen die Hauswand und versuchte, gegen den Aufruhr in seinem Inneren anzukämpfen. Als es nicht gelang, bemühte er sich, sich Dragomira vorzustellen. Er befahl sich selbst, wie er Dragomira sehen wollte: am Abend bei Kerzenlicht, mit einer Stickerei in der Hand, oder auf dem Wall, wenn die Sonne auf ihrem Schmuck glitzerte und sie lachend das Haar zurückwarf. Es gelang nicht. Er konnte Dragomiras Gesicht nicht vor sich sehen. Plötzlich fror er erbärmlich.

Er ging ins Haus und holte aus seiner Truhe seinen Winterpelz und die Fuchsfellmütze. Zitternd kuschelte er sich in das warme Fell. Es nützte nichts. Da beschloss er, zu den Handwerkerhöfen zu gehen. Vielleicht könnte er mit Rochel oder Slawomira ein paar Worte wechseln, mit irgendeinem Menschen, der ihm nicht feindlich gesinnt war.

Vor der Tür zur Silberschmiede war ein Pferd angebunden. Zögernd ging Niklot hinein. Ein fremder Burgherr stand beim Silberschmied und betrachtete verschiedene Armreifen.

Eben fragte der Silberschmied: »Was habt Ihr mit dem König vereinbart, wie Ihr zahlen wollt, Herr? In Silber?«

»Nein, in Leinentüchern!«

Der Silberschmied nickte. Dann wandte er sich an Niklot: »Kann ich etwas für dich tun?«

»Ich . . . Nein, danke!«, stotterte Niklot verlegen. Rochel war nicht da. So unauffällig wie möglich drückte sich Niklot wieder zur Tür hinaus.

Er ging über den Hof auf die Töpferei zu. Hier arbeitete Slawomiras Vater, mit dem er sich schon einmal unterhalten hatte. Ob Slawomira bei ihrem Vater war? Er öffnete die Tür. Nein, Slawomira war nicht da, nur Slawomiras Vater mit seinen drei Gehilfen. Jener begrüßte ihn freundlich. »Suchst du etwas, Niklot?«, fragte er.

Niklot schüttelte stumm den Kopf und schaute auf die Beine des Töpfers. Er wusste, dass dieser an einer immer schlimmer werdenden Krankheit in den Beinen litt und ständig Schmerzen hatte. Wie man trotzdem so ruhig und freundlich sein kann wie Slawomiras Vater, das ist mir unbegreiflich, dachte er.

»Wenn du ein bisschen Wärme brauchst, dann setz dich nur hier auf die Bank!«, meinte der Töpfer und wandte sich wieder seiner Arbeit zu. Er saß rittlings auf der schmalen Töpferbank. Zwischen seinen Knien war auf dieser mit einer Achse eine runde Töpferscheibe befestigt. Nun griff Slawomiras Vater mit der rechten Hand in das hohe, dickbauchige Gefäß auf der Scheibe und versetzte diese mit der linken in eine Drehbewegung. Das Gefäß drehte sich, nahm wie durch Zauberkraft den gewünschten Schwung in der Formgebung an. Niklot sah versunken zu. Langsam wurde er ruhiger, konnte wieder etwas freier atmen.

Eben beschloss er, Slawomiras Vater wegen der Sache mit

Sedrag um Rat zu fragen, da ging die Tür auf. Ob das Slawomira war? Nein, ein Dienstmann des Königs. Der sah ihn und sagte: »Hier finde ich dich also, Niklot! Du sollst sofort zum König kommen!«

Unwillkürlich fasste Niklot an seinen Hals, tastete im Ausschnitt nach dem silbernen Kästchen von Dragomiras Kette. Er vergaß zu grüßen, als er hinter dem Dienstmann her aus der Töpferei ging.

Dieser schritt vor ihm her bis zur Halle und wies dann auf deren Tür. »Da drin!«, sagte er.

Niklot drückte seine eiskalten Hände gegen die heißen Wangen. Noch nie war er zum König gerufen worden. Noch nie hatte er die Halle betreten.

Er öffnete die Tür und trat ein. Die Halle war schier endlos, ganz dazu angetan, jedem, der zum König gerufen wurde, seine Bedeutungslosigkeit und Kleinheit vor Augen zu führen. Sie war mit Teppichen und Fellen reich ausgestattet, aber fast leer. Niklot machte einen Schritt in den Raum und blieb stehen.

In der Mitte der Halle saß der König mit seinem Vetter an einem niederen Tisch über ein Spielbrett gebeugt. Nachdenklich betrachtete Kruto die weißen und roten Spielfiguren aus Walrosselfenbein und aus Walknochen. Schließlich fasste er das Spielbrett und griff lachend nach der Königsfigur des Spiels, die wie ein bronzener Helm aussah. Mit einem spöttischen Blick auf seinen Gegner steckte er sie zwei Felder weiter auf den Rand des Spielfeldes zu. Dann wandte er sich Niklot zu. Das Lachen verschwand aus seinem Gesicht.

»Komm her!«, sagte der König.

Niklot ging durch die lange Halle. Vor dem König kniete er nieder.

»Steh auf! Und hör genau zu, was ich dir sage. Mir ist zu Ohren gekommen, dass du dich mit Vorliebe in den Handwerkerhöfen herumtreibst und mit den Handwerkern dort redest. Besonders mit einigen von den Halbwüchsigen dort. Das lässt du in Zukunft bleiben! Auch wenn du der Sohn eines Feindes bist, so kommst du doch aus fürstlichem Haus. Ich wünsche keine Verbrüderung zwischen Adligen und Handwerkern, am allerwenigsten hier in meiner Burg! Damit das klar ist: Von heute an ist es dir verboten, die Handwerkerhöfe zu betreten. Geh!«

Niklot ging langsam zur Tür. Als er sie hinter sich geschlossen hatte, rannte er los. Er rannte über den Hof, zum Drachentor hinaus, den Hohlweg entlang. Es hatte zu regnen aufgehört, aber er sah alles verschwommen. Durch einen Tränenschleier erkannte er zwei Reiter, die genau auf ihn zukamen: Anatrog und einen Begleiter.

»Was ist denn mit dir los, Niklot?«, fragte Anatrog.

Da begann Niklot hemmungslos zu schluchzen. Der Fürst stieg ab und hieß seinen Begleiter, mit seinem Pferd vorauszugehen. Dann legte er Niklot die Hand auf die Schulter und sagte: »Erzähl!«

Gemeinsam gingen sie zum Nordtor hinaus, über die Koppel und am Schilfgürtel entlang. Niklot berichtete stockend von seinen Erlebnissen dieses Tages. Der Fürst hörte zu, ohne ein Wort zu sagen. Dann meinte er: »Du tust mir Leid, Niklot. Ich möchte wahrhaftig nicht in deiner Haut stecken. Aber ich kann dir nicht helfen. Der König schätzt es gar nicht, wenn man sich in seine Angelegenheiten mischt. Ich weiß, dass es unerträglich ist. Aber du wirst es trotzdem ertragen müssen. Ein paar Wochen von den fünf Jahren sind ja schon um.« Dann blieb er stehen und schaute kopfschüttelnd ins Schilf: »Täusche ich mich, oder liegt da ein Boot vertäut? Merkwürdig. Na ja, sei's drum. Ich muss in die Burg, Kruto erwartet mich. Bleib du noch etwas hier, Niklot, es ist nicht gut, wenn man uns allzu oft zusammen sieht!«

Niklot kauerte sich am Ufer auf den Boden und starrte ins Schilf. Nun fühlte er sich noch elender. Wenn selbst Anatrog seine Lage aussichtslos fand, wenn selbst Anatrog ihm nicht helfen konnte, wenn selbst Anatrog sich von ihm zurückzog! Und nie wieder würde er mit Rochel oder Slawomira reden oder Slawomiras Vater bei der Arbeit zusehen oder um Rat fragen können! Nun war er ganz und gar allein.

Allein? Wäre er nur allein! Aber da waren Gnewosch und Grin und Sedrag. Was würde Sedrag tun, wenn sie sich wieder begegneten? Was sollte er selbst tun? Lange stierte er mit blicklosen Augen ins Schilf. Es wurde bereits dämmrig. Da, im Zwielicht, erfassten seine Augen plötzlich den Gegenstand, auf den er so lange gesehen hatte, und ohne ihn zu beachten: das Boot. Niklot sprang auf. Ein Gedanke schoss ihm in den Kopf, löschte alles andere Denken aus.

Ob Ruder in dem Boot waren? Vorsichtig ging er näher. Er musste aufpassen, nicht versehentlich ins Wasser zu treten. Jetzt hatte er das Boot erreicht. Es war ein kleiner, flacher Kahn, wie geschaffen für Gewässer voller Untiefen. Der Kahn schien einem Fischer zu gehören, Angelzeug lag darinnen und eine alte Wolldecke. Und die beiden Ruder lagen griffbereit.

Niklots Herz schlug rasend. Er schaute zur Burg zurück. Unscharf sah er im trüben, dunstigen Abendlicht den Wall und den Wehrgang. Ihn würde man bei der Beleuchtung von dort aus nicht erkennen können, nicht hier zwischen dem Schilf. Niklot bückte sich und löste den Knoten der Leine, mit der das Boot an einem Holzpflock vertäut war. Vorsichtig stieg er in das Boot, stieß sich mit einem Ruder etwas vom Ufer ab und ruderte behutsam ungefähr in östlicher Richtung, immer im Schutz des Schilfs. Er ruderte weiter und weiter, solange er etwas sehen konnte.

Als es finster wurde, musste er anlegen, dort, wo er den Stamm einer Erle im Dunkel mehr ahnte als sah. Es wäre zu gefährlich gewesen, so ganz und gar blind weiterzurudern. Vorsichtig kletterte er aus dem Boot und band es fest. Dann tastete er um sich. Er befand sich mitten im dichten Schilfgürtel. Hier würde ihn in der Nacht keiner finden können.

Er stieg ins Boot zurück, legte sich auf den Boden des Kahns, wickelte sich in die Wolldecke und rollte sich zusammen. Was für ein Glück, dass er sich den warmen Pelz angezogen hatte. So würde er die Nacht überstehen.

Jetzt würden die Tore der Burg geschlossen sein. Jetzt würde die Abendmahlzeit aufgetragen werden. Jetzt würden sie in der Burg merken, dass er verschwunden war. Jetzt würde der König erfahren, dass seine Geisel geflohen war.

Niklot lauschte angestrengt. Hörte er da nicht fernes Hundegebell, aus der Richtung, in der die Burg liegen musste? Er schrak zusammen. Die Hunde! Er hatte nicht an die Hunde gedacht! Der König würde die Hunde auf seine Spur hetzen lassen!«

Doch dann beruhigte er sich wieder. Die Hunde würden seine Spur nicht weiter als bis zu der Stelle verfolgen können, an der er ins Boot gestiegen war. Ob der König vermuten würde, dass er mit einem Boot geflohen war? Ob er den Wasserlauf absuchen lassen würde? Die Gedanken schossen Niklot umso wilder durch den Kopf, je mehr er sich zur Ruhe zwingen wollte. Diese Nacht würden des Königs Männer ihn nicht finden. Aber ob er ihnen am Tage entkommen konnte? Er musste im allerersten Morgengrauen weiter, so viel war ihm klar. Und er musste den Wasserlauf verlassen. Es konnte nicht mehr weit bis zum Meer sein. Irgendwie würde es ihm schon gelingen, sich in die Heimat durchzuschlagen, er musste es einfach schaffen. Alles andere wäre zu entsetzlich, so entsetzlich, dass man gar nicht daran denken durfte!

Niklot wälzte sich unruhig hin und her. Das Boot schwankte bedenklich. Er konnte keinen Schlaf finden. Trotz der Decke und des dicken Pelzes fror ihn. Es schien immer kälter zu werden. Er setzte sich wieder auf, zog die Beine unter den Pelz, umschlang die Knie mit den Armen. Leise flüsterte er vor sich hin, immer und immer wieder die gleichen Worte: »Sie werden mich nicht einfangen. Ich finde heim. Und alles wird gut.« Irgendwann in dieser endlosen Nacht war er doch noch eingeschlafen.

Als er wieder aufwachte, fuhr er erschrocken hoch. Der Kahn kippte so weit zur Seite, dass Wasser eindrang, beinahe wäre er gekentert. Mühsam brachte er das Boot wieder ins Gleichgewicht und sah sich um. Es war schon beinahe hell. Er hatte die Morgendämmerung verschlafen! Er hatte die beste Zeit für seine Flucht vertan! Voller Angst richtete er sich auf und sah über das Schilf. Schnell duckte er sich wieder. Nicht weit entfernt hatte er die Dächer eines Dorfes gesehen, und am Wasser entlang führte ein Weg.

Jetzt galt es, genau nachzudenken. Hier konnte er nicht einfach an Land, die Gefahr, gesehen zu werden, war zu groß, und außerdem war er an der falschen Seite des Wasserlaufs. Er musste erst ans südliche Ufer hinüberrudern. Doch dafür musste er den Schutz des Schilfes verlassen! Aber es half nichts – es gab keine andere Möglichkeit, um in die Heimat zu kommen.

Mit steifen Fingern langte er nach den Rudern. Eine feine, hauchzarte Eisschicht hatte sich hier am Rand des Gewässers über Nacht auf dem Wasser gebildet. Leise knisternd brach das Eis, als er die Ruder hochzog.

Mitten in der Bewegung hielt Niklot inne und starrte die Eishaut an. Was war es, woran dieses Eis ihn erinnerte? Es musste etwas sehr Wichtiges gewesen sein, er spürte es, das mit daheim zu tun hatte.

Eis – Winter – Frost.

Was hatte der Vater damals gesagt? Alle Anzeichen sprechen für einen sehr frühen und ungewöhnlich strengen Winter. Einen Winter, der unsere Seen fest gefrieren lässt. Darum musste ich vor dem Winter diesen Krieg beenden . . .

Niklot zuckte zusammen. Die Gedanken überschlugen sich plötzlich. Trotz der Kälte wurde ihm so heiß, dass er sich den Pelz aufriss. Er hatte ja gar nicht darüber nachgedacht, was er tat! Er war einfach geflohen, weil er es nicht mehr aushielt, weil er heimwollte, aber er hatte nicht bedacht, welche Folgen das haben würde! Er hatte geglaubt, wenn er nur daheim sei, dann sei alles gut! Aber dann war ja der Waffenstillstand gebrochen, den der Vater so dringend gebraucht hatte! Dann würde der Krieg wieder ausbrechen, und Kruto und Pribyslaw und die anderen Könige würden mit ihrem Heer bis vor die Burg seines Vaters ziehen, und wenn dann der See zugefroren war, würden sie die Burg einnehmen und alle töten oder gefangen nehmen, und über Dragomira würden sie herfallen wie über ihre Mutter . . . Was hatte er getan – was hatte er nur getan!

Niklot begann zu zittern. Er konnte nicht mehr denken. Er konnte nicht mehr handeln. Er war wie gelähmt.

Lange kauerte er so in dem Boot. Auf einmal fuhr er zusammen und warf sich flach auf den Boden des Bootes. Ein Stein war ganz in seiner Nähe aufgeschlagen. Nun endlich drangen auch die Stimmen, die schon seit längerem an sein Ohr gelangt waren, in sein Bewusstsein. Kamen Krutos Krieger? Wurde er jetzt gefangen genommen?

Nein, es waren Kinderstimmen. Ein Junge schrie erbost: »Die krieg ich schon noch! Mir meinen Speck wegfressen, wo ich schon so lange keinen mehr hatte! Die schlag ich tot!«

Eine andere Kinderstimme rief: »Sie ist ins Schilf! Bestimmt fällt sie ins Wasser!«

Wieder schlug ein Stein auf.

»Soll sie doch ersaufen! Das geschieht ihr ganz recht! Aber wenn ich sie kriege . . . «

Niklot spähte über den Rand des Kahns. Etwas bewegte sich im Schilf. Er bemerkte eine junge Katze, schwarz mit weißen Pfoten und einem weißen Fleck auf der Stirn, die durchs Schilf hetzte. Nah an Niklots Boot geriet sie auf die trügerische dünne Eisfläche. Das Eis gab unter ihrem Gewicht nach und brach langsam ein. Die Katze maunzte kläglich, als das Wasser nach ihr fasste.

Die Kinderstimmen entfernten sich.

Aus seiner Betäubung gerissen, starrte Niklot auf die Katze. Nun ging ihr das Wasser schon bis zum Hals. Die wird gehetzt wie ich, dachte er plötzlich. Mit einem Mal schien ihm sein Schicksal mit dieser Katze verknüpft. Bewegung kam in ihn. Er beugte sich vor, löste den Knoten der Leine, stieß den Kahn mit dem Ruder näher an die Katze heran und zog das Tier aus dem Wasser. Er steckte es unter seinen Mantel und rieb es trocken.

Es war ihm ein merkwürdiger Trost, dass die Katze gerettet war. Er presste sie an sich und sagte leise: »Du hast es gut. Mich zieht keiner heraus!«

Wenn er nur nicht so fern von den Göttern seiner Heimat wäre! Wenn er nur wüsste, wie er sie anrufen sollte! Was hatte ihm die Mutter bei dem großen Opferfest erklärt? Mit dem Opfer flehen wir um Hilfe, um Heil und um Vergebung.

Niklot schüttelte den Kopf. Er hatte nichts zu opfern. Er war ohne Besitz, war einfach so weggelaufen, mit nichts als seiner Sehnsucht nach Hause.

Aber der Vater daheim und der Hohepriester, die würden ein Opfer bringen können, ein ganz großes, und dann würden die Götter helfen, dann würden sie das Verhängnis aufhalten, oder? Irgendwie musste doch noch gutzumachen sein, was er getan hatte! Dragomira durfte doch nichts geschehen!

Manchmal halfen die Götter, indem sie einen Menschen das Richtige tun lassen, hatte einmal die Mutter gesagt. Einen Menschen das Richtige tun ...

Niklot presste die Katze an sich. Er ahnte es ja schon: Es gab nur einen Menschen, der jetzt das Richtige tun konnte, und das war er selber. Seine Flucht hatte seine Familie in Gefahr gebracht. Aber seine Umkehr konnte sie retten. Er musste es tun, er.

Niklot sah die Katze an, als könne sie auf seine Fragen Antwort geben: Wenn ich also all meinen Mut zusammennehme und zum König Kruto zurückgehe? Ob er mich umbringen lässt? Eigentlich kann er das nicht, oder? Er hat ja vom Großkönig den Auftrag, gut auf mich aufzupassen! Nur – bestrafen wird er mich. Bestimmt! Aber es muss sich doch aushalten lassen! Alles ist doch besser, als wenn Dragomira ...

Niklot gab sich einen Ruck. Dann nahm er den Kopf des Tieres zwischen beide Hände und sagte laut: »Komm, Kätzchen, gehen wir! Und bleib bei mir! Zu zweit ist es nicht ganz so schwer!«

Niklot steckte das Kätzchen wieder in seinen Mantel und hielt es fest. Es war gut, nicht allein zu sein. Dann kletterte er an Land, erreichte den Weg, der am Wasserlauf entlang nach Westen führte, und lief sehr rasch genau auf jenen dunklen Wall zu, der sich drohend in der Ferne erhob.

Als er eine Zeit lang gelaufen war, sah er von weitem zwei Reiter im Galopp ihm entgegenkommen. Neben den Pferden rannte ein Hund. Niklot ging jetzt langsam. Jeder weitere Schritt kostete ihn Überwindung. Aber er blieb auf dem Weg, suchte keine Deckung im Schilf.

Der Hund hetzte in großen Sprüngen auf ihn zu, ließ die Reiter hinter sich. Das Kätzchen maunzte ängstlich und klammerte sich an Niklots Brust. Niklot streichelte es und drückte es noch fester an sich. »Hast du Angst?«, fragte er leise. »Ich auch, Kätzchen, ich auch!«

Der Hund kam laut bellend auf ihn zu. Einer der beiden Reiter rief ihn scharf zurück. Da blieb er drohend knurrend dicht vor Niklot stehen.

Niklot rührte sich nicht. Er stand still und schaute dem Hund in die Augen.

Die Reiter erreichten ihn und zügelten ihre Pferde. Es waren zwei der Krieger aus Krutos Burg. Der eine sagte: »Da haben wir also unsere Geisel wieder! Steig auf, Niklot, wir bringen dich zurück!«

Niklot zog sich auf das Pferd. Der linke Arm des Kriegers umschloss ihn. Niklot hielt das Kätzchen an seiner Brust verborgen. Das Kätzchen war in den Ausschnitt seines Hemdes gekrochen und blieb ganz ruhig. Niemand gab mehr einen Ton von sich. Es dauerte nicht lange, und sie ritten durch das Burgtor.

Der eine Krieger verschwand in der Königshalle, während der andere mit Niklot draußen wartete. Grin kam herbei und sah Niklot an. Das Kätzchen rührte sich, versuchte aus dem Hemd zu klettern. Niklot bemühte sich, es zurückzuschieben, und zu verbergen, aber das Tier strampelte heftig und schob seinen Kopf unter dem Mantel hervor.

Grin trat nah an Niklot heran und sagte leise: »Gib sie mir.

Mein Vater darf sie nicht bei dir sehen, nicht jetzt. Ich passe auf sie auf und gebe sie dir wieder.«

Niklot sah Grin groß an, Grin erwiderte den Blick, ernst und fest.

»Grin?«, fragte Niklot zögernd.

Grin nickte.

Die Tür ging wieder auf. »Führ Niklot herein!«, rief der Krieger.

Da gab Niklot rasch das Kätzchen in Grins Hände, holte tief Luft und ging in die Halle.

Wieder kniete Niklot vor dem König, doch diesmal hieß ihn dieser nicht aufstehen.

Der König fragte die Krieger: »Wo habt ihr ihn aufgegriffen?«

Einer der beiden antwortete: »Am Wasserlauf im Osten. Aber er ist nicht vor uns geflohen. Er kam auf uns zu und hat sich nicht versteckt. Ich glaube, er wollte freiwillig zur Burg zurück!«

»Ich habe dich nicht gefragt, was du glaubst! Niklot, ich hatte dir deutlich genug verboten, dich von der Burg zu entfernen. Da du das nicht von dir aus einhältst, werde ich dich dazu zwingen. Du wirst eingesperrt.«

Und dann fügte er zu den Kriegern hinzu: »Im hinteren Blockhaus, nicht im Kerker! Und passt gut auf ihn auf, sonst findet ihr euch selbst im Kerker wieder!«

Einer der Krieger fasste Niklot an der Schulter und sagte: »Komm mit!«

Niklot stand auf und folgte ihm. Als er aus der Tür war, atmete er auf. Er hatte Schlimmeres erwartet.

Kapitel 7

Das »hintere Blockhaus« erwies sich als kleines, fest gefügtes Gebäude mit einem einzigen Raum. Bis auf den Ofen und eine ringsum verlaufende Bank war der Raum völlig leer. Der Krieger schob Niklot hinein und verschloss dann die Tür von außen.

Niklot setzte sich auf die Bank und sah sich um. Es war dämmrig; nur durch die dreieckige Rauchabzugsöffnung im Giebel über der Tür fiel Tageslicht herein, sonst hatte das Haus keine Fenster. Kalt war es hier drinnen. Er hauchte sich in die Hände.

Die Tür ging wieder auf. Sein Bewacher schaute kurz herein und gab dann den Eingang für die Magd frei, die einen großen Korb voll Holz hereinschleppte. Sie kniete vor dem Ofen nieder und bereitete aus Reisig und Holz ein Feuer vor. Dann sagte sie: »Ich bin gleich wieder da und zünde es an!« Sie klopfte an die Tür, der Wächter ließ sie heraus. Wenig später war sie mit einem Henkelkorb in der einen und einem Feuertöpfchen voll Glut in der anderen Hand zurück. Im Korb war ein großer Topf dampfender Grütze, ein Speckstreifen und ein Daubeneimer voll Milch.

»Für dich!«, sagte sie und stellte alles auf der Bank ab. Dann zündete sie das Feuer an und verschwand wieder.

Niklot machte sich über das Essen. Er kauerte sich ganz nah an den Ofen. Seine Gefangenschaft begann besser, als er zu hoffen gewagt hätte. Während er nach einem kräftigen Schluck Milch das hölzerne Eimerchen wieder absetzte, dachte er plötzlich an das Kätzchen. Ob Grin ihm wohl Milch zu trinken gab? Bei dem Gedanken an Grin spürte er Verwirrung in sich aufsteigen.

Noch einmal ging die Tür auf. Wieder kam die Magd herein,

diesmal mit einem Stapel Decken und Kleidung beladen. Sie legte den großen Stoß auf der Bank ab und ging sehr schnell wieder hinaus. Niklot hörte, wie der Schlüssel umgedreht und der Riegel vorgeschoben wurde.

Und dann hörte er noch etwas. Ein leises Rascheln auf der Bank hinter sich. Er fuhr herum. Auf dem Stapel Kleidung unter dem wollenen Kittel, der obenauf lag, bewegte sich etwas. Das sah schrecklich unheimlich aus. Was mochte es sein? Beinahe wäre er zurückgewichen, doch dann zwang er sich, vorsichtig den Kittel ein wenig hochzuheben. Er sah etwas Schwarzes, und dann eine weiße Pfote.

»Kätzchen!«, flüsterte Niklot, kniete sich nieder und drückte sein Gesicht gegen das kleine Tier. Es fühlte sich warm und seidig und lebendig an. Er stand auf, schüttete etwas Milch in eine Schale, die er im Korb fand, und gab sie dem Kätzchen. Er sah zu, wie es mit seiner rosigen Zunge eifrig das Schälchen leer schlabberte. Plötzlich wurde ihm bewusst, dass er sich zum ersten Mal, seit er von daheim weg war, glücklich, stolz und frei fühlte.

Das Kätzchen hatte die Milch ausgetrunken. Nun leckte es sich sorgfältig seine Nase ab, putzte seine Pfoten, sah Niklot an und miaute. Niklot erschrak. Der Wächter vor der Tür! Er durfte das Miauen nicht hören! Sonst würde er ihm die Katze wegnehmen, und dann wäre er wieder ganz allein. Das Miauen war zwar nicht laut – das Kätzchen war ja noch so jung –, aber wer weiß, was für gute Ohren der Wächter haben mochte! Er versuchte dem Kätzchen den Mund zuzuhalten, aber es entwischte ihm und miaute stärker. Da begann Niklot zu singen, aus voller Kraft zu singen, um das Miauen zu übertönen.

*

Fünf Tage vergingen. Niklot musste oft singen. Er sang die Lieder, die er von seiner Mutter und Dragomira gehört hatte, und er merkte dabei, wie ihm das Singen gut tat, wie das Singen gegen die Einsamkeit half. Es tat auch gut, mit dem Kätzchen zu spielen oder es einfach im Schoß zu halten und zu streicheln. Dabei ließ sich so gut nachdenken. Er musste an vieles denken, an Dragomira und an seine Mutter, an Onkel Stojgnew und an seinen Vater, an König Kruto und vor allem an Grin. An Grin zu denken war das Schwierigste.

Er hatte Grin immer für seinen Feind gehalten, von Anfang an, schon ehe er ihn gesehen hatte. Warum? Die Gedanken gingen ihm kreuz und quer durch den Kopf. Onkel Stojgnew fiel ihm ein mit seinem Hass auf alle Abodriten, der Schwur ewiger Feindschaft, den sein Onkel ihn hatte schwören lassen, die Geschichten über die Vergewaltigung von Dragomiras Mutter. Was hatte das eigentlich mit Grin zu tun? Dann fielen ihm die Warnungen von Anatrog ein: Kruto der Schreckliche – und seine Söhne stehen ihm in nichts nach – die Höhle des Bären. Was hatte Grin ihm eigentlich getan? Da waren die Prügel, die er von ihm bezogen hatte – aber hätte er sich denn an Grins Stelle beleidigen lassen? Und Grin hatte für ihn das Kätzchen gerettet, und er hatte ihm das Kätzchen in sein Gefängnis geschmuggelt – denn wer anders als Grin könnte da dahinter stecken? –, und bei seiner Rückkehr in die Burg hatte Grin ihn so angesehen, so gar nicht feindlich.

»Verstehst du das?«, fragte Niklot leise das Kätzchen. Aber das Kätzchen gab keine Antwort.

Die Tür wurde geöffnet. Niklot sah kaum auf. Er war sich sicher, dass dies die Magd sei, die ihn versorgte. Aber es war Slawomira, mit einem Speisentablett in der Hand.

»Slawomira! Du!«, rief Niklot verwundert.

Slawomira lächelte: »Ja, ich. Die Magd ist krank, die dich

sonst immer bedient. Ist ja auch kein Wunder, bei dieser eisigen Kälte. Und es wird immer noch kälter. So was habe ich um die Zeit noch nicht erlebt. Stell dir vor, das Wasser ist schon ganz zugefroren! Na ja, die Erkältung der Magd kam mir ganz passend, da konnte ich mich anbieten, für sie einzuspringen und dich zu bedienen!«

»Das ist sehr lieb von dir, Slawomira. Du kannst dir gar nicht vorstellen, wie ich mich freue, dich zu sehen! Wie geht es Rochel?«

»Danke. Es geht ihm gut«, antwortete Slawomira und wurde rot.

»Du, Niklot, stimmt es, was man sich erzählt? Dass du damals vor den Kriegern nicht eingefangen worden bist, sondern dass du freiwillig in die Burg zurückwolltest?«

»Ja. Das stimmt.«

»Aber warum?«

»Weil ich endlich begriffen hatte, dass ich hier bleiben muss, damit der Krieg nicht wieder ausbricht! Slawomira, ich bin dir dankbar, dass du zu mir gekommen bist. Aber tu es bitte nicht noch einmal! Der König hat verboten, dass ich mit dir oder Rochel oder jemand anderem aus den Handwerkerhöfen rede. Ich möchte nicht, dass du meinetwegen Schwierigkeiten bekommst!«

»Der König ist heute nicht da. Ich komme auch nicht mehr, wenn du es so willst. Ich wollte nur sehen, ob es dir gut geht. Und fragen, ob ich etwas für dich tun kann.«

»Danke. Ich glaube nicht, dass du etwas für mich tun kannst. Oder doch, vielleicht.«

»Was denn?«

»Könntest du Grin etwas ausrichten? Könntest du ihm sagen, dass ich ihm für das Kätzchen danke?«

»Was denn für ein Kätzchen?«

Niklot schlug seinen Mantel auseinander, sodass Slawomira die kleine Katze sehen konnte, die an seiner Brust schlief.

»Wie süß! Aber wie kommst du zu ihr, und was hat Grin damit zu tun?«

»Ich habe sie auf meiner Flucht aus dem Wasser gezogen. Und Grin hat sie für mich versteckt und mir hier hereingeschmuggelt. Mit jedem Tag wächst sie mir mehr ans Herz. Ich werde mich nie mehr von ihr trennen. Ich möchte nicht mehr ohne sie leben.«

Ein lautes Pochen an der Tür war zu hören und die Stimme des Wächters: »He, Slawomira, wie lange willst du noch da drin bleiben und rumquatschen?«

»Ich komme schon! Mach mir auf!« Und dann leise zu Niklot: »Leb wohl, Niklot. Und verlier nicht den Mut!«

*

Zwei Tage später kam plötzlich der Wächter herein, zu einer Zeit, da sonst niemals die Tür aufging. Niklot hatte keine Gelegenheit mehr, das Kätzchen zu verstecken. Zum Glück verschwand es von selbst unter der Bank. Hoffentlich würde es dort bleiben! Doch der Wächter hielt sich nicht auf. »Du sollst mitkommen!«, befahl er nur. Niklot erschrak. Was mochte das bedeuten?

Ein Dienstmann des Königs stand vor der Tür und fasste ihn am Arm. Schweigend führte er Niklot in die Halle. Da verließ er ihn.

Niklot sah sich voller Angst um. Er war ganz allein. Ein großes Feuer brannte auf einer offenen Feuerstelle und warf drohende Schatten auf die Wände. Sonst regte sich nichts. Niklot wurde immer unheimlicher zu Mute. Und dann kam der König herein.

Niklot warf sich auf die Knie. Der König blieb dicht vor ihm stehen. »Du kannst aufstehen!«, sagte er. Seine Stimme war barsch wie immer, aber nicht unfreundlicher als gewöhnlich. »Reichen dir sieben Tage, oder müssen es fünf Jahre sein?«, fragte der König.

Niklot war verwirrt. Er begriff nicht, was der König meinte, und er wusste nicht, was er antworten sollte. »Ich . . . ich weiß nicht . . . «, stotterte er.

Da lachte der König, laut und dröhnend: »Er weiß es nicht! Bei allen guten Göttern, er weiß es nicht! Ich frage ihn, ob er aus seinem Gefängnis herauswill, und er weiß es nicht!« Und dann fuhr er mit einem Mal sehr ernst fort: »Aber was ein Ehrenwort ist, das weißt du doch, Niklot? Schau mich an!«

Niklot sah dem König in die Augen. Eigentlich sahen sie gar nicht so böse aus. »Ja«, sagte Niklot, »das weiß ich.«

»Gibst du mir dein Ehrenwort, dass du keinen weiteren Fluchtversuch machen wirst, auch wenn ich dir wieder erlaube, dich wie zuvor frei zu bewegen?«

»Ja, ich gebe Euch mein Ehrenwort. Ich werde nicht mehr weglaufen.«

»Gut. Dann bist du frei. So frei, wie eine Geisel eben sein kann!«

Niklot verließ die Halle. Er konnte sein Glück noch gar nicht richtig fassen. Schnell rannte er zu seinem Gefängnis zurück, um das Kätzchen zu holen. Im Freien war es beißend kalt. Er stürmte in das kleine Blockhaus, das in den letzten Tagen seine Herberge gewesen war, rief nach dem Kätzchen, schaute unter die Bank, suchte in allen Winkeln. Er fand es nicht. Beunruhigt griff er sich seinen Pelz und seine Fellmütze und rannte wieder in den Hof, um es hier zu suchen. Da kam es ihm schon entgegen und schmiegte sich an seine Beine.

Er hob das Tier auf, nahm es in den Arm und ging mit ihm

zum Nordtor hinaus. Es war gut, endlich einmal wieder zu laufen. Das Kätzchen strampelte und wollte zu Boden. Er setzte es ab und stieß mit dem Fuß an einen kleinen Stein. Mit leisem Klicken rollte dieser über den fest gefrorenen Boden. Das Kätzchen setzte in geschmeidigen Sprüngen dem Stein nach und fing ihn. Niklot lachte. Er stieß den Stein wieder an und beobachtete seine Katze, wie sie dem Stein nachjagte, als ob er eine Maus sei. Sie setzten das Spiel fort, bis sie beim großen Wasserlauf angelangt waren.

Hier blieb Niklot stehen und sah sich verwundert um. Wo vor einer Woche das Wasser gestanden hatte, glitzerte nun eine feste Eisdecke. Von Osten her sah er aus dem Schilfgürtel eine Gestalt auftauchen und rasch auf ihn zugleiten. Er konnte nicht erkennen, wer es war, die Gestalt war bis zur Nasenspitze in einen Pelz gehüllt, aber sie bewegte sich mit einer anmutigen Sicherheit, die den geübten Schlittschuhläufer verriet.

Jetzt war die Gestalt heran und hielt genau vor ihm. Es war Grin. Grin nickte ihm zu und sagte: »Bist du also wieder frei!«

»Ja«, sagte Niklot verlegen. Er wollte so viel sagen, aber ihm fiel nicht ein, wie er es anfangen könnte.

Grin zeigte auf die Schlittschuhe mit den Knochenkufen, die er an die Füße geschnallt hatte, und fragte: »Willst du auch mal?«

Niklot schüttelte den Kopf: »Nein. Das habe ich noch nie versucht.«

Grin zuckte die Achseln. »Na und! Man macht alles irgendwann mal zum ersten Mal!«

»Da hast du Recht!«, antwortete Niklot. »Auch Sachen, die man schon längst hätte tun sollen! Zum Beispiel reden.«

Grin sah ihn überrascht an. Niklot schaute immer noch auf Grins Füße. »Ich wollte mich bei dir bedanken. Wegen der Katze.«

»Ach das!«, sagte Grin leichthin. »War nichts dabei. Sie ist niedlich, die Kleine.«

»Es war schon was dabei!«, widersprach Niklot. »Du hast mir geholfen, obwohl ich . . . «

»Obwohl du das nie von mir gedacht hättest, was?«, fiel Grin ein. In seinen Augen blitzte es.

»So habe ich es nicht gemeint. Ich wollte sagen: Obwohl ich dir keinen Grund dazu gegeben habe, mir zu helfen. Ich habe viel Zeit zum Nachdenken gehabt, weißt du.«

Grin lachte. »Ja, so scheint es. Und jetzt schlägt die Stunde der Wahrheit, was? Also gut, wenn du unbedingt willst: Nein, du hast mir wahrhaftig keinen Grund gegeben, dir zu helfen. Du warst immer so feindselig wie nur möglich. Vom ersten Augenblick an hast du mich angestarrt, als sei ich ein wilder Wolf. Es war unmöglich, ein harmloses Wort mit dir zu wechseln, du hast ja hinter allem gleich einen Angriff vermutet. Und die Sache mit der Kette, na ja, das war vielleicht nicht ganz fein von mir, aber ich kann ja deine Geheimnisse nicht ahnen, oder? Einen gemeinen Hund lasse ich mich deswegen noch lange nicht nennen! Es tut mir nicht im Geringsten Leid, dass ich dich dafür verprügelt habe, und ich lasse mich auch in Zukunft nicht von dir beleidigen! So, jetzt habe ich gesagt, was mal gesagt werden musste, und jetzt können wir es von mir aus vergessen.«

»Uff!«, machte Niklot. »Das war eine ganze Menge. Jetzt begreife ich allerdings noch weniger, warum du zu mir gehalten hast!«

»Ich habe auch nachgedacht, stell dir vor! In der Nacht, als du verschwunden warst. Und da kam mir, dass es wohl nicht so ganz ohne ist, als Geisel mutterseelenallein unter die Feinde geschickt zu werden. Ein bisschen spät kam mir diese Erkenntnis, ich geb's ja zu! Jedenfalls wundere ich mich nicht, dass du abhauen wolltest. Ich wundere mich vielmehr, dass du zurückgekommen bist, freiwillig, wie die Männer behaupten, die dich zurückgebracht haben.«

Da erzählte Niklot ihm alles, was er auf seiner Flucht erlebt und gedacht hatte. Grin schnallte sich die Schlittschuhe von den Füßen, gemeinsam gingen sie am Schilf entlang. Als Niklot geendet hatte, bückte sich Grin, hob einen kleinen Stein auf und warf ihn flach über das Eis, dass er weit in der Ferne davonschlitterte. Dann sagte er: »Du bist ganz schön mutig. Das hätte ich dir gar nicht zugetraut!«

Schweigend gingen sie zur Burg zurück. Vor dem Tor blieb Niklot stehen und sagte: »Du, Grin. Da ist noch die Sache mit Sedrag. Du weißt schon, was er da beim Bogenschießen alles über uns Zirzipanen gesagt hat . . . «

»Das geht schon in Ordnung. Sedrag hat es ja nicht so gemeint, es war nur, weil Gnewosch ihn vor dir so blamiert hat. Und als du an dem Abend verschwunden warst, da hat Sedrag deswegen ein so schlechtes Gewissen gehabt, dass er die ganze Sache sogar unserem Vater erzählt hat. Sedrag wird sich bei dir entschuldigen. Aber du könntest es ihm ruhig ein bisschen erleichtern, es ist nämlich verdammt schwer, so etwas!«

Teil 2

Kapitel 1

Slawomira zog fröstelnd die Decke höher. Kalt und hart kratzte sie ihr an der Nasenspitze. Ihr Atem musste gefroren sein und als Raureif auf der Decke liegen. Schaudernd schob sie sie wieder etwas zurück. Ob sie aufstehen sollte und sich eine weitere Decke suchen? Oder am besten gleich den Ofen neu anfeuern, den sie am Nachmittag hatte ausgehen lassen und der nur noch schwache Wärme ausstrahlte? Aber sie konnte sich nicht dazu durchringen, den Schutz ihres Bettes zu verlassen und in dieser dunklen Kälte herumzutappen.

Leise heulte der Wind. Sie hörte, wie er irgendwo durch eine Spalte zwischen Reetdach und Flechtwand pfiff. Sie nahm sich vor, gleich am nächsten Tag diese Spalte zu suchen und mit Moos zu verstopfen. Zur Giebelöffnung fiel eisiger Frost herein. Es war noch mitten in der Nacht, aber wie sollte man schlafen, wenn man so fror! Niklot wärmte sich jetzt sicher an seiner kleinen Katze. Wie sein Gesicht geleuchtet hatte, als er auf das Kätzchen geschaut hatte!

Ob er sie, Slawomira, jemals so ansehen würde? Sie schloss die Augen und stellte sich Niklot vor: seine schwarzen Locken, sein schmales Gesicht, das immer irgendwie sonnengebräunt aussah, seine großen dunklen Augen über hohen Wangenknochen, sein trauriger Mund. Eigentlich sah Niklot immer traurig aus, traurig auf eine Art, die in ihr das Verlangen weckte, über sein Haar zu streichen und sein Gesicht zu berühren. Sie schüttelte den Kopf. Natürlich würde sie das nie tun! Und nun würde sie Niklot sowieso nur noch von weitem sehen können, da der König ja verboten hatte, dass er sie weiter besuchte! Trotzdem . . .

Wär es bloß nicht so schrecklich kalt! Zitternd zog sie die Beine hoch und umschlang sie mit ihren Armen. Ob Rochel auf seiner Schlafbank in der Silberschmiede jetzt auch wach lag und fror? Und ob er auch noch an den Streit denken musste?

Zum ersten Mal hatten sie sich gestern gestritten, richtig gestritten. Sicher, Streitigkeiten hatte es öfter mal zwischen ihnen gegeben, Kleinigkeiten, über die man sich im einen Augenblick aufregte und über die man im nächsten Augenblick gemeinsam lachte. Aber gestern war es etwas anderes gewesen.

Was nur plötzlich in Rochel gefahren war! Dabei hatte sie ihm doch überhaupt nichts getan! Sie war ahnungslos und voller Freude zu ihm gelaufen und hatte gesagt: »Hast du schon gehört, Rochel! Niklot ist frei! Der König hält ihn nicht mehr eingesperrt! Ist das nicht herrlich?« Und Rochel hatte ihr einen finsteren Blick zugeworfen und gemurmelt: »Wenn du das herrlich findest . . . «

Da hatte sie sich ereifert: »Also komm, Rochel, was soll denn das? Sag bloß, du hättest ihm gewünscht, dass er eingesperrt bleibt!«

»Vielleicht hättest du es dir ja wünschen sollen!«

»Rochel, jetzt spinnst du aber wirklich! Warum soll ich mir das denn wünschen! Ich finde es ganz großartig von Niklot, dass er freiwillig seine Flucht aufgegeben hat! Und du sagst, ich soll mir wünschen, dass er weiter bestraft wird.«

»Na, da hättest du ihn doch so schön trösten können. Sicher wäre bald mal wieder die Magd krank geworden, damit du dich bei Niklot einschleichen könntest!«

»Du bist gemein, wie du das sagst! Niklot tut mir doch nur Leid.«

»Leid! Für jemanden, der dir Leid tut, redest du ganz schön viel von ihm! Aber natürlich, er soll ja aus einer Königsfamilie kommen. Er ist ja so edel und tapfer und selbstlos und was weiß ich nicht noch alles!«

Sie hätte ihm dafür ins Gesicht springen mögen, wie hohntriefend er das gesagt hatte! Aber sie hatte versucht einzulenken: »Rochel, hör doch auf! Ich weiß gar nicht, was du plötzlich hast.«

Da hatte er giftig geantwortet: »Nein? Weißt du das nicht? Dann bist du dümmer, als ich geglaubt hätte! Wahrscheinlich, weil du an nichts anderes mehr denkst als an diesen Niklot.« Und damit hatte er sie einfach stehen lassen.

Slawomira hielt es in ihrem kalten Bett nicht mehr aus. Sie stand auf, wickelte ihre Schlafdecke um sich und tastete sich zum Ofen. Es dauerte eine Zeit, bis sie das Feuer in Gang gebracht hatte. Endlich leckten die Flammen empor. Ein Schaf drängte sich an sie. Slawomira schob ihre Füße unter seinen warmen Leib, vergrub ihre Hände im Fell des Tieres und starrte durch das offene Feuerloch auf das Lodern. Wäre nur nicht so ein Durcheinander in ihr! Es war immer alles so klar und einfach gewesen. Sie hatten immer so selbstverständlich zusammengehört, sie und Rochel. Und das taten sie doch auch jetzt noch! Oder etwa nicht? Sie seufzte tief auf. »Ach, Rochel«, flüsterte sie leise, »ich liebe dich doch! Ehrlich. Es ist nur – ach, ich weiß doch selber nicht, was ist! Aber wenn du mich nicht mehr magst, das ertrage ich nicht!« Sie legte noch mehr Holz auf und verzog sich wieder in ihr Bett. Sobald die Wandung des Ofens wieder durchgewärmt war, würde es angenehmer in der Hütte werden. Aber schlafen würde sie nicht mehr können.

»Was ist, Slawomira, willst du heute gar nicht aufstehen?« Ihr Vater stand neben ihr und strich ihr lächelnd übers Gesicht. Da musste sie wohl doch eingeschlafen sein. »Du hast uns heute Nacht ja ganz schön eingeheizt!«

Slawomira stand auf. »Ich habe so gefroren«, sagte sie.

Der Vater nickte. »Ja, so einen kalten Winteranfang hatten wir schon lange nicht mehr! Beeil dich bitte, Slawomira, ich brauche deine Hilfe. Fürst Anatrog hat für heute Morgen eine Ladung Geschirr bestellt, die müssen wir noch verpacken!«

Slawomira zog sich rasch an und schob den Kochtopf mit der Grütze, die vom Vortag übrig war, ins Ofenloch. Während sie sich mit der einen Hand kämmte, holte sie mit der anderen zwei Schalen und zwei Holzlöffel vom Wandbord. Seit dem Tod ihrer Mutter führte sie für ihren Vater den Haushalt.

Besorgt beobachtete sie, wie ihr Vater zusammengekrümmt auf der Bank saß und mit schmerzhaft verzogenem Gesicht seine Beine massierte. »Ist es sehr schlimm, dein Gliederreißen?«, fragte sie.

Der Vater zuckte die Achseln: »Daran muss ich mich wohl gewöhnen. Der kalte Wind macht es nicht besser. Aber solange mir nur die Beine steif werden, will ich zufrieden sein. Wenn nur die Hände noch mitmachen! Ist der Brei schon fertig?«

Slawomira füllte ihrem Vater ein Schälchen und reichte es ihm. Wenig später rannte sie schon in den nächsten Hof zur Schreinerwerkstatt, in jeder Hand einen großen Korb, um sich Späne zu holen, zwischen denen man das Geschirr sicher verpacken konnte. Als sie zurücklief, sah sie vor der Werkstatt des Stellmachers einen Ochsenkarren halten, von dem eben ein Dienstmann des Fürsten Anatrog abstieg. Der Stellmacher kam aus seinem Haus. »Was ist«, rief der Dienstmann ungeduldig, »warum steht der Wagenkasten nicht bereit, ich soll ihn mitnehmen!«

»Es ist alles fertig wie bestellt!«, erwiderte der Stellmacher eilfertig und wies seine Gehilfen an, den Kasten aus dem Schuppen zu holen und auf den Karren zu verladen. Slawomira blieb stehen. Sie betrachtete diesen stabilen Kasten, der über zwei Schritt lang war und fast die Form eines Bootes hatte, denn er war dafür erfunden, um Waren sowohl auf Wagen als auch auf Schiffen zu befördern. Ihr kam ein Gedanke. Hierin würde sich das Geschirr gut verpacken lassen, sicherer als nur in Körben.

»Hast du Waren, die du in den Kasten verladen musst?«, fragte sie den Dienstmann.

»Pelze!«, erwiderte er unfreundlich.

»Aber das ist ja bestens!«, rief Slawomira aus. »Da können wir das Geschirr mit den Pelzen im Wagenkasten verstauen, so geht bestimmt nichts entzwei!«

»Nein, das Geschirr kommt in Körbe auf den Wagen«, erwiderte der Mann kurz.

Slawomira sah sich kopfschüttelnd an, wie schmal der Zwischenraum war, der nach Verladen des Kastens auf dem Karren noch frei blieb. »Aber anders wäre es viel besser!«, beharrte sie.

»Ich hab was gegen Mädchen, die alles besser wissen wollen!«, sagte der Mann unfreundlich.

Slawomira ging weiter. Sie ärgerte sich schrecklich. Warum war dieser Kerl so stur und dann auch noch so unverschämt! Dabei hatte sie bestimmt Recht gehabt.

Als später der Ochsenkarren vor der Töpferei hielt, betrachtete sie kritisch die Ladung Pelze, die inzwischen in dem Kasten lag. Das hatte sie sich doch gleich gedacht, dass der Kasten nicht voll sein würde. Sie half ihrem Vater, die Körbe neben den Kasten in den Karren zu heben. Wenn der Kasten verrutschte, würde er gegen die Körbe drücken und die Töpferwaren zerquetschen. Slawomira sah den Dienstmann böse an und sagte spitz: »Überhaupt zeugt es von wenig Verstand, mit einem gewöhnlichen Karren einen Wagenkasten abholen zu wollen, statt mit einem Wagengestell, das dafür gemacht ist, dass man einen Kasten darauf befestigt! Und dann noch Körbe mit Geschirr daneben zu stellen!«

»Meinst du, ich weiß das nicht selbst!«, fuhr da der Dienstmann sie entnervt an. »Ich bin gekommen, das Geschirr zu holen. Von einem Kasten wusste ich nichts. Den hat der Fürst erst gestern Abend gekauft. Und genauso und nicht anders will er es haben!«

Slawomira sah dem Karren ärgerlich nach, als er aus dem Hof rumpelte. Eigentlich ging sie ja das Ganze nichts an, aber es half, dass sie nicht an den Streit mit Rochel denken musste. Also schimpfte sie im Stillen weiter auf die Dummheit und Unfreundlichkeit von Anatrogs Dienstmann. Später freilich leistete sie ihm ebenso im Stillen wieder Abbitte: Sie sah den Ochsenkarren noch einmal, wie er eben auf dem Hohlweg aus der Burg fuhr, und diesmal war der Kasten prall gefüllt, die obersten Felle über einer aufgewölbten Last fest verzurrt. Da hätte wirklich kein Geschirr mehr Platz gefunden. Und wertvoll schien die Ladung auch zu sein: Zwei bewaffnete Gefolgsleute von Anatrog ritten nebenher. Vielleicht sollte sie doch lieber wieder an Rochel denken. Das war wichtiger.

Sie schlenderte an der Silberschmiede vorbei, dann drehte sie sich entschlossen um und öffnete die Tür. Rochel sah kurz auf, dann blickte er wortlos wieder auf seine Arbeit. Er drehte mehrere Silberdrähte zu einer Wulst, als gäbe es nichts Wichtigeres auf der Welt.

»Guten Morgen«, sagte Slawomira, »heute ist es noch kälter.«

Der Meister erwiderte ihren Gruß und meinte: »Wenn das so weitergeht, gefriert sogar die Ostsee!«

Rochel sagte nichts. Warum machte er es ihr nur so schwer!

»Ja, also, ich muss dann wieder . . .«, sagte Slawomira und wartete. Der Meister sah zwischen ihr und Rochel hin und her und grinste. Rochel gab noch immer keine Regung von sich. Da ging Slawomira hinaus.

Als sie nur noch wenige Schritte von ihrer Haustür entfernt war, legte sich ihr eine Hand auf die Schulter. Rochel – war er ihr also nachgegangen! Lächelnd drehte sie sich um. Aber es war einer von König Krutos Gefolgsleuten.

Nun packte sie der Mann ziemlich heftig an beiden Schultern und drückte sie mit dem Rücken gegen die Hauswand. »Raus mit der Sprache!«, sagte er drohend. »Weißt du etwas davon?«

»Aber wovon denn?«, fragte Slawomira erschrocken.

Die Hände griffen härter zu. »Tu nicht so ahnungslos! Du hast doch dauernd mit ihm zusammengesteckt! Du hast dich sogar in sein Gefängnis eingeschlichen! Wenn dir deine heile Haut lieb ist, dann sagst du jetzt, wo er steckt!«

Slawomira wand sich unter dem Griff. »Aber ich weiß doch überhaupt nicht, was los ist!«

»Niklot ist verschwunden, das ist los! Dieser Kerl hat sich schon wieder davongemacht! Oder er hält sich hier irgendwo versteckt. Aber wir werden ihn finden, und dann wird er sich wünschen, er wäre nie geboren! Und wenn du mit in der Sache steckst, Mädchen, dann kannst du was erleben!«

»Ich weiß wirklich nichts«, flüsterte Slawomira tonlos. Mit einem letzten drohenden Blick ließ der Mann sie frei. Slawomira tastete sich an der Wand entlang zur Tür, ins Haus und ließ sich zitternd auf der Bank nieder. Sie war wie vor den Kopf geschlagen. Niklot schon wieder weggelaufen – das war doch nicht möglich! Sie konnte es einfach nicht fassen. War es denn gelogen gewesen, als er gesagt hatte, er sei freiwillig zurückgekehrt und habe eingesehen, dass er bleiben müsse?

Die Tür wurde aufgerissen. Zwei Krieger stürzten herein, scheuchten die Hühner und Schafe auf, sahen sich um, öffneten die beiden Truhen, rissen alle Kleider und Gegenstände heraus, durchwühlten das Bettzeug, sahen unter die Bänke, dann verschwanden sie wortlos wieder und hinterließen ein heilloses Durcheinander.

Slawomira verbarg ihr Gesicht in den Händen. Schließlich sprang sie auf und lief hinaus. In allen Handwerkerhöfen bot sich das gleiche Bild: Krieger und Dienstmänner des Königs, die jeden Winkel durchwühlten, Leute ausfragten und mit Drohungen zum Reden zu bringen versuchten. Und nirgends ein Hinweis auf Niklot.

Slawomira ging in den Königshof. Auch hier aufgeregte Suche. Vom Tempelhof her kam eben der Hohepriester gelaufen, in einer Hast und offensichtlichen Verstörtheit, die im schärfsten Gegensatz zu seinem üblichen würdigen Auftreten standen.

Slawomira beobachtete, wie er ungeduldig den Wächter vor der Tür der großen Halle zur Seite schob und darinnen verschwand. Und kurz darauf hörte sie das Brüllen. Sie erschrak so, dass ihre Knie nachgaben. Noch nie hatte sie etwas so Entsetzliches gehört wie dieses Brüllen. Es musste der König sein, der da so schrie, ein anderer hätte das in der Halle niemals wagen können. Sie konnte die Worte nicht verstehen, aber sie begriff auch so, dass es furchtbare Drohungen und Schreie sein mussten, die der König da ausstieß.

Sie konnte es nicht mehr ertragen. Sie rannte aus dem Königshof in den westlichen Burgteil und dort geradewegs in die Silberschmiede. Sie riss die Tür auf und stieß mit Rochel zusammen. Stumm fiel sie ihm um den Hals.

Rochel drückte sie an sich und streichelte ihr Haar. »Ruhig, Slawomira, ruhig!«, murmelte er.

»Oh Rochel, es ist alles so furchtbar!«

»Nicht weinen, bitte nicht weinen!«, sagte Rochel. Der Streit war vergessen.

Eben wollte sie ihm erzählen, was sie erlebt hatte, da wurde schon wieder die Tür aufgerissen. Einer von den Männern des Königs stand darinnen. Er sah sehr blass aus. »Ist hier ein Silberschmiedlehrbub namens Rochel?«, rief er laut.

»Ja, ich!«, sagte Rochel heiser und ließ Slawomira los.

»Ich habe Befehl, dich zum König zu bringen! Komm!«

»Rochel!«, schrie Slawomira auf und griff nach der Hand ihres Freundes. Und dann zu dem Mann: »Was will der König von Rochel?«

»Frag mich nicht! Ich weiß nur, dass der König so tobt, wie ich es noch nie erlebt habe. Nun komm schon!« Damit griff er Rochel am Arm und zog ihn rasch mit sich fort.

Slawomira lief hinter den beiden her. Als die Tür der Halle hinter Rochel ins Schloss gefallen war, blieb sie im Königshof stehen. Ihr war schlecht vor Angst. Meinte denn der König, dass Rochel mit Niklots Flucht etwas zu tun hatte? Was würde geschehen, wenn der König Rochel keinen Glauben schenkte?

Sie lauschte. Sie konnte nichts hören. Wenigstens schrie der König nicht mehr. Doch das war ein geringer Trost. Er konnte auch mit leiser Stimme die furchtbarsten Befehle erteilen.

Die Kälte ließ ihre Füße und Beine gefühllos werden. Sie hatte nur das Schultertuch umgeschlagen, kein Pelz schützte sie vor der Kälte. Sie bebte am ganzen Körper. Dennoch rührte sie sich nicht von der Stelle. Die Tür der Halle blieb geschlossen. Niemand mehr ging hinein, und niemand ging heraus.

Irgendwann spürte sie etwas Warmes an den Beinen. Betäubt sah sie zu Boden. Es war eine kleine Katze. Mechanisch bückte sie sich und hob das Tier auf, drückte es an sich und wärmte sich die Hände an dem Tier, während sie weiter auf die Tür starrte. Nach einer schier endlosen Zeit ging diese auf, und Rochel kam heraus. Rochel allein, offensichtlich frei und unversehrt, aber weiß im Gesicht wie ein Leintuch.

Sie wollte auf ihn zulaufen, aber die empfindungslosen Beine versagten den Dienst. Rochel schlang stumm den Arm um sie und zog sie mit sich fort, zur Wohnhütte ihres Vaters. Dort drückte er sie dicht neben dem Ofen auf die Bank und setzte sich dann neben sie. Aufstöhnend schloss er die Augen.

Angstvoll beobachtete sie ihn. Endlich hielt sie es nicht mehr aus. »Rochel, so red doch! Hat man dir etwas angetan?«

»Wie? Was?« Rochel blickte auf. Dann schüttelte er den Kopf. »Nein. Nichts.«

»Aber was war denn? Was wollte er denn von dir? Und warum warst du so lange da drin?«

»Ich glaube fast, der König hatte mich einfach vergessen. Ein Wunder wäre es nicht, bei dem, was da drinnen vor sich geht!« Rochel machte eine Pause und murmelte dann: »Da stimmt etwas nicht. Ich kann mir nicht helfen, etwas stimmt da nicht!«

»Bitte, Rochel, so erzähl doch endlich!«

»Also pass auf! Als ich in die Halle kam, waren der König darinnen und der Hohepriester und Sedrag und Grin und Fürst Anatrog und eine ganze Gruppe von den Gefolgsleuten des Königs. Und keiner von ihnen war normal. Alle waren sie irgendwie, wie soll ich sagen, verstört oder außer sich. Der König sah mich, winkte mich zu sich. Ich wollte niederknien, aber er herrschte mich gleich an: ›Steh auf! Sieh dir das hier an! Und überleg dir genau, was du sagst! Ein unwahres Wort, und du wirst nie wieder ein Wort sagen können! Kennst du diese Kette?‹ Und damit gab er mir eine Halskette in die Hand.

Ich habe sie sofort erkannt, auf den ersten Blick. Aber vorsichtshalber habe ich sie mir ganz genau angesehen: die schön geschliffenen Perlen aus Bergkristall, das feine silberne Kästchen mit dem Zierbelag aus Filigran und Granulation, in dem man irgendwas aufbewahren kann, und den Verschluss aus Silber, den ich selber repariert hatte. Nun war er ganz verbogen. Es gab keinen Zweifel. Ich sagte: ›Die Kette hatte mich einmal Niklot reparieren lassen.‹

›Ganz bestimmt diese Kette?‹, fragte der König, und ich erschrak, weil etwas in seiner Stimme war, etwas, was ich nicht beschreiben kann. ›Ja‹, sagte ich.

Da rief der Fürst Anatrog aus: ›Ich habe es Euch doch gesagt, König Kruto! Es ist Niklots Kette, er hat sie immer unter seiner Kleidung getragen, aber einmal habe ich beobachtet, wie er sie auf dem Ritt hierher heimlich hervorgeholt und betrachtet hat! Und ich habe diesem Jungen vertraut!‹

Und dann kniete der Fürst vor dem König nieder und sagte: ›Bestraft mich, Kruto. Es ist meine Schuld. Ich war es, der Niklot von dem Standbild Eures großen Gottes erzählt hat, am Tag des hohen Gerichts, als Ihr geopfert habt! Ich habe ihm erzählt, dass der Segen des ganzen Wagrierlandes von dem goldenen Füllhorn abhängt, das der Gott in der Hand hält. Ich habe ihm gesagt, dass Seuchen und Hungersnot unser Land bedrohen werden, wenn durch einen Frevel dieses Füllhorn entweiht wird. Und nun hat er es entweiht, mehr als das, er hat es gestohlen! Die Kette ist der Beweis, dass kein anderer als Niklot dieses Verbrechen begangen hat! Wie sollte sie sonst in den Tempel gekommen sein! Sie muss ihm aufgegangen sein, als er sich hineinschlich! Und durch mich hat er erst von der hohen Bedeutung des Gottes und des Füllhorns erfahren! Bestraft mich, Kruto!‹

Da hat der König geantwortet: ›Was soll das, Anatrog! Es

war kein Geheimnis, was du da verraten hast. Und steh endlich auf! Wenn du etwas gutmachen willst, so wirst du in diesem Krieg Gelegenheit genug haben. Biete deine Männer auf bis auf den allerletzten! Heute noch ziehen wir los. Pribyslaw wird sich von uns überzeugen lassen und mit in den Krieg ziehen, denn jetzt müssen wir den Wilzen ein für alle Mal zeigen, dass wir so nicht mit uns umspringen lassen! Niklots erste Flucht, das war eine Sache, über die man noch hinwegsehen konnte, aber das geht jetzt nicht mehr! Das ist nicht einfach ein Kinderstreich, da steckt mehr dahinter, vermutlich Milegost selbst! Pribyslaw wird das einsehen, und die anderen Könige auch! Und wenn nicht, so ziehe ich allein gegen die Wilzen! Und jede ihrer Burgen werde ich dem Erdboden gleich machen, und jedes ihrer Dörfer werde ich niederbrennen, und keiner soll in Freiheit überleben! Ich werde das Füllhorn zurückholen, das schwöre ich. Und ich werde Rache an Milegost und an seiner ganzen Sippe nehmen, eine Rache, wie sie furchtbarer nicht sein kann! Ich weiß jetzt, was das Ehrenwort eines Zirzipanen wert ist! Weniger als nichts! Aber sie sollen erfahren, was der Racheschwur eines Wagrier bedeutet!‹

Und dann hat auch Anatrog Rache geschworen und alle anderen Männer auch, und dann haben sie beraten, wie Niklot am besten einzufangen sei, und der König hat die schrecklichsten Dinge angedroht, die er Niklot antun will. Aber plötzlich ist Grin vor den König hingetreten und hat gesagt: ›Vater, ich glaube nicht, dass Niklot geflohen ist und dass er den Tempel entweiht hat. So ehrlos ist doch Niklot nicht.‹ Da hat der König Grin ins Gesicht geschlagen und ihn angeschrien, er solle den Mund halten.

Und plötzlich ist mir eingefallen, was mir die ganze Zeit so falsch vorgekommen war: Die Kette war nicht aufgegangen.

Die Kette konnte gar nicht von selbst aufgehn, bei dem Verschluss! Sie war gewaltsam aufgerissen worden, so ähnlich wie damals, als Niklot sie mir zum Reparieren gebracht hat. Aber ich habe den Verschluss damals doch so in Ordnung gebracht, dass er wieder halten musste! Und ich wollte es dem König sagen, aber ich hatte Angst, wo er doch schon seinen eigenen Sohn nicht angehört hat, aber ich habe es trotzdem versucht, ich habe begonnen: ›Herr König!‹, aber da hat er mich angefahren: ›Verschwinde!‹, und einer der Dienstmänner hat mich aus der Halle geschoben, und den Rest weißt du.«

Rochel verstummte. Auch Slawomira schwieg. Langsam kehrte die Empfindung in ihre Füße und Beine zurück. Sie kribbelten und brannten. Gedankenverloren kraulte Slawomira das Kätzchen in ihrem Arm. Schließlich legte sie ihre Hand auf Rochels und drückte diese: »Ich habe solche Angst um dich gehabt«, sagte sie.

Rochel erwiderte ihren Händedruck.

»Du, Rochel, das mit gestern . . . Unser Streit . . . Ich habe die halbe Nacht nicht schlafen können, weißt du . . . Du sollst nicht glauben . . . «

Rochel antwortete verlegen: »Ach, lass doch, Slawomira. Ich habe auch nicht schlafen können. Ich hätte das alles nicht sagen sollen. Und heute Morgen, da habe ich mich so geschämt, dass ich dir nicht mehr in die Augen sehen konnte!«

Seufzend lehnte Slawomira ihren Kopf an seine Schulter. Rochel legte seinen Arm um sie. Lange saßen sie so da und sagten nichts.

Endlich maunzte das Kätzchen und befreite sich aus Slawomiras Armen, sprang auf den Boden und stupste mit seiner kleinen Nase gegen ihre Beine. »Ach du, dich hätte ich ja fast vergessen!«, sagte Slawomira, stand auf und schüttete dem Tier etwas Milch in ein Schälchen. »Da, trink! Wenn du was fressen willst, musst du dir schon eine Maus fangen, davon gibt es bei den Getreidespeichern genug!«

Slawomira setzte sich wieder neben Rochel und sah dem Kätzchen beim Trinken zu. Es war ein niedliches kleines Tier mit schwarzem Fell, weißen Pfoten und einem weißen Fleck an der Stirn.

Plötzlich sprang Slawomira auf und rief: »Rochel! Das ist ja das Kätzchen von Niklot! Ich habe es bei ihm in seinem Gefängnis gesehen! Er hat mir erzählt, dass er es aus dem Wasser gezogen hat und dass er nicht mehr ohne das Kätzchen leben will. Und wenn alles andere gelogen war, Rochel, das war nicht gelogen! Nein, das ganz bestimmt nicht!«

Slawomira starrte das Kätzchen an, als sei es die Lösung eines Rätsels. Dann sagte sie ernst und bestimmt: »Niklot ist nicht geflohen. Er hätte das Kätzchen mitgenommen. Aber das Kätzchen ist da. Also muss auch Niklot da sein!«

»Ist er aber nicht! Die Männer des Königs haben jeden Winkel durchstöbert und das Unterste nach oben gekehrt. Er ist nicht da. Und das Füllhorn des Gottes ist weg. Und Niklots Kette lag im Tempel.«

Nun war auch Rochel aufgestanden. Sie sahen einander in die Augen. Jeder meinte im Gesicht des anderen den gleichen Verdacht aufkeimen zu sehen, der in ihm selbst aufstieg. Aber noch war er nicht zu greifen, noch war er unvorstellbar, unaussprechbar.

»Wir müssen mit jemandem reden! Wir müssen etwas tun! Wir müssen Niklot helfen!«, sagte Slawomira und hob das Kätzchen auf.

Rochel schluckte. Da war er wieder, der scharfe Schmerz, den er in der Brust verspürte, wenn Slawomira von Niklot redete. Einen Augenblick hatte er den Wunsch, zu sagen: Was geht mich Niklot an! Einen Augenblick dachte er: Wenn Niklot weg ist, dann gehört mir Slawomira wieder ganz allein! Aber mit demselben Atemzug wusste er, dass er sich das selbst niemals würde verzeihen können. Niklot konnte ja nichts dafür, dass alles so schwierig war. Und wenn er auch von Niklots Unschuld nicht so felsenfest überzeugt war, wie es Slawomira zu sein schien: Wenn er jetzt nichts für Niklot unternahm, würde er sich da nicht immer vorwerfen müssen, nur aus Eifersucht Niklot im Stich gelassen zu haben? Dann würde Niklot wie ein Gespenst zwischen ihm und Slawomira stehen. Später, sagte er sich, später kläre ich das mit Slawomira und Niklot. Jetzt erst mal muss ich das tun, was ein anständiger Mensch zu tun hat!

Laut sagte er: »Komm mit in den Königshof!«, und fasste Slawomira bei der Hand. Gemeinsam rannten sie in die Kälte. Slawomira hielt das Kätzchen an sich gedrückt.

Kapitel 2

Im Tor zum Königshof herrschte dichtes Gedränge. Eine Menschenmenge versperrte ihnen die Sicht. Alle Bewohner der Burg schienen sich hier versammelt zu haben. Mühsam zwängten sich Rochel und Slawomira hindurch. Endlich hatten sie es geschafft. Der Hof war voller Reiter, schwer bewaffnete Krieger, die zum Aufbruch gerüstet auf ihren Pferden saßen.

Slawomira und Rochel hörten laut die Stimme des Königs: »Hört meine Worte: Dies wird ein Kriegszug, wie noch keiner geführt worden ist! Die Seen und Sümpfe der Wilzen sind gefroren wie die unsrigen! Ihre Burgen werden ihnen keinen Schutz bieten! Nach diesem Krieg wird das Wilzenland eine Wüste sein! Und wir werden mit einer riesigen Zahl von Gefangenen heimkehren, und jeder von ihnen wird so viel Kriegsbeute schleppen müssen, dass er fast darunter zusammenbricht! Und wir werden das Füllhorn zurückbringen und mit dem Blut eines jeden Angehörigen von Milegosts Sippe unseren Gott versöhnen!«

Lautes Hochrufen antwortete dem König. Dann gab der König seinem Pferd die Sporen und ritt zum Burgtor hinaus, neben sich Anatrog, Sedrag und die anderen Männer der Königsfamilie. Die Krieger folgten ihm. Die Menge zerstreute sich. Ruhe kehrte in die Burg ein. Slawomira schauderte. »Zu spät!«, sagte sie und schloss die Augen.

»Was hast du da für eine Katze?«, hörte sie plötzlich eine Stimme. Sie blickte auf und sah Grin. »Das ist die Katze von Niklot!«, antwortete Slawomira.

»Zeig mal her!«

Slawomira reichte Grin die kleine Katze. Grin nahm sie in den Arm, betrachtete sie genau und setzte sie dann auf den Boden.

»Ja, das ist die Katze von Niklot«, bestätigte er.

Rochel fiel ein: »Slawomira meint, Niklot hätte sich nie von seiner Katze getrennt! Wir wollten es gerade jemandem sagen, aber wir kamen direkt zum Aufbruch des Königs!«

Grin sah sich rasch um. »Kommt mit mir! Gnewosch darf mich nicht mit euch zusammen sehen.« Damit lief er zum Pferdestall und schlüpfte hinein. Rochel und Slawomira folgten ihm.

Der Stall war bis auf drei trächtige Stuten leer. Grin schloss die Tür hinter ihnen und lehnte sich dann von innen dagegen. Er schaute von einem zum anderen. »Ihr seid die beiden, mit denen Niklot manchmal geredet hat, nicht wahr?«

Slawomira und Rochel nickten.

Dann fragte Grin weiter: »Rochel, als du bei meinem Vater

warst, da wolltest du noch etwas sagen, aber mein Vater hat dich nicht zu Wort kommen lassen. Was war es?«

»Ich wollte sagen, dass der Verschluss der Kette nicht von allein aufgegangen sein kann. Er ist gewaltsam verbogen worden. So, als wäre die Kette vom Hals gerissen worden. So wie damals, als Niklot sie mir zum Reparieren gegeben hat.«

»Und du bist sicher, dass du den Verschluss wieder richtig in Ordnung gebracht hattest?«

»Ganz sicher. Jemand hat Gewalt angewendet, um die Kette zu öffnen!«

Grin nickte. »Ich habe es mir gedacht!«, sagte er. Dann begann er unruhig auf und ab zu laufen. Schließlich blieb er vor ihnen stehen und stieß hervor: »Ich werde mir immer sicherer! Mein Vater ist hintergangen worden. Aber anders, als er glaubt, und nicht von Niklot! Ihr mögt Niklot, nicht wahr? Und ich mag meinen Vater, auch wenn er es einem manchmal nicht leicht macht, ihn zu mögen. Wenn mein Vater in einen Krieg ziehen will, weil er den Krieg für nötig hält, so ist das eine Sache. Wenn er aber einen beschworenen Waffenstillstand bricht, weil er glaubt, er sei von Niklot betrogen worden, und es war nicht Niklot, so ist das eine ganz andere Sache! Ich will meinem Vater helfen. Wollt ihr Niklot helfen? Ich glaube fast, in diesem Fall ist beides dasselbe!«

»Ich verstehe noch nicht ganz . . .«, sagte Rochel.

Grin antwortete: »Passt auf! Ich will euch alles erzählen, was ich weiß. Und dann erzählt ihr mir, was ihr wisst. Zusammen sehen wir vielleicht klarer. Ich habe niemanden sonst, mit dem ich mich beraten kann. Sedrag hat mein Vater mitgenommen, und Gnewosch ist der Letzte, mit dem man so was besprechen könnte! Wenn meine Mutter noch leben würde . . . «

Grin brach ab. Einen Augenblick sah er sehr jung und sehr

traurig aus. Slawomira nickte. Die Königin war im vergangenen Winter im Kindbett gestorben. Wäre Grin nicht der Sohn des Königs gewesen, so hätte Slawomira jetzt gesagt: »Ich weiß, wie das ist, Grin, wenn man seine Mutter verliert.« Aber sie traute sich nicht.

Schon straffte sich Grin und fuhr fort: »Also, jetzt mal der Reihe nach! Ich habe Niklot zuletzt heute Morgen nach dem Aufstehen gesehen. Er spielte mit seiner Katze und schmuste sie in einer Weise ab, dass es schon fast peinlich war, zuzusehen. Dass die Katze verschwunden war, hat mich bisher unsicher gemacht. Aber nun ist sie ja gar nicht weg, und deshalb bin ich mir jetzt auch so sicher, dass Niklot nicht weggelaufen ist. Sein Pelzmantel und seine Fellmütze sind nämlich auch da. Könnt ihr euch vorstellen, dass bei dieser lausigen Kälte jemand eine so weite Flucht beginnt, ohne seinen Pelz anzuziehen?!

Wo war ich? Bei heute Morgen. Er spielte also mit seiner Katze, und auf einmal fing die das Maunzen an und lief zur Tür und kratzte an der Tür, und da hat Niklot die Tür aufgemacht und ist mit ihr in den Hof, so wie er war, einfach in seinem Wollkittel, und danach habe ich ihn nicht mehr gesehen. Habt ihr ihn heute zu Gesicht bekommen?«

»Nein!«, sagten Rochel und Slawomira wie aus einem Mund.

»Ja, also, ich habe dann nicht weiter an Niklot gedacht und meinen Morgenbrei gegessen, und dann war es Zeit für den Unterricht. Gnewosch hatte sich in den Kopf gesetzt, heute das Speerwerfen zu üben, draußen vor der Burg, bei der Kälte! Und Niklot erschien nicht. Erst dachte ich noch, der ist gar nicht so dumm, der hat sich ans warme Feuer verzogen, aber wenn er nicht gleich erscheint, dann wird Gnewosch ihm auf ganz andere Art einheizen, aber schließlich wurde ich doch stutzig. Und Gnewosch hat sofort drei Knechte losgeschickt, die Niklot suchen sollten. Und dann kamen sie zurück und sagten, sie könnten ihn nicht finden. Da ist Gnewosch mit mir zu meinem Vater gegangen, der gerade mit Anatrog geredet hat, und hat es meinem Vater gesagt.

Mein Vater hat seinen Dienstleuten befohlen, die ganze Burg und das Gelände davor nach Niklot abzusuchen, und dann hat er alle Wächter rufen lassen und sie ausgefragt. Und alle haben sie geschworen, dass Niklot nicht die Burg verlassen hat, dass heute Morgen vor Gnewosch und mir niemand anderes durch ein Tor ist als ein Dienstmann von Anatrog mit einem voll beladenen Ochsenkarren und zwei bewaffneten Gefolgsleuten von Anatrog.

Mein Vater ist sehr nachdenklich geworden und hat die Wächter immer weiter ausgefragt, aber Anatrog hat ihn dauernd gedrängt, er solle keine Zeit verlieren und nach allen Himmelsrichtungen Männer ausschicken und nach Niklot suchen lassen, weit könne er ja noch nicht gekommen sein.

Da kam plötzlich der Hohepriester hereingestürzt. Der war so außer sich, dass es ihm fast die Sprache verschlagen hatte, und er berichtete, in den Tempel sei eingebrochen worden und das goldene Füllhorn unserer machtvollen Gottheit sei entwendet und wir alle seien dem Unheil verfallen.

Da fing mein Vater das Brüllen an, auf eine Art, wie ihr euch das gar nicht vorstellen könnt, und hörte erst wieder zu brüllen auf, als der Hohepriester ihm die Kette zeigte und sagte, dass er sie im Tempel gefunden habe, zu Füßen der entweihten Gottheit.

Anatrog sah sich die Kette an und behauptete sofort, das sei Niklots Kette, und dann habe ich gesagt, dass ich die Kette auch einmal an Niklot gesehen habe und dass sie durch mich zerrissen sei, aber dass ich wüsste, dass sie wieder in Ordnung gebracht worden sei. Einer der Dienstleute sagte, Niklot sei ein paar Mal mit dem Lehrbuben des Silberschmieds gesehen worden, vielleicht habe der die Kette repariert, und da hat mein Vater nach dir schicken lassen, Rochel. Und als du auch noch gesagt hast, dass das Niklots Kette sei, da war alles klar, und keiner hat mehr nachgedacht. Von dem Augenblick an, als mein Vater von der Entwendung des Füllhorns erfahren hat, konnte er sowieso an nichts anderes mehr denken als an Rache.

Aber mir sind Zweifel gekommen. Ich habe mich gestern Abend lange mit Niklot unterhalten. Ich mag euch nicht erzählen, was er mir gesagt hat, aber jedenfalls konnte ich nicht glauben, dass das alles gelogen gewesen sein sollte. Ich glaube es nicht, dass Niklot ein solcher Lügner und Betrüger und Tempelschänder sein soll!«

Grin nahm seine unruhige Wanderung wieder auf. Dann blieb er bei einer der Stuten stehen und kraulte sie zwischen den Ohren. Dabei sagte er: »Also, noch einmal. Reden wir nicht von dem, was wir glauben, sondern von dem, was wir wissen! Für Niklots Schuld spricht, dass er verschwunden ist und dass seine Kette im Tempel gefunden wurde. Unerklärlich bleibt, warum seine Kette gewaltsam zerrissen ist, wenn er sie angeblich beim Diebstahl verloren hat. Er trug sie immer unter seiner Kleidung. Wie sollte sie da von allein zerreißen?! Für Niklots Unschuld spricht, dass er seinen Pelz und seine Katze nicht mitgenommen hat und dass die Wächter schwören, er habe die Burg nicht verlassen. Wenn aber einerseits Niklot nicht mehr hier ist und andererseits niemand als der Ochsenkarren und die Männer von Anatrog die Burg verlassen haben, ehe Niklot vermisst wurde, wo ist er dann?«

Slawomira sah den Ochsenkarren vor sich. Als sie das Geschirr eingeladen hatte, war der Kasten nur halb mit Pelzen gefüllt gewesen. Als er die Burg verlassen hatte, war er voll und fest verschnürt. Der Atem stockte ihr. »Der Ochsenkarren!«, rief sie aus. Aber dann fügte sie gleich wieder mutlos hinzu: »Nein, das ist unmöglich.«

»Was ist unmöglich? Was ist mit dem Ochsenkarren?«, drängte Grin. Slawomira erzählte alles, was sie am Morgen mit dem Dienstmann von Anatrog erlebt und mit dem Ochsenkarren beobachtet hatte.

Rochel meinte: »Niklot könnte den Wagen irgendwo in der Burg stehen gesehen haben und sich unter den Fellen im Wagenkasten versteckt haben!«

Slawomira schüttelte den Kopf. »Nein, Rochel. Die Felle waren ja mit einer Schnur festgezurrt. Das muss der Dienstmann gemacht haben, und dabei wäre ihm doch auf jeden Fall aufgefallen, dass der Kasten plötzlich viel voller war und einer unter den Fellen lag. Ich habe mich getäuscht. So kann es nicht gewesen sein. Und außerdem glauben wir doch nicht, dass Niklot geflohen ist!«

»Geflohen nicht!«, sagte Grin. »Nein, nicht geflohen. Das ergibt keinen Sinn. Aber etwas anderes ergibt einen Sinn. Um Himmels willen, Vater, wie bist du betrogen worden! Nicht geflohen ist Niklot! Er wurde gewaltsam entführt – oder umgebracht!«

Rochel packte Slawomira am Arm. »Er meint doch nicht . . ., er meint doch nicht . . .?«, fragte er atemlos.

»Doch!«, sagte Grin sehr laut. »Doch, ich meine den Fürsten Anatrog. Wie Schuppen fällt es mir vor den Augen! Anatrog ist der Einzige, der die Möglichkeit hatte, Niklot unbemerkt aus der Burg zu schaffen. Anatrog hat sich auffallend viel um Niklot gekümmert. So hat er sich das Vertrauen von Niklot erworben. Da war es ihm ein Leichtes, Niklot beiseite zu locken, sodass er ihn töten oder niederschlagen, fesseln und im Wagenkasten verstecken konnte! Anatrog ist in den letzten

Wochen dauernd in die Burg gekommen, das tat er früher nie. Er muss nach einer Gelegenheit gesucht haben, Niklot in seine Gewalt zu bringen! Wer weiß, vielleicht hat er auch schon hinter Niklots Flucht mit dem Boot gesteckt, ohne dass Niklot selbst etwas davon geahnt hat! Es muss ein ganz schöner Schlag für Anatrog gewesen sein, als Niklot seine Flucht aufgab!«

»Aber warum denn?«, fragte Slawomira. »Warum sollte der Fürst so etwas tun?«

»Weil er von Anfang an gegen den Waffenstillstand war! Weil er den Krieg wollte, den Krieg um jeden Preis! Mein Vater hat Sedrag und mir erzählt, er habe wegen des Waffenstillstandes mit vielen Burgherren Schwierigkeiten gehabt, allen voran mit Anatrog. Aber er hat geglaubt, Anatrog habe sich gefügt. Aber das war keineswegs so! Anatrog hat hinter Vaters Rücken alles dafür getan, dass der Krieg neu ausbricht. Und dafür hat er sich Niklots bedient. Deshalb hat er Niklot entführt oder getötet, ich weiß es nicht. Aber dass es Anatrog war, der den Tempel entweiht hat, das weiß ich jetzt. Was für ein über alle Maßen hinterhältiger Einfall! Er wusste genau, dass einzig die Entwendung des Füllhorns meinen Vater so rasend machen würde, dass er alle Vernunft vergessen und blindwütig einen neuen Krieg vom Zaun brechen würde. Einen Krieg, mit solcher Bitterkeit geführt, dass er an Schrecken alles Vorstellbare übersteigen würde und Beute von unabsehbarer Menge gemacht würde!«

Als Grin zu reden aufhörte, war eine Weile Stille in dem Pferdestall. Es war, als würde jeder der drei Jugendlichen noch dem Echo von Grins Worten nachlauschen. Ab und zu stampfte eine Stute, eine andere schnaubte leise.

Schließlich fragte Slawomira: »Grin, glaubst du, dass Niklot noch lebt?«

Grin erwiderte ernst: »Ich weiß es nicht. Ich wollte, ich könnte deine Frage mit Ja beantworten, ich wollte es wirklich, aber ich kann es nicht. Ich bin davon überzeugt, dass Anatrog alles so aussehen lassen wollte, als sei Niklot samt Füllhorn geflohen. Damit wollte Anatrog meinen Vater dazu bringen, den Krieg wieder zu beginnen. Aber ob ihm dazu ein toter oder ein lebender Niklot nützlicher erschienen ist, das weiß ich nicht. Gewissensbisse würde er sich bestimmt nicht machen, Niklot umzubringen. Aber vielleicht hat er ja noch mehr solche Schurkenstücke ausgeheckt, und vielleicht braucht er dafür noch einmal einen lebenden Niklot!«

Rochel fiel ein: »Ich muss immer noch an die Kette denken. Wenn Fürst Anatrog oder einer seiner Gefolgsleute Niklot getötet und dann seine Leiche im Wagenkasten versteckt hätte, so wäre es doch ganz einfach gewesen, Niklot die Kette abzunehmen. Dabei wäre doch der Verschluss nicht verbogen!«

Grin rief aus: »Da könntest du Recht haben, Rochel! Es könnte so ähnlich gewesen sein wie damals, als ich die Kette sehen wollte und Niklot sie mir nicht zeigen wollte. Ich griff danach, und er sprang zurück, und dabei ist sie zerrissen. Ja, das ist wahr! Das spricht dafür, dass Niklot nicht einfach hinterrücks getötet wurde. Wir können hoffen, dass er noch lebt.«

»Dann müssen wir Niklot zu Hilfe kommen!«, sagte Slawomira.

»Ja«, bestätigte Rochel, »das müssen wir!«

Grin schaute nachdenklich von einem zum anderen: »Wisst ihr, was ihr da sagt? Habt ihr eine Vorstellung, wie ihr das anfangen wollt? Und eine Ahnung, wie schwierig und gefährlich es sein wird?«

Slawomira und Rochel sahen einander betreten an. Endlich sagte Slawomira: »Noch nicht, Grin. Aber das Wichtigste ist doch erst einmal der Entschluss, oder?« Und im Stillen fügte sie hinzu: Vor allem für Rochel! Wo er doch gestern noch so eifersüchtig auf Niklot war! Dass er ihm heute trotzdem helfen will – dafür liebe ich Rochel gleich noch viel mehr.

»Also dann!«, sagte Grin. »Suchen wir Niklot. Anders kann ich meinen Vater nicht davor bewahren, einen unrechten Krieg zu beginnen, den er eigentlich gar nicht führen will.«

Eine Weile war Schweigen. Dann fragte Rochel: »Du, Grin? Warum reitest du nicht einfach deinem Vater hinterher und erzählst ihm alles?«

Grin schüttelte den Kopf: »Ich dachte, du hättest heute schon einmal miterlebt, mit welchem Erfolg ich meinem Vater etwas erklärt habe! So aufgebracht, wie der zur Zeit ist, ist das nicht so einfach! Außerdem ist es dafür längst zu spät. Mein Vater ist mit seinen berittenen Gefolgsleuten zur Burg des Großkönigs aufgebrochen, und sie werden im Eilritt bis nach Weligard reiten. Meinst du, mit so einer trächtigen Stute hier könnte ich sie einholen? Nie und nimmer! Und bis ich in Weligard bei König Pribyslaw sein kann, hat dieser längst befohlen, sein Heer aufzubieten, genau so wie mein Vater es befohlen hat, bevor er losgeritten ist. In jedem Augenblick den wir hier herumstehen und reden, greift ein Krieger mehr zu den Waffen, und in wenigen Tagen schon wird sich das ganze gewaltige Fußheer aller Wagrier in Bewegung setzen. Und ein, zwei, drei Tage später wird es das Heer der Polaben und der Abodriten und der Warnower sein! Meint ihr, um das alles wieder aufzuhalten, reicht ein vergessener Pelzmantel, ein verlassenes Kätzchen und die Überzeugung von drei Jugendlichen?! Was glaubt ihr wohl, was zählt mehr, unser Wort oder das des Fürsten Anatrog? Nein, ich muss Beweise haben, oder ich brauche es gar nicht erst zu versuchen. Schon allein deshalb muss ich nach Niklot suchen, und außerdem ... « Grin brach ab und fügte dann leise hinzu: »Und außerdem möchte ich das sowieso. Wenn ich mir vorstelle, ich wäre als Geisel zu den Wilzen geschickt worden ... Na ja, ist ja auch gleich! Jedenfalls will ich nach ihm suchen.«

»Und wo sollen wir anfangen?«, fragte Rochel.

Langes Schweigen war die Antwort.

Schließlich sagte Grin: »Der einzige Hinweis, den wir haben, ist Anatrog. Nehmen wir einmal an, Anatrog hält Niklot gefangen. Wo wäre wohl der sicherste Ort hierfür?«

»Die Burg von Anatrog!«, meinte Rochel.

»Ja«, nickte Grin, »das glaube ich auch. Suchen wir also in seiner Burg nach Niklot. Eine andere Möglichkeit sehe ich nicht.«

»Aber wie sollen wir da hineinkommen?«, fragte Slawomira.

Grin zuckte die Achseln: »Das überlegen wir uns, wenn wir dort sind! Im Übrigen ist das wahrhaftig keine Sache für Mädchen. Du solltest das Ganze Rochel und mir überlassen, Slawomira, und zu Hause bleiben!«

»Nein!«, rief Slawomira. »Das tue ich nicht! Du kannst von mir nicht erwarten, dass ich untätig hier herumsitze, während ich vielleicht etwas für Niklot tun könnte!«

Grin verdrehte die Augen zur Stalldecke. Dann fragte er Rochel: »Was meinst du dazu? Willst du sie mitnehmen?«

Rochel betrachtete seine Füße. Dann sagte er: »Wenn sie sich was in den Kopf gesetzt hat, ist sie so leicht nicht davon abzubringen! Im Übrigen – sie hat ein Recht darauf, meine ich. Ohne Slawomira wüssten wir nichts von dem Ochsenkarren, wüssten wir nicht, wo wir suchen müssen.«

Grin seufzte. »Also, meinetwegen. Mein Vater wird begeistert sein, wenn er eines Tages von all dem erfährt! Ich hoffe nur, Slawomira, dass du einigermaßen reiten kannst! Aber jetzt geht es erst einmal darum, wie wir mit Anstand hier wegkommen! Gnewosch kann ich nichts davon sagen, so viel ist klar. Aber ich mag auch nicht sang- und klanglos verschwinden, das wäre alles andere als anständig! Na ja, ich werde schon eine Lösung finden. Wie steht es mit euch? Müsst ihr jemandem Bescheid sagen?«

»Ich habe beim Silberschmied ein paar Tage gut. Das ist kein Problem«, meinte Rochel.

Slawomira sagte nachdenklich: »Ich werde es meinem Vater erzählen. Ich glaube, er wird es verstehen.«

»Meinst du nicht, dass er versuchen wird, dich daran zu hindern? Und es vielleicht sogar Gnewosch verraten?«, fragte Grin besorgt.

Slawomira erwiderte: »Dich verrät er ganz bestimmt nicht! Und ob er mich gehen lässt . . . Jedenfalls kann man mit ihm über alles reden. Wo treffen wir uns?«

»Sobald als möglich wieder hier im Pferdestall. Und warm angezogen!«, bestimmte Grin. »Ich kann uns wasserfeste Robbenfellschlafsäcke besorgen. Aber an etwas Essbares komme ich nicht ran, ohne aufzufallen. Slawomira, kannst du genug für uns alle mitnehmen?«

Slawomira nickte. Gemeinsam mit Rochel rannte sie los.

Kapitel 3

Slawomira schaute ihrem Vater gespannt ins Gesicht. Solange sie geredet hatte, hatte sie lieber auf seine unermüdlichen Hände geblickt. Sie hatte ihm alles erzählt und mit den Worten geendet: »Verstehst du, dass ich helfen muss, nach Niklot zu suchen, Vater?«

Ihr Vater hatte während ihrer ganzen Erzählung ruhig weitergearbeitet, eine tiefe Schüssel aus Wülsten von Ton aufgebaut und geformt. Nun setzte er das Gefäß auf die Drehscheibe, wo es die letzte Ausgestaltung erfahren würde, und sah seine Tochter an: »Es ist schwer für einen Vater zu sagen, ja, das verstehe ich, wenn er hört, dass sich sein Kind in eine schwierige Sache einlassen will. Es wäre leichter zu sagen, bleib hier, was geht das dich alles an! Aber so denken allzu viele Leute. Und die Welt sähe besser aus, wenn mehr so denken würden wie du und wie Rochel und wie Grin. Da darf ich wohl nicht hinter euch zurückstehen! Es tut mir weh, dass ich euch nicht helfen kann, Slawomira. Ich würde euch die Sache gerne abnehmen, das kannst du mir glauben. Aber was soll ein Mann wie ich, der kaum mehr zehn Schritte gehen und sich nicht mehr auf einem Pferd halten kann! So muss ich mich wohl damit begnügen, euch mit meinen Gebeten zu begleiten. Pass auf dich auf, Slawomira, und geh keine unnötige Gefahr ein, bitte! Aber eines musst du mir versprechen: In die Burg des Fürsten Anatrog steigst du nicht ein!«

Slawomira kniete neben ihrem Vater nieder und umarmte ihn. »Ja, das verspreche ich. Du bist der beste Vater, den ich mir vorstellen kann!«, sagte sie und drückte ihre Wange an seine. »Sorge dich nicht, ich bin vorsichtig.«

Slawomira stand auf, lief nach nebenan in die Wohnhütte und kletterte auf den Zwischenboden, auf dem Getreide und Vorräte lagerten. Rasch packte sie Brot, Speck, Käse, Nüsse und getrocknete Apfelscheiben in ein Bündel. Dann streute sie den Hühnern Körner aus.

»Kommst du denn ohne mich zurecht?«, fragte sie plötzlich innehaltend ihren Vater, der ihr langsam in die Wohnhütte gefolgt war.

Der Vater lächelte: »Muss ich wohl! Nimm meinen Wolfspelz! Der sieht nicht gerade mädchenhaft aus, aber er hält warm!«

»Danke, Vater. Danke – für alles«, sagte Slawomira, zog dicke Wollstrümpfe, Handschuhe, Pelz und Fellmütze an, nahm das Bündel und lief schnell aus der Hütte.

Rochel und Grin warteten schon im Pferdestall, hatten die drei Stuten bereits gesattelt, Futtersäcke voll Hafer und die zusammengerollten Schlafsäcke an ihren Seiten verschnürt. Grin spähte aufmerksam in den Hof, dann machte er ihnen ein Zeichen. Sie führten die Stuten hinaus, schwangen sich auf die Rücken der Tiere und ritten auf das Südtor zu. »Wo wollt ihr hin, Grin?«, rief der Wächter.

»Das ist streng geheim«, antwortete Grin lachend, »mach Platz!«, und gab dem Pferd die Sporen. Kopfschüttelnd sprang der Wächter zur Seite. Sie ritten über die Brücke und fielen in leichten Trab. Es war nicht mehr ganz so kalt.

»Bis wir bei Anatrogs Burg sind, wird es längst Nacht sein«, meinte Grin. »Das passt gar nicht schlecht. Vielleicht finden wir bei Dunkelheit eine Möglichkeit, über den Wall zu klettern. Ich kenne mich da zwar nicht aus, aber Sedrag war schon mal in der Burg und hat mir genau davon erzählt. Sie liegt in einem See. Zu jeder anderen Jahreszeit wäre es undenkbar, trockenen Fußes heimlich in die Burg einzusteigen, weil man von der Brücke nur durch das Tor in die Vorburg gelangen kann. Sedrag hat gesagt, die Vorburg hätte gleich zwei Wälle hintereinander. Außerdem dürfte es uns nichts nützen, da einzusteigen, ich glaube kaum, dass Niklot in der Vorburg gefangen gehalten wird. Wir müssen in die Hauptburg, und das geht nur vom See aus. Ich hoffe, es gelingt uns, über das Eis anzuschleichen, den Wall zur Hauptburg hinaufzuklettern und über die Brustwehr einzusteigen. Da mein Vater Anatrog befohlen hat, so viele Krieger, wie irgend möglich aufzubieten, werden wohl nicht allzu viele Männer in der Burg geblieben sein.«

»Hoffentlich!«, stimmte Rochel zu. »Aber Slawomira soll nicht mit rein. Einer muss schließlich bei den Pferden bleiben.« Rochel streifte Slawomira mit einem verlegenen Seitenblick.

Slawomira lächelte ihm zu. Sie wusste, dass Rochel das nur gesagt hatte, weil er sich Sorgen um sie machte. Aber merkwürdigerweise freute sie das. Außerdem war sie erleichtert, den beiden nun nicht erklären zu müssen, dass sie an dieser Unternehmung sowieso nicht mitmachen würde, weil sie es ihrem Vater versprochen hatte. Und nicht nur deswegen – sie musste sich eingestehen, dass sie es sich gar nicht getraut hätte. Bei Dunkelheit über den Wall einer fremden Burg zu klettern und in der dann herumzuschleichen, mit der Angst, dass man jeden Augenblick einem von Anatrogs Männer in die Hände fallen könnte – das war wahrhaftig keine angenehme Vorstellung. Vielleicht hätte ich gleich daheimbleiben sollen, dachte sie plötzlich mutlos. Was kann ich hier schon nützen! Grin und Rochel kommen ohne mich viel besser zurecht. Warum habe ich mir eigentlich eingebildet, ich könnte etwas dazu beitragen, Niklot zu finden?

Niklot – sie spürte, wie sich ihr Herz zusammenzog, wenn sie seinen Namen nur dachte. Hoffentlich würden Grin und Rochel Niklot in der Burg finden! Das war ihre einzige Hoffnung. Wie es ihm wohl ging? Und wenn er nun gar nicht mehr am Leben war?! Nein, er musste leben, er musste einfach!

Nun war schon die Nacht hereingebrochen. Slawomira hatte das Gefühl, sich bald nicht mehr auf dem Pferd halten zu können. Noch immer steckten sie im tiefen Wald. Die Stuten waren längst in einen langsamen Schritt gefallen. Es wäre Quälerei gewesen, sie weiter anzutreiben. Gespenstisch drängten sich im fahlen Mondlicht die Bäume rechts und links des Weges. Der Wind heulte in den Ästen. Slawomira zitterte. »Rochel, sag doch was!«, brachte sie zaghaft hervor.

»Was soll ich denn sagen?«, antwortete er unsicher. Auch seine Stimme klang nicht gerade zuversichtlich.

Da sagte Grin ruhig: »Wisst ihr, was mein Vater mir einmal gesagt hat! Er hat gesagt, es ist keine Schande, Angst zu haben. Es ist nur eine Schande, sich von der Angst unterkriegen zu lassen!«

»Hast du denn auch Angst?«, fragte Slawomira.

Grin lachte: »Und wie! Aber das gehört dazu! Wir sind gleich aus dem Wald draußen, und dann ist es nicht mehr weit bis zu Anatrogs Burg.«

In der sternklaren, mondhellen Nacht glitzerte das Eis des Sees weithin sichtbar. Dunkel ragte der Wall von Anatrogs Burg aus dem See. Am Festland unweit der Brücke duckten sich einige Hütten.

Im Schutz der Hecke eines abgelegenen kleinen Gehöfts hielt Grin sein Pferd an und sagte leise: »Wartet! Jetzt müssen wir genau nachdenken. Für den Weg war es ja gut, dass die Nacht so hell ist, aber für unseren weiteren Plan bereitet mir das Kopfzerbrechen. Selbst wenn nur ein einziger Wächter auf dem Wall Wache schiebt, könnte er uns auf dieser Eisfläche von weitem sehen.«

»Wir müssten versuchen, uns im Schatten der Burg anzuschleichen!«, meinte Rochel.

Grin nickte: »Darüber denke ich auch gerade nach. Ich versuche vergeblich zu erkennen, wie hoch die Brücke über dem Wasser ist. Ich hoffe, dass wir unter der Brücke an die Burg herankriechen und dann von dort aus die Schattenseite erreichen können. Steigt ab! Wir müssen die Pferde hier lassen, sie fallen zu sehr auf.«

»Aber, Grin, meine Stute ist ganz erschöpft und schweißnass. Wir können die Pferde doch bei der Kälte nicht im Freien lassen!«, wandte Slawomira ein. Und dann fiel ihr ein, wie sie sich doch nützlich machen könnte: »Ich will hier im Gehöft fragen, ob ich die Pferde irgendwie unterstellen darf!«

Grin zögerte: »Und wenn die Leute dann zur Burg gehen und melden, dass ein fremdes Mädchen mit drei Pferden aufgetaucht ist? Und die Wächter misstrauisch werden?«

»Das glaube ich nicht!«, meinte Rochel. »Hier sieht alles sehr arm aus. Selten sind die Beziehungen der Armen zur Burg so gut, dass sie mit jeder Neuigkeit gleich dort hinrennen!«

Slawomira hörte, wie Grin auf diese Bemerkung scharf die Luft einsog, aber er sagte nichts. Wortlos drückte er ihr die Zügel seines Pferdes in die Hand.

Rochel umarmte sie und sagte leise: »Pass gut auf dich auf, Slawomira. Wir treffen uns dann wieder bei der Hütte hier!« Als zwei dunkle Schatten glitten Grin und Rochel auf das Seeufer zu. Einen Augenblick sah sie die beiden noch an der Brücke, dann waren sie verschwunden. Das Abenteuer begann.

Slawomira führte die drei Pferde zu der Hütte und klopfte an die Tür. »Wer da?«, hörte sie eine brüchige Frauenstimme. »Ich bin ein Mädchen und möchte um Hilfe bitten!«, antwortete Slawomira.

Die Tür wurde geöffnet, Wärme, Rauch und Licht fielen Slawomira entgegen. Eine alte Frau stand vor ihr, an deren Rockzipfel zwei kleine Kinder hingen. Im Hintergrund sah Slawomira eine junge Frau mit einem Säugling an der Brust. Die Alte warf ihr einen forschenden Blick zu und sagte dann: »Komm rein!«

Slawomira sagte verlegen: »Das geht nicht so einfach. Ich habe drei Pferde dabei, und die brauchen auch einen Unterschlupf.«

»Drei Pferde!«, wiederholte die Alte ungläubig. Ihr Blick wurde misstrauisch. Die junge Frau nahm eine Fackel und trat vors Haus, beleuchtete die Tiere. »Das sind Pferde aus einem guten Stall!«, stellte sie fest. »Die sehen aus, als gehörten sie einem Burgherren! Wer bist du, und was willst du bei uns!« Und dann fügte sie mit einem finsteren Blick hinzu: »Geh! Wir haben mit denen nichts zu schaffen! Geh in die Burg! Der Burgverwalter wird sich über die Pferde für diesen verfluchten Krieg freuen!«

»Sei still, Dobrawa«, sagte die Alte warnend, »red dich nicht um Kopf und Kragen!«

Aber die junge Frau schrie auf: »Ich kann nicht mehr still sein! Ich will nicht mehr still sein! Meine beiden Brüder im letzten Krieg! Und kaum ist der rum, der nächste Krieg! Und da nimmt mir der Fürst auch noch meinen Mann! Und wenn der auch nicht mehr wiederkommt, was soll dann aus uns werden? Was soll dann aus den Kindern werden? Doch was kümmert das den Fürsten Anatrog!« Weinend warf sich die junge Frau in die Arme der Alten. Diese hielt sie an sich gedrückt und schüttelte bekümmert den Kopf.

Slawomira begann zu verstehen. Eine Welle von Mitgefühl stieg in ihr auf und eine Gewissheit, die sie sich selber nicht erklären konnte, und sie sagte bestimmt: »Ich bin auf eurer Seite! Helft mir bitte. Wenn alles gut geht, wird dein Mann in ein paar Tagen wieder zu Hause sein!«

Die Alte sah Slawomira überrascht an, dann machte sie sich von der weinenden Dobrawa los und sagte: »Schnell, hilf die Pferde ins Haus zu führen, Dobrawa. Viel Raum haben wir nicht, aber seit wir die Kuh für den Fürsten Anatrog schlachten mussten, hat es mehr Platz!«

Dobrawa wischte sich die Tränen aus dem Gesicht, nahm die Zügel eines Pferdes und ging vor Slawomira her in die

Hütte. In deren Hintergrund lagen im Laubstreu einige Schafe. Dobrawa drängte die Tiere zur Seite und schaffte so notdürftig Platz für die Pferde, dann nahm sie ein Büschel Heu und rieb die Stute trocken. Slawomira tat es ihr gleich. Keiner sagte mehr etwas. Und doch war ein stilles Einverständnis zwischen ihnen.

Wenig später saß Slawomira mit den beiden Frauen und den kleinen Kindern um den Ofen. Dobrawa gab ihr eine warme Suppe zu essen, und dann sagte die Alte: »Und jetzt erzähl, wer du bist, woher du kommst, was du hier willst und wie du das vorhin gemeint hast, dass mein Sohn in ein paar Tagen wieder zu Hause sein kann, obwohl er erst heute zum Krieg eingezogen wurde!«

Da erzählte ihnen Slawomira alles, die ganze Geschichte, von Anfang an, und je weiter sie erzählte, desto sicherer wurde sie, dass es richtig war, diese beiden Frauen ins Vertrauen zu ziehen.

Als sie geendet hatte, sagte die Alte: »Mögen die Götter euch segnen und euren Plan gelingen lassen! Dass Fürst Anatrog ein böser Mann ist, das wussten wir schon immer, das weiß jeder hier, obwohl er sehr freundlich erscheinen kann, wenn er will. Aber dass unser König einen Sohn hat, der das Herz auf dem rechten Fleck hat, das wussten wir noch nicht, das gibt mir ein wenig Hoffnung.«

Slawomira sprang auf. »Jetzt müssten sie eigentlich bald zurück sein!«, rief sie aus und lief zur Tür. Aber draußen war alles ruhig, und der Mond schien auf eine menschenleere Landschaft.

»Komm rein, Slawomira, und leg dich schlafen!«, rief Dobrawa. »Sie werden schon anklopfen, wenn sie zurückkommen!«

Slawomira legte sich auf die Bank, die ihr Dobrawa zuwies, und deckte sich mit dem Mantel ihres Vaters zu. Aber sie konnte nicht schlafen. Angestrengt horchte sie, ob nicht endlich die ersehnten Schritte zu hören wären. Sie wartete vergebens. Die Atemzüge der Kinder waren längst ruhig und gleichmäßig geworden, und auch die beiden Frauen schienen zu schlafen. Slawomira aber drehte sich von einer Seite auf die andere.

Wodurch konnten Grin und Rochel denn so lange aufgehalten sein? So lange konnte es doch nicht brauchen, in die Burg einzusteigen und sie zu durchsuchen! Ob sie Niklot gefunden hatten? Wo sollten sie Niklot suchen, wenn er nicht in der Burg war? Was konnte Anatrog nur mit Niklot gemacht haben? Sie sah Niklot vor sich, seine traurigen Augen. Doch schon schob sich ein anderes Bild davor: Rochel mit dem ruhigen, zuverlässigen Gesicht. Sie biss auf ihren Fingern herum und versuchte, den einen Gedanken aus ihrem Kopf zu verbannen, der immer und immer wieder zurückkehren wollte: Und wenn Rochel und Grin nun aufgegriffen worden sind? Aber je mehr sie ihm auszuweichen versuchte, desto fester setzte er sich. Die Angst um Rochel ergriff immer stärker von ihr Besitz, überdeckte alles andere.

Quälend langsam schlich die Zeit dahin. Unzählige Male meinte Slawomira Schritte oder Stimmen zu hören, doch es war nur der Wind, der um die Hütte blies. Slawomira schlich zur Tür und sah hinaus, kehrte zitternd zu ihrer Bank zurück.

»Du sorgst dich, nicht wahr?«, hörte sie da aus der Dunkelheit die Alte sagen.

»Ja, furchtbar!«, gab Slawomira mit erstickter Stimme zu.

»Ich auch, Kind. Aber man darf die Hoffnung nicht aufgeben. Die Hoffnung ist das Einzige, was uns am Leben erhält.«

Kapitel 4

Grin und Rochel waren auf den Knien unter der Holzbrücke bis zum Beginn des Walls gekrochen. Sie hatte dabei kalte Hände und Beine und manche Beule am Kopf bekommen, aber sie hatten unbemerkt das Ende der Brücke erreicht. Nun kauerten sie lauschend zwischen zwei der Holzpfosten, die die Brücke trugen. Einmal hörten sie eine Männerstimme etwas rufen, dann Schritte von der Krone des äußeren Walls herunter, dann war wieder Stille.

Der Mond stand im Südosten noch nicht sehr hoch am Himmel. In seinem Schein funkelte das Eis auf dem See. Scharf zeichnete sich im Nordwesten der dunkle Schatten der Burg auf der Eisfläche ab. Doch zwischen dem Versteck der Jungen und dem schützenden Dunkel lagen einige Schritte gefährlicher Helligkeit.

»Wir müssen da rüber, da hilft uns alles nichts!«, flüsterte Grin. »Komm, beide gleichzeitig! Und um Himmels willen leise!«

Nach einem letzten angespannten Lauschen verließen sie ihren sicheren Platz und huschten lautlos über die Eisfläche in den Schatten am Fuß der Wallböschung. Sie pressten sich gegen die Böschung und verharrten mit klopfendem Herzen. Nichts regte sich.

Grin stieß Rochel mit dem Ellenbogen an und schlich am Fuß des Walls die Burg nach Westen entlang. Rochel folgte ihm. Sie mussten sehr aufpassen, an keinen der Pfosten zu stoßen, die mit drohend zugespitzten Enden aus dem Eis herausragten. Der Wall machte eine Biegung und verlief nun Richtung Süden.

»Wir sind schon an der Hauptburg«, flüsterte Grin. »Wir müssen versuchen, hier hinaufzuklettern.«

Rochel sah zweifelnd nach oben. Die Wallböschung war sehr steil. Auf ihrer Höhe war eine hölzerne Brustwehr aus Palisaden so erbaut, dass nicht der geringste Absatz zwischen Wall und Holzwand blieb. Tastend fuhr er über den Erdwall. Nirgends fand seine Hand einen Halt, denn der Wall war mit Lehm glatt verstrichen. Hier musste jeder abrutschen, der hinaufzuklettern versuchte.

»Vielleicht kannst du mich auf deine Schultern klettern lassen!«, flüsterte er zurück.

Schon verschränkte Grin seine Hände und ließ Rochel hineintreten, hob ihn dann etwas in die Höhe. Rochel stieg Grin auf die Schultern, lehnte sich gegen den Wall und tastete ihn ab. Seine Finger reichten gerade bis an die Spitze des Walls, dorthin, wo die hölzerne Brustwehr begann. Er fühlte die starken Palisaden, dicht an dicht aneinander gefügt. Nirgends konnte er sich festhalten, nichts gab es, woran man sich in die Höhe ziehen konnte. »Ich kann nichts zum Festhalten finden!«, flüsterte er Grin zu.

»Pass auf, ich gehe langsam nach rechts den Wall entlang! Taste alles ab und fall nicht herunter!«, flüsterte Grin zurück. Stück für Stück arbeiteten sie sich so nach Süden den Wall entlang. Nur noch wenige Schritte, und sie kämen aus dem Schatten heraus. Und noch immer war keine Stelle gefunden, an der man in die Burg gelangen konnte.

Rochel vernahm die Atemzüge von Grin stoßweise und immer mühsamer. Rochel hörte sein eigenes Herz. Dann Schritte! Den Wehrgang entlang kamen schwere Schritte genau auf sie zu.

Grin hielt an. An die Böschung gedrückt standen die beide Jungen reglos übereinander. Furchtbar laut und deutlich war Grins Atem zu hören. Rochel schien auch sein eigener Atem mit jedem Augenblick lauter zu werden. Nun waren die

Schritte genau in der Höhe von Rochels Kopf angelangt. Sie gingen weiter. Ein Schritt, zwei Schritt, drei Schritt – dann verharrten sie plötzlich.

Rochel sah in die Höhe. Dort, beinahe zum Greifen nah, hoben sich als Schattenriss gegen den Sternenhimmel Kopf und Schultern eines kräftigen Mannes über der Brustwehr ab. Der Mann stand da und hatte den Kopf genau in ihre Richtung gedreht. Jetzt ist alles aus!, dachte Rochel. Doch dann ging der Mann weiter. Langsam verklangen seine Schritte.

Rochel spürte, wie sich Grins Hände fester um seine Knöchel schlossen. »Weiter!«, sagte Grin tonlos. Mit steifen Fingern tastete Rochel das nächste Stück Palisadenzaun ab. Er begriff nicht gleich, was er da fühlte: einen Zwischenraum. »Halt!«, flüsterte er Grin zu und fuhr nun mit beiden Händen über die Stelle. Es war wirklich wahr: Ein Pfosten fehlte. Rochel konnte genau das Loch fühlen, in dem dieser einmal gesteckt haben musste. Das war die Gelegenheit, auf die er schon nicht mehr zu hoffen gewagt hatte.

»Warte! Lass mich los! Ich glaube, ich hab's!«, flüsterte er Grin zu. Mit jeder Hand umklammerte er einen der Pfosten rechts und links der Lücke. Dann nahm er all seine Kraft zusammen und zog sich hoch, das erste Stück kräftig von Grins starken Händen unterstützt. Die Lücke war groß genug, um einem Fuß Platz zu gewähren.

Rochel richtete sich auf und spähte über die Brustwehr. Der Wehrgang lag verlassen. Im Burghof drängten sich Blockhäuser dicht an den Wall. Aus einem dieser Häuser drangen Licht und Rauch. Sonst war alles dunkel. Ein Mann ging eben über den Hof, öffnete die Tür zu dem erleuchteten Haus und verschwand darin. Kein Mensch war mehr zu sehen.

Rochel zog sich die Brustwehr hoch und stieg darüber. Das Geräusch, mit dem seine Füße auf dem hölzernen Gang aufkamen, erschien ihm schrecklich laut. Er warf sich flach zu Boden und wartete. Nichts geschah. Da löste Rochel das gewebte Band, das seinen Kittel zusammenhielt, ließ es durch die Lücke im Palisadenzaun gleiten, schob seinen Arm durch die Lücke, bis er mit der Schulter festklemmte. Er spürte, wie Grin nach dem Band griff und sich daran hoch zog. Wenig später war Grin neben ihm, schnallte sich die dreieckigen Eiskrallen wieder von den Füßen, die er sich für die Kletterei untergebunden hatte.

Kurz ruhten sie sich aus, doch schon drängte Grin weiterzugehen. Plötzlich erschien es Rochel ebenso aussichtslos wie wahnsinnig, in dieser dunklen, feindlichen Burg nach Niklot suchen zu wollen, aber Grin war nicht mehr aufzuhalten. Grin stieg die Leiter in den Burghof hinunter und näherte sich dem beleuchteten Haus – ausgerechnet dem beleuchteten Haus! Rochel schlich ihm nach. Ehe er sich versah, hatte Grin ihm bedeutet, wieder in seine gefalteten Hände zu steigen und zu der Rauchabzugsöffnung im Giebel hineinzuschauen.

Rochel sah eine Anzahl von Männern und Frauen. Sie schienen bedrückt und unterhielten sich nur leise. Es waren einfache Dienstleute, Knechte und Mägde, keiner von Anatrogs Gefolgsleuten. Aber da, ein Junge in vornehmen Kleidern! Ach nein, es war nicht Niklot, es musste wohl Anatrogs Sohn sein.

Rochel kletterte herunter. Stumm schüttelte er den Kopf. Grin wandte sich ab und machte sich an der Tür des nächsten Gebäudes zu schaffen. Mit leisem Knarren ließ sie sich öffnen. Das Mondlicht fiel herein und ließ einen schön eingerichteten Raum mit Teppichen und geschnitzten Möbeln ahnen. Keine Menschenseele war darinnen. Grin schloss das Haus wieder und machte sich an der Tür zum nächsten Gebäude zu schaffen. Sie war verschlossen. Ein großes Vorhängeschloss an der eichenen Tür verwehrte jedem Eindringling den Zutritt.

»Hier kommen wir nicht rein! Ich möchte nur wissen, was Anatrog so sorgfältig verschließt!«, flüsterte Grin. Er sprach nicht aus, was sie beide dachten: Vielleicht wird Niklot hinter dieser Tür gefangen gehalten!

Rochel schob Grin zur Seite und fühlte in dem Beutel an seinem Leibgurt nach dem Silberschmiedwerkzeug, das er immer bei sich trug. Der Mond schien hell auf der Tür. Rochel versuchte, nicht daran zu denken, dass jeder, der aus dem erleuchteten Haus heraustreten würde, ihn sofort sehen müsste. Er versuchte, nur an das Schloss zu denken. Er versuchte, all sein handwerkliches Geschick für diese Aufgabe aufzubieten. Es war schwer. Seine Finger zitterten. Das Schloss war kompliziert. Ein zangenartiger Schlüssel musste dazugehören. Trotz der Kälte perlte Rochel der Schweiß von der Stirn. Nach vielen fehlgeschlagenen Versuchen gelang es ihm, die Pressfedern des Schlosses inwendig zurückzudrücken und den Bügel herauszuziehen. Er hatte es geschafft. Die Tür ließ sich öffnen.

Rochel und Grin traten ein. Im nächsten Augenblick wären sie beide wieder rückwärts aus dem Raum gesprungen. Eine furchtbare Gestalt stand ihnen drohend gegenüber, ein riesiger Mann mit einer Lanze in der erhobenen Rechten. Rochel erwartete, dass ihn im nächsten Augenblick die Lanze durchbohren würde. Aber die unheimliche Gestalt regte sich nicht. Endlich begriff er, dass dies kein lebendes Wesen war, sondern eine Holzfigur. Neuer Schreck durchzuckte ihn. Sie waren nichts ahnend in den Tempel eingedrungen, hatten ein Heiligtum verletzt! Blind vor Angst drehte sich Rochel um und wollte zur Tür hinausstürzen.

Grin erwischte ihn am Ärmel und hielt ihn fest. »Warte!«, sagte Grin leise. »Geh zur Seite! Geh mir aus dem Licht!«

Grin näherte sich langsam der schrecklichen Figur. Er ging seitlich die Wand entlang, sodass das Mondlicht genau auf die Gottheit schien. Zu Füßen des Gottes glitzerte und funkelte etwas. Grin kniete nieder und betrachtete lange diesen gleißenden Gegenstand. Es war ein Füllhorn, ein goldenes Füllhorn.

»Rochel!«, stieß Grin hervor. »Dies ist unser Füllhorn, das Füllhorn unseres Gottes! Ich habe es mir zum Erntedankfest genau angesehen, es ist es, ganz bestimmt! Anatrog hat es seinem Tempelschatz einverleibt. Das ist der Beweis! Jetzt müssen wir nur noch Niklot finden!« Damit griff Grin nach dem goldenen Horn und ließ es unter seinem Pelz verschwinden. Keiner von ihnen warf mehr der Gottheit einen Blick zu, als sie den Tempel verließen, die Tür zuzogen und das Schloss wieder einhängten.

Aufatmend lehnten sie sich außen an die Hauswand. Doch schon wandte sich Grin dem nächsten Gebäude zu, fasste nach dem Riegel. Dann ging alles ganz schnell. Gänse trompeteten los, ein Hund schlug an, die Tür wurde aufgerissen, aus dem erleuchteten Gebäude hinter ihnen stürzten Männer mit Fackeln, harte Hände griffen nach ihnen, Fäuste stießen sie vorwärts. Ehe sie sich versahen, standen Grin und Rochel gefesselt in einem Kreis von Männern und Frauen.

»Wer seid ihr?«, schrie einer der Männer sie an. Er war reicher gekleidet als die anderen und wurde von ihnen offensichtlich gefürchtet.

Rochel schaute Grin an. Grin warf ihm einen warnenden Blick zu und schüttelte den Kopf.

»Dich bringe ich schon zum Reden!«, drohte der Mann.

»Mich bringt nur der König zum Reden!«, antwortete Grin.

Der Mann lachte höhnisch: »Drunter tust du's wohl nicht, was! Na, wir werden ja sehen. Ihr kommt in den Kerker, bis ihr den Mund aufmacht! Und wenn ihr schwarz werdet!«

Der Kerker war eine winzige Aushöhlung im Wall, ein mit festen Planken verkleidetes Loch, in das sie nur dicht zusammengedrängt hineinpassten. Es wurde mit einer starken Eichenholztür geschlossen, die nur durch einen schmalen Spalt Luft einließ. Von außen wurde die Tür mit einem Riegel und Vorhängeschloss versperrt, mit einem Balken zusätzlich gesichert. Aus diesem Gefängnis würden sie sich nie befreien können.

Die beiden waren wie betäubt. Als die Burgherren wieder in den Häusern verschwunden waren und die Gefangenen in ihrem eisigen Loch ihrem Schicksal überlassen hatten, fragte Rochel: »Grin? Warum hast du nicht gesagt, wer du bist? Den Sohn des Königs einzusperren hätten sie sich doch bestimmt nicht getraut!«

»Ich weiß nicht, ich muss erst nachdenken. Die hätten mir sowieso nicht geglaubt. Und außerdem bin ich gar nicht so sicher, dass es in Anatrogs Burg eine Empfehlung ist, der Sohn des Wagrierkönigs zu sein! Wenn Anatrog davon erfährt, dass ich mich in seine Burg eingeschlichen habe, lässt er mich umbringen. Einen Mitwisser wie mich kann er sich gar nicht leisten!«

Kapitel 5

Es musste doch endlich Tag werden! Slawomira hatte in dieser Nacht noch kein Auge zugetan. Von Stunde zu Stunde war das Warten unerträglicher geworden. Nun konnte sie es nicht mehr lassen, sie musste wieder einmal zur Tür schleichen und hinaussehen.

Immer noch war es Nacht. Und immer noch waren Rochel, Grin und Niklot nicht zu sehen. Leise wollte sie zu ihrem Lager zurückkehren, da sagte Dobrawa: »Leg Holz auf die Glut, Slawomira! Stehen wir auf. In einer solchen Nacht kann man nicht schlafen. Mutter, kannst du uns nicht etwas erzählen, etwas, was gegen die Angst hilft, etwas von früher?«

»Ja – früher!«, sagte die Alte. »Es gab eine Zeit, da lebten andere Menschen hier als wir, Bauern, die das Land bestellten. Aber dann verließen sie das Land und zogen nach Süden, und nur wenige blieben zurück. Und der Wald holte sich still und leise das Land zurück und bedeckte es mit seinem grünen Mantel. Und wo einmal Kühe geweidet hatten und Getreide gewachsen war, da wuchsen wieder Bäume und Sträucher und lebten wilde Tiere. Aber dann kamen unsere Vorfahren aus dem Osten in dieses Land und rodeten die Wälder und bestellten die Felder und vertrugen sich mit den wenigen Menschen, die hier noch lebten. Sie arbeiteten schwer, aber sie waren frei und alle gleich. Und jeder Familie gehörte das Land, das sie dem Wald abgerungen hatte und das sie bestellte. Und keinem gehörte mehr, als er selbst erarbeitet hatte. Und keiner litt Not.«

Die Alte schwieg. Slawomira fragte: »Ist das wahr? War es wirklich einmal so?«

»Wahr? Sicher ist es wahr, wenn vielleicht auch anders, als du meinst, Kind. So hat es mir meine Mutter erzählt und der wieder ihre Mutter und der wieder ihre Mutter. Und vielleicht ist dadurch die Geschichte immer ein wenig anders geworden, weil jede Frau ihre Sehnsucht in die Geschichte verwoben hat. Aber ist unsere Sehnsucht weniger wahr als die Wirklichkeit?«

Slawomira wusste nicht, was sie darauf antworten sollte, und fragte stattdessen: »Und wie ging es weiter?«

»Dann kamen die Kriege und mit den Kriegen die Burgen und mit den Burgen die Burgherren und mit den Burgherren die Abgaben und mit den Abgaben die Armut. Und mit jedem neuen Krieg wird das Elend der Armen größer.«

»Der Krieg«, sagte Dobrawa bitter, »der Krieg ist an allem schuld. Und die, die den Krieg betreiben, die Herren wie unser Fürst!«

»Niklot wollte tun, was er konnte, damit nicht wieder Krieg wird!«, sagte Slawomira leise. »Und Grin und Rochel auch.«

»Was für eine Welt, wenn wir es den Kindern und Jugendlichen überlassen, für den Frieden zu kämpfen!«, rief da Dobrawa aus und sprang auf. »Mutter, meinst du nicht auch, es ist an der Zeit?«

»Ja«, sagte die Alte, »das meine ich auch.«

»Dann tue ich es. Heute! Hör zu, Slawomira, ich schwöre es dir: Ich bekomme heraus, was mit deinem Rochel und mit dem Sohn des Königs ist. Und wenn sie und Niklot in Anatrogs Burg gefangen sind, so hole ich sie da raus! Wir haben uns lange genug vor dem Fürsten Anatrog geduckt. Nun ist er zum Großkönig gezogen und alle seine Gefolgsleute mit ihm. Nur den Burgvorsteher hat er zurückgelassen und die Dienstleute. Die Dienstleute sind arm wie wir und denken wie wir. Und einer von ihnen schuldet mir noch einen besonderen Gefallen. Der Burgvorsteher ist der Einzige, der dem Fürsten treu ergeben ist. Aber wenn ich den Leuten in der Burg sage, worum es geht, werden sie ihre Angst vor dem Burgvorsteher vergessen und uns helfen. Sie müssen es einfach! Sie müssen einsehen, dass man nicht mehr länger warten kann, sondern handeln muss! Und ich habe einen guten Vorwand, in die Burg zu gehen, ich muss sowieso noch meinen Frondienst an der Handmühle leisten. Was habe ich diese Arbeit im Getreidespeicher des Fürsten immer gehasst! Es ist schrecklich, einen ganzen Tag lang die Kurbel der Mühle zu drehen, das kannst du mir glauben. Aber heute brenne ich darauf!«

Slawomira hatte Brot, Käse und Fleisch aus ihrem Beutel mit der Alten und den Kindern geteilt. Nun kauerte sie neben dem Ofen und kochte eine Gerstengrütze. Sie war froh, etwas arbeiten zu können, das half, die Wartezeit leichter zu ertragen. Ihre Gedanken begleiteten Dobrawa: Jetzt musste sie in der Burg sein – jetzt musste sie mit Anatrogs Dienstleuten reden – ob sie sich wohl überzeugen ließen, die Gefangenen heimlich freizulassen? – wie, wenn der Burgvorsteher einen Verdacht schöpfte?! – jetzt mussten die Männer die Gefangenen befreien – wenn man ihnen nur nichts angetan hatte! – wenn alles gut gegangen wäre, müssten sie doch längst zurück sein!

Endlich hörte sie draußen Schritte. Sie stürzte zur Tür, riss sie auf – und fiel Rochel um den Hals. Hinter Rochel trat Grin in die Hütte und schloss die Tür hinter sich.

»Dass ihr wieder da seid!«, rief Slawomira aus und drückte Rochel so fest, dass ihr selbst die Luft ausging. Doch dann ließ sie ihn plötzlich los. »Und Niklot?«, fragte sie.

Rochel schüttelte den Kopf und sah zu Boden. Grin ging zum Ofen, hielt seine Hände daran und sagte: »Niklot ist nicht in der Burg.« Dann sah er Slawomira ins Gesicht und fügte hinzu: »Es hat keinen Sinn, dir das zu verschweigen. Ich glaube nicht mehr, dass Niklot am Leben ist.«

Slawomira stand steif da, die Arme hingen an ihr herab, als würden sie nicht zu ihrem Körper gehören, die Hütte, das Feuer, die Menschen, alles schien in weite Ferne gerückt. Dann stürzte sie plötzlich auf Grin, trommelte mit den Fäusten gegen seine Brust und begann zu schreien: »Wie kannst du das sagen! Wie kannst du so was sagen?«

Grin rührte sich nicht. Er tat nichts, um ihre Fäuste abzuwehren. Mit hilflosem Gesicht ließ er ihren Ausbruch über sich ergehen. Da umarmte die Alte Slawomira und zog sie von Grin weg. Slawomiras wildes Schreien ging in stilles Weinen über.

»Jetzt erzählt!«, sagte die Alte zu Grin und Rochel.

Grin ergriff das Wort und berichtete kurz davon, wie sie in die Burg eingestiegen und gefangen genommen worden waren. »Und heute Morgen sah dann plötzlich alles ganz anders aus!«, fuhr er fort. »Da haben uns zwei Dienstmänner heimlich still und leise aus dem Kerker geholt und zum Tor geführt, und mir haben sie die Hand geküsst. Ich wusste gar nicht, wie mir geschah, bis sie sagten, sie hätten erfahren, wer ich sei und worum es gehe. So ganz habe ich das immer noch nicht begriffen.

Aber jedenfalls habe ich die beiden gefragt, ob sie etwas über Niklot wissen, und sie haben gesagt, sie hätten keinen Jungen gesehen, auf den Niklots Beschreibung passe, und außer uns beiden seien keine Gefangene in der Burg. Da habe ich sie gefragt, ob gestern ein Ochsenkarren mit einem Wagenkasten in die Burg gekommen sei, und sie sagten, ja, den hätten sie selbst entladen, es seien Pelze im Kasten gewesen und Geschirr in den Körben, aber vieles sei zerbrochen gewesen. Da habe ich sie gefragt, wie voll der Kasten gewesen sei, und sie sagten, nicht einmal bis zur Hälfte mit Pelzen gefüllt und nicht verschnürt. Und deshalb glaube ich, dass Niklot tot ist. Anatrog hat Niklots Leiche im Wagenkarren aus Starigard fahren und irgendwo unterwegs im Wald beseitigen lassen!«

»Dann war alles umsonst!«, schluchzte Slawomira.

»Nein, es war nicht umsonst!«, antwortete Grin bestimmt. »Sieh her, was ich hier habe!« Damit zog er das goldene Füllhorn unter seinem Pelz hervor. Slawomira würdigte es kaum eines Blickes.

»Was nützt das jetzt noch!«, sagte Slawomira.

»Es ist das Füllhorn unseres Gottes. Das Füllhorn, das Anatrog gestohlen hat und von dem mein Vater glaubt, dass Niklot es entwendet hat!«

»Na und?«, murmelte Slawomira weinend.

»Na und!«, entrüstete sich Grin. Nun verlor er wirklich die Geduld und fuhr Slawomira böse an: »Ich halte hier den Beweis von Anatrogs Schuld in der Hand! Ich halte hier den Gegenstand in der Hand, der einen Krieg auslösen oder verhindern kann! Und du sagst: Na und! Kommt, macht euch fertig, wir müssen so schnell wie möglich nach Weligard. Wir müssen meinen Vater und dem Großkönig alles erzählen!«

Slawomira schüttelte den Kopf: »Ich will zu meinem Vater. Ich will nur noch zu meinem Vater.«

»Dann bringe ich dich heim!«, erklärte Rochel sofort. »Grin kann auch allein nach Weligard.«

Grin wurde blass. »Nein! Das kann ich nicht! Ich brauche eure Hilfe, begreift doch! Wenn ich allein nach Weligard reite und meinem Vater und dem Großkönig das Füllhorn zeige und meine Geschichte erzähle, so wird Anatrog sagen, ich lüge und ich selbst hätte das Füllhorn gestohlen und wollte ihm jetzt den Diebstahl anhängen. Und Anatrog ist ein Fürst, und ich bin noch ein Junge. Was gelte ich schon gegen den!

Wenn ihr mitkommt, dann sind wir wenigstens drei, die die gleiche Geschichte erzählen. Rochel kann bezeugen, wo wir das Füllhorn gefunden haben, und Slawomira kann die Sache mit dem Ochsenkarren bezeugen, und vielleicht werden sie dann nachdenklich und prüfen unsere Geschichte nach. Ehrlich gesagt bin ich mir da nicht so sicher, auch nicht, wenn wir zu dritt sind. Ich kann euch auch nicht versprechen, dass wir da gut aufgenommen werden, meinem Vater ist es bestimmt nicht recht, dass ich mich mit euch zusammengetan habe, und er kann ziemlich unangenehm werden. Aber versuchen müssen wir es trotzdem, das müsst ihr doch begreifen!«

Grin brach ab. Nur noch Slawomiras Weinen war zu hören. Rochel brannten die Tränen im Herzen. Aber nun musste er zu Ende führen, was er begonnen hatte, nun durfte er nicht an sich denken. Er nahm ihre Hand und sagte: »Slawomira, du weinst um Niklot. Aber wenn dir Niklot wirklich so viel bedeutet hat, dann solltest du lieber zu retten helfen, was ihm so wichtig war, als um ihn zu weinen!«

Slawomira sah auf: »Wie meinst du das?«

»Ich meine, Niklot hat damals seine Flucht aufgegeben, weil er nicht wollte, dass der Waffenstillstand gebrochen wird. Wenn wir jetzt Grin nicht nach Weligard begleiten, dann war alles umsonst, was Niklot auf sich genommen hat!«

Die Alte stimmte zu: »Das ist wahr. Zum Trauern ist später Zeit, Slawomira! Jetzt musst du handeln. Ihr müsst auch an die Leute in der Burg des Fürsten Anatrog denken! Wenn der Fürst nicht entlarvt wird, sondern siegreich aus dem Krieg zurückkehrt, wird er ein furchtbares Strafgericht über die halten, die Grin und Rochel befreit haben. Und auch Dobrawa und mich wird es treffen.«

Da wischte sich Slawomira die Tränen ab und sagte: »Worauf warten wir noch? Reiten wir los! Nach Weligard!«

Kapitel 6

Seht ihr, nun haben wir es gleich geschafft!«, sagte Grin und wies mit weit ausholender Bewegung auf den Wall von Weligard. Er bemühte sich sehr darum, seiner Stimme einen sicheren Klang zu geben, doch in Wirklichkeit rutschte ihm das Herz bei jedem Schritt der müden Stute tiefer. Würden sie in die Burg hineingelassen werden? Würden sein Vater und der Großkönig ihrer Erzählung Glauben schenken? Würde sein Vater ihn überhaupt zu Wort kommen lassen? Wenn der Vater noch in der gleichen Stimmung war wie bei seinem Aufbruch, konnte man sich auf einiges gefasst machen!

Eigentlich hatte er schon gestern Abend Weligard erreichen wollen, aber Slawomira und Rochel waren ungeübte Reiter, mit ihnen kam man nicht so schnell voran, und dann hatte gegen Abend der Schneesturm eingesetzt und sie gezwungen, in einem Dorf Schutz zu suchen. Nun war Vormittag. Der Sturm hatte sich gelegt, dunkle Wolken hingen schwer über einer tief verschneiten Landschaft. Einzig die weiß verzauberten Riedhalme, die aus dem Schnee herausragten, verrieten, dass ihr Weg von Süden her westlich an einem Sumpf vorbeiführte.

In diesem schneebedeckten Sumpf lag Weligard, lag die Burg des Großkönigs. Der einzige Zugang in die Burg führte über die schmale Landzunge im Norden. Grin betrachtete aus der Ferne den Wall, der im unteren Teil ganz senkrecht in die Höhe strebte und auch oben nur leicht abgeschrägt war. War diese Burg wirklich noch mächtiger, höher und größer als Starigard, oder kam ihm dies nur im trügerischen Schneelicht so vor?

Aus den Augenwinkeln streifte Grins Blick Slawomira. Still und verfroren kauerte sie in dem viel zu großen Wolfspelz auf ihrem Pferd. Sie ritt sehr schlecht – es musste anstrengend sein, ungeübt so lange zu reiten. Erst war er gar nicht davon begeistert gewesen, dass dieses Mädchen mit zur Suche nach Niklot aufgebrochen war, doch nun wusste er, dass er ohne sie noch immer in Anatrogs Burg gefangen sitzen würde. Seit sie erzählt hatte, was Dobrawa für ihn und Rochel getan hatte, hatte sie kein Wort mehr gesagt, sondern nur noch blicklos vor sich hin gestarrt. Sicher würde sie ihm beim Großkönig keine große Hilfe sein. Und Rochel? Wenn schon er selbst sich kaum traute, vor seinem Vater und dem Großkönig mit ihrer abenteuerlichen Geschichte aufzuwarten, wie hatte er dann auf diese beiden zählen können! Vielleicht hätte er doch lieber allein reiten und Rochel seine Freundin nach Hause bringen lassen sollen!

Grin gab sich einen Ruck. Er musste sich zusammenreißen, diese Gedanken machten alles nur viel schwieriger.

Sie hatten das Nordufer des Sumpfes erreicht und ritten an einem Dorf vorbei. Endlich näherten sie sich dem Eingang zur Vorburg. Eine Brücke führte über den Graben. Rechts und links von der Brücke standen zwei Krieger. Nun traten ihnen diese in den Weg, kreuzten unmissverständlich ihre Lanzen vor dem Brückenkopf.

Grin hielt an und sagte laut und bestimmt: »Lasst uns durch! Ich bin König Krutos Sohn mit einer wichtigen Nachricht!« Der eine Krieger lachte spöttisch: »Und ich bin der Großkönig persönlich! Schert euch weg!«

Der andere Krieger meinte nachdenklich: »Mal langsam! Schau ihn dir an! So, wie er aussieht, könnte er tatsächlich ein Sohn des Wagrierkönigs sein.«

»Pah! Der würde wohl mit anderem Gefolge hierher kommen und nicht mit zwei so traurigen Gestalten! Zum letzten Mal: Verschwindet hier! Da ist kein Spielplatz für Kinder!«

»He, Grin, was machst du denn hier?«, hörten sie da eine frische Stimme rufen. Sedrag kam aus der Vorburg und ging ihnen auf der Brücke entgegen. Zu den Kriegern sagte er: »Lasst sie durch, das ist mein Bruder.«

Grin sprang ab und stieß Sedrag in die Seite: »Da bist du gerade im rechten Augenblick gekommen!«

Sedrag legte ihm den Arm um die Schultern, ging mit ihm in

die Vorburg und sagte leise: »Ob du allerdings im rechten Augenblick kommst, Grin, das bezweifle ich sehr. Was denkst du dir bloß dabei, hier aufzukreuzen! Wenn Vater dich dabeihaben wollte, hätte er dich mitgenommen. Das Beste, was ich für dich tun kann, ist, dir eine warme Mahlzeit zu besorgen und dich dann heimlich still und leise wieder aus der Burg zu schaffen, ehe jemand davon erfährt. Bei dem heillosen Durcheinander hier wird das schon klappen!«

»Nein!« Grin schüttelte den Kopf. Er sah sich in der Vorburg um. Hier lebten keine Familien, hier gab es keine Handwerker: Dies war eine Wohnstätte von Kriegern. Und sie war bis auf den letzten Winkel mit Männern in Waffen angefüllt. Man musste kein Feldherr sein, um zu erkennen, dass hier die Vorbereitungen eines Kriegszuges in größter Eile betrieben wurden. Es wurde höchste Zeit, wenn man das alles noch aufhalten wollte! »Du musst mir helfen, Sedrag! Ich muss unbedingt sofort mit Vater sprechen. Und mit König Pribyslaw am besten auch gleich. Und meine beiden Begleiter auch. Das sind Rochel und Slawomira aus unserer Burg. Ich kann dir das jetzt nicht alles erklären, Sedrag, es ist so dringend wie nur irgend möglich.«

Sedrag sah seinen jüngeren Bruder kopfschüttelnd an: »Na, ich hoffe nur, du weißt, was du da tust! Kommt mit, ich lotse euch durch sämtliche Wachen genau bis vor unseren Vater und den Großkönig. Die Könige und Burgherren sitzen sowieso alle beisammen bei einem Festmahl. Sie besprechen den Kriegszug. Du kannst dir ja vorstellen, wie begeistert sie über eine Störung sein werden! Willst du das wirklich?«

»Ja. Ich muss.«

Sedrag lachte: »Mein Bruder, der unerschrockene Held! Mich würde nicht wundern, wenn du mir erzählen würdest, du hättest unterwegs einen Drachen getötet! Also dann!«

Sie gingen auf die Hauptburg zu. Sie war von der Vorburg durch einen mehr als dreißig Schritt breiten Graben getrennt, über den eine Holzbrücke führte. In dem überdachten Wehrgang auf der Höhe des mächtigen Walles konnte man mehrere Wächter patrouillieren sehen.

Sedrag erklärte dem Wächter im Torbau so selbstbewusst, er habe Befehl vom Großkönig, seinen Bruder und die beiden anderen Jugendlichen sofort in die Halle zu führen, dass dieser sie widerspruchslos durchließ. Dann steuerte Sedrag sofort das große Hallenhaus in der Mitte des Burghofes an.

Der Burghof war völlig überfüllt. Überall, in den geöffneten Häusern, die sich an den Wall drängten, in den schmalen Durchlässen dazwischen und auf dem großen Platz um das Hallenhaus herum drängten sich Krieger und Gefolgsleute. Keiner achtete auf sie.

An der Tür zum Hallenhaus musste Sedrag noch einmal seine ganze Selbstsicherheit aufbieten, um ihnen Einlass zu verschaffen. Dann standen sie in der Halle. »Mach's gut, Bruderherz! Jetzt bist du dran!«, flüsterte Sedrag, gab Grin einen kleinen Stoß in die Seite und trat unauffällig zur Wand zurück.

Grin drehte sich zu Rochel und Slawomira um, die völlig verängstigt neben der Tür stehen geblieben waren. »Bleibt hier und lasst das mich machen«, sagte er leise, dann ging er auf den Großkönig zu.

König Pribyslaw saß an der Spitze der langen Tafel, die in der Halle aufgebaut war. Neben sich hatte er zur Linken den Polabenkönig und den Warnowerkönig sitzen, zur Rechten König Kruto und Anatrog. Um die Tafel herum saßen Fürsten und Burgherren in der Reihenfolge, wie es ihrem Rang entsprach. Die Tafel war reich mit Speisen gedeckt, aber keiner schien das Mahl sonderlich zu genießen. Die Stimmung war angespannt, beinahe gereizt.

Grin hatte gerade den halben Weg zum Großkönig zurückgelegt, als König Kruto seinen Sohn entdeckte. »Grin!«, rief er aus und sprang auf. »Was hast du hier zu suchen? Komm mit, dir werde ich was erzählen!« Der drohende Klang seiner Stimme ließ keinen Zweifel daran aufkommen, wie er das meinte.

Der Großkönig betrachtete Grin mit erhobenen Augenbrauen und sagte ruhig: »Warte, Kruto! Das geht auch mich etwas an, wenn dein Sohn unerlaubt in meiner Burg erscheint. Komm her, Grin!«

Grin wollte vor dem Großkönig niederknien, doch der schüttelte den Kopf: »Bleib stehen! Was willst du hier?«

Grin hatte den ganzen Weg über immer wieder darüber nachgedacht, wie er alles am besten erklären könnte. Doch nun war auf einmal alles wie weggeblasen. Nur eine große Leere war in seinem Kopf. Stotternd begann er: »Es ist so, ich konnte nicht glauben, dass Niklot ausgerissen ist und das Füllhorn gestohlen hat, und sein Pelz war auch noch da und seine Katze auch, und weil der Waffenstillstand doch beschworen ist und man einen Eid doch nicht brechen darf, und Rochel hat gesagt, die Kette ist gerissen, und Slawomira hat gesagt, der Ochsenkarren war erst halb leer, aber als er zur Burg raus ist, da war er ganz voll . . . « Grin brach hilflos ab.

»Ich verstehe kein Wort!«, sagte der Großkönig und zog die Augenbrauen noch höher.

König Kruto fragte scharf: »Was hast du da von dem Ochsenkarren gesagt, Grin?«

»Als er die Handwerkerhöfe verlassen hat, war der Wagenkasten nur zur Hälfte mit Pelzen beladen, aber als er zum Burgtor hinaus ist, war der Wagenkasten ganz voll. Vater, ich weiß nicht, wie ich es sagen soll, ich bin so aufgeregt, aber du musst mich bitte anhören, es ist ganz anders, als du glaubst, es war nicht Niklot, es war der Fürst Anatrog. Er hat Niklot umbringen und in seinem Wagen aus der Burg schaffen lassen! Und er hat das Füllhorn gestohlen! Ich habe es gefunden. Ich habe es in Anatrogs Burg gefunden!«

Damit schlug Grin seinen Mantel auseinander und holte das Füllhorn hervor. Sein Vater nahm es ihm aus der Hand, wurde bleich und schaute den Fürsten Anatrog an.

Fürst Anatrog war aufgestanden und sagte kalt: »König Kruto, Euer Sohn ist ein unmündiger Junge. Dennoch verletzten die unglaublichen Verleumdungen, die er da verbreitet, meine Ehre. Ich erwarte von Euch, dass Ihr das klarstellt und Euren Sohn so zurechtweist, dass ihm die Lust auf solche Lügengeschichten vergeht!«

König Kruto schaute von Grin zu Anatrog und sagte leise: »Du vergisst das Füllhorn, Anatrog!«

»Das Füllhorn!«, rief da der wagrische Burgherr Teschimir aus, dem man ansah, dass er dem Bier schon reichlich zugesprochen hatte. »Ich habe ja gleich gesagt, dass die Sache mit dem Füllhorn der reine Wahnsinn ist, Anatrog! Aber du musstest es ja unbedingt rauben und deinem Gott zu Füßen legen!«

»Halt den Mund, Teschimir!«, fuhr Anatrog ihn an, aber es war schon zu spät. Die Worte des Burgherren waren ins Bewusstsein aller Anwesenden gedrungen. Sie hatten Anatrogs Schuld entlarvt, wie es ein Geständnis nicht besser gekonnt hätte.

Alle sprangen auf und riefen durcheinander. Schließlich gebot der Großkönig Ruhe und fragte Grin, Rochel und Slawomira aus. Nun, wo sicher war, dass man ihm glaubte, fiel es Grin leicht, alles bis ins Kleinste zu erzählen, und Rochel und Slawomira mussten nicht mehr tun, als seinen Bericht zu bestätigen.

Anatrog stand die ganze Zeit über mit unbewegtem Gesicht an seinem Platz, als gehe ihn die Sache nicht das Geringste an. Der wagrische Burgherr Teschimir freilich, der mit seinem unbedachten Ausruf Anatrog verraten hatte, zeigte sich sehr geständig und gab gleich noch den Namen eines weiteren Burgherren preis, der mit ihm und Anatrog an der Verschwörung beteiligt gewesen war.

Darauf erklärte der Großkönig: »Über Anatrog und seine Mitverschwörer werden wir gleich richten. Zunächst jedoch das Wichtigste: Wir wissen jetzt also, dass wir auf Grund vorgetäuschter Tatsachen den Waffenstillstand brechen wollten. Wir glaubten, den Wilzen eine Lehre erteilen zu müssen, die sie nicht mehr vergessen. Wir haben gedacht, dass der Diebstahl des Füllhorns nicht nur das Werk von Niklot gewesen sei, sondern dass er von seinem Vater zu einer solchen Tat angestachelt worden sei, als er unsere Geisel wurde. Doch nun sind wir eines Besseren belehrt. Ihr alle wisst, wie wichtig mir dieser Waffenstillstand war, dass ich ihn niemals ohne triftigen Grund aufgeben wollte. Die Frage ist, ob wir ihn noch retten können, und das hängt am Leben unserer Geisel. Anatrog, wenn du noch einen Funken Ehre im Leib hast, beantwortest du mir meine Frage: Ist Niklot noch am Leben?«

Anatrog schwieg und schaute durch den Großkönig hindurch. Teschimir freilich rief eilfertig: »Aber ja, Niklot lebt! Zwei Gefolgsleute des Fürsten bringen ihn gerade zurück ins Wilzenland!«

Aufatmend sagte König Pribyslaw: »So ist nicht alles verloren. Ich schicke sofort meinen ältesten Sohn als Boten zu Milegosts Burg, damit er mit Milegost verhandelt und ihm alles erläutert!«

In die Stille, die auf die Worte des Großkönigs folgte, hörte man das Aufschluchzen von Slawomira: »Also lebt er doch! Ich hätte es doch wissen müssen, dass Niklot lebt! Oh Rochel!«

Da lachte Fürst Anatrog ein böses Lachen und sagte: »Noch

lebt er, noch! Aber nicht mehr lange. Und nichts auf der Welt wird seinen Tod verhindern können, und nichts auf der Welt wird diesen Krieg verhindern können, den wir gleich hätten bis zu Ende führen sollen und nicht mit einem feigen Waffenstillstand abbrechen!

Dass ich mein Leben verwirkt habe, braucht mir keiner zu sagen, das weiß ich selbst. Aber meine Tat wird mich überdauern, und mancher hier, der mich dem Großkönig gegenüber scheinbar verdammt, wird es mir im Stillen hinter des Königs Rücken danken, dass ich tat, was getan werden musste! Feiglinge seid ihr alle miteinander, ihr Burgherren, die ihr euch vor eurem König duckt! Habt ihr vergessen, dass es einmal eine Zeit gab, in der ein König nicht mehr war als ein Anführer im Krieg, ein Gleicher unter Gleichen, nur gewählt, um das zur Ausführung zu bringen, was der Wille aller Burgherren war? Wie könnt ihr es geschehen lassen, dass immer mehr Macht und immer mehr Reichtum in den Händen der Könige vereint werden und wir Burgherren immer mehr an Besitz und Einfluss verlieren? Wie könnt ihr dem Großkönig erlauben, gegen eure Interessen einen Krieg zu beenden, ohne dass ihr daraus etwas gewonnen habt, was auch nur eure gebrachten Verluste ausgleicht! Ihr seid so schwach, dass ihr es gar nicht verdient, dass ich für euch gehandelt habe!

Ja, ich habe gehandelt! Ja, ich habe mir das Vertrauen von Niklot erworben, um Worte wie Gift in sein Herz senken und ihn zur Flucht bewegen zu können. Aber der dumme Junge ließ sich ja wieder einfangen! Ja, ich habe Niklot entführen lassen, als er nicht freiwillig ein zweites Mal die Flucht ergreifen wollte. Ja, ich habe das Füllhorn aus dem Tempel genommen und meinem Gott zu Füßen gelegt, damit es mir Segen bringt und König Kruto zur Raserei treibt. Und diesmal habe ich einen Plan entworfen, in dem an alles gedacht ist, der durch nichts mehr umgestoßen werden kann! Auch jetzt nicht mehr, wo ihr alles wisst!«

Der Großkönig fragte mit gefährlich leiser Stimme: »Anatrog, was ist mit Niklot? Was für einen Plan hast du ausgeheckt?«

Der Fürst lächelte spöttisch. »Niklot ist unterwegs ins Zirzipanenland, wie Teschimir gesagt hat. Zwei sehr zuverlässige Männer von mir bringen ihn zu Milegosts Burg, Männer, die wissen, worum es geht. Inzwischen atmet Niklot längst Heimatluft. Inzwischen wird er längst mit seinem Schicksal versöhnt sein und darauf brennen, das Mädchen in die Arme zu schließen, dessen Kette ihm so viel bedeutet, dass er sie mir nicht einmal in die Hand geben wollte!

Und heute schon wird er vor der Burg seines Vaters erscheinen und an nichts anderes denken, als dass er daheim ist. Dann werden meine Gefolgsleute sich als Männer von König Kruto ausgeben und mit Milegost um ein Lösegeld für den Kopf seines Sohnes verhandeln, und Milegost wird alles zahlen, was er hat, denn er liebt seinen Sohn. Und wenn er gezahlt hat und seinen Sohn in die Arme schließen will, dann wird ein Pfeil eines meiner Männer Niklot durchbohren, und Milegost wird einen toten Sohn in den Armen halten und überzeugt davon sein, dass Ihr es seid, Kruto, der ihm dies angetan hat.

Dann wird Milegost blind vor Schmerz den Krieg vom Zaun brechen, auch wenn unser Großkönig ihm den Frieden anbietet, und durch nichts wird dieser Krieg zu beenden sein als durch die Vernichtung der Wilzen, und unser Sieg wird vollkommen sein. Auf Euch, Kruto, aber wird jeder Pfeil, jeder Speer, jede Lanze eines jeden Wilzen gerichtet sein, und mögt Ihr noch so tapfer kämpfen, werdet Ihr den Tod finden! Das war ich Euch für Eure Herrschsucht schuldig, mit der Ihr alle Macht im Wagrierland an Euch zu reißen trachtet!«

Nach diesen Worten waren alle Blicke auf den Wagrierkönig gerichtet. Nur Slawomira sah den Fürsten Anatrog an, als suche sie verzweifelt in seinem Gesicht einen Hinweis dafür, dass nicht wahr sei, was er gesagt hatte, dass Niklot nicht jetzt, wo sie ihn gerettet geglaubt hatte, endgültig verloren sei. So war Slawomira die Einzige, die bemerkte, dass Anatrog seinen Dolch vom Gürtel zog. Wen will er umbringen? schoss es ihr durch den Kopf, und schon rief sie: »Vorsicht!«

Aber es war zu spät. Mit einer blitzschnellen kraftvollen Bewegung hatte der Fürst mit dem Dolch zugestoßen – in sein eigenes Herz. Ehe die anderen begriffen, was vorgefallen war, war Anatrog tot.

Slawomira vergaß, wo sie war, sie vergaß, wen sie vor sich hatte, sie dachte nur an Niklot. Außer sich begann sie zu schreien: »So tut doch etwas! Tut doch endlich etwas! Ihr müsst doch Niklot retten!« Rochel versuchte, sie zu beruhigen und ihr den Mund zuzuhalten, aber sie riss sich von ihm los und ging langsam genau auf den Großkönig zu.

König Pribyslaw brachte sie mit einem einzigen Blick zum Innehalten. Dann schüttelte er den Kopf: »Es gibt nichts, was wir für Niklot tun können. Anatrogs Plan war von teuflischer Genauigkeit. Wenn er nicht sicher gewesen wäre, dass der Vorsprung ausreicht, den seine Männer mit Niklot vor jedem Reiter haben, den wir hinterherschicken könnten, so hätte er uns nie etwas davon verraten. Nein, Niklot ist verloren auch wenn er im Augenblick noch lebt. Und wir«, damit ließ er seinen Blick über die Könige und Burgherren schweifen, »wir müssen der Tatsache ins Auge sehen, dass Milegost seinen Schwur wahr machen wird. Jetzt hängen Krieg und Frieden nicht mehr von unserem Willen ab. Milegost wird den Waffenstillstand brechen. Wir haben schon viele Kriege mit den Wilzen geführt, aber diesmal werden wir einen Hass und einer Rachsucht gegenüberstehen, die alles Bisherige übertrifft. Bereiten wir uns vor! Und beten wir zu unseren Göttern, dass die Ungarn den deutschen König in Atem halten, damit er keine Gelegenheit findet, unsere Lage auszunützen und uns in den Rücken zu fallen! Und jetzt bringt die Jugendlichen raus! Anatrog hat sich selbst gerichtet. Seine Mitverschwörer aber werde ich richten.«

Teil 3

Kapitel 1

Es begann zu schneien. Ein heftiger Wind blies von vorn und trieb ihnen große Schneeflocken in die Augen. Das Schneegestöber nahm ihnen die Sicht.

»So ein Pech! Von hier aus müsste man in der Ferne schon die Hügel eures Zirzipanenlandes sehen. Und nun schneit es so, dass dir dieses Glück nicht vergönnt ist!«, meinte Luborad lachend.

»Ja«, sagte Niklot, »aber ich weiß ja, dass sie da sind. Jetzt glaube ich euch, dass ihr mich wirklich nach Hause bringt. Jetzt glaube ich, dass ich morgen bei meiner Familie sein werde.«

»Manch einer muss eben zu seinem Glück erst gezwungen werden, was, Niklot?«

»Ja, so scheint es«, antwortete Niklot. Und dann fragte er: »Reiten wir durch? Dann erreichen wir vielleicht noch diese Nacht unsere Burg!«

Luborad schüttelte den Kopf: »Bis morgen wirst du dich gedulden müssen. Was ist eine Nacht gegen fünf Jahre! Es ist schon noch weiter, als du glaubst. Die Pferde brauchen Ruhe und Futter. Und dieses Wetter wird immer verrückter. Ich fürchte, das wird ein ausgewachsener Schneesturm. Beim nächsten Dorf suchen wir uns eine Unterkunft.«

»Schade!«, meinte Niklot. »Sehr schade. Aber, na ja! Ich glaube, ich könnte mich sowieso nicht mehr lang auf dem Pferd halten.«

Schweigend ritten sie weiter nach Osten. Niklot zog seine Fellmütze tiefer ins Gesicht und stellte den Kragen des Pelzmantels höher. Beides hatte er von Luborad bekommen, als dieser und Ratimir ihn im Wald aus dem Wagenkasten herausgeholt und von seinen Fesseln und Knebeln im Mund befreit hatten. Sein Mund war noch rau und wund von dem Knebel; das Schlucken tat weh. Er spürte die Druckstellen der Fesseln. Niklot rieb seine Handgelenke. Der Schmerz half ihm, nicht zu vergessen. Er wollte nicht vergessen. Er wollte begreifen. Aber das war schwer.

In Starigard hatte alles angefangen. Er hatte sein Kätzchen in den Burghof begleitet, und dort war er dem Fürsten Anatrog begegnet. Anatrog hatte ihn freundlich begrüßt und ihm vertraulich den Arm um die Schultern gelegt und gesagt, er wolle ihm sein neues Pferd zeigen, und er war mit Anatrog in den Pferdestall gegangen. Er war sehr glücklich gewesen, Anatrog wieder zu sehen, und hatte ihm voller Freude erzählt, dass König Kruto ihm die Gefangenschaft erlassen hatte.

Aber Anatrog hatte den Kopf gewiegt und gesagt: »Lass dich von solch scheinbarer Gnade nicht täuschen, Niklot. Kruto ist voller Hass auf alle Wilzen. Und du bist einer!« Und dann hatte Anatrog die Stimme gesenkt und leise gesagt: »Wenn du willst, Niklot, so kannst du in ein paar Tagen zu Hause sein! Du musst nur wollen! Hast du nicht ein Mädchen, das du liebst? Wer weiß, ob das fünf Jahre auf dich wartet! Ich sah mal eine Kette an deinem Hals. Ist die von dem Mädchen? Zeig sie mir doch mal!«

Unwillkürlich hatte er, Niklot, nach Dragomiras Kette gefasst, und er war einen Schritt zurückgetreten, hatte Anatrog fassungslos angestarrt und hatte gestottert: »Aber ich muss doch hier bleiben. Ich bin doch eine Geisel!«

Und Anatrog hatte gesagt: »Ach was! Pribyslaw und Kruto wollen den Waffenstillstand! Meinst du, nur weil du wegläufst, brechen sie den?! So wichtig bist du denen nun auch wieder nicht! Aber mir bist du wichtig. Und darum will ich dir helfen. Draußen im Hof wartet ein Ochsenkarren. Der kann dich sicher aus der Burg bringen!«

Niklot hatte gespürt, dass die Versuchung wie mit Fangnetzen nach ihm griff, und um sich Widerstandskraft zu geben, hatte er ganz fest die Faust um den Anhänger von Dragomiras Kette geschlossen und tief Luft geholt, ehe er gesagt hatte: »Nein. Ich habe mein Ehrenwort gegeben.«

»Du dummer Junge!«, hatte Anatrog ärgerlich ausgerufen und ihn heftig an der Hand gepackt, die Dragomiras Kette hielt, und da war die Kette zerrissen. Und Anatrog hatte plötzlich mit ganz fremder Stimme gezischt: »Los!« Da hatte er einen Schmerz am Hinterkopf gespürt und dann nichts mehr.

Als er wieder aufgewacht war, hatte ihm der Schädel gebrummt, und irgendetwas hatte in seinem Mund gesteckt und ihm den Atem genommen. Er hatte die Augen geöffnet und sich aufrichten wollen, aber alles war schwarz um ihn gewesen, etwas Weiches, Felliges hatte auf seinem Gesicht gelegen, und er hatte sich nicht rühren können, als er es doch versucht hatte, da hatten ihm Stricke ins Fleisch geschnitten. Er hatte schreien wollen, aber es war nicht gegangen, das Trockene, Kratzige in seinem Mund hatte keinen Ton durchgelassen. Da hatte er gemeint, er müsse ersticken, und die Angst war wie eine riesige Welle über ihm zusammengestürzt.

Er wusste nicht mehr, wie lange das gedauert hatte, es war ihm wie Wochen vorgekommen. Irgendwann hatte er begriffen, dass das gleichmäßige Ruckeln von einem Ochsenkarren herrühren musste und dass er unter Fellen versteckt gefesselt und geknebelt in einem Wagenkasten lag und dass durch einen schmalen Spalt zwischen den Pelzen gerade so viel Luft zu ihm drang, dass er nicht ersticken musste, aber warum das alles so war, das hatte er nicht begriffen.

Niklot tastete unter seiner Fellmütze nach der Beule an seinem Hinterkopf. Er stöhnte leise auf. Er konnte es noch immer nicht begreifen.

Als nach einer endlosen Zeit die beiden Männer, Luborad und Ratimir, ihn aus seiner schrecklichen Lage befreit hatten, hatte Luborad ganz freundlich gesagt: »Das hättest du einfacher haben können, Niklot, wenn du dich nicht so stur gestellt hättest! Fürst Anatrog will dir doch nur helfen. Wir bringen dich nach Hause.«

Er hatte heiser gekrächzt, denn die Stimme hatte noch nicht wieder so richtig mitgemacht: »Aber ich will nicht nach Hause! Ich will zurück nach Starigard!«

Da hatte Luborad zugeschlagen und hatte ganz ruhig gesagt, als sei das die selbstverständlichste Sache der Welt: »Du bist hier gar nicht gefragt, Niklot. Was du willst, ist völlig gleichgültig! Steig aufs Pferd und komm mit! Wenn du es nicht freiwillig tust, hast du dir die Folgen selbst zuzuschreiben.«

Da war Niklot mit Luborad und Ratimir geritten. Er hatte schnell gelernt, dass es besser war, so zu tun, als komme er gerne mit, als habe er jeden Widerstand und jeden Argwohn aufgegeben. In Wahrheit aber war er voller Misstrauen.

Wenn er nur verstehen würde, was Anatrog mit dem Ganzen bezweckte! Wenn er nur wüsste, was er tun sollte! Da war dieses Gefühl, dass etwas nicht stimmte, dass sich unaufhaltsam ein Verhängnis zusammenbraute. Aber er blickte einfach nicht durch. Irgendwas war mit seinem Kopf. Das Denken fiel so schwer. Und er fühlte sich so schrecklich erschöpft. Morgen, sagte er sich, morgen bin ich bei meinem Vater. Mein Vater wird schon wissen, was zu tun ist. Anatrog hat doch gesagt, so wichtig bin ich nun auch wieder nicht ...

Sie kamen in ein kleines Dorf. »Hier bleiben wir über Nacht!«, bestimmte Luborad.

Niklot presste die Lippen zusammen. Noch waren sie im Gebiet der Warnower. Er wusste selbst nicht so recht, warum er so darauf gehofft hatte, dass sie die Nacht schon im Stammesgebiet der Zirzipanen verbringen würden. Doch von der Heimat trennte sie noch ein tiefer Wald. Nein, durch den hätte er es heute wahrhaftig nicht mehr geschafft.

Luborad klopfte an eine Haustür, während der starke Begleiter dicht neben Niklot hielt. Nie ließen sie Niklot auch nur einen Atemzug lang aus den Augen.

Das Haus war klein. Luborad erkannte mit einem Blick, dass es den drei Pferden nicht genügend Platz bieten würde. Da er unter keinen Umständen die Pferde unbeaufsichtigt lassen wollte, fragte er nach einem Stall, in dem sie mit den Tieren nächtigen könnten. Tatsächlich gab es einen.

Als sie die Stalltür hinter sich geschlossen hatten, sagte Ratimir: »Komm her, Niklot! Leg deine Hände am Rücken zusammen! Ich muss dich fesseln.« Niklot stöhnte innerlich. Letzte Nacht hatte er der Fesseln wegen keine Auge zutun können. Und er war so schrecklich müde! War nicht die Wachsamkeit seiner Begleiter ein Zeichen dafür, dass an der ganzen Sache etwas faul war? Später würde er darüber nachdenken, später ...

An Händen und Füßen mit einem Strick gefesselt, legte er sich ins Heu. Unter seinem Rücken spürte durch das Heu etwas Hartes, aber er blieb liegen. Mit einem Mal fühlte er sich unglaublich erschöpft, jede geringste Bewegung war ihm zu viel. Er beobachtete noch, wie sich die beiden Männer in den

Weg zur Stalltür niederlegten und die Fackel löschten. Dann schloss er die Augen.

Nach einer Weile fragte Ratimir: »Niklot, bist du noch wach? Willst du etwas essen?«

Niklot antwortete nicht. Es erschien ihm wie eine übermenschliche Anstrengung, den Mund aufzumachen.

»Der schläft!«, sagte Luborad leise. »Kein Wunder, der war ja völlig fertig. Dabei wollte er noch heute Nacht bis nach Hause reiten!«

Der andere lachte spröde: »Klar. Der ahnt ja nicht, was ihn da erwartet.«

Schlagartig war Niklot hellwach. Also war sein Misstrauen gerechtfertigt gewesen! Er sperrte die Ohren auf, ob er noch etwas erfahren könnte. Aber Luborad sagte heftig: »Halt den Mund! Selbst wenn der Junge schläft, wird darüber nicht geredet! Morgen Abend, wenn alles vorbei ist, dann kannst du quatschen, so viel du willst!«

»Schon gut, reg dich nicht auf.«

Niklot lag mit klopfendem Herzen da. Was hatte das zu bedeuten? Was erwartete ihn? Was hatten die beiden Männer mit ihm vor? Warum hatte Anatrog ihn entführen lassen? Die Gespräche gingen ihm durch den Kopf, bei denen er Anatrog im Wald belauscht hatte, und die Gespräche, die Anatrog mit ihm selbst geführt hatte. Damals hatte er ihm blind vertraut. Und jetzt – es war alles so schwierig. Ein Verdacht keimte in ihm auf und wollte doch nicht recht Gestalt annehmen. Er war so müde. Er wollte nicht mehr denken. Nur noch schlafen. Morgen würde er bei seinem Vater sein. Der Vater würde alles in Ordnung bringen. Morgen . . .

Niklot schlief ein. Er träumte. Er ritt auf die Burg seines Vaters zu. Der Schnee auf dem Wall glitzerte im Sonnenlicht. Sein Vater ging ihm entgegen, hob ihn vom Pferd, stemmte ihn in die Höhe. »Fünf Jahre sind schnell vergangen«, sagte der Vater und stellte ihn auf den Boden. Dragomira kam aus der Burg gelaufen und streckte die Hände nach ihm aus. »Wo ist meine Kette, Niklot?«, fragte Dragomira. »Die hat Anatrog zerrissen«, antwortete er.

Dragomira schrie auf: »Anatrog!« Ihre Augen weiteten sich vor Entsetzen. Er stand mit ihr auf dem Wall. Der See war gefroren. Von allen Seiten stürmten Reiter auf die Burg zu. Sie schossen Brandpfeile, der Wehrgang fing Feuer. Plötzlich war überall Feuer. Dragomira mitten im Feuer. »Niklot, hilf mir«, schrie sie. Er wollte zu ihr rennen. »Nein, komm nicht her«, schrie sie. »Lauf weg! Niklot, hilf mir! Lauf weg!«

Schweißüberströmt wachte Niklot auf. Er hatte noch Dragomiras Schrei im Ohr: »Niklot, hilf mir, lauf weg!« Unruhig wälzte er sich herum. Das Harte in seinem Rücken drückte schmerzhaft durch den Pelz. Er tastete mit den gefesselten Händen danach, um es beiseite zu räumen. Er spürte einen scharfen Schmerz an den Fingern der rechten Hand. Er musste sich geschnitten haben. Vorsichtig fühlte er weiter, bis er begriff, worauf er lag. Es war eine Sichel, die im Heu lag.

Seine Hände wussten bereits, was zu tun war, ehe sein Kopf Klarheit hatte. Sie begannen, den Strick, mit dem sie gefesselt waren, an der Sichelschneide zu reiben. Endlich war es geschafft. Seine Hände waren frei. Er tastete nach seinen Fußfesseln und befreite sich auch von diesen. Dann blieb er ganz ruhig liegen.

Er wusste, was er tun musste: weglaufen! Doch wohin? Heim? Würde er es bis zur Burg seines Vaters schaffen? Oder würden Luborad und Ratimir ihn vorher einholen und aufspüren? Den beiden war er nicht gewachsen, das wusste er. Und durfte er überhaupt heim? Durfte er sich darauf verlassen, dass sein Vater alles für ihn in Ordnung bringen würde?

Musste er es selbst tun? Im Traum hatte er doch gewusst, dass er von daheim wegmusste! Also nicht nach Hause? Wohin also? Zurück zu König Kruto, zurück nach Starigard?

Niklot stöhnte auf. Das kann ich nicht, Dragomira, dachte er verzweifelt. Den Weg würde ich nie überleben, so erschöpft wie ich mich fühle. Und selbst wenn – König Kruto wird mir nicht glauben, wenn ich ihm sage, Anatrog hätte mich entführt. Und ein zweites Mal wird er mir eine Flucht nicht verzeihen. Kruto traue ich mich nicht mehr unter die Augen! Was soll ich dann tun?

Plötzlich war der Gedanke da, ganz klar und selbstverständlich: zum Großkönig. König Pribyslaw war damals nicht unfreundlich zu mir. Und mein Vater hält ihn für einen besonderen Mann. Wenn mich einer anhören wird, dann König Pribyslaw.

Niklot lauschte. Gleichmäßig hörte er die Atemzüge der beiden Männer. Ob sie beide fest schliefen? Leise richtete er sich auf. Es war stockfinster im Stall. Er vergegenwärtigte sich, in welcher Richtung die Stalltür sein musste. Vorsichtig machte er einen Schritt. Seine Schulter stieß an etwas Weiches. Das musste ein Pferd sein. Behutsam tastete er sich weiter. Er würde zu Fuß fliehen müssen, es wäre unmöglich, mit einem Pferd unbemerkt aus dem Stall hinauszukommen. Wieder blieb er lauschend stehen. Draußen heulte der Sturm. Ganz nah vor sich auf dem Boden hörte er Atemzüge eines der beiden Männer. Er hob ein Bein und machte unendlich behutsam einen großen, hohen Schritt, senkte den Fuß so vorsichtig wie irgend möglich. Er trat auf Heu. Es musste ihm gelungen sein, über den einen seiner beiden Bewacher hinüberzusteigen. Doch der andere lag genau vor der Tür.

Niklot beugte sich vor und tastete nach der Wand. Mit den Fingerspitzen konnte er sie erreichen. Er fühlte die Bretter der Tür, und dann fühlte er den einfachen Holzriegel, mit dem sie verschlossen war. Langsam schob er ihn zurück.

Nun kam das Schwierigste. Mit dem Fuß tastete er weiter. Er stieß gegen Luborad. Der murmelte im Schlaf und wälzte sich zur Seite, rollte sich genau auf Niklots Fuß. Niklot blieb wie angewurzelt stehen. Dann zog er sachte seinen Fuß unter Luborad hervor, trat über ihn hinweg.

Jetzt stand er unmittelbar vor der Tür. Er wusste, dass sie sich nach außen öffnen ließ. Er drückte dagegen. Ein Stück öffnete sie sich langsam, dann riss der Sturm mit ungeheurer Gewalt an seinem Arm. Beinahe hätte er die Tür losgelassen. Er sprang ins Freie und drückte die Tür hinter sich zu.

Viel zu laut schlug sie am Türrahmen an. Niklot lehnte sich schwer atmend dagegen. Bestimmt würden jetzt die beiden Männer aufgewacht sein! Aber im Stall blieb alles ruhig.

Niklot zog die Mütze fester ins Gesicht und vergrub die Hände in den Taschen des Pelzes. Dann ging er los. Gestern war der Sturm von vorn gekommen. Also musste er nun vor dem Sturm her laufen, wenn er zurückwollte. Einen anderen Anhaltspunkt hatte er nicht. Die Nacht war finster, dichter Schnee trieb gegen seinen Rücken.

Niklot versuchte sich zu erinnern, wie sie am Vortag geritten waren. Sie hatten aus einem Wald kommend ein großes Stück freies Land durchquert, ehe sie das Dorf erreicht hatten. Gestern war der Weg nur noch schwer zu erkennen gewesen, heute Nacht sah er nichts von ihm, hatte er keine Ahnung mehr davon, wo hier ein Weg verlaufen könnte. Er stapfte durch den Tiefschnee, immer vor dem Sturm her. Bei jedem Schritt sank er ein. Bald wurden seine Beine müde. Wie Zentnergewichte hing ihm der Schnee an den Füßen. Ein Gutes freilich hatte dieser Schneesturm: Morgen früh würden seine Spuren restlos verweht und zugeschneit sein. Luborad und Ratimir würden nicht mehr erkennen können, in welche Richtung er geflohen war. Sicher würden sie glauben, er wolle sich nach Hause durchschlagen, und ihn auf dem Weg nach Osten suchen.

Der Schnee wurde immer tiefer, die Beine immer schwerer. Die Lungen schienen platzen zu wollen. Der Kopf fing wieder an zu brummen. Wie lange mochte er nun schon so durch die Nacht stapfen? Musste es nicht endlich Morgen werden?

Niklot torkelte und fiel hin. Mühsam raffte er sich auf, brach wieder in die Knie. Liegen bleiben dürfen, nur einen Augenblick verschnaufen! Er zwang sich, aufzustehen und weiterzugehen. Ein Schritt, noch einer, und wieder einer. Plötzlich erfüllte ein Rauschen die Luft, das anders war als das bisherige Heulen des Sturms. Was hatte das zu bedeuten? Seine Gedanken glitten ab.

Dragomira, dachte er, warte, ich ... Sein Kopf stieß gegen etwas Hartes. Mit tauben Händen tastete er danach und fasste den Stamm eines Baumes. Erschöpft lehnte er sich dagegen. Weiter!, befahl er sich sofort. Er machte einen Schritt. Ein Zweig schlug ihm ins Gesicht. Kalt rieselte dichter Schnee auf ihn. Er schleppte sich weiter. Noch ein Baum und noch einer, und da ein Gebüsch.

Nun wusste er, wo er war: Er hatte den Waldrand erreicht. Doch nun? Es war aussichtslos, im Dunkeln ohne Weg durch diesen Wald gehen zu wollen. Dauernd würde er irgendwo anstoßen oder hängen bleiben.

Leg dich hin und warte auf den Morgen, jetzt kannst du sowieso nicht weiter, sagte eine verführerische Stimme in ihm. Hinlegen, ausruhen, schlafen ...

Er ließ sich einfach fallen. Es war herrlich. Der Schnee war gar nicht so kalt. Er schloss die Augen. Doch schon war da eine andere Stimme in ihm, die ihm streng befahl, aufzustehen und weiterzugehen. Die Warnung seines Vaters fiel ihm ein, sich niemals hinzulegen, falls er sich einmal im Schnee verirren sollte. Wenn du dich in den Schnee legst und einschläfst, so wachst du nie mehr auf, hatte der Vater gesagt.

Niklot rappelte sich auf und taumelte den Waldrand entlang. Unklar erinnerte er sich, dass er nun die Richtung nach Norden einschlagen müssen. Blindlings stolperte er voran. Die Bäume waren auf einmal weg. Es wurde etwas heller. Hörte er da nicht das Brüllen einer Kuh? Das Muhen der Kühe daheim, wenn der Morgen begann, wenn die Mägde den Morgenbrei kochten und Dragomira ihr Haar kämmte . . .

Der Boden unter seinen Füßen gab nach. Er stolperte in eine tiefe Schneewehe. Kopfüber fiel er hinein. Sie war sehr weich, so weich wie ein Bett. Sein Bett daheim auf der Schlafbank, im gleichen Raum mit Vater und Mutter und Onkel Stojgnew und der alten Tante und Dragomira. Ein Feuer brannte im Ofen, und die Felldecke war leicht und warm und fühlte sich an wie Dragomiras Haar.

Mit einem tiefen, glücklichen Seufzer schlief Niklot ein. Die Kälte ließ das Lächeln auf seinem Gesicht erstarren. Sachte fielen Schneeflocken auf seinen Pelz und blieben liegen.

*

Er ritt mit Dragomira der Sonne entgegen. Sie saß vor ihm auf dem Pferd, und er hielt sie im Arm. Dragomira sang. Singend wandte sie sich zu ihm und lächelte ihm zu. Kleine Lichter tanzten in ihren Augen. Sie ritten auf der Höhe eines Berges genau auf einen Abgrund zu. Er hatte keine Angst. Er wusste, ihr Pferd konnte fliegen. Die letzten Schritte, und dann der Sprung. Sie flogen durch die Luft, höher und höher, immer näher zur Sonne. Die Sonne brannte auf seinen Händen. Plötzlich fiel das Pferd. Dragomira war verschwunden. Er stürzte in einen Wald, die Zweige der Bäume schlugen ihm ins Gesicht. Scharf spürte er den Schmerz. Er wollte schreien, aber es ging nicht.

Wieder spürte er den Schmerz. Etwas schlug ihm ins Gesicht. Er wollte den Kopf wegdrehen, aber schon traf ihn der nächste Schlag. Sein ganzes Gesicht brannte. Er stöhnte.

Aus weiter Ferne hörte er eine Stimme: »Hör auf! Es hat keinen Sinn! Der ist erfroren!«, und eine andere: »Nein, er atmet noch! Und eben hat er gestöhnt. Reib seine Hände weiter mit Schnee ein! Wir müssen ihn wachkriegen!«

Ein neuer Schlag ins Gesicht. Da öffnete Niklot den Mund und schrie.

Sofort wurde er hoch gehoben und auf die Füße gestellt. Er spürte seine Füße nicht. Die Beine wollten wegknicken, aber starke Arme hielten ihn. »Mach die Augen auf!«, befahl die Stimme.

Unendlich mühsam öffnete Niklot die Augen. Im fahlen Morgenlicht sah er einen Mann und eine Frau, die ihn besorgt betrachteten. Die Frau rieb seine Hände, der Mann hielt ihn. Niklot schloss die Augen wieder. Er wollte nur noch schlafen. »Wach bleiben!«, sagte die Stimme laut. Niklot glitt der Kopf auf die Brust. Jemand rüttelte ihn: »Nicht!«, murmelte er schlaftrunken.

»Dann lass die Augen offen und bleib wach!«, erklärte der Mann bestimmt und fasste ihn unter der Achsel. »Jetzt komm! Es ist nicht weit zu unserer Hütte.«

Die Frau legte sich Niklots einen Arm um die Schulter. Niklot wurde mehr gezogen und getragen, als er ging, aber er schlief nicht mehr ein. Wenig später war er in einer warmen Hütte. Er wurde neben dem Ofen abgesetzt, die Frau öffnete ihm die Schuhe und rieb seine Füße, eine Alte flößte ihm löffelweise heiße Suppe ein, kleine Kinder standen gaffend um ihn herum, eine Kuh wurde im Hintergrund gemolken. Der Mann nahm ihm die Mütze vom Kopf und strich ihm übers Haar. »Tut mir Leid, Junge, dass ich dich schlagen musste, aber anders wärst du nicht wach geworden!«, sagte er.

Niklot nickte benommen. Langsam begriff er erst, was geschehen war. Nun war er also doch im Schnee eingeschlafen.

»Danke!«, brach er heiser hervor.

»Schon gut. Jeder kann mal Hilfe brauchen! Wer bist du eigentlich? Von hier bist du nicht!«

Niklot schüttelte den Kopf. »Niklot«, sagte er mühsam. Dann schloss er wieder die Augen.

Er wurde leicht in die Seite gestoßen. »He, Niklot!«, sagte der Mann. »Fang das Spielchen nicht von vorne an! Du darfst noch immer nicht einschlafen! Erst mal musst du richtig wach und durchgewärmt sein. Los, rede! Wenn man redet, kann man nicht einschlafen! Wo willst du hin?«

Niklot dachte nach. Wo wollte er eigentlich hin? Zu Dragomira, wollte er sagen. Doch dann fiel es ihm wieder ein.

»Nach Weligard!«, murmelte er.

Der Mann pfiff lang gezogen und hoch. Die Frau sagte: »Aber er ist doch noch zu jung! Ihn können sie doch nicht auch schon eingezogen haben!«

»Wie ist es?«, fragte der Mann. »Bist du so jung, wie du aussiehst, oder musst du auch schon in den Krieg?«

»In welchen Krieg?«, fragte Niklot verständnislos.

Der Mann lachte: »Na, dann offensichtlich nicht! Wenn du noch nicht einmal davon gehört hast!«

Langsam tropften die Worte in Niklots Bewusstsein. Plötzlich schrie er auf: »Welcher Krieg?!«

»Na, gegen die Wilzen natürlich! Man sagt, es sei wegen der Geisel, aber was Genaues weiß ich nicht. Mein Bruder Budiwoj muss auch mit, nachher bricht er nach Weligard auf. Hoffentlich ist bis zum Frühjahr alles vorbei. Sonst bleiben wieder die meisten Felder unbestellt. Es ist ein Elend und eine Schande!«

Niklot zog seine Füße aus den Händen der Frau, schob den Löffel beiseite, den die Alte ihm hinhielt, und erklärte: »Ich muss hin! Ich muss nach Weligard!«

Die Frau sagte: »Das ist unmöglich. In dem Zustand kannst du nicht schon wieder in die Kälte!«

»Ich muss!«, beharrte Niklot.

»Du musst am Ofen bleiben, das ist das Einzige, was du musst!«, antwortete der Mann. »Und wenn du das nicht einsiehst, dann werde ich dafür sorgen, dass du es tust, auch ohne es einzusehen!«

Niklot traten Tränen in die Augen. »Aber begreift doch, ich muss doch, das ist doch wichtiger als alles . . . « Erschöpft brach er ab.

Die alte Frau sah ihn nachdenklich an, dann sagte sie langsam: »Ja. Ich begreife. Niklot heißt du, hast du gesagt? Iss deine Suppe, Niklot, und wärm dich auf. Dann nimmt dich Budiwoj auf dem Schlitten mit, wenn er mittags nach Weligard aufbricht. Und die Götter mögen dich beschützen!«

»Mutter«, entrüstete sich der Mann, »wie kannst du nur so was sagen!«

»Ich sage es nicht nur. Ich meine es auch. Der Junge weiß, was er tut!«

Kapitel 2

Die Augen wollten Niklot schon wieder zufallen. Er zwang sich dazu, sich umzusehen. Alles war tief verschneit, die Bäume und Sträucher, das offene Land, die Hütten und Scheunen, die Dächer des Wehrgangs auf dem Wall von Weligard.

Sie waren der Burg schon so nahe gekommen, dass man erkennen konnte, wie Leute über die Brücke zur Vorburg gingen.

Niklot wandte seinen Blick wieder auf den Rücken von Budiwoj, einen breiten und gleichsam zuverlässigen Rücken. Budiwoj beugte sich beim Gehen nach vorn, hatte den Strick des Schlittens über die Schulter gezogen, stapfte ruhig und gleichmäßig voran. Er hatte sich Schneeschuhe unter die Lederschuhe gebunden, Holzreifen mit einem Geflecht aus Weidenruten, die das Einsinken im Tiefschnee verhinderten. Leise knirschten sie bei jedem seiner Schritte. Die Knochenkufen des Schlittens glitten durch den Schnee und sangen ein kaum hörbares Lied dazu. Niklot sank der Kopf auf die Brust. Alles um ihn herum verschwand in eine unwirkliche Ferne.

»Niklot, steh auf! Du musst mal wieder ein paar Schritte laufen!« Budiwoj zog ihn in die Höhe und stellte ihn auf die Füße. Niklot stolperte voran. Hier war der Schnee nicht mehr so unberührt, sondern von vielen Füßen und Pferdehufen zertreten. Seit sie die Straße nach Weligard erreicht hatten, waren sie auf viele Männer getroffen, die den gleichen Weg hatten wie sie, und von vielen Reitern überholt worden.

Budiwoj sagte mit einem tiefen Seufzer: »Das wird ein Kriegszug, wie ich noch keinen erlebt habe! König Pribyslaw bietet alle wehrpflichtigen Männer auf. Wo das nur alles hinführen soll! Komm, setz dich wieder, du fällst mir sonst noch um, aber schlaf bloß nicht wieder ein, Niklot!«

Niklot kauerte sich auf den Schlitten und zog die Füße unter seinen Pelz, Budiwoj legte die Decke über ihn und sah ihn noch einmal forschend an, ehe er den Strick wieder aufnahm und den Schlitten weiterzog. »Möchte nur wissen, was sich Mutter dabei gedacht hat, mir den halb erfrorenen Jungen mitzuschicken«, brummte er kopfschüttelnd vor sich hin.

Zwischen Dorf und Burg war man dabei, das Heerlager zu errichten. Zelte wurden aufgeschlagen, Feuer brannten, Männer liefen hin und her, Befehle wurden gebrüllt, aufgeregtes Stimmengewirr erfüllte die Luft. Budiwoj hielt an. »Hier muss ich bleiben und mich bei meinem Burgherren melden!«, sagte er. »Von nun an musst du selbst weitersehn, Niklot! Ich wünsche dir Glück – und du kannst mir wünschen, dass ich aus diesem Krieg zurückkomme!«

»Danke!«, sagte Niklot. »Vielen Dank, Budiwoj. Aber . . . nicht zurückkommen . . . gar nicht gehen . . . in den Krieg . . . «

Damit drehte sich Niklot um und wankte auf die Burg zu. Der Mann sah ihm nach und sagte bedauernd: »Der arme Junge. Nun hat sich sein Geist völlig verwirrt!«

Niklot schleppte sich weiter. Ich muss zum Großkönig, ich muss zu König Pribyslaw, hämmerte er sich selbst bei jedem Schritt ein, denn er hatte das Gefühl, er würde sonst vergessen, warum er überhaupt hier war. In seinem Kopf drehte sich alles. Nur schwankend und wie durch einen dichten Nebel konnte er die Umgebung sehen.

Ein Reiter kam ihm entgegen. »Pass doch auf!«, rief eine raue Stimme. Irgendwie kam sie ihm bekannt vor. Der Reiter war sehr groß. Blondes Haar quoll unter seinem Zobelhut hervor. Der Reiter sprang vom Pferd und packte ihn an den Schultern. Jetzt erst erkannte er ihn: König Kruto! Nun war alles aus.

König Kruto fasste ihm mit einer Hand unter das Kinn und drehte sein Gesicht zu sich hin. »Bist du es wirklich, Niklot?«, fragte er.

Niklot nickte stumm. Jetzt würde er nicht mehr mit dem Großkönig reden können. Jetzt würde er mit dem Wagrierkönig reden müssen.

»Ich . . . «, begann er stockend.

»Junge, du bist ja völlig am Ende!«, sagte der Wagrierkönig. Der König hob ihn hoch, setzte ihn auf sein Pferd, schwang sich dahinter. Der König legte seinen Arm um Niklot. Niklot sank gegen seine Brust und schloss die Augen. Er war wieder ein kleiner Junge. Er hatte sich im Wald verirrt und fand nicht mehr heim. Er konnte nicht mehr weiter, die Füße wollten nicht mehr. Da fand ihn sein Vater und hob ihn aufs Pferd und ritt mit ihm heim und hielt ihn im Arm und alles war gut. So wie jetzt. »Vater«, murmelte Niklot.

Plötzlich zuckte er zusammen. Das war ja gar nicht sein Vater, das war ja König Kruto! »Entschuldigung!«, stieß er hervor, und dann sich überstürzend: »Ich habe mein Wort nicht gebrochen!«

»Nein«, antwortete der König ruhig, »ich weiß, Niklot. Der Sohn von Milegost bricht sein Wort nicht. Später, Niklot, später reden wir über alles. Du bist krank. Erst einmal musst du gesund werden.«

»Aber der Krieg. Ich muss doch erklären . . . «

»Jetzt gibt es keinen Krieg, Niklot, jetzt ist Waffenstillstand! Du hast dein Wort gehalten, und wir werden auch unser Wort halten: fünf Jahre Waffenstillstand!«

»Fürst Anatrog . . . «

»Anatrog ist tot. Aber du lebst, und das ist im Augenblick das Wichtigste. Du musst nur wieder gesund werden, du musst es ganz fest wollen, hörst du?!«

»Ja!«, seufzte Niklot tief auf und schlief ein.

*

Niklot fror. Die Zähne schlugen aufeinander, alles an ihm zitterte und bebte. Ein dunkelroter Nebel drehte sich in seinem Kopf, schneller und schneller. Die Berührung der weichen

Felldecke auf seiner Haut tat weh. Stoßweise rang er nach Atem. Doch die Luft reichte nicht. Sie schnitt in die Brust.

Fallen lassen, dachte Niklot. Einfach aufhören, dann ist alles vorbei. Nicht mehr atmen . . .

Da spürte er weiche, sanfte Hände auf seinen Wangen. Er griff danach und hielt sie fest: »Dragomira!«, flüsterte er.

»Ja, Niklot, ich bin bei dir!«, hörte er aus weiter Ferne eine Mädchenstimme. Sie schien durch Schnee zu kommen. »Du darfst nicht aufgeben, Niklot! Atme weiter! Du musst gesund werden, du musst!«

»Dragomira, liebst du mich?«

»Ja, Niklot, ich liebe dich. Ich warte auf dich. Werd gesund! Für mich!«

Niklot hielt die Mädchenhand an sich gedrückt. Er wurde ruhig. Die Nebel hörten auf, sich zu drehen.

Slawomira ließ ihre Hände auf seinem Gesicht und beobachtete, wie das Zittern nachließ und der Atem gleichmäßiger ging. Als sie sicher war, dass Niklot ganz fest schlief, zog sie ihre Hände vorsichtig zurück und stand auf. Tränen liefen über ihr Gesicht. Stumm sah sie Rochel an, der neben ihr stand. Rochel war sehr blass, seine Augen schienen viel größer und dunkler als sonst.

»Oh Rochel!«, sagte Slawomira leise und lehnte ihren Kopf an seine Schulter.

Rochel stand starr wie eine leblose Holzfigur. Er legte seinen Arm nicht wie sonst um sie. Schließlich fragte er tonlos: »Ist das wahr, was du da gesagt hast, Slawomira?«

»Ich musste es sagen, versteh doch. Sonst wäre er doch gestorben! Aber jetzt, jetzt wird er es schaffen!«

Da trat Rochel einen Schritt zurück und schrie los: »So gib doch endlich Antwort! Ich muss es wissen, ich muss! Liebst du Niklot?«

Slawomira sah auf den schlafenden Niklot. Seine Wangen hatten sich gerötet, sein schmales Gesicht unter dem dunklen Haar sah sehr fern und sehr friedlich aus. Sicher träumte er von Dragomira. Und was für einen Traum hatte sie geträumt? Hatte sie wirklich einmal davon geträumt, dass sie diesem fremden Jungen alles bedeuten könnte? Hatte sie wirklich einmal davon geträumt, zu ihm zu gehören? Zu diesem Jungen, der niemals auch nur mit einem Gedanken an ein anderes Mädchen gedacht hatte als an seine Dragomira? Hatte sie das tatsächlich geträumt, obwohl sie doch seit langem gewusst hatte, dass es Rochel war, mit dem sie verbunden war und immer verbunden sein würde? Slawomira strich sich über die Stirn. Ach was, sagte sie sich, Träume sind dazu da, dass man aus ihnen aufwacht. Dann blickte sie Rochel in die Augen und erklärte bestimmt: »Nein, Rochel, ich liebe Niklot nicht. Ich liebe nur dich!«

Rochel sah sie eine Weile schweigend an, dann nickte er: »Dann ist es ja gut!«, meinte er. »Ich musste einfach Sicherheit haben, weißt du. Dann können wir ja jetzt nach Hause. Niklot wird gesund werden, jetzt, wo er schläft. Wir haben hier in Weligard nichts mehr verloren. Komm, Slawomira, ich bringe dich zu deinem Vater!«

Er streckte Slawomira die Hand hin und sie nahm sie und drückte sie. Rochels Hand war so warm und so fest und so verlässlich. Draußen im Hof warteten schon der große Lastschlitten, der sie nach Starigard mitnehmen würde. Rochel half Slawomira, auf die festgezurrte Last hinaufzusteigen, und packte sie fest mit Felldecken ein. Es hatte schon wieder zu schneien begonnen. Dann schnallte er sich selbst die Schneeschuhe unter die Füße und sagte zu dem Fuhrmann: »Wir wären so weit!« Dieser nickte und knallte mit der Peitsche. Die beiden Ochsen setzten sich behäbig in Bewegung.

Langsam ruckelte der schwere Lastschlitten los. Rochel ging so neben dem Schlitten her, dass er auf gleicher Höhe mit Slawomira blieb.

»Rochel!«, sagte Slawomira.

»Ja?«

»Ach – nichts!«

Sie sahen einander an und lächelten.

*

Tage vergingen, in denen Niklot schlief oder in jenem Dämmerzustand zwischen Wachen und Schlafen schwebte, in dem jedes Gefühl für Raum und Zeit verloren geht. Doch eines Tages wachte er auf und holte tief Luft. Das Atmen tat nicht mehr weh. Sein Kopf war klar und kühl. Verwundert sah er sich um. Er war in einem fremden Raum. Teppiche hingen an den Holzwänden, Felle bedeckten den Boden, er selbst lag nicht auf einer Bank, sondern in einem großen Bett mit prachtvoll geschnitzten Wänden und gedrechselten Beinen.

Eine Magd kam herein und legte Holz auf das Feuer. Dann sah sie zu ihm hinüber. Einen Augenblick lang stand sie mit offenem Mund da und starrte ihn an, dann drehte sie sich um und rannte hinaus.

Wenig später trat Grin durch die Tür, gefolgt von einer alten Magd, die eine dampfende Schüssel trug. »Hallo!«, sagte Grin und grinste verlegen. »Ich dachte schon, du wachst gar nicht mehr auf!«

»Wo bin ich hier?«, fragte Niklot.

»In Weligard.«

»In Weligard!«, murmelte Niklot verständnislos. »Aber – Dragomira?«

»Was für eine Dragomira?«

»Sie war bei mir. Bestimmt. Ich habe ihre Hände gehalten!«

»Ach das! Das war Slawomira. Du hast im Fieber phantasiert, Niklot. Anfangs hat Slawomira dich gepflegt. Du hast ihr eine Menge zu verdanken, ihr und Rochel! Schau nicht so entgeistert, Niklot! Ich werde dir alles erzählen. Und dann musst du mir auch erzählen, was du erlebt hast! Du hast den Krieg verhindert, weißt du das überhaupt? Ich platze vor Neugier, wie du es geschafft hast, Anatrogs Männern zu entkommen und dich hierher durchzuschlagen!«

»Anatrog? Was weißt du über Anatrog?«

»Eine ganze Menge. Aber eins nach dem anderen! Ich erzähle dir, und du isst dabei deine Suppe. Die alte Magd behauptet, du musst unbedingt diese Suppe essen.«

Gestützt von der Sklavin schlürfte Niklot einige Löffel von der heißen Suppe. Doch dann schob er die Schüssel entschieden beiseite und verfolgte mit atemloser Spannung die Erzählung von Grin. Grin erzählte alles, was er, Slawomira und Rochel seit jenem Morgen erlebt hatten, an dem Niklot plötzlich verschwunden gewesen war. Als er von dem aus dem Tempel gestohlenen Füllhorn und der dort gefundenen Halskette berichtete, schrie Niklot vor Empörung laut auf. Als Grin davon erzählte, wie er mit Rochel in Anatrogs Burg eingestiegen und dort gefangen genommen worden war, wurde Niklot vor Schreck so bleich, dass Grin besorgt fragte, ob er jetzt etwa wieder ohnmächtig werden wolle. Aber Niklot schüttelte den Kopf und flüsterte nur: »Mach weiter!« Mit der Schilderung von Anatrogs Selbstmord schloss Grin seinen Bericht.

Niklot war eine Weile ganz stumm. Dann sagte er: »Ich kann es kaum glauben. Was ihr alles für mich getan habt! Du und Slawomira und Rochel. Wenn ich mir vorstelle, ich wäre hier in Weligard aufgetaucht, und dein Vater und der Großkönig wären noch der Meinung gewesen, ich hätte euren Tempel geschändet!«

»Na ja«, meinte Grin, »da hätte ich nicht in deiner Haut stecken mögen!«

»Grin, ich weiß nicht, wie ich das dir und Rochel und Slawomira jemals danken soll!«

»Mensch, nun hör schon auf! Wozu hat man schließlich Freunde!«

»Sag das noch mal!«

Grin wiederholte verlegen: »Wozu hat man schließlich Freunde!«

Ehe Niklot darauf etwas sagen konnte, fügte er rasch und bestimmt hinzu: »Und jetzt erzähl du endlich, was du erlebt hast! Komm, keine Ausflüchte, fang an!«

Da berichtete Niklot, wie er entführt worden war und wie er Anatrogs Männer entkommen war und im Schneesturm beinahe erfroren wäre und wie ihn freundliche Menschen gerettet hatten. Zögernd schloss er: »Und im Lager, da bin ich deinem Vater über den Weg gelaufen. Ich kann mich nicht so gut daran erinnern, das ist irgendwie verworren, ich hatte solche Angst vor ihm, aber er war sehr freundlich zu mir, glaube ich.«

Grin lachte: »Klar! Meinem Vater ist ja auch ein Stein vom Herzen gefallen, als er dich sah! Was sage ich! Kein Stein! Ein ganzer Felsbrocken! Er hatte schließlich auf dich aufpassen sollen. Und an deinem Leben hing der Waffenstillstand, den mein Vater genauso wollte wie König Pribyslaw.«

»Seltsam«, sagte Niklot nachdenklich. »Dem Fürsten Anatrog habe ich vertraut, und der war mein ärgster Feind. Und vor deinem Vater habe ich mich gefürchtet, und dabei . . . «

» . . . und dabei ist der gar nicht so schlimm, wie du gedacht hast, was?«, ergänzte Grin belustigt.

»So ungefähr, ja«, bestätigte Niklot. Er schloss die Augen und ließ sich in das Kissen zurückfallen. Er war doch noch sehr müde. Aber er fühlte sich so froh und leicht wie schon lange nicht mehr.

Als er am nächsten Tag wieder aufwachte, saß Grin neben ihm.

»Du – Grin?«, sagte Niklot.

»Ja?«

»Du hast doch gesagt, du bist mein Freund?«

Grin nickte stumm.

»Und dein Vater . . . dein Vater . . . «

»Mein Vater hat eine sehr hohe Meinung von dir, wenn du das meinst. Ich habe ihm wiedergegeben, was du mir gestern erzählt hast. Er rechnet es dir sehr hoch an, dass du nicht nach Hause geflohen bist, als du Anatrogs Männern entkommen konntest, sondern dich nach Weligard durchgeschlagen hast.«

Nach langem Schweigen sagte Niklot: »Weißt du, was mir nicht mehr aus dem Kopf geht, Grin? Was du mir über die Rede erzählt hast, die Anatrog vor seinem Selbstmord gehalten hat – wie er gesagt hat, er habe Worte wie Gift in mein Herz gesenkt. Es waren wirklich Worte wie Gift. Sie haben mir Angst gemacht, Angst vor dir, Angst vor deinem Vater, Angst vor euch allen. Ich war immer fest davon überzeugt, dass ihr mir nur Böses wollt. Aber genau genommen waren es nicht nur Anatrogs Worte. Es fing schon früher an, daheim. Solange ich zurückdenken kann, habe ich nur Schlechtes über euch gehört, von Onkel Stojgnew und sogar – sogar von meinem Vater.«

Niklot brach ab und starrte mit gerunzelter Stirn an die Decke. Grin wartete schweigend. Schließlich begann Niklot stockend von neuem: »Wir waren immer Feinde, die Wilzen und die Abodriten. Ich habe es nie anders gekannt. Und jetzt bin ich bei euch, und du bist mein Freund, und ich möchte dein Freund sein. Und du und ich, wir haben uns beide ganz schön angestrengt, damit dieser Waffenstillstand erhalten bleibt, nicht wahr? Aber wenn dann die fünf Jahre um sind . . . Ach, ich weiß nicht, wie ich es sagen soll.«

»Ich glaube, ich verstehe dich schon, Niklot. Ich muss auch dauernd darüber nachdenken. Wenn man es nie anders gehört hat, als dass man verfeindet ist, dann ist einem das so selbstverständlich. Aber wenn man sich kennt, ist es irgendwie anders.«

»Weißt du eigentlich, worauf unsere Feindschaft beruht?«

»Ich weiß es auch nicht, wie das angefangen hat, das zwischen uns Abodriten und euch Wilzen. Ich weiß nur, dass es schon sehr lange geht und dass in jedem Krieg aufs Neue wieder etwas geschieht, wofür der eine oder der andere sich rächen muss. Auch ich habe nur Schlechtes über euch gehört, Niklot. Ich habe immer geglaubt, euch kann man nicht trauen. Aber du bist einer von denen, und dir kann man trauen, das weiß ich jetzt. Und wenn du erwachsen bist und wenn ich erwachsen bin . . . Verdammt, Niklot, warum muss alles so schwierig sein!«

»Ja«, sagte Niklot leise, »warum?«

*

Sie hatten die Anhöhe erreicht. Vor ihnen lag Starigard. Schneebedeckt, im Sonnenlicht glitzernd und schimmernd, sah es nicht mehr so Furcht erregend aus wie damals im Herbst. König Kruto zügelte sein Pferd, wartete auf Niklot. Nebeneinander hielten sie an. Seiner Burg entgegenblickend, sagte der König: »Du hast noch einen Wunsch bei mir gut, Niklot, dafür, wie du Anatrogs Plan durchkreuzt hast und zu uns zurückgekehrt bist. Überleg es dir gut, so eine Gelegenheit hast du nie wieder!«

»Da brauche ich nicht lange zu überlegen!«, antwortete Niklot. »Ich weiß schon, was ich mir wünsche: dass ich wieder in die Handwerkerhöfe gehen darf und mit allen Leuten reden, mit denen ich reden möchte.«

Der König verzog das Gesicht, als habe er auf etwas Saures gebissen. »Nicht schlecht, Niklot. Da hast du ins Schwarze getroffen! Auf anderem Wege hätte ich dir das ganz gewiss nicht wieder erlaubt. Nun denn: genehmigt!«

»Danke!«, sagte Niklot und schielte zu Grin hinüber. Der grinste.

Der König trieb sein Pferd an und ritt wieder vorneweg. Sedrag, Grin und Niklot folgten ihm, nach ihnen die Krieger des Gefolges. Grin pfiff leise vor sich hin. Niklot fiel in Grins Pfeifen ein. Sedrag drehte sich um und rief: »Wenn ihr schon pfeift, dann pfeift wenigstens richtig! Daran, dass ihr alle beide immer das Gleiche macht, wird man sich ja wohl gewöhnen müssen!«

»Ja!«, antworteten Grin und Niklot wie aus einem Mund. Gemeinsam brachen sie in Lachen aus.

Wenig später stiegen sie im Königshof von ihren Pferden. »Komm«, sagte Grin, »wärmen wir uns erst mal auf!«

Niklot schüttelte den Kopf. »Nein. Ich muss erst noch was erledigen. Du weißt schon.«

Grin nickte. Niklot ging auf das Drachentor zu. Hinter sich hörte er Sedrag spotten: »Nicht zu glauben! Sie haben sich getrennt!«

Niklot lief in den westlichen Burgteil bis zur Silberschmiede und trat ein. »Ah«, sagte der Silberschmied, »Niklot ist wieder da! Kann ich etwas für dich tun?«

»Vielen Dank. Aber ich wollte nur mit Rochel reden.«

Der Meister zuckte die Achseln. »Eigentlich soll er ja arbeiten! Aber bitte!«

Niklot trat ganz nah zu Rochel und sagte: »Ich wollte mich bei dir bedanken, Rochel. Aber Worte sind so armselig. Was sind Worte gegen das, was du für mich getan hast. Wenn ich dir . . . «

»Schon gut, lass nur!«, antwortete Rochel ruhig. »Das hatte schon alles seine Richtigkeit. Hast du deine Kette zurück?«

»Ja. Der König hat sie mir wieder gegeben. Der Verschluss ist auch schon wieder in Ordnung.«

»Darf ich sie noch einmal sehen?«

»Natürlich!«

Niklot holte Dragomiras Kette unter seinem Kittel hervor und löste sie vom Hals. Rochel besah sie sich genau, dann fragte er: »Was ist eigentlich in dem silbernen Kästchen drin?«

»Das sind Zauberkräuter. Dragomira sagt, den, der es wert ist, schützen sie vor Unheil.«

»Anscheinend warst du es wert!«, sagte Rochel trocken, blinzelte Niklot fröhlich zu und beugte sich wieder über seine Arbeit.

Niklot sah ihn verblüfft an, dann ging er nachdenklich ins Freie. Er musste gar nicht nach Slawomira suchen, sie kam ihm schon entgegen. »Ich wollte mich bei dir bedanken, für alles«, sagte er. »Grin hat mir erzählt, was du für mich getan hast, und ich möchte . . . «

»Ach, hör schon auf!«, sagte Slawomira lächelnd. »Darfst du denn überhaupt wieder zu uns?«

»Ja, König Kruto hat mir einen Wunsch freigegeben, und da habe ich mir das gewünscht.«

»Das freut mich, Niklot. Und ich freue mich, dass du wieder

gesund und wieder hier bist. Und hier ist noch jemand, der sich über deine Rückkehr freut!« Damit schlug sie ihr Schultertuch auf und reichte Niklot die Katze, die sie im Arm hielt. Sie war schwarz mit weißen Pfoten und einem weißen Fleck auf der Stirn.

»Mein Kätzchen!«, flüsterte Niklot. »Wie groß du geworden bist! Aber immer noch so lieb! Kennst du mich noch?«

Zur Antwort fuhr ihm die Katze mit samtweicher Pfote ins Gesicht.

»Ach du!«, sagte Niklot. »Mit dir fing alles an, besser zu werden. Weißt du überhaupt, wie du mir geholfen hast? Wenn du nicht gewesen wärst! Und wenn Slawomira und Rochel und Grin nicht gewesen wären!«

Er blickte sich um. Wo war eigentlich Slawomira? Er sah sie in der Silberschmiede verschwinden. Da wollte er sie nicht stören. Er würde später noch mit ihr reden. Es war ja so viel Zeit. Er kraulte die Katze unter dem Kinn und sagte: »Weißt du, eigentlich ist es hier gar nicht so schlimm. Ich werde mich schon dran gewöhnen, irgendwie. Jetzt bin ich ja nicht mehr allein, jetzt habe ich ja Freunde. Und wenn die fünf Jahre um sind, dann werde ich heimgehen. Und Dragomira wieder sehn. Und dann . . . «

Phantasie oder Realität?

Fünfzehn Jahre lang sind nun in Starigard, der alten Hauptburg von Wagrien, archäologische Ausgrabungen gemacht worden. Und jeden Sommer dasselbe: Heerscharen von Besuchern kommen auf den Burgwall gelaufen, größtenteils mehr zufällig oder bei der Suche nach einem Parkplatz; denn das Burgwallgelände erreicht man in dem holsteinischen Städtchen Oldenburg gleich 150 m nördlich vom Marktplatz oder von der Kirche aus auf einer gepflasterten »Sackgasse«. Die Straße hört zwar auf, aber dafür ist man mitten in der Burg. Die meisten Leute merken es nur nicht. Erst die Einzäunung und das Schild »Betreten der archäologischen Ausgrabung verboten« machen stutzig. Das muss man gesehen haben.

Sie kommen also hereingelaufen und können gerade noch davon abgehalten werden, sich mitten auf die Ausgrabungsfläche zu stürzen. Einige sind nicht ganz so direkt, sie fragen vorsichtig, ob sie »nur mal gucken« dürfen. Dürfen sie gerne! Aber spätestens nach fünf Minuten wird gefragt, ob man mal eine Frage stellen darf. Na ja, wer will es schon verwehren? Also her mit der Frage. Und egal, ob nun die Frage lautet, was dahinten für eine eigentümliche rote oder schwarze oder braune oder gestreifte Stelle sei, die jeweilige Antwort, es sei ein zusammengebrochener Lehmkuppelofen, eine Holzkohleschicht von abgebrannten Häusern, vermoderte Balkenreste oder Fußbodenschichten, die im Anschnitt ihren zwiebelschalenartigen Aufbau erkennen lassen, diese Art Antworten haben noch selten jemand zufrieden stellen können. Jetzt geht es erst richtig los, und wenn der froh gestimmte Urlauber Zeit hat – und das hat er meistens –, dann müssen so viele abrundende Antworten hinzugefügt werden, dass man besser gleich einen richtigen, wenigstens halbstündigen Vortrag mit anschließender Führung gehalten hätte.

Andere Besucher kommen aber schon recht zielstrebig auf den Burgwall gelaufen. Sie haben in einem Prospekt gelesen, dass da irgendwo eine »Burg« sei. Diese Leute machen ein ziemlich verdutztes Gesicht, wenn man ihnen sagt, dass sie mitten darin stehen und den Wald wohl vor lauter Bäumen nicht sehen könnten. Ganz klar, das sind Rheinländer. Sie meinen nämlich, eine Burg müsste ungefähr aussehen wie der Drachenfels. Der Archäologe wird fast beleidigt dafür angesehen, als könnte er persönlich etwas dafür, dass die nördlichen Völker ihre Burgen aus Holz und Erde gebaut haben und vor tausend Jahren auch keineswegs »Ritter« waren, wie man sie sich so vorstellt.

Was bleibt ihm übrig? Er muss all das erklären, was jetzt jedes Kind weiß, das die Geschichte von Niklot und seinen Freunden gelesen hat. Zum Beispiel muss er die Ausgrabungsstelle vorzeigen. Da kann man die Hausplätze, Fußböden und Öfen sehen und vielleicht auch verstehen, dass eine »Burg« wie Starigard eigentlich eher eine kleine Stadt war. Außen herum verlief der Befestigungswall, die Burg-»Mauer« aus Holz und Erde. Innen standen die Häuser dicht an dicht. Der Abfall wurde auf die Gasse geworfen, und spätestens wenn das Regenwasser zur Tür hereingelaufen kam, war es Zeit, den Fußboden mit Buschwerkmatten, Sand- und Lehmbelag ein Stückchen in die Höhe zu bringen. Das ließ sich ein paar Mal machen, und wenn nicht in der Zwischenzeit der böse Feind einige Brandpfeile hineingeschossen hat, waren die mittlerweile in Abfall und Erde versinkenden Wände sowieso baufällig. Ein neues Haus wurde oben darauf gebaut, und nach fünfhundert

Jahren – solange hat Starigard existiert – war man mit seinen Fußböden meist zwei Meter höher angekommen. Welch ein Glück für den Archäologen; denn alle Abfälle, die abgenagten Knochen und zerbrochenen Töpfe – für die Rochels Freunde vielleicht Schläge einstecken mussten –gelten ihm heute geradezu als Schätze, vor allem auch deswegen, weil sie so schön übereinander liegen, jede Partie zu einem Fußboden oder einer Siedlungsperiode gehörig, die älteren unten, die jüngeren oben.

*

Beim Vorweisen derartiger Ausgrabungsbefunde wird das halb ungläubige Erstaunen darüber, was man alles so aus den Bodenspuren herauslesen kann, oft genug mit den Worten kommentiert: »Na ja, Phantasie muss man haben!«

Damit sind wir endlich beim Thema; denn genau diese Meinung ist falsch. Hier geht es nämlich um handfeste Realien, und gerade nicht um die Anwendung von Phantasie. Wer mit einem Ausgrabungsbefund nichts anzufangen weiß, dem fehlt es lediglich an Kenntnissen und an Erfahrung mit diesen Dingen. Aber das lässt sich ja schließlich alles erlernen, und die Benutzung des eigenen Kopfes ist dabei besonders hilfreich.

Beispielsweise wird ein Lehm, der tüchtig Hitze bekommt, nach einiger Zeit rot und hart. Das kann jeder von euch leicht feststellen, wenn er beim nächsten Gartenfest die Würste nicht auf dem gekauften Grill röstet, sondern auf einen frisch geschnittenen Stecken spießt und sie über der Glut eines leicht heruntergebrannten Lagerfeuers dreht. Für dieses Lagerfeuer müsst ihr freilich einen Lehmstrich als Untergrund vorbereiten. Später könnt ihr nachprüfen, wie viel es gebracht hat. Wie hart ist die Platte geworden? Wie tief reicht die Rötung. Einen Zentimeter oder weniger? Dann war es noch kein gewaltiges Feuer. Jedenfalls ist klar, das Ergebnis hängt von Stärke und Dauer der Feuereinwirkung ab. Das war selbstverständlich auch vor tausend Jahren schon so.

Wenn wir also auf der Ausgrabung eine derartige Stelle finden, lässt sich ganz offen folgern, dass hier ein starkes Feuer brannte. Das ist ein Befund zum Anfassen. Das ist Realität. Doch es wäre gänzlich Phantasie, würde man sich nun hinstellen und behaupten: »Hier haben Niklot, Grin und Rochel Würste gegrillt!« Selbst wenn wir die ausgeliehenen Namen weglassen, ist es noch nicht besser. Wir müssen zuvor die Fundstelle erst richtig untersuchen und viele zusätzliche Beobachtungen machen. Handelt es sich überhaupt um einen begrenzten Feuerplatz, oder ist da vielleicht ein brennendes Haus zusammengestürzt? Gibt es in der Nachbarschaft vielleicht eine weiße Ascheschicht von dem vielen verbrannten Reisig? Wie alt ist die Stelle? Ist sie wirklich aus der Zeit unserer Geschichte?

Ihr seht schon, da gibt es noch viel zu klären, bevor sich wenigstens sagen lässt, dass der fragliche Platz eine Art Herdstelle war. So ein Platz wird ja selten gänzlich unverändert vorgefunden. Da kann die richtige Funktionsdeutung, oder sagen wir »Rekonstruktion«, schon Schwierigkeiten bereiten. Dennoch ist es nicht einfach Phantasie, was ins Spiel kommt, sondern es ist gewissermaßen die Summe persönlicher Kenntnisse und Erfahrungen, die der Archäologe vor seinem »geistigen Auge« ablaufen lässt. Gut erhaltene glückliche Funde, die an anderer Stelle derselben Ausgrabung oder von Kollegen an anderen Fundplätzen schon gemacht worden sind, dienen dabei als Vergleich.

In Starigard und an vielen anderen Ausgrabungsplätzen in

Burgen, Städten und Dörfern bis in die Ukraine zeigt sich, dass die hart gebrannten, roten Lehmplatten, die man meistens findet, nur Überreste sind, nämlich die Bodenplatten von Lehmkuppelöfen. Die vollständiger erhaltenen Beispiele haben ungefähr birnenförmigen Grundriss, zwei Steinplatten flankieren das Feuerloch, und an der höchsten Stelle der Lehmkuppel befindet sich eine Öffnung. Sie dient als Rauchabzug, ist zum Einsetzen eines Kochtopfes geeignet, kann aber natürlich auch abgedeckt werden, wenn es darum geht, die Hitze länger zusammenzuhalten. Da nur jeweils ein solcher Kuppelofen in den Häusern feststellbar ist, muss es sich bei ihnen um die normalen Kochherde handeln, die aber zugleich auch Back- und Wärmeöfen waren. Sicherlich kam es darauf an, den Verbrauch an Brennmaterial so sparsam wie möglich zu gestalten und oft genug keine Suppe zu »kochen«, sondern den sagenhaften Hirsebrei zu quellen und im vorgeheizten Ofen einfach zu wärmen. Jedenfalls ist klar, dass in den normalen Häusern keine lodernden Lagerfeuer vorgesehen waren. Anders in der Halle des Königs, da finden wir den langen, mit Steinen umstellten Feuerplatz. Hier konnte sogar ein großer Suppenkessel mit Fleisch aufgehängt werden.

Überreste und Bruchstücke vieler Gerätschaften, die schon zu Tage kamen, vervollständigen unsere Kenntnisse von den Möglichkeiten des täglichen Lebens und Wirtschaftens. Vieles wird jedoch deswegen seltener gefunden, weil die erforderlichen Erhaltungsbedingungen im Boden nur ausnahmsweise gegeben sind. Das gilt insbesondere für alle Holzgeräte, für Holzgeschirr, Körbe, Matten, Textilien aller Art, Leder- und Pelzwerk, desgleichen für Bildwerke und Ornamente wie geschnitzte Wandteppiche. Gänzlich dahin und durch kaum ein Zeugnis belegt sind schließlich Musik und Tanz, Göttermythen und Heldensagen. Das Wenige, was erhalten blieb, muss man verdichten und nun allerdings mit einfühlender Phantasie ausfüllen und beleben. So kann schließlich auch die Geschichte von Dragomira, Niklot und von all den anderen erzählt werden.

Es muss nicht betont werden, dass die in unserer Geschichte vorkommenden Gegenstände fast alle irgendwo tatsächlich gefunden worden sind – meist sogar in Starigard selbst. Das gilt auch für einige Besonderheiten, die hier beschrieben sind: den Wagenkasten, in dem Niklot entführt wird; das Brettspiel des Königs Kruto; die Kristallperlen zu Dragomiras Kette. Diese und viele andere Dinge findet ihr in Sachbüchern beschrieben und abgebildet. Manches davon lässt sich auch in Museen bewundern.

Die Burgwälle von Starigard, Weligard und an vielen anderen Orten, deren alter Name nicht überliefert ist, kann man im Gelände aufsuchen, und viele von ihnen sind doch so weit gut erhalten, dass man genau erkennen kann, wie sie beherrschend in der Landschaft liegen, wie sie natürliche Gegebenheiten wie Wasser und Sumpf zu ihrem Schutz ausgenutzt haben. Da wird auch deutlich, dass Holzbrücken und künstliche Straßendämme durch Moor, Sumpf und Wasser oftmals von großer Wichtigkeit waren. Freilich sind diese nur durch Ausgrabungen nachzuweisen, und der Betrachter muss sie sich heute hinzudenken.

*

Es fehlt also keineswegs an Realien, an Gegenständen, Bauwerken oder doch zumindest an Befunden, die archäologische Detektivarbeit zu Tage gefördert und beschrieben hat. Doch was weiß man wirklich über die Menschen, ihr tägliches Leben, ihre Sorgen und Nöte? Was waren ihre Probleme?

Schließlich haben uns Niklot und seine Freunde keine »Flaschenpost« hinterlassen. Oder womöglich doch?

Man kann nicht grundsätzlich ausschließen, dass es auch bei den Slawen an der Ostseeküste die eine oder andere Persönlichkeit gegeben haben mag, die schreiben und lesen konnte. Schließlich weiß man, dass slawische Fürsten besuchsweise weit herumgekommen sind, und es ist nicht auszuschließen, dass der eine oder andere dabei die lateinische, kyrillische oder sogar griechische Schrift kennen gelernt hat. Auch zu skandinavischen Ländern bestanden Beziehungen, und einige Slawenfürsten haben eine Wikingerprinzessin zur Frau bekommen. Warum also sollte nicht jemand gelernt haben, mit Runen zu schreiben?

Aber, schreiben können ist eine Sache, tatsächlich schreiben eine andere; denn wer schreibt schon, wenn da sonst niemand ist, der es lesen kann oder will.

Und dann wäre da noch ein drittes Problem: Er dürfte nicht auf Wachstafeln oder Pergament, möglichst auch nicht auf Holz, sondern – wennschon – auf Knochen, Metall oder Stein geschrieben haben. Nur so hätten wir heute eine gewisse Chance, es zu finden, und ihr merkt schon, wie verschwindend gering sie aus diesen Gründen ist.

Indessen gibt es noch einen, vielleicht den Hauptgrund, weshalb aus der Zeit vor tausend Jahren so wenig Geschriebenes über das Leben der Menschen übrig geblieben ist: Die Leute, die schreiben konnten, waren äußerst sparsam darin und schrieben auf die kürzeste Art nur das, was ihnen wichtig war, jedenfalls keine Erzählungen über die für sie alltäglichen und ganz selbstverständlichen Dinge. Das kann man gut bei den Nordleuten und Wikingern nachprüfen, die ja manche Runeninschrift hinterlassen haben. Man wüsste nur wenig, wenn nicht Jahrhunderte später die mündliche Überlieferung doch noch aufgeschrieben worden wäre. Für die Slawen an der Ostseeküste sind wir auf einige, durchaus spärliche Beschreibungen angewiesen, die in Chroniken oder Erzählungen enthalten sind, deren Verfasser der christlichen Geistlichkeit angehörten. Sie lebten meist weitab und kannten die Verhältnisse selten aus eigener Anschauung. Vor allem muss man leider feststellen, dass sie die heidnischen Slawen aus einer sehr arroganten Position beurteilten. Für sie gab es keine »Andersgläubigen«, diesen Begriff kannte man überhaupt noch nicht, sondern für sie gab es nur Ungläubige und Götzendiener, von denen – wenn überhaupt – mit Abscheu zu sprechen sei.

Nicht das eigentlich Gesagte ist also maßgebend, sondern das nicht Gesagte. Zwischen den Zeilen muss man lesen können, und dabei lässt sich letztlich doch einiges in Erfahrung bringen über die Menschen, die da in einer Epoche einschneidender geistiger und gesellschaftlicher Veränderungen lebten und ständig mit der Gefahr kriegerischer Zugriffe leben mussten, die sie täglich von allen Seiten, besonders aber von der Seite bereits christlicher Reiche zu erwarten hatten. Ständig wurde irgendwo Krieg gemacht, so auch zwischen den Stämmen der Abodriten und der Wilzen, die der Überlieferung nach in »althergebrachter Feindschaft« lebten. Manchmal gab es bei solchen Kriegen auch einen Sieger. Es war üblich, beim Volk so viel zu plündern wie möglich. Und das war noch das Harmloseste; denn in krassen Fällen wurden Frauen und Kinder als Sklaven verschleppt. Wenn die Wut besonders groß war, konnte es auch vorkommen, dass man alle Gefangenen umbrachte. Normalerweise verlangte man aber auf alle kommenden Jahre Tribute, das heißt Geld und eventuell Abgaben in Form von Waren und landwirtschaftlichen Erzeugnissen. Um abzusichern, dass die besiegten Fürsten ihre

Versprechungen auch einhalten und nicht etwa zwei Jahre später einen Rachefeldzug unternehmen würden, verlangte man Geiseln, möglichst Kinder aus den führenden Familien – auch das war eine bittere Realität und in der Tat völlig üblich. Der Frieden konnte aber selten längere Zeit gehalten werden. Da kann man sich ausmalen, wie vielen Jugendlichen in der Fremde ein schweres Los beschieden war. Wenn sie auch die weitere Entwicklung wohl nur selten mit dem Leben büßen mussten, ihre Heimat haben sie nicht so bald wieder gesehen.

Sofern sie an den Hof des deutschen Königs oder des Herzogs von Sachsen kamen, hat man ihnen zweifellos eine christliche (Um-)Erziehung zukommen lassen, was man heute besser als »Gehirnwäsche« bezeichnen würde. Die Lebensumstände mögen freilich nicht gar so schlecht gewesen sein. Man könnte sie mit einem Internats- oder Heimaufenthalt vergleichen. Es wird kaum zu beantworten sein, wie schwer das wohl zu ertragen war. Was mussten die jungen Leute an liebevoller oder doch wenigstens freundschaftlicher Zuwendung entbehren?

Wie es auch war, eines lässt sich sagen: Die eigenen Kinder wurden genauso behandelt, alle wurden nämlich gemeinsam erzogen und ausgebildet. Das geschah mitunter an wechselnden Orten und mag deswegen recht interessant gewesen sein. Es lässt sich denken, dass unter Königskindern Kameradschaft und Freundschaft entstehen konnten, und sei es nur, weil man unter denselben Ausbildern zu stöhnen hatte. Die Väter waren ja sowieso immer unterwegs; denn wenn gerade mal kein größerer Kriegszug zu machen war, dann mussten sie von Pfalz zu Pfalz ziehen und regieren: Gesandtschaften empfangen, Probleme verhandeln, Urkunden ausstellen, Gericht halten und so weiter. Aber selbst vom Hof des deutschen Königs oder von den Betroffenen erfährt man praktisch keine Einzelheiten, obwohl sie ja gewiss schreiben konnten.

Da ist es schon eine Besonderheit, dass man sich aus dem Leben des späteren deutschen Königs Otto I. auf Grund spärlich überlieferter Daten eine ganz ergreifende Geisel- und Liebesgeschichte zusammenreimen kann, die sicher in keinem Schulbuch steht: Ein Prinz und eine Prinzessin des slawischen Fürsten von Brandenburg aus dem Stamm der Heveller lebten als Geiseln mehr als zehn Jahre am deutschen Hofe. Der Prinz heißt Tugumir, er wurde später – angeblich mit großen Geldsummen bestochen – in seine Heimat entlassen. Dort ermordete er seinen Neffen, der neben ihm der einzige Anwärter auf die Herrschaft war, und lieferte sodann die Burg Brandenburg sowie das ganze Stammesgebiet an die Deutschen aus. Welche Verstrickung im politischen Kräftespiel! War es ein besonderer Dienst für seinen Jugendfreund König Otto oder auch Ergebnis einer verblendeten »christlichen« Erziehung, welche Heidenbekämpfung ohne Rücksicht auf die dabei anzuwendenden Methoden als vornehmste Pflicht des christlichen Herrschers propagierte? Wieder ein Heidenvolk unter sein Imperium zu sammeln galt ja als ruhmwürdige Tat. Wer will heute entscheiden, ob Tugumir selbst sein Vorgehen nicht als gutes Werk verstand, während es in den Augen seiner Landsleute zweifellos Verrat war!

Von seiner Schwester kennen wir nicht einmal den Namen, aber es ist sicher, dass sie vom sechzehnjährigen Otto getröstet wurde, der übrigens ihre slawische Sprache erlernt hatte. Sie wurde seine Frau und bekam einen Sohn, der später Erzbischof von Mainz wurde. Diese Verbindung passte aber nicht in die staatspolitischen Pläne des Vaters, König Heinrich I. (jenes deutschen Königs, der von 919 - 936 regierte und von dem in unserer Erzählung bei dem Streitgespräch zwischen Niklots Vater Milegost und Onkel Stojgnew die Rede ist). Otto musste eine englische Prinzessin heiraten, und seine slawische Frau wurde unauffällig einem Kloster übergeben, wahrscheinlich dem Kloster Möllenbeck an der Weser, wo ihr Bruder Tugumir im Buch der Totengedächtnisse verzeichnet ist. Was das alles für die Betroffenen bedeutet haben mag, kann sich nun jeder von euch selbst ausmalen, und er mag vergleichen, ob die »erfundene« Erzählung von Niklot in Starigard nicht der Realität entsprechen könnte.

*

Es sind auch einige mehr oder weniger ausführliche Beschreibungen slawischer Stammesheiligtümer überliefert. Tempel und Tempelburgen spielen darin eine Rolle, hölzerne Standbilder des Gottes von meist wunderbarer Größe und Ausstattung. Von Tempelschätzen, Opferfesten und Orakeln ist die Rede. Heilige Eichen, heilige Haine und mit Bildwerk beschnitzte Einfriedungen sind bekannt. Zentrale Gestalt ist der Sonnengott Swarog und als Garant seiner göttlichen Anwesenheit das im Tempelbereich gehaltene heilige Pferd. In den alten Religionen ist es eine durchaus normale Vorstellung, dass Götter die Gestalt von Tieren annehmen können. Deswegen hatte man auch ein ganz anderes Verhältnis zu Tieren, Pflanzen und besonderen Naturorten, wie Bergen, Felsen, Höhlen, Quellen, Mooren. Ehrfürchtig trat man möglichen Erscheinungsformen und Wohnstätten der Götter entgegen. Eigentlich doch ein sehr schöner Zug, der uns in den letzten tausend Jahren zunehmend abhanden gekommen ist.

Und die Rache der Götter? Wer will jetzt wissen, was Realität ist und was Phantasie? Das musste schon damals jeder mit sich selbst ausmachen: Nimmt der Sonnengott von Zeit zu Zeit die Gestalt des Pferdes an? Oder reitet er auf ihm, vielleicht unsichtbar? Oder vielleicht nur erkennbar für Auserwählte mit seherischen Fähigkeiten? Freilich wird es immer schon solche und solche gegeben haben. Die einen konnten nichts erkennen und haben letztlich nur an ihre eigene Stärke geglaubt, auch wenn sie es wohl nicht laut gesagt haben. Andere wollten die Ordnung der Welt erkennen, um sich entsprechend einfügen zu können. Welche Weisheiten mögen sie erkannt haben? Wer will schon ausschließen, dass uns auch die Alten Slawen, ohne zu schreiben, »Botschaften« hinterlassen haben, die wir nur erst herausfinden und »lesen« müssen? Also doch eine »Flaschenpost« von Niklot? Eine? Hunderte! Realität oder Phantasie? »Die Wahrheit siehst du nur mit dem Herzen richtig«, sagt ein Dichter, »nicht mit den Augen.«

*

Verweht sind Lieder und Tänze, Lachen und Weinen, Kommandos und Kriegsgeschrei, Gebete, Flehen, tröstender Zuspruch und verweifeltes Rufen, wen einsam die Waffe des Gegners ereilte. Namenlos sind ihre Werke. Vieles blieb sichtbar zurück, wir können es anfassen und vielleicht doch nicht begreifen. Wesentliches bleibt aber unsichtbar und unbekannt. Es sind die Taten, die sich im Herzen eines jeden Einzelnen vorbereiten, sie können so geraten oder anders, und sehr viel kann davon abhängen. Wie viele Niklots mag es gegeben haben, die sich anders entschieden? Ihre Entscheidungen haben den Weg gestaltet, so oder so. Sie und alle, die nach ihnen kamen, haben unsere Welt geformt, und sie leben in uns weiter, sie alle, ob wir es wahrhaben wollen oder nicht.

Und wir? Wir bauen den Weg weiter und weiter: mit Beton, schön glatt und stromlinienförmig, oder?

*

Auf also, wer findet die Botschaften? Wer entdeckt, was Dragomira und Niklot, was Rochel und Slawomira und viele andere für uns bedeuten können? Sicherlich lohnt ein Besuch im Burgwall von Starigard, im Wallmuseum dort in Oldenburg oder im Archäologischen Landesmuseum in Schleswig. Wer nach Berlin kommt, sollte es nicht versäumen, im Museumsdorf Düppel das echt nachgespielte Leben und Treiben slawischer Bauern des 12. Jahrhunderts kennen zu lernen. Und wer einmal nach Mecklenburg reist, der sollte unbedingt bei Groß Raden im Kreis Sternberg Burg, Dorf und Tempel besichtigen, die dort nach Ausgrabungsbefunden des 10. Jahrhunderts wieder errichtet worden sind. Ein neues Museum ist auch gleich dabei.

Und bitte – wie gesagt – immer nach den Grundlagen fragen, den eigenen Kopf zerbrechen und hinter den Dingen auch ein wenig mit dem Herzen die Botschaft der Menschen suchen, die unsere Ur-Ur-Ur-Ur-Ur-Ur-Ur-Ur-Ur-Ur-Ur-Ur-Ur-Ur-Ur-Ur-Ur-Ur-Ur-Ur-Ur-Ur-Ur-Ur-Ur-Ur-Ur-Ur-Ur-Ur-Ur-Ur-Ur-Ur-Ur-Ur-Ur-Urgroßeltern gewesen sind!

Euer
Ingo Gabriel
in Schleswig

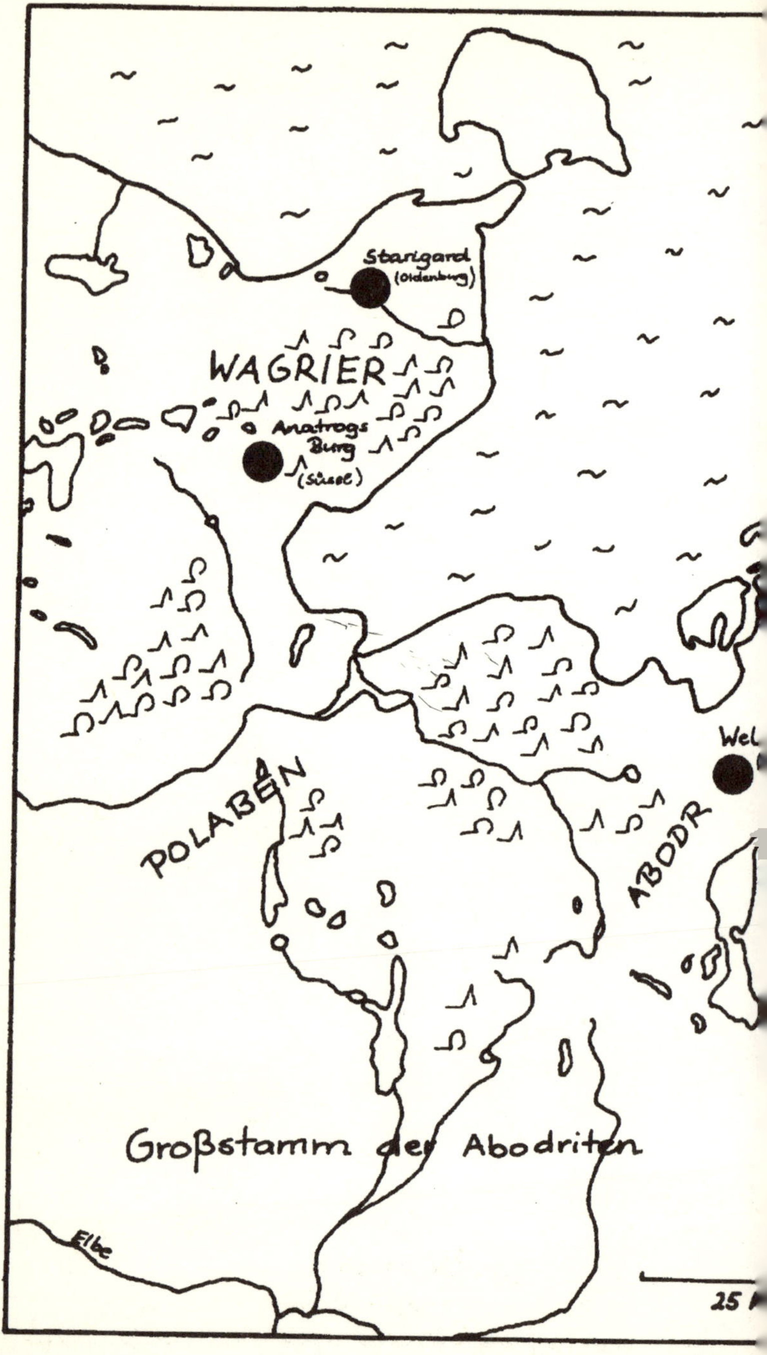

Starigard
(Oldenburg)
WAGRIER
Anatrogs Burg
(Süsel)
POLABEN
ABODR
Wel
Großstamm der Abodriten
Elbe
25

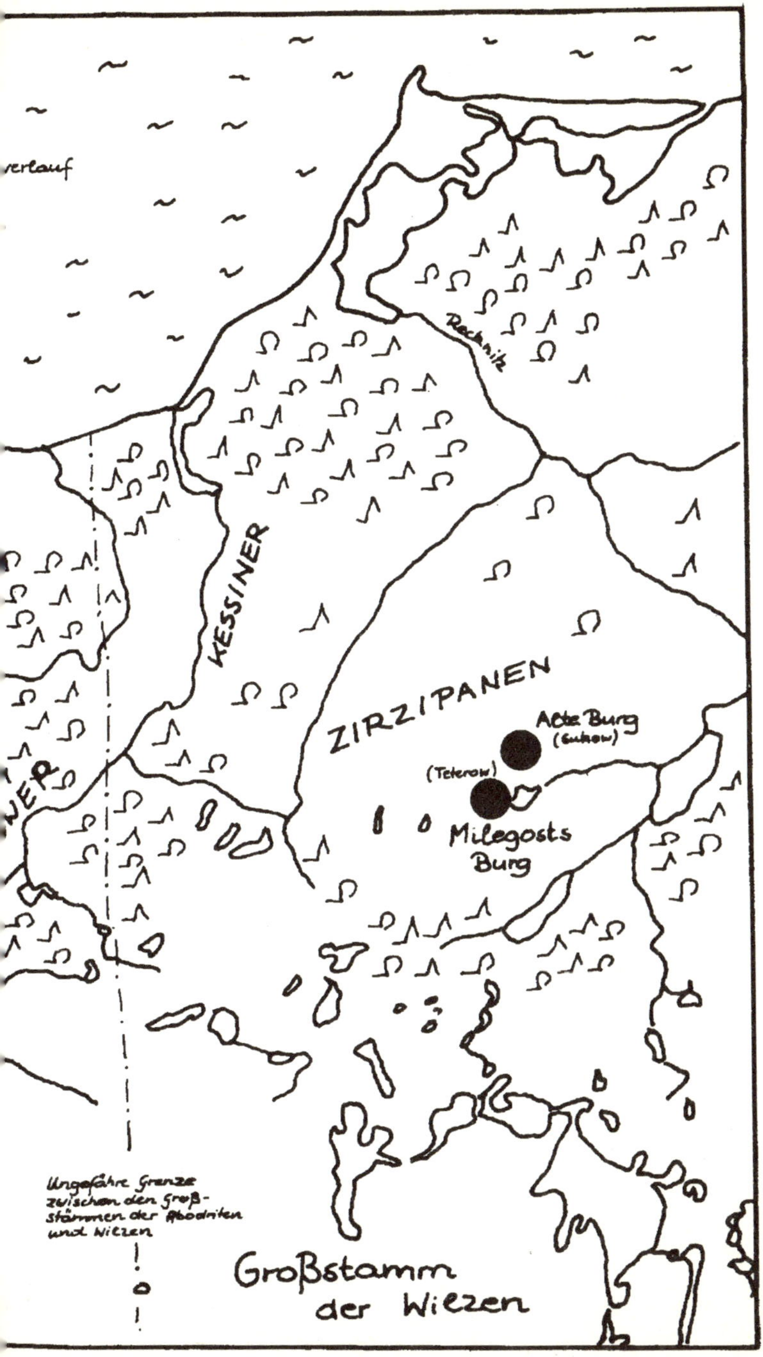

verlauf
Recknitz
KESSINER
ZIRZIPANEN
Alte Burg
(Sukow)
(Teterow)
Milegosts
Burg
WEP
Ungefähre Grenze zwischen den Groß-stämmen der Abodriten und Wilzen
Großstamm der Wilzen